1781

Mario Szenessy

Lauter falsche Pässe
oder
Die Erinnerungen des Roman Skorzeny

Roman

Hoffmann und Campe

1. bis 7. Tausend 1971

Schutzumschlag und Einband Werner Rebhuhn
Gesetzt aus der Korpus Palatino-Antiqua
Gesamtherstellung Kleins Druck- und Verlagsanstalt, Lengerich
ISBN 3 455 07590 8. Printed in Germany

Für Maike

Vorbemerkung des Herausgebers

Das Manuskript dieses Buches habe ich von Herrn N. erhalten, und zwar mit der dringenden Bitte, seinen Namen nicht zu verraten. Obwohl mir in seinen Erinnerungen manches bedenklich erscheint, finde ich sie, alles in allem, dennoch lesenswert.

In unseren Zeiten voller Attentate halte ich es allerdings für meine Pflicht, den Leser darauf hinzuweisen, daß der Autor in jenem Kapitel, in dem er über die Herstellung von Sprengstoffen berichtet, ziemlich unzuverlässig ist. Ich würde niemandem raten, seinem Beispiel zu folgen und als Hobby, sozusagen, Bomben herzustellen: der Experimentator könnte nur allzu leicht das Opfer einer Explosion werden.

Der Autor schließt seine Erinnerungen in diesem Band mit dem Ende des Zweiten Weltkriegs ab; die Veröffentlichung des teilweise schon fertigen zweiten Bandes könnte viele, auch heute noch tätige Persönlichkeiten des öffentlichen Lebens schwer belasten.

Und hiermit übergebe ich das Wort Herrn N.

Mario Szenessy

Erster Teil

1

Jugend ist heutzutage Mode; ich aber bin stolz auf mein vorgerücktes Alter und glücklich, daß ich im neunzehnten Jahrhundert geboren wurde. Hierbei geht es mir nicht darum, daß ich die »bewegten Zeiten« miterlebt habe, es kommt mir vielmehr auf das »Wie« an, auf jene Art und Weise des Erlebens, des Eindringens in die Welt und schließlich des Handelns, wie sie nur einem Menschen zuteil werden konnten, der die bedeutsamsten Jahre seiner Jugend noch vor dem Ersten Weltkrieg, also eben *vor* den »bewegten Zeiten« erlebt hatte.

Gewiß: die Zusammenhänge der Wirklichkeit, mögen sie nun naturwissenschaftlicher, soziologischer oder psychologischer Art sein, sind in der Gegenwart verständlicher und durchsichtiger geworden; überschaubarer sind sie aber keineswegs; im Gegenteil. Die Welt erscheint uns wie ein Chaos, die Computer verarbeiten Statistiken und errechnen Wahrscheinlichkeiten, hinter denen der Mensch verschwindet und der Einzelne jegliche Bedeutung und Würde verliert. Gewiß: der Heranwachsende betrachtet heute die im Bereiche des Alltags weitgehend geheimnislose Welt mit kritischerem Auge; doch sei mir die Frage gestattet: ist er dadurch auch glücklicher geworden? Gewiß: heutzutage redet man offen und zügellos über Sachverhalte zum Beispiel des Geschlechtslebens, man berichtet meinetwegen auf Partys vor Unbekannten über Träume, die man geträumt, und geheimste Wünsche, die man verspürt hatte, ja möglicherweise über sexuelle Triebe, die von der Norm ganz wesentlich abweichen. Junge Männer brüsten sich damit, noch nie eine Frau berührt, dafür aber Chinesen, Afrikaner oder Semiten durch ausgeklügelte Manipulationen im Mastdarm zur Ejakulation gebracht und die Unterschiede des Orgasmus struppiger Montenegriner, widerspenstiger Türken und williger Schweden aufs eingehendste und gewissenhafteste studiert - und genossen - zu haben.

Es stimmt mich traurig, wenn ich sehe oder erfahre, daß junge Menschen, kaum daß sie miteinander bekannt wurden, zum Verdruß der Spaziergänger und dem natürlichen Volksempfinden verbundenen Menschen in überstürzter Hast in parkende Wagen steigen, sich ins Gebüsch schlagen oder ganz einfach in den Schlafsack am Badestrand kriechen, um in aller Eile jene Bedürfnisse zu befriedigen, deren mähliches Heranreifen unter schwierigen Umständen oder gar unüberwindlichen Hindernissen zu früheren, ich würde sagen: gesegneten Zeiten ein unvergeßliches Erlebnis fürs ganze Leben ergab, und das selbst im Falle, daß es zu einer unerfreulichen Ehe führte.

Ich will keineswegs behaupten, daß die sogenannten Schwierigkeiten des Orgasmus bei jungen Männern eine Folgeerscheinung dieser hemmungslosen Freizügigkeit seien. In meiner Jugend hatten eher Frauen solche Schwierigkeiten. Aber ich meine: der alltägliche, im Handumdrehen und raschen Vorbeigehen herbeigeführte Orgasmus der heutigen Mädchen, die vor- und nachspiellose Befriedigung am laufenden Bande, nach deren Vollzug sich die Dämchen durchaus männlich-keck gebärden, eine Zigarette anzünden, die Zeitung aufschlagen und möglicherweise schon Ausschau nach dem nächsten Partner halten - ich meine also, daß dieses sinnentleerte Phänomen sich bei weitem nicht vergleichen läßt mit dem orgasmuslosen Geschlechtsverkehr der Frauen um die Jahrhundertwende, geschweige denn mit einem Orgasmus dieser Frauen, der, gelinde gesagt, einer vernichtenden Explosion, einer Naturkatastrophe von vehementestem Ausmaß gleichkam.

Gewiß: ich könnte darüber nicht reden und schreiben, wenn ich mich nicht jetzt, in den ausgehenden sechziger Jahren, an die Niederschrift meiner Erinnerungen machte. Doch werde ich in diesen Notizen sogar den Geist der achtziger Jahre vorwegnehmen müssen, denn ich bin willens, ohne Scham und Hemmungen auch über solche Ereignisse meines Lebens zu berichten, über die man sich heute noch ausschweigt, wenn man überhaupt dazu gekommen ist, sie nicht nur als Wunschträume, sondern als Wirklichkeit zu erleben und auszuführen. Wie viele würden liebend gerne in geheimster Verschwiegenheit, unerkannt und unerkennbar zur gleichen Zeit als geachtete, über jeden Zweifel erhabene Biedermänner und, wie ich sage, zur gleichen Zeit als gefürchtete Tresorknacker, sagenumwobene Spione, von aller Welt gejagte Diversanten und so weiter sich betätigen, wie viele würden mit allergrößter Lust aus der einen in eine andere, vollkommen unterschiedliche Identität hineinschlüpfen - ich habe es getan, ich habe meine Namen und Berufe gewechselt wie die Schlange ihre Haut, ich habe mich, das heißt eine Person mit meinem Namen, den ich zeitweilig trug, standesamtlich mehrere Male sterben und begraben lassen, um neue Lebensformen auszuprobieren. Man hat mich mitsamt meinen Papieren unter den Ruinen Hamburgs und Dresdens ausgegraben, man hat die Überreste meiner Leiche nach einem Schiffbruch aus dem Pazifik herausgefischt; ich bin aber da, mit anderen Papieren freilich und mit einer erfundenen Vergangenheit, die mir aber um so reizvoller erscheint, als die nie zu vollendende Ausfüllung ihrer Lücken meine Phantasie bis zu meinem letzten Atemzug nicht erlahmen lassen wird.

Aber ich will nun zu jenem Punkt gelangen, der mich zum Verfassen dieser einleitenden Worte veranlaßt hat: zu der Unterschiedlichkeit des Erlebens in verschiedenen Epochen, wie man die Zeit vor und nach dem Ersten Weltkrieg wohl bezeichnen darf. Ich greife hier aus der Vielzahl meiner Erlebnisse ein einziges heraus, eine seltsame Liebesbegebenheit, um diese Unterschiedlichkeit zu verdeutlichen.

Ich hatte mit achtzehn die Oberschule absolviert und mich entschlossen, aus triftigen Gründen, wie man sehen wird, statt gleich mit dem Studium der Chemie zu beginnen, zwei oder drei Jahre als Praktikant im Papierherstellungs- und Druckereigewerbe zu verbringen. Obwohl ich schon viel herumgereist war und die Schulferien zumeist in England und Frankreich verbracht und dabei sogar den redseligen Cicerone der Familie gespielt hatte, weil ich die Fremdsprachen und zumal die Kraftausdrücke (die einem viel weiter helfen als die erlesensten Wörter und der erhabenste Stil), besser als sie beherrschte, bedeutete die Reise zur Stätte meines ersten Praktikanten-Halbjahrs, nach Braunschweig, ein einschneidendes Ereignis: zum ersten Male sollte ich mich vom elterlichen Hause und den Meinen für längere Zeit trennen, in der Fremde Fuß fassen und mich behaupten. Meine Eltern machten sich Sorgen um mich, vor allem meine Mutter, die in Braunschweig regelrechte Recherchen durchführen ließ, um irgendeinen Bekannten oder Verwandten der Familie ausfindig zu machen. Ihre Erkundigungen waren erfolgreich; in der Stadt war eine Verwandte des Mannes ihrer älteren Schwester ansässig: Frau Anna von Frielingsen. Meine Mutter entschloß sich, mich nach Braunschweig zu begleiten, um mich der Fürsorge dieser alten Dame anzuvertrauen und zugleich auch meinen künftigen Chef kennenzulernen.

Es handelte sich um die Gattin eines Professors, der im Collegium Carolinum Geometrie, Ballistik und allgemeine Theorie des Geschützwesens lehrte. Kurz vor meiner Ankunft, 1911, hatte Frau von Frielingsen ihren fünfundfünfzigsten Geburtstag gefeiert, der mit jenem eines ihrer fünf Enkelkinder zusammenfiel. Von ihren vier Söhnen waren drei bereits berufstätig und gemachte Männer; der vierte studierte noch in Heidelberg. Ihre beiden Töchter hatte sie schon vor über zwei Jahrzehnten verloren.

Wir stiegen im »Hotel de Prusse« ab und machten gleich anschließend unsere Aufwartung beim Leiter der Heinrich Meyerschen Druckerei, Herrn Otto Delius, einem noch jüngeren, etwas stutzerhaften, diskret parfümierten, umgänglichen und liebenswürdigen Herrn, einem wahren Meister der dezenten Komplimente und großen Könner im überzeugenden mimischen Ausdruck seines komplizierten, sensiblen Gefühlslebens, kurzum: einem erfrischenden und charmanten Schauspieler, dessen anschauliche Posen mehr waren als bloße Vorspiegelungen nichtvorhandener Gefühle.

Im Verlauf einer kurzweiligen Stunde machte uns Herr Delius mit den wichtigeren Mitgliedern der Belegschaft bekannt - und zwar indem er aus einer Schublade nacheinander Brillen, Bärte, zwei Perücken und einige Stücke einer hautfarbenen Plastilinmasse hervorzog, sie aufsetzte, die Nase verlängerte oder verbreiterte, die Backen aufpustete oder einsog und lispelnd, näselnd, mit konzentrierter Nachdenklichkeit oder in generöser Oberflächlichkeit einige Sätze hervorstieß, mürrische, leidende oder freudestrahlende Gesichter schnitt und in gebücktem Gang oder hochaufgerichtet wie ein Pfahl einige Schritte im Zimmer tat.

Ich glaube, ich habe während dieser Stunde, während der sich auch meine Mutter köstlich amüsierte, mehr gelernt als in einem ganzen Semester auf der Technischen Hochschule. (Solche Vorführungen leistete sich Herr Delius selbstverständlich nur vor einem exklusiven Publikum, zu dem er uns, die Angehörigen einer im ganzen Land bekannten Drucker-Familie, mit Recht zählen durfte; andererseits erlebte ich einiges Ähnliche in gewissen aufgelockerten Stunden des Beisammenseins.)

Erst nach dieser Einführung gelang es uns, ihn nach einem Logis für mich zu fragen, worauf er uns die Aufgabe einer diesbezüglichen Annonce in seiner Zeitung versprach und uns das Durchblättern des Anzeigenteils in der letzten Sonnabendausgabe des Blattes empfahl. Wir fanden tatsächlich zwei Angebote, die uns als möglicherweise geeignet erschienen.

Am frühen Nachmittag ließen wir uns von einer Droschke zu den Vermietern fahren, doch war das eine Zimmer bereits vergeben, und das andere genügte meinen Ansprüchen nicht. Ich begann mich bereits mit dem Gedanken abzufinden, daß ich für die ganze Zeit meines Aufenthalts ein Zimmer in einem preiswerteren Hotel - etwa in der »Deutschen Eiche« - würde belegen müssen, als meiner Mutter einfiel, daß uns Frau von Frielingsen um fünf zum Tee erwartete. Wir fuhren also zur Schöppenstedter Straße und wurden am Eingang des Hauses von einer Kammerzofe empfangen, die uns unserer Mäntel und Hüte entledigte und in den Salon führte. In einigen Augenblicken war auch die Dame des Hauses zur Stelle; sie umarmte meine Mutter recht herzlich und bot mir die Hand zum Kuß. Ihre lebhafte Rastlosigkeit und Wendigkeit - oder sollte ich sagen: ihr ruhelos-nervöses, aber nicht unsympathisches Bewegungsbedürfnis - paßte kaum zu ihrem fast matronenhaften Alter und noch weniger zu ihrer untersetzten und verschnürten Figur, die von einer mit Schleifen durchwobenen hochgekämmten Frisur gekrönt wurde. Beim Servieren des Tees sprang sie fortwährend auf, holte aus der Bibliothek, dann aus dem Schlafzimmer irgendwelche Erinnerungsgegenstände und Familienfotos herbei, gab zwischendurch dem Zimmermädchen Anweisungen, rannte zur Kommode und zog eine Schublade heraus, sagte: »Ach, wie dumm!«, lief zum Schreibtisch und holte wie im Triumph die zwei Briefe hervor, die sie von meiner Mutter empfangen hatte, um schließlich auch ihren nicht eben hocherfreuten Mann heranzuschleppen, der sich nach fünf Minuten, sich in abgehackt-militärischem Tonfall auf seine Vorträge am nächsten Tag berufend, verabschiedete und zu seinen ballistischen Kurven und Berechnungen zurückkehrte; doch genügten diese fünf Minuten für Frau von Frielingsen durchaus, um mit einem Klingelzeichen, vielleicht nun schon zum siebten Mal, die Kammerzofe herbeizuordern, sie in den Keller zu schicken und eine Flasche Wein bringen zu lassen, der, wie sie uns in sprudelnder Überstürztheit erklärte, vom Gute ihres Vaters stammte.

Während sie ihren Mann aufforderte, die Flasche zu entkorken, stürzte sie selber zur Vitrine, um Weingläser zu holen; Herr von Frielingsen war ihr nachgeeilt und kam eben noch rechtzeitig, um ein Glas aufzufangen, das den Händen seiner Gattin entglitten war. - Der Wein schmeckte köstlich, insbesondere, wenn man bei seinem nach detaillierter Anweisung erfolgtem Beriechen, Kosten und Herunterfließenlassen an beiden Seiten der Zunge auch die Geschichte des Weinbergs anhören durfte, an dem er gewachsen war. Seine Anfänge gingen bis ins 13. Jahrhundert zurück, er überdauerte Kriege und Erbstreitigkeiten, er ging fünfmal in den Besitz von Nebenlinien der Ahnenfamilie über, und während der ganzen Zeit waren tüchtige Winzer am Werk, um die Qualität des Weins zu verbessern, was schließlich zu einem beachtlichen Ergebnis führte.

Der Wein schien die Frohnatur der Gastgeberin erst recht zur vollen Geltung zu bringen. Eine ausgelassene Leutseligkeit bemächtigte sich ihrer, die Schleusen ihres Mitteilungsbedürfnisses öffneten sich nun vollends. Zu unserer Verblüffung bat sie uns um Verzeihung, daß sie mich nur im zweiten Stockwerk unterbringen könne, wo auch die Bediensteten des Hauses ihr Quartier hätten, aber in Anbetracht der stets zu gewärtigenden Gäste des Hauses, ihrer Herren Söhne nebst Anhang, wäre es wenig ratsam, mich im ersten Stock unterzubringen, wo man mich möglicherweise schon nach Ablauf einer Woche doch nach oben würde schicken müssen; doch habe sie sich mit Herz und Seele bemüht, die für mich gedachten zwei Gemächer als Arbeits- beziehungsweise Schlafzimmer komfortabel einzurichten. So sagte sie, indem sie meine Mutter mit dem rechten Arm umfaßte und sanft aus dem Zimmer hinaus und dann die Treppe hochschob, um uns die für mich bestimmten Zimmer in Augenschein nehmen zu lassen. Sie waren vom Treppenflur her auch einzeln zu betreten und mit einer Zwischentür untereinander verbunden; dies, so plauderte unsere Gastgeberin, sei von großem Vorteil, denn es ermögliche dem Personal, auch sonntags, oder wenn ich sonst zu Hause zu bleiben gedenke, das Schlafgemach aufzuräumen, ohne mich bei meinen Studien unnötigerweise zu stören.

Im Schlafzimmer befand sich, durch einen grünen Vorhang abgetrennt, die Waschgelegenheit in einer Nische: ein großes Porzellanbecken mit Abfluß, ein Spiegel mit einer elektrischen Lampe darüber, ein Handtuchständer und ein Regal zur Aufnahme der kosmetischen Utensilien. Man habe, sagte Frau von Frielingsen, vor etwa fünfzehn Jahren auf dem Dachboden einen großen Wasserbehälter einbauen lassen, in den das Personal jede Woche zweimal oder dreimal das Wasser aus dem Brunnen hochpumpe;

dabei seien zwei Badezimmer mit Öfen zum Erhitzen des Wassers unten im Keller eingerichtet worden, von denen das herrschaftliche mir jederzeit zur Verfügung stünde, nur müsse ich rechtzeitig der Kammerzofe die Anweisung erteilen, die dann dem Kutscher weitergeleitet würde; neben seinem eigentlichen Amt habe er als Nebenaufgabe auch dieses Geschäft, nämlich das Heizen, zu verrichten. Der Brunnen sei im übrigen sehr tief, das Wasser kaum kalkhaltig, eine Ausnahme in dieser Gegend, was von der Wäscherin, die zweimal im Monat zur großen Wäsche ins Haus komme, immer wieder lobend festgestellt werde.

Frau von Frielingsen setzte sich aufs Bett und prüfte die Sprungfedern an mehreren Stellen, öffnete die Schranktüren, langte in die leeren Fächer und glitt mit der Hand über die Reihe der Kleiderbügel, dann riß sie für einen kurzen Augenblick auch die Tür des Nachtschränkchens auf, in dem ich die Wölbung eines großen, mit einem Dekkel verschlossenen Nachttopfes erblickte; ich glaubte, ihr Gesicht erröten zu sehen, doch es dauerte nur einen kurzen Augenblick, denn sie schob uns bereits ins andere Zimmer hinüber, dessen Einrichtung - ein großer Schreibtisch, beiderseits mit Schubladen und Fächern ausgestattet, obenauf mit einer Schreibmappe aus Leder, einem Tintenlöscher und Bronzelöwen auf Marmorsockeln, die als Briefbeschwerer dienen sollten, des weiteren ein Glasschrank für Bücher, eine kleine Gruppe von Ledersesseln um einen ovalen Tisch, über den eine Spitzendecke ausgebreitet und Aschenbecher sowie Porzellanfiguren, wenn mein Blick mich nicht täuschte, aus Sèvres, aufgestellt waren, und schließlich noch mehrere Stühle mit hohen Rückenlehnen die Wände entlang, als sei das Zimmer zu Konferenzen vorgesehen - die Einrichtung ließ nichts zu wünschen übrig.

Während Frau von Frielingsen von einer Sitzgelegenheit auf die andere hüpfte und dann die Schubladen des Schreibtischs nacheinander herauszog und zurückschob, den Tintenlöscher auf der Ledermappe wälzte und die Briefbeschwerer, wie um ihr Gewicht zu prüfen, aufhob und wieder zurückstellte, kam sie noch einmal auf den väterlichen Wein zu sprechen, mit dem es eine eigentümliche Bewandtnis habe. Die Tatsache, daß ich hier werde wohnen dürfen, sei nicht zuletzt darauf zurückzuführen, daß ihre Familie schon seit gut drei Jahrhunderten mit diesem Wein als exklusiven Abnehmer den Heiligen Stuhl beliefere. Dieser lasse nicht nur den sehr generös berechneten Preis in reinem Golde der Familie aushändigen, sondern gewähre ihr außerdem jederzeit freien Aufenthalt auf allen kirchlichen Gütern in Italien, um von den vielen Vergünstigungen nur diese eine zu nennen. Wenn ihr Fall, das heißt, die Heirat mit ihrem Mann, auch keine einzige Ausnahme in der Geschichte der Kirche sei, so könne man die ähnlichen gewiß an den Fingern einer Hand abzählen. Der Heilige Vater nämlich, der selige Leo XIII., habe vor mehr als dreißig Jahren sie, ihren Bräutigam (ihren gegenwärtigen Mann) und ihren Vater in Privataudienz empfangen und sich im Verlauf von anderthalb Stunden alle Umstände, Schwierigkeiten und Hindernisse der Eheschließung ausführlich vortragen lassen. Ihr Mann sei, aus Familientradition und noch viel mehr wegen seiner seit mehreren Generationen bestehenden Bindungen an das herzogliche Haus (und in dessen Nachfolge an die Regenten) nicht in der Lage gewesen, bei der Eheschließung irgendwelche Zugeständnisse zu machen, zum Beispiel die Erziehung der Kinder betreffend; nach dem geltenden kirchlichen Recht sei also eine Heirat zwischen ihr und von Frielingsen nicht erlaubt gewesen und hätte ihre Exkommunikation zur Folge haben müssen. Der Heilige Vater jedoch habe sich das alles gnadenvoll erläutern lassen, obwohl er durch seinen Kellermeister bereits detailliert unterrichtet worden sei; er habe ihr dabei unter Mißachtung aller Audienzvorschriften und heiligen Bräuche des öfteren die Wange gestreichelt und schließlich gesagt, daß eine oder, genauer gesagt, eine einzige Ausnahme aufs schlagendste die heilige Regel bestätigen und daß sich in seinem Auftrage ein Kardinal, ein päpstlicher Nuntius, privatim in unser Domizil - man habe damals noch in der Weberstraße gewohnt - begeben würde, um nach dem Vollzug der evangelischen Eheschließung diese durch seinen persönlichen Segen zu bestätigen. Sie fügte dem noch hinzu, daß ihr Mann, der in Äußerlichkeiten zwar entgegenkommend sei, in allen Dingen, die die eigentlich wesentlichen seien, sich starrköpfig, ja unnachgiebig gebärde; dennoch habe er ihr erlaubt, den Bräuchen ihres Glaubens zu folgen und an jedem Sonntag der heiligen Messe beizuwohnen, sofern dies in aller Demut und nicht in auftrumpfend-rechthaberischem Sinne erfolge. Nun, sie dürfe wohl behaupten, daß sie die hierzu benötigte Geschicklichkeit in vollem Umfange besitze und daß ihre herzlichen Beziehungen zum Prälaten der kleinen katholischen Gemeinde in der Stadt so gut wie unbekannt seien.

Als hätte unsere Gastgeberin diese ganze Geschichte ausschließlich meiner Mutter erzählen wollen, sprach sie mehr oder weniger im Flüsterton, sich gelegentlich ganz nah an das Ohr meiner Mutter hochstemmend - und ich respektierte diese, wie ich glaubte, nur gemimte Exklusivität der heiklen Mitteilungen, indem ich den Damen den Rücken zuwandte, das Fenster öffnete und schloß und dann ins andere Zimmer hinüberging, woraufhin Frau von Frielingsen allerdings sofort lauter zu sprechen anfing. Anscheinend war sie sich nicht im klaren, ob sie mich als Erwachsenen betrachten und behandeln sollte; und selbst wenn sie das getan hätte, wäre für sie ungewiß geblieben, ob solche

Intimitäten für Männerohren bestimmt sein und von ihnen aufgefangen werden dürfen. Doch wurde diese Unklarheit und Ungewißheit von ihrem unbekümmerten badischen Temperament hintangestellt und äußerte sich letztlich nur - wie ich glaube - im vorgetäuschten Flüsterton.

Als sich dieser Gesprächsstoff erschöpft hatte, gesellte ich mich zu den Damen; ich setzte mich an den ovalen Tisch in einen Ledersessel. Frau von Frielingsen wandte sich nun sofort an mich. »Ich darf Ihnen und Ihrer Frau Mutter versichern«, sagte sie, »daß mein Mann und ich Ihnen stets zur Seite stehen und Sie wie unseren eigenen Sohn behandeln werden. Als Sie ohne ihr Gepäck ankamen, wurde ich wieder einmal gewahr, daß ich mich immer noch nicht an die kühlen norddeutschen und preußischen Sitten und Gepflogenheiten angepaßt habe, sondern vielmehr in dieser Hinsicht meinen Mann beeinflußte, denn auch er war der Auffassung gewesen, daß sich aus unserem Briefwechsel und unserem verwandtschaftlichen Verhältnis selbstverständlicherweise ergab, daß Sie bei uns wohnen würden.« Jetzt wurde sie etwas feierlich, was ihr gar nicht gut stand. »Ich heiße Sie also willkommen in diesem Hause, lade Sie zu unseren Mahlzeiten und sonntäglichen Landfahrten ein. Der Kutscher wird morgen vormittag Ihr Hab und Gut aus dem Hotel hierherschaffen, und natürlich auch die Ihren, Frau Skorzeny, denn ich nehme an, daß Sie einige Tage noch in Braunschweig zu verbringen beabsichtigen.«

Von den familiären Vergünstigungen machte ich, zumindest zu Anfang, wenig Gebrauch. Mein Versuch, dem Hause näherzurücken, indem ich der Kammerzofe Rosalie zu verstehen gab, daß sie sich auch auf eine andere Weise als rein dienstlich um mein leibliches Wohlergehen kümmern sollte, mißlang ebenso wie das handgreifliche Unterfangen, sie beim Aufräumen meines Schlafzimmers an einem Sonntag kurzerhand zu erwischen und, noch etwas außer Atem nach der um den ovalen Tisch erfolgten Jagd, auf mein Bett zu komplimentieren. Ihr ablehnendes Verhalten war, meine ich, weniger auf ihre Treue zum Kutscher Sebastian als auf die Angst vor der Herrschaft zurückzuführen. Ich stellte hierauf alle Bemühungen auf diesem Gebiete ein, und das um so lieber, als Herr Delius, ein Junggeselle aus Überzeugung, dabei aber, wie man es heute sagen würde, ein Allround-Schürzenjäger, mich in einem gewissen Hause außerhalb des Umflutgrabens einführte, das Zweck und Daseinsberechtigung für den Kundigen schon dadurch verriet, daß es, im ersten Drittel der Fallersleber Torstraße stehend, durch einen lediglich fünfminütigen Fußmarsch von der Infanterie-Kaserne her zu erreichen war.

Doch viel wichtiger als die nächtlichen Ausflüge mit Herrn Delius war die mir schon nach kurzem erteilte Erlaubnis, in den alten Akten der Druckerei herumzustöbern und mich im Papierlager umzusehen, um, wie ich ihm sagte, Material zu einer wissenschaftlichen Arbeit über die Geschichte der deutschen Druckereikunst zu sammeln; ich sei willens, so erklärte ich ihm, nach dem Abschluß meiner Chemiestudien, die ich nach den Praktikantenjahren beginnen würde, eine Dissertation über dieses Thema zu verfassen.

Der freie Zutritt zu den Lagerräumen der Firma, in denen unter und hinter den Beständen neueren Datums sich auch manch alter Papierbogen verbarg, ja hie und da stapelweise ruhte, bescherte mir schon nach dem ersten Besuch und von mir nur als oberflächlich und vorläufig beabsichtigten Beiseiteschieben und Wegräumen von Papierbündeln ein Geschenk sozusagen des lieben Gottes: in einer abgelegenen Ecke erblickte ich einen großen Haufen von dottergelben, blauen, sämischfarbenen und auch weißen Bogen, in denen ich, wie sich später herausstellte, zu Recht, die Reste jenes Papiermaterials vermutete, das vor fünfzig bis sechzig Jahren zum Druck der insgesamt nur zwanzig Sorten von Braunschweiger Briefmarken verwendet worden war. Fündig wurde ich auch im Aktenmaterial: es enthielt die einstige Korrespondenz der Druckerei mit einer Hamburger Drogerie, die das Farbmaterial und die zur Gummierung der Postwertzeichen nötigen Klebstoffe, Dextrin, Naturharze und Leime an die Druckerei geliefert hatte. In den Rechnungen der Drogerie tauchten die - übrigens erwarteten - Namen wie »Morin«, »Hämatoxylin«, »Indigo« etc. auf, ja es fand sich sogar eine detaillierte Anweisung, wie aus einem Gemisch von Gummi arabicum und Dextrin die Lösung für die Gummierung der Briefmarken zuzubereiten sei. Die Drogerie Sommerauer, gegründet 1828, stand zur Zeit der Korrespondenz laut Briefkopf auf dem Hopfenmarkt in Hamburg; an der gleichen Stelle hatte ich sie später wiedergefunden, mitsamt den Restbeständen der in der Ära der künstlichen Farbstoffe bereits unverkäuflichen, aus Pflanzen und manchmal auch aus niederen Lebewesen gewonnenen färbenden Substanzen.

Auch hatte ich in der ersten Zeit in der Druckerei alle Hände voll zu tun; einige Verfahren waren nicht die gleichen wie bei meinem Vater, die Maschinen, zu deren Wartung und einige Male auch Reparatur man mich hinzuzog, da, wie man sagte, an mir »ein Maschinenschlosser verloren gegangen« sei, stammten von einer anderen Firma; hinzu kamen die Arbeit bei der Redaktion und dem Umbruch des Blattes, die Beratung der Kunden bei dem Verfassen ihrer Anzeigen, die Überwachung der Auslieferung, die gelegentliche Mitarbeit bei der Buchführung - alles Sachen, die ich auf mich nahm, um mir im Betrieb Bewegungsfreiheit und Vertrauen zu verschaffen, obwohl ich dabei kaum etwas Neues lernen konnte. Mit der Durchsicht der alten, im Laufe der Zeit flutähnlich angewachsenen Aktenmappen konnte ich nur nach Feierabend beginnen.

So nahm ich die freundliche Einladung der Frielingsens nur selten wahr; etwa am Sonntagmittag, wenn das Ehepaar, getrennt vom Gottesdienst heimgekehrt, sich vor dem Mittagessen noch eine Weile im Salon aufhielt und die Briefe der Söhne las und beantwortete. Herr von Frielingsen trug zwar Zivilkleidung, verriet jedoch mit jeder seiner steifen Gesten, daß er die meiste Zeit seines Lebens unter Offizieren und Offiziersanwärtern verbrachte. Da seine Frau immer wieder in die Küche eilte, um der Köchin auf die Sprünge zu helfen und uns über das Voranschreiten der Arbeit unterrichten zu können, hatte er reichlich Gelegenheit, auch das derbere Vokabular des Militärs zu gebrauchen, was er im Beisein seiner Gattin unterließ. Die Druckerei bezeichnete er als Teufelshandwerk, meinen Chef, Herrn Delius, nannte er schlicht und bündig einen »jämmerlichen Hurensohn und alten Ziegenbock«. Freilich war er weniger über dessen losen Lebenswandel, Saufereien und »Orgien« im erwähnten Hause erbost als über seine »französische«, das heißt republikanische Gesinnung. Das »Französische« war ihm in jeder Hinsicht verhaßt, vielleicht nicht zuletzt, weil seine Frau daran hing, Balzac und Flaubert las und ihre Informationen statt aus dem »Stadtanzeiger« (unserem Konkurrenzblatt) aus dem »Petit Parisien« bezog, der ihr jeden Tag vom Postboten - mit einer Verspätung von drei Tagen - ins Haus gebracht wurde. Sie interessierte sich ein wenig auch für das »Teufelshandwerk« und begehrte Einzelheiten zu erfahren über Technologisches, über Vor- und Nachteile des Tief- und Hochdruckes etwa. Während ihr Gatte sich darauf beschränkte, mir Auflagen zu erteilen, zum Beispiel den privaten Umgang mit den Druckern und Herrn Delius auszureden, oder mir Gaststätten, den Schneider und Schuhmacher des Offizierscorps zu empfehlen, verwickelte mich seine Frau in lange Gespräche über die Werke Rimbauds und Baudelaires, deren Namen sie allerdings mit Abscheu erwähnte, obwohl sie kaum etwas von ihnen, um so mehr aber über ihre Absinth- und Opiumräusche, über das Exotische und Esoterische ihres Lebens gelesen hatte. Sie regte mich zu Besuchen in den Museen der Stadt an, empfahl mir, Kirchen und Skulpturen zu besichtigen, und wenn sie bei besonders guter Laune war, erzählte sie mir über ihre Reisen in Italien, die sie noch als Mädchen unternommen hatte.

Doch an einem Sonntag - es war gegen Ende meines zweiten Monats in Braunschweig - zeigte sie sich mir gegenüber besonders wortkarg, nachdenklich, ja gereizt. Den genauen Grund dafür sollte ich erst eine Woche später erfahren, als ich einen Brief meiner Mutter erhielt, in dem sie mir bittere Vorwürfe wegen meiner Freiheiten der Kammerzofe gegenüber und noch mehr wegen meiner Ausflüge in die Fallersleber Torstraße machte. »Als ich Dich nach Braunschweig begleitete«, schrieb sie, »tat ich es in der Hoffnung, daß der Anfang Deines Lebens in der Fremde und im Beruf zugleich das Ende Deiner liederlichen Lebensauffassung bedeuten würde. Nun muß ich zu meinem Kummer und Verdruß erfahren, daß dem nicht so ist, im Gegenteil. Ich bitte Dich nur um eins: Frau von Frielingsen hat mir versprochen, sich nunmehr auch in dieser Beziehung um Dein Seelenheil, und allerdings auch um Deine Gesundheit, die in höchster Gefahr ist, zu kümmern. Es wäre für mich und für Deinen Vater äußerst peinlich, wenn Du ihre Ratschläge nicht befolgen oder ihr gar widersprechen würdest. Denn daraus wäre die Konsequenz zu ziehen, daß Du Dein Logis aufgeben müßtest, was in den Augen Deines Chefs nicht ohne Nachteile für Dich geschehen könnte; Du würdest ganz und gar auf den falschen Weg geraten, die Folgen für Deine Zukunft wären unabsehbar.«

Rosalie hatte also geplappert; dazu wollte es noch eine böse Fügung des Schicksals, daß sie mit der Haushälterin des Herrn Delius befreundet war und wahrscheinlich Näheres über meine »Nachtarbeit« in Erfahrung gebracht hatte.

Herr von Frielingsen schien von der ganzen Affäre nichts zu wissen; sein Benehmen mir gegenüber hatte sich nicht geändert.

Auch Frau von Frielingsen bewahrte zwei Wochen Stillschweigen über die unerfreulichen Vorkommnisse; doch an einem Nachmittag, als ihr Gatte die Schießübungen seiner Zöglinge zu beaufsichtigen hatte, kam sie in mein Zimmer herauf.

»Herr Skorzeny«, sagte sie, »ich beabsichtige in diesen Tagen das herzogliche Museum zu besuchen und lade sie ein, mir Gesellschaft zu leisten. Ein junger Mann wie Sie bedarf der Erweiterung seiner Interessen und Kenntnisse, der geistigen Anregungen durch die Kunst, und ich habe den Eindruck, daß Sie Ihre Zeit bislang gar nicht dazu benützt haben, um von Ihrem Aufenthalt geistig zu profitieren, die schönen Einrichtungen, Sammlungen und Kunstdenkmäler unserer historienreichen Stadt zu besichtigen, was mir um so betrüblicher erscheint, als ich meine, daß ein junger Mann Ihres Standes geradezu verpflichtet ist, diese Möglichkeiten wahrzunehmen und seine freie Zeit nicht mit eitlen und undienlichen, ja mitunter auch sehr gefährlichen«, sie warf mir einen bedeutungsvollen Blick zu, »ja, gefährlichen und schädlichen Unternehmungen zu vergeuden, die Ihre Gesundheit fürs ganze Leben ruinieren könnten. Auch sollten Sie sich die vorzüglichen und allerorts geschätzten Opernaufführungen unseres Hoftheaters nicht entgehen lassen. Ich sage das aus persönlicher Erfahrung, denn ich hatte in Mailand reichlich Gelegenheit, weltberühmte Sänger und Dirigenten zu hören. Die unsrigen stehen ihnen kaum nach, ja übertreffen sie, wie sollte es auch anders sein, in den Aufführungen des ›Fidelio‹ und der Opern von Mozart. Ihre Frau Mutter schreibt mir, daß Sie sich über die Eintönigkeit des hiesigen Lebens beklagen, über die Zeitverschwendung im Betrieb, beim Redigieren der Nachrichten über provinzielle Ereignisse - nun, ich will Ihnen behilflich sein und Ihre Interessen in die richtigen Bahnen lenken. Ich habe vier rechtschaffene Söhne großgezogen, und bei keinem von ihnen haben mir unliebsame Wendungen und Übertretungen des Wohlverhaltens, moralische Ausschreitungen und Verletzungen der sittlichen Gesetze im Wege gestanden, und ich hoffe, daß dies auch bei Ihnen nicht der Fall sein wird.«

»Meine sehr verehrte, liebe mütterliche Freundin«, erwiderte ich, »Sie erlauben mir doch, daß ich Sie so nenne, hochgeschätzte Frau von Frielingsen, ich muß mir den Vorwurf des Fremden machen, der sich in seiner Einfalt der Vorstellung hingibt, daß er als Fremder von seiner Umwelt nicht mit sorgfältig-neugierigem Auge beobachtet wird und seine Taten nicht hinter dem undurchdringlichen Schleier des Geheimnisses verbergen zu müssen glaubt. Hingegen genießt der Einheimische alle Vorzüge der Lokalkenntnisse und vermag dasjenige, wobei der andere ertappt und entweder verspottet oder ausgeschimpft wird, aufs sorgfältigste vor den Augen und Klatschmäulern der Öffentlichkeit zu verheimlichen. Das ist gewiß keine Entschuldigung für die Tat des Ertappten, läßt sie aber dennoch dem Wohlwollenden in einem anderen Licht erscheinen. Ich rede in aller Aufrichtigkeit mit Ihnen, meine teure mütterliche Freundin, und sage es rundheraus, daß ich, als ich mit der anmutigen und hübschen Kammerzofe des Hauses anzubändeln versuchte, noch keineswegs ahnte, daß dieselbe bereits anderweitig verpflichtet ist und des Nachts sich auf Katzenpfötchen in die Kemenate des Kutschers Sebastian begibt, um mit ihm, im Bilde gesprochen, die Früchte der Liebe zu pflücken. Ich rede mit Ihnen, als wären Sie meine Mutter, und gebe deshalb auch mit Reue und demütig zu, daß ich in jenem zu Unrecht verrufenen, in Wirklichkeit aber gepflegten und zivilisierten Hause verkehre; ich möchte Ihnen versichern, daß die dort ansässigen Damen zwar den geistigen Ansprüchen eines Gebildeten nicht genügen mögen, doch in gesundheitlicher Hinsicht über jeden Zweifel erhaben sind; denn nicht nur, daß sie vom herzoglichen Gesundheitsamt den schärfsten hygienischen Prüfungen unterworfen werden, haben sie vielmehr auch der sozusagen privaten und viel schärferen Kontrolle des Kollegen Ihres Gatten, des Herrn Hofchirurgen Major von Willhöfft standzuhalten, der, obwohl bereits über sechzig, noch durchaus über das Stehvermögen verfügt, jede Nacht sich eine der Damen, und zwar der Reihe nach, vorzuknöpfen und mit unbestechlicher Sachkunde vor dem Beginn aller intimen Berührungen eindringlich, ja unter Zuhilfenahme adäquater Instrumente zu untersuchen - eine Prozedur, die, wie ich es Ihnen in aller Offenheit gestehe, von den Damen als eine Art des Sich-Vorbereitens und In-Schwung-Bringens hingenommen wird, und das um so mehr, als die Untersuchungen und Erkundungen auf gegenseitiger Basis beruhen; die Damen dürfen, ja müssen sich auch ihrerseits von der vollkommenen Gesundheit des Herrn Hofchirurgen überzeugen. Kurzum: von einer gesundheitlichen Gefahr kann keine Rede sein.

Nun, mir stünde es sehr schlecht zu Gesichte, meine

teure mütterliche Freundin, Ihnen nachträglich Enttäuschungen zu bereiten und Ihnen eine gewisse Revision der Vergangenheit aufzwingen zu wollen, doch sehe ich mich dazu - zu meinem Schutze und zur Bewahrung Ihrer für mich unschätzbaren Freundschaft - sozusagen gezwungen. In jenem verrufenen Etablissement kommt nämlich schon seit über sechzehn Jahren ein gewisses Fräulein Leopoldine ihrem Gewerbe nach, unverblüht und in aller Frische der Jugendlichkeit, die mir bei einem intimen Gedankenaustausch versicherte, daß sie auch Ihre Söhne anno dazumal als wackere und unermüdliche Kunden empfangen habe, ja mehr noch, daß ihrer Aussage zufolge die vorvorige Kammerzofe des Hauses, Malwine genannt, als erste Ihren Söhnen die Lehren und Wonnen der Liebe angedeihen ließ.

Sie sind betroffen - verzeihen Sie mir diese Enthüllungen längstvergangener Ereignisse, ich hätte das vielleicht unterlassen müssen, selbst auf die Gefahr hin, daß mein Ansehen in Ihren Augen gelitten hätte, wobei ich in Kauf nehmen muß, daß es jetzt erst recht wegen meiner Geschwätzigkeit leidet. Aber ist die beachtenswerte Karriere Ihrer Söhne nicht auch für mich eine Gewähr dafür, daß ich nicht auf dem Wege der Verlotterung wandle, sondern auf dem nur allzu alltäglichen und normalen Wege des schlichten und gesunden Erdenbürgers?«

Hier versuchte ich, halbwegs schon kniend, ihre Hand zu erfassen und zu küssen; sie schob mich mit Abscheu zurück, genau so wie vorher, als ich während meiner Rede zum Herrn Hofchirurgus gelangte und dann über die Vergangenheit ihrer Söhne zu sprechen anfing. Sie hatte mir fassungslos zugehört, war mehrere Male aufgesprungen, wie um das Zimmer sofort zu verlassen, setzte sich dann wieder, vielleicht vor Bestürzung ob all dieser Ungeheuerlichkeiten und vor allem ob der Freimütigkeit meiner Beichte. Ich verharrte in meiner knienden Position, jederzeit bereit, mein demütiges Haupt in ihren Schoß zu legen, nicht nur zum Zeichen meiner Zerknirschung, sondern vor allen Dingen als eine Art Aufforderung zum Trostspenden in meiner verwirrenden und verwirrten Situation.

Wir blieben eine Weile still; für Frau von Frielingsen war es ein Schlag, den ich ihr unverhofft versetzt hatte, ja, sie mußte geradezu den Einsturz der Welt ihrer Vorstellungen erleben. Wäre ihre Natur nicht von einer gewissen Flüchtigkeit gewesen, hätte sie, vielleicht schon altersbedingt, das Gehörte nicht, zumindest auf der Oberfläche, vergessen und die ihr zugetragenen Erlebnisse und Erfahrungen sofort als ein unerwünschtes und auch nur zum Teil verständliches Ganzes aus ihrem Gesichtsfeld weggeschoben, so hätte ich fürwahr eine Ohnmächtige auf meinen Armen in die untere Etage bringen müssen. Aber alles, was sie hervorbringen konnte oder wollte, war nur der kurze Satz: »Herr Skorzeny, Sie sind ein Ungeheuer!«

»Ja, gewiß, meine teure mütterliche Freundin«, sagte ich, »aber nicht aus dem Grunde, den Sie meinen. Ich selber komme mir als Ungeheuer vor, wenn ich mich nach durchlumpter Nacht, die lediglich dem Körper Befriedigung, Entspannung, ja vielleicht auch Freude und den ganzen Leib erschütterndes Glück, aber das nur für wenige Augenblicke, gebracht hatte, mit schalem Mundgeschmack und seelisch unbefriedigt ins Bett lege. Denn seelisch unbefriedigt *muß* man bei derlei Umgang bleiben, leer, in der Hölle der eisigen Einsamkeit. Wie könnte ich, um nur ein Beispiel zu nennen, mein Herz mit der Offenheit und in der Hoffnung, verstanden zu werden, die ich jetzt an den Tag lege beziehungsweise hege, mein Herz in den Armen Leopoldines ausschütten, die zwar alle Raffinessen des Körpers, die vom Menschen in seiner Jahrtausende währenden Geschichte ersonnen, erprobt, verworfen oder beibehalten worden sind, meisterhaft, ja über alle Maßen vollkommen beherrscht und sie anzuwenden weiß, daß einem die Sinne vergehen, daß nur noch ein aus zwei ineinanderverflochtenen Körpern bestehender pulsierender Fleischklumpen, ein einziges keuchendes, vergehendes, untergehendes und in den Tiefen des Nichtmehrseins schwebendes Wesen übrigbleibt . . . wie also könnte ich mein Herz in den Armen dieser überaus liebestüchtigen Leopoldine ausschütten und um ein symbolisches Asyl bitten, wenn sie nur in den Belangen des Körpers Bescheid weiß, nicht aber in den Belangen der Seele? Die die Einsamkeit nicht kennt und nicht die Schmach des Ekels und der Übersättigung, nicht das Verlangen der Seele nach lichten Gefilden, nach Geborgensein, nach dem Gefühl, sicher und für Stürme unerreichbar in einem friedlichen Hafen zu ankern, wie das Kind im Schoße seiner Mutter oder der schon erwachsene Sohn, der sein sündenbeladenes Haupt in tiefster Zerknirschung und Reue im seidenen Saume des Rockes seiner Mutter auf dem Boden verbirgt, wie ich es jetzt tue, um Asyl, um Verzeihung und Nachsicht bittend und flehend und zugleich wissend, daß die Nachsicht zugegen, die Verzeihung erteilt, das Asyl gewährt ist, daß sich eine von liebevollem Verständnis gelenkte Hand zögernd seinem Haupte nähert, um es zum Zeichen der Vergebung zu berühren und aufzurichten und in die mit den Tränen des Glücks gefüllten Augen zu blicken?«

»Herr Skorzeny«, erwiderte mir an dieser Stelle Frau von Frielingsen mit etwas brüchiger, aber trockener und beherrschter Stimme, »bitte, stehen Sie auf; liegen Sie nicht auf dem Boden herum in dieser lächerlichen Position, und hören Sie vor allem mit ihrem sinnlosen Gerede auf. Es scheint mir daraus hervorzugehen, daß sie psychisch nicht ganz in Ordnung sind und tatsächlich einer helfenden Hand bedürfen, die Sie aus Ihrer Verwirrung hinausgeleitet. Ich werde versuchen, dies zu tun.«

Die Bemühungen Frau von Frielingsens, mich von dem Wege der Verderbnis abzubringen und in die richtigen Bahnen der Sittlichkeit zu lenken, beruhten, wie sie das bereits in unserem Gespräch angedeutet hatte, auf der Überlegung, daß sie in mir nur die »geistigen Interessen« zu wecken brauchte, durch deren ablenkende Kraft sich meine Verwirrungen von allein lösen würden.

An einem Märztag, der bereits das Herannahen des Frühlings fühlen ließ, rief sie mich in der Druckerei an, um mich zum Besuch des herzoglichen Museums einzuladen. Ich verriet ihr nicht, daß ich dieses schon einmal und das Städtische Museum sogar schon dreimal besucht hatte - wo ich, dies sei nur nebenbei erwähnt, in einer Vitrine einen unverdientermaßen in die hinterste Ecke gestellten Gegenstand entdeckt und nach eingehender Untersuchung des Vitrinenschlosses einen ausführlichen Bericht an meinen Freund und Mentor Herrn Pauli abgeschickt hatte. Es handelte sich um nichts anderes als um die Durchstichleisten, die in den Jahren 1862 bis 1865 bei der Anfertigung der Braunschweiger Briefmarken verwendet worden waren; davor prangten allerlei Stadtsiegel, Urkunden, Postkutschenmodelle und darüber ziemlich pathetische Kupferstiche, die einzelne Szenen des Krieges 1870/71 darstellten. Immer noch nebenbei sei vermerkt, daß nach dreimaligem Briefwechsel Herr Pauli nicht nur einen passenden Schlüssel für das Schloß, sondern auch eine entsprechende Imitation der Durchstichleisten anzufertigen entschlossen war, um die Entdeckung des »Diebstahls« der Originale zu verhindern. Denn nicht nur heutzutage ersetzen ausgekochte, oder, um einen angemesseneren Ausdruck zu gebrauchen, virtuose Einbrecher entwendete Juwelen durch Ersatzstücke aus Kupfer und farbigem Glas; auch wir taten dies, und zwar auf eine Weise, daß weder das Städtische noch das Post-Museum jemals die Ersetzung der alten Poststempel und Leisten durch Nachahmungen entdeckt hätte. Allerdings: nach den Durchstichleisten hatte nachher niemand mehr gesucht; sie sind im Laufe der Zeit wahrscheinlich in den Keller und dann auf den Müllhaufen geworfen und aus den Beständen des Museums gestrichen worden; das Postmuseum wurde aber während des Zweiten Weltkriegs niedergebombt. Dies alles nur am Rande.

Gegen halb drei verließen wir mit Frau von Frielingsen das Haus, wo ich sie abgeholt hatte; von unserem Domizil hatten wir nur eine kurze Strecke bis zur Südseite des herzoglichen Parks und zum Museum zurückzulegen. Frau von Frielingsen hakte sich bei mir ein und stützte sich auf mich, da auf den Straßen an mehreren Stellen der Schnee nicht weggeräumt worden war.

»So schwer es mir auch fällt«, sagte sie bald nach unserem Aufbruch, »kann ich nicht umhin, Sie des Wortbruchs zu bezichtigen. Denn kaum daß drei Wochen seit Ihren Beteuerungen und Schwüren vergangen sind, kaum daß Sie in scheinbar echter Zerknirschung mich um Nachsicht gebeten haben, mußte mir vor kurzem wiederum die Kunde hinterbracht werden, daß Sie mit Herrn Delius erneut einen Besuch in jenem berüchtigten Hause abgestattet haben, und zwar an einem Nachmittag - wahrscheinlich, weil Sie meinten, so könne die Sache nicht ruchbar werden. Sie beklagten sich, wie ich glaubte, treuherzig und aufrichtig über die Unzulänglichkeiten des Fräuleins Leopoldine, und es brauchten nur zwei Wochen zu verstreichen, bis Sie dies alles vergaßen und in ihren Armen, um hier Ihren Ausdruck einzusetzen, die ›Früchte der Liebe pflückten‹. Sie machen mir wirklich Kummer und stellen mich vor Entscheidungen des Gewissens, wie ich sie vor kurzem noch nicht für möglich gehalten hätte.«

Es war jetzt an mir, erstaunt, ja bestürzt zu sein. Frau von Frielingsen hätte über die Affäre nichts erfahren dürfen und auch können, es sei denn, sie hatte jemanden, wahrscheinlich Rosalie, beauftragt, mir nachzuspionieren. Ich fragte mich, welchen Grund sie dafür gehabt haben konnte, denn diese Handlungsweise ging beträchtlich, wie mir schien, über das hinaus, was man als mütterliche Sorge hätte bezeichnen können.

Wie dem aber auch war, ich mußte irgend etwas zu meiner Verteidigung vortragen.

»Ich selber habe Ihnen darüber berichten, das heißt beichten wollen«, erwiderte ich, »nur hatte sich dazu keine geeignete Gelegenheit gefunden. Was den Besuch betrifft: ich hatte die Einladungen des Herrn Delius nacheinander viermal ausgeschlagen, ich konnte es nicht auch ein fünftes Mal tun. Es wäre aber falsch, und ich will mich auch nicht hinter diesem Vorwand verschanzen, wenn ich behaupten würde, daß dies allein der Grund meines Abstechers gewesen wäre. Nein; es verhält sich vielmehr so, und ich nehme es mir heraus, vor Ihnen ganz offen zu sein, daß ich der Versuchung meines Fleisches nicht habe widerstehen können. Das klingt freilich banal und gleichzeitig hochtrabend, es ist aber so.

Ich weiß nicht, ich habe irgendwie das Gefühl, daß Sie dieser Angelegenheit eine übertriebene Aufmerksamkeit widmen. Denn sie ist rein körperlicher Natur; seelisch fühle ich mich frei und ungebunden. Nehmen wir einmal den folgenden Fall an: ein Geschäftsmann befindet sich auf einer ausgedehnten Reise und vermißt die körperliche Gegenwart seiner Frau. Ist es in diesem Falle als Betrug, als eine Verletzung der Liebe der Ehegatten zu bezeichnen, wenn der Geschäftsmann, unbeschadet seiner Gefühle zu seiner Gattin, einen kleinen Seitensprung unternimmt und zur Entlastung seines Nervensystems, denn darum allein handelt es sich, eine andere Frau aufsucht? Wäre es nicht viel verhängnisvoller, wenn er seine Frau zwar nicht tatsächlich betrügen würde, dafür aber eine andere zu lieben anfinge, vielleicht mit dem Ergebnis, daß er sich schließlich von seiner Gattin scheiden ließe? Sollte man da nicht ein Auge zudrücken? Und sollte man das nicht auch in meinem Falle tun, und das um so mehr, als ich mich, wie gesagt, seelisch frei fühle und keine Liebe im eigentlichen Sinne des Wortes, keine innere Bindung an Fräulein Leopoldine verspüre?«

»Sie haben merkwürdige Ansichten. Es mag sein, daß Ihre Religion diese Sache laxer oder libertinistischer handhabt als die meine, die keinen Zweifel über die Sündhaftigkeit solchen Benehmens aufkommen läßt und jedes Ausschweifen dieser Art als Todsünde betrachtet.«

»Für die sie aber immerhin die Absolution erteilt, ohne, wie zum Beispiel bei einem Mord, darauf zu drängen, daß der Sünder sich den Behörden stelle oder verbindliche Versprechungen für sein zukünftiges Verhalten abgebe. Ist das nicht ein einleuchtendes Exempel der Augenzudrückerei?«

Wir waren beim Museum angelangt. Ich nahm ihr den Mantel ab und übergab ihn der Garderobiere, dann zog ich auch den meinen aus. Frau von Frielingsen kam auf das Thema nicht mehr zurück, ja vergaß es vielleicht völlig, da sie mir mit großem Eifer die Ausstellungsgegenstände zu erklären begann.

Im Erdgeschoß verweilten wir nur kurz. Obwohl in ihm viele wertvolle Gegenstände ausgestellt waren, bediente sich die Leitung des Museums offenkundig der alten Tradition, zunächst nur weniger Bedeutendes als eine Art Vorgeschmack für das noch folgende Einmalige zu bieten und den Besucher nicht gleich im ersten Augenblick mit den wichtigsten Schätzen seiner Bestände gleichsam zu überrumpeln. Man sah hier eher nur Kuriositäten, so vor allen Dingen den Trauring Martin Luthers, jenes Stück also, der seinen Abfall von der römischen Kirche über alle Theorien hinaus auch für den theologisch völlig Unbewanderten und auch politisch Uninteressierten in aller Klarheit aufzuzeigen geeignet war. Unweit davon lag in einem Samtfutteral das Fernrohr Peters des Großen, mit dem er angeblich den Verlauf der Schlacht bei Poltawa beobachtet haben sollte, des weiteren die prächtige, an einigen Stellen von Blutflecken verkrustete Uniform des Herzogs Friedrich Wilhelm, in der er bei Quatrebras tödlich verwundet worden war, und schließlich - für mich das interessanteste Stück - »Die Predigt Johannes des Täufers« von Albrecht Dürer, ein bezauberndes kleines Relief in Solnhofener Stein; dieses Material war für mich schon seit langem ein Begriff, obwohl ich es noch nie gesehen hatte; desto häufiger sollte ich es später sehen und seiner Bearbeitung beiwohnen, denn er diente zur Anfertigung von Druckplatten, mit deren Hilfe die Steindrucke der Briefmarken Altdeutschlands in unserer Werkstätte entstanden.

Im ersten Stock führte mich Frau von Frielingsen zuerst zu Lucas Cranachs d. Ä. Ölgemälde »Dr. Martin Luther«. Es sei dem Meister gelungen, sagte sie, die infame, selbstgerechte, metzgerhafte Natur dieses verfressenen Mannes aufs trefflichste wiederzugeben, dessen ausladendes Doppelkinn mit den riesigen, scheinbar vor Gesundheit, aber eben nur weltlicher Gesundheit - die des Teufels sei - strotzenden rosaroten Backen auf einen Würstemacher, Schweineschlachter und rabiaten Magenmenschen schließen lassen würden, wäre nicht die unter der Kopfbedeckung hervorlugende napoleonische Stirnlocke da, ein Zeichen des Größenwahns und der Machtbesessenheit. Durch diesen Mann seien Hunderttausende um ihr Leben und unzählige Millionen um ihr Seelenheil gekommen. »Ein widerlicher Kerl!« - schloß sie.

Wir verweilten einige Zeit vor den Männerbildnissen

von van Dyck, Rubens, Hals und vor allem Rembrandt, den Frau von Frielingsen über alles schätzte. Auch vor der »Grablegung« dieses Meisters blieb sie mit beinahe religiöser Pietät stehen; sie lenkte meine Aufmerksamkeit auf die unübertrefflich dargestellten Leintücher, auf das Spiel von Licht und Schatten, deren eigentlicher und nie wieder erreichter Meister dieser Maler gewesen sei.

Die Zeit war inzwischen schon sehr vorgeschritten; ein Wächter kam und machte uns darauf aufmerksam, daß wir nur noch eine Viertelstunde bis zum Schließen des Museums hätten. So durcheilten wir den zweiten Stock in großer Hast und machten nur ganz kurz in der Sammlung italienischer Majoliken aus dem 16. und 17. Jahrhundert halt.

Auf dem Rückweg fragte mich Frau von Frielingsen, ob ich sie am Sonntag zur heiligen Messe begleiten wolle, damit ich, wie sie sagte, einmal auch einem richtigen Gottesdienst beiwohne, einem liturgischen Ablauf, wie er schon seit über tausend Jahren ohne nennenswerte Änderungen stattfinde, im Gegensatz zu den evangelischen Improvisationen, deren chaotische Schwerfälligkeit eher zur Ernüchterung und Enttäuschung als zur geistigen Sammlung und konzentrierten Andacht geeignet sei. Dagegen hätte ich nur einwenden können, daß mir eigentlich der sonntägliche Vormittagsschlaf lieber sei - ein schäbiger Einwand schon in Anbetracht der Mühe, die Frau von Frielingsen für die Weckung meiner »geistigen Interessen« aufbrachte.

So gingen wir denn am Sonntag um neun Uhr zur katholischen Kirche; die von einem Kaplan gelesene Messe war schon in vollem Gange; doch schenkte ihr Frau von Frielingsen kaum Beachtung, sie führte mich vielmehr schnurstracks in die Sakristei, wo sie mich dem Herrn Prälaten vorstellte. Er hieß uns Platz nehmen und fuhr in seinen Vorbereitungen zur Messe fort, indes der Mesner mit dem Bekleiden der Ministranten beschäftigt war. Vom ersten Augenblick an, als mir nämlich der Herr Prälat die Hand schüttelte und mir etwas schnippisch, aber zugleich mit der Gebärde weitläufiger Konzilianz in die Augen blickte, hatte ich den Eindruck, daß Frau von Frielingsen mit ihm über mich bereits gesprochen hatte. Er war untersetzt und dicklich, jovial in einer Weise, wie es ein alter Dorfpriester ist, der sein ganzes Leben lang Freude und Leid seiner Gemeinde geteilt und die Ausschließlichkeit seiner Dogmatik angesichts der Wechselfälle im Leben der Menschen wenn nicht aufgegeben, so doch gemildert hatte - so wenigstens stellte ich mir damals zum Beispiel einen bajuwarischen Priester vor und fand diese Vorstellung später vielfach bestätigt.

»Es betrübt mich«, sagte er unter anderem, »daß Sie kein eifriger Kirchgänger sind und sonntags, wenn die Leute zum Gottesdienst aufbrechen und mit ihren Gebet- und Gesangbüchern zum Gotteshaus eilen, sich in die Federn verkriechen und wenn schon jemandem, so nur dem heidnischen Morpheus ihre Opfergaben darbringen. Sie sind noch jung, sehr jung, ich brauche aber kein Prophet zu sein, um Ihnen sagen zu können, daß die Zeit kommen wird, in der Sie der Hilfe der Kirche genauso bedürftig sein werden wie jeder Sterbliche.«

Ich wunderte mich über die Vielzahl der Tücher und Gewänder, die er währenddessen anzog und um sich wikkelte, um dann durch irgendwelche unsichtbaren Schlitze in seine Hosentasche zu langen und sich mit einem Taschentuch den Schweiß auf Stirne und Nacken abzutrocknen. »Ja, die Zeit, die Zeit, sie ist das Unterpfand der Überwindung altersbedingten oder vielmehr jugendbedingten Leichtsinns, den man nicht allzu ernst nehmen sollte, denn das Leben hat viele Hintertüren und Nebeneingänge, die letzten Endes doch in den Raum führen, den die Mehrheit durch den Haupteingang betritt. Ja, es gibt viele Schlüssel und Schlösser, ich selbst trage einen zu diesem Schränkchen hier, in dem ich die Opfergabe eines Gemeindemitglieds aufbewahre, die mir bei der Zelebrierung der heiligen Messe eine zusätzliche Freude bereitet, eine kleine, wenn man will, sogar sündhafte Freude, eine Gaumenfreude, die mir aber der Allmächtige sicherlich verzeiht.«

Hiermit öffnete er das Schränkchen, und zum Vorschein kam eine Weinflasche, wie ich sie vom Tische der Frielingsens her schon kannte. Der Pater goß daraus ein wenig in ein Henkelkrügchen, aus dem ihm einer der Ministranten den Wein in den Kelch einschenken würde. Frau von Frielingsen schlug die Augen nieder. Jetzt wurde mir ganz deutlich, daß der Prälat über meine »Verwirrungen« mit allen Details ins Bild gesetzt worden war, denn er sagte: »Tja, ohne ein bißchen Augenzudrückerei kommt man im Leben nicht weiter, nur sollte man darauf achten, daß man solche Erleichterungen nicht auf Schritt und Tritt in Anspruch nimmt und nicht zu weit über das hinausgeht, was uns schon der gute Geschmack gebietet.«

Die Belehrung verlief also nicht im Sinne Frau von Frielingsens, und ihre etwas indignierte Miene besagte etwa: »Mann bleibt Mann, der Teufel sollte die ganze Bande holen.«

Wir setzten uns in eine Bank, und aus Höflichkeit stand ich auf, setzte mich oder kniete nieder, wie Frau von Frielingsen es tat. Ich verfolgte die Vorgänge am Altar, das emsige Einander-in-die-Rede-Fallen des Prälaten und der Ministranten, die mit feierlicher Miene das Meßbuch von der einen Seite des Altars auf die andere trugen, mit dem Glöckchen läuteten, sich in die Brust schlugen, Wein und Wasser in den vom Priester hingehaltenen Kelch gossen;

hie und da warf ich einen Seitenblick auf meine Nachbarin, die sich in ihr Gebetbuch vertieft hatte. Der Organist spielte ein Potpourri aus den geistlichen Werken Beethovens, Haydns, Händels, Bachs und Mozarts und griff manchmal mit solcher Vehemenz in die Tasten und Register, daß die ganze Kirche erbebte und im Begriffe zu sein schien, sich von ihren Grundmauern zu lösen und in die Höhe zu entschweben. Ich war nicht wenig beeindruckt, als wir nach der Verrichtung des heiligen Amtes die Kirche in der Schar der Hinausdrängenden verließen; Frau von Frielingsen griff am Ausgang in ihre Tasche und verteilte einigen Bettlern, die sich hier eingefunden hatten, Almosen.

Auf dem Rückweg sprachen wir nur wenig; ich sagte, daß ich mich freuen würde, wenn ich bei den Messen des öfteren zugegen sein dürfte. Der Vorschlag oder die Bitte wurde von Frau von Frielingsen mit einer gewissen Dankbarkeit aufgenommen, zumindest schien es mir so.

2

An einem Apriltage wachte ich auf, noch bevor der Wekker klingelte; ich hatte heftige Krämpfe im Bauch, und als ich den Bademantel anzog und mich zur Toilette begab, verspürte ich in meinen Knien eine seltsame Schwäche. Auf dem Rückweg begegnete ich Rosalie.

»Guten Morgen, Herr Skorzeny«, sagte sie, »Sie sehen heute ganz merkwürdig aus. Und das«, fügte sie mit einiger Ironie hinzu, »obwohl Sie gestern abend rechtzeitig zu Bett gegangen sind.«

»Ja, ich fühle mich nicht wohl; verständigen Sie bitte die Frau des Hauses, daß ich heute nicht zur Arbeit gehen kann. Sie möge Herrn Delius und einen Arzt anrufen.«

Ich nahm zwei Tabletten Aspirin und legte mich nach einer kleinen Morgentoilette wieder ins Bett; bald klopfte es an meiner Tür, und Frau von Frielingsen fragte durch einen schmalen Spalt nach meinem Ergehen. Ich wiederholte, was ich bereits gesagt hatte, und sie versprach mir, Herrn Dr. Klein, der nur zwei Häuser weiter in unserer Straße wohnte, herbeizurufen. Sie mußte die Beschreibung meines Zustands ein wenig übertrieben haben, denn der Doktor erschien alsbald. Er untersuchte mich und schnitt ein bedenkliches Gesicht. Der Sinn seiner Diagnose bestand darin, daß man abzuwarten habe, bis sich die Symptome deutlicher abzeichnen würden, es bestehe die Möglichkeit einer Entzündung, eines entzündlichen Katarrhs, eines katarrhalischen Prozesses in der Bauchhöhle oder einer Reizung - aus welchem Grunde auch immer - des Bauchfells; genausogut aber sei möglich, daß es sich lediglich um eine akute Gastritis handele. Ich sollte fasten und kalte Umschläge machen, eventuell einen Eisbeutel auf den Bauch legen; er wolle am Abend noch einmal vorbeikommen und sich erst dann zu einer aktiveren Therapie entschließen.

Gegen zwei, nach dem Mittagessen, kam Herr von Frielingsen gemeinsam mit seiner Gattin zu mir herauf. Sobald er die Worte »Fasten und Eisbeutel« vernahm und von mir erfuhr, daß sich mein Zustand eher verschlechtert als gebessert habe, begann er zu schimpfen. »Diese zivilen Kurpfuscher und Schlappschwänze mit ihrem ewigen Abwarten, Fasten und Eisbeutel gehörten allesamt in einen Sack und runter damit in die Oker!« sagte er. »Aber keine Bange, mein Junge, dem wird sofort abgeholfen!« - er machte kehrt, ging nach unten, und ich hörte ihn am Telephon kurbeln.

»Wissen Sie, wen er jetzt anruft?« fragte Frau von Frielingsen.

»Wen denn?«

»Den Herrn Hofchirurgen Willhöfft.«

»Das wird ja ein fröhliches Wiedersehen«, sagte ich und konnte trotz meiner Schmerzen ein Lächeln nicht unterdrücken. Frau von Frielingsen schlug die Augen nieder.

»Er wird Sebastian die Kutsche einspannen und ihn abholen lassen.«

»Wie ich ihn kenne, wird er sich nicht beeilen.«

»Sie kennen ihn schlecht. Auf jeden Fall tauschen wir den Eisbeutel noch einmal aus. Ich schicke Rosalie hinauf.« Sie ging.

Tatsächlich hörte ich nach kurzem die Kutsche abfahren; es war kaum eine halbe Stunde vergangen, als sie wieder vor dem Hause hielt. Die Stimme des Herrn Majors klang bis nach oben.

»Mein lieber Frielingsen«, schrie er, »Sie wissen doch, daß ich um diese Zeit ein kleines Nickerchen tue. Und Sie rufen mich zu Ihrem Haussöhnchen, als läge er im Sterben, wo er sich doch wahrscheinlich nur tüchtig überfressen hat. Hätte sich der Kollege nicht aufs Abwarten verlassen, wäre ich gar nicht gekommen. Ich habe die dickste Röhre zur Magenspülung mitgebracht; Ihr lieber kleiner Offiziersanwärter, Ihr Primus, Ihr Rechengenie, Ihr phänomenaler Ballistiker wird ganz schön zu schlucken haben und dabei alle Sterne des Himmelreiches sehen.«

»Ist er gar nicht, ist er gar nicht«, sagte Herr von Frielingsen.

Der Herr Hofchirurgus schlug die Einladung, vorerst im Salon an der Kaffeetafel Platz zu nehmen, aus und begann die Treppe hochzuklimmen, wobei sein Keuchen immer stärker wurde.

»Gehen wir denn auf den Dachboden hinauf?« fragte er bereits am Absatz des ersten Stockwerks, wo er eine kleine Verschnaufpause einlegte. »Ich weiß nicht recht, Frielingsen«, sagte er, »ob ich Sie zu der Karriere Ihres Sohnes Johann beglückwünschen soll. Ein Paragraphendrescher, ja selbst ein Staatsanwalt in preußischen Diensten ... Ich weiß, ich weiß, daß Sie sich dem Entschluß Ihres Herrn Sohnes widersetzt haben, aber als er Ihnen durchgegangen war, was haben Sie da getan ...? Du meine Güte, nehmen Sie mir doch wenigstens meinen Werkzeugkasten ab! ... Da haben Sie ihm schön die Studiengelder nachgeschickt und die Briefe der Herren Professoren aus Berlin herumgezeigt. General hätte er werden können bei seiner Begabung, und jetzt hockt er über Aktenbündeln und brütet Anklageschriften gegen Landstreicher, pah, gegen Taubendiebe aus. Nee, das vergesse ich nicht so leicht!«

Die Treppe fing wieder an zu knarren. »Und die drei weiteren sind dann dem Beispiel ihres Bruders tapfer gefolgt, und da haben Sie nun vier Akademiker ... Herrgott, so laufen Sie doch nicht so schnell, als wär Ihnen der Beelzebub auf den Fersen ... schön und gut, eine Revolution ist das, sage ich Ihnen, ein verdammter Aufruhr! ...«

»Da also haust noch einer von dieser Sorte, lassen Sie ein paar Eimer mit Wasser heranschaffen!«

Ohne anzuklopfen öffnete er die Tür, blieb dann aber ruckartig auf der Schwelle stehen.

»Guck mal einer an, da liegt ja unser tapfrer Springinsfeld mit dem verkorksten Magen, der zivile Nichtsnutz und Nimmersatt, der liebliche Alkoholiker, was, daß der nicht trinkt, der trinkt wie ein Loch in der Sahara, sage ich Ihnen ... das sieht man ihm beim ersten Blick an! Ja, meine Herrschaften, lassen Sie uns jetzt alleine, der Anblick wird nicht ergötzlich werden, da, schauen Sie sich mal das Ding an!«

Er öffnete seine riesige Ärztetasche, deren Inhalt wohl für die Versorgung eines Bataillons und für etliche Amputationen ausgereicht hätte, und zog mit seiner buschig behaarten Pranke eine ringförmig zusammengelegte daumendicke Gummiröhre hervor.

»Das eine Ende versehen wir mit diesem schönen Trichter, das andere kommt in das kleine Mägelein. Also, bis dann.«

»Stecken Sie die Zunge heraus!« wandte er sich an mich, indem er bereits den Schlauch zu öffnen anfing. »Wo tut's denn weh, mein Lieber? Überall? Vor allem rechts? Da wollen wir mal das Bäuchlein ein bißchen beknautschen! Rauf mit dem Hemd, runter mit der Hose!« Er beugte sich über mich und griff in meine Magengegend, als wollte er Teig kneten.

»Pah, im Magen ist nischt. Schade. Na, dann wollen wir mal.« Er fiel über meinen Bauch her.

»Halten's Maul.« Schließlich legte er mir den Daumen auf den Beckenknochen, den Mittelfinger auf den Nabel und bohrte den Zeigefinger in den Bauch. Er sah in meine Augen. Flüsternd, in gezogenem Tonfall, als stünde er auf einer weiten Wiese und wollte sie herbeirufen, sang er: »Leopoldine!« - bei der letzten Silbe hob er die Hand plötzlich in die Höhe. »Au!« sagte ich.

»So, mein schönes Silberknäblein«, sagte er, »dann lassen wir eben den Schlauch Schlauch sein und zücken das scharfe Skalpell!«

»Frielingsen!« rief er, die Tür öffnend. »Rufen Sie das Hospital an und sagen Sie, man möge den Operationssaal vorbereiten. Zu einer Appendektomie. Und kommen Sie dann herauf!«

Frau von Frielingsen war schon unterwegs; sie setzte sich, während Herr Willhöfft den Schlauch wieder aufrollte und in den Koffer schob.

»Tja, meine Herrschaften«, sagte er, als Herr von Frielingsen sich neben seine Gattin gesetzt hatte, »es handelt sich um einen Fall von Appendizitis; eine Operation ist dringend angezeigt. Ich muß Sie fragen, ob Sie dazu Ihre Einwilligung geben?« wandte er sich an mich, fügte aber, als er Frau von Frielingsens erschrockenes Gesicht erblickte, noch hinzu: »Es ist eine kleine Operation, die ich in Chloroformnarkose ausführen werde. Nun, sind Sie bereit?«

»Jawohl, Herr Major!« sagte ich unverzüglich, worauf er zustimmend nickte.

»In anderthalb Stunden haben Sie alles überstanden. Ziehen Sie sich an, wir fahren mit der Kutsche zum Hospital, es hätte keinen Sinn, einen Krankenwagen anzufordern und die ganze Sache zu verzögern.«

In der Kutsche sagte er kein Wort, ja, es gelang ihm sogar, für einen Augenblick einzunicken.

Während man mir, bereits im Operationssaal, das

Schamhaar rasierte und dann den ganzen Bauch mit Jodtinktur bestrich, und der Herr Major sich seinerseits in einem Nebenraum zur Operation einwusch, sagte er mir, dreimal oder viermal: »Das wichtigste ist jetzt, daß Sie die Chloroformdämpfe in großen Zügen tief einatmen, prägen Sie sich das ein, konzentrieren Sie sich darauf, denken Sie an nichts anderes, Sie dürfen keinen psychischen Widerstand leisten, dadurch würden Sie nur das Exzitationsstadium unnötig verlängern, was weder für Sie noch für mich angenehm wäre, also denken Sie nur an dieses eine: tief einatmen, tief einatmen, tief einatmen!«

Ich folgte seinem Rat, als es soweit war; ich hörte noch das Klirren von Instrumenten und dabei immer wieder den Befehl: »Tief einatmen, tief einatmen!«

Der Herr Hofchirurgus war nicht nur in seinem Privatleben ein eigenwilliger und selbstherrlicher, freilich nicht völlig humorloser Individualist, er war es auch in seiner chirurgischen Praxis: er hatte mir am Bauch einen generösen Schnitt beigebracht, dessen Länge weniger auf eine einfache Appendektomie schließen, als vielmehr ausgedehnte Darmresektionen bei Ausräumung der ganzen Bauchhöhle vermuten ließ. Nicht weniger kurios war sein postoperatives Vorgehen: ich durfte zehn Tage lang das Bett nicht verlassen; um in diesem Punkte völlig sicherzugehen, ließ er mir zweimal am Tage einen Chloralhydrateinlauf verabreichen, der mich in einen schauderhaften Zustand ohnmächtigen Dahindämmerns versetzte, so daß ich mich, bei einem Besuch etwa oder später bei den Mahlzeiten gewaltig zusammenreißen mußte, um nicht inmitten eines Satzes oder beim Auslöffeln der Suppe einzuschlafen.

Das Chloralhydrat ist ein heimtückisches, teuflisches Mittel - soweit ich weiß, das erste Schlafmittel überhaupt in der Geschichte der Medizin; in der Dosis, die ich bekam, förderte es zugleich den Schlaf und die Unruhe, drang bis in die entlegensten Nervenzellen, erzeugte einen faden Mundgeschmack und ein schales, unerträgliches Allgemeinbefinden, ein seelisches Elend, wie ich es nie mehr in meinem Leben empfunden habe. Und in dieser schutzlosen, entgeistert-ohnmächtigen Verfassung wurde mir - ich gebrauche diese ungewöhnliche Wendung bereits im Hinblick auf das Kommende - eine Wunde zugefügt, viel tiefer und schlimmer als diejenige des Herrn Hofchirurgus, denn sie sollte, zumindest für einige Monate, mein ganzes Leben bis auf den Grund verändern und aus den Angeln heben. Zugefügt von einer ahnungslosen und unschuldigen Hand.

Frau von Frielingsen saß an meiner Lagerstatt und versuchte mich aufzuheitern. »Sie waren gestern«, sagte sie, »mit keinem Mittel zu wecken. Ich habe Ihre Frau Mutter telegraphisch vom gelungenen Eingriff unterrichtet und ihr zugleich versprochen, daß ich Sie jeden Tag besuchen und, sobald es die Ärzte erlauben, Sie von zu Hause aus mit einer stärkenden Kost versorgen werde. Jetzt konnte ich allerdings nur Blumen bringen, aber wie es der Zufall will, blieb ich unterwegs vor der Vitrine der Hoffmannschen Buchhandlung stehen und erblickte dieses kleine Gedichtbändchen. Wir haben uns schon des öfteren über den Dichter unterhalten, und Sie haben ihn immer in Schutz genommen. In Ihrem gegenwärtigen Zustand werden Sie Gedichte leichter lesen können als längere zusammenhängende Prosastücke. Falls Sie wirklich schöne und gute darunter finden, was ich bezweifle, so dürfen Sie sie mir später vorlesen.« - Sie lächelte mir zu und legte das Büchlein neben die Vase, in die Schwester Kunigunda bereits den Rosenstrauß - ein merkwürdiges Geschenk - hineingestellt hatte. Was aber hätte mir Frau von Frielingsen anderes mitbringen können? Allenfalls Tulpen oder Hyazinthen.

Ich nahm das Buch in die Hand und ließ es gleich wieder fallen. Erst am Nachmittag las ich zwei oder drei Gedichte, am nächsten schon mehrere, und am übernächsten hielt ich das Buch den ganzen Tag in der Hand, wenn ich auch freilich nicht unausgesetzt las. Es waren Baudelaires *»Les fleurs du mal«* - die »Blumen des Bösen«. Ich glaube, ich wäre für diese Gedichte nie so sehr empfänglich gewesen, sie wären mir nie so sehr in Mark und Bein gefahren wie eben in jenem desolaten und schlafwandlerischen Zustand des Chloralhydratrausches, der dumpfen Verzweiflung und Betäubung.

Eine spätromantisch-kränkliche, dessenungeachtet aber in höchster Würde und erhabenem Pathos schwingende, glühende und gleißende Seele verzehrte sich in den Gedichten von äußerster artefizieller Raffinesse. Bodenlose Abgründe taten sich in ihr auf, ein hysterisches und zerknirschtes, von der Auszehrung und von Pestbeulen heimgesuchtes Mittelalter, ein Skelett mit glühenden Flammenaugen war hier zugegen - zusammen mit einem ausladendprunkvollen, in seinem Gebet, ja überhaupt in seinem Verhältnis zu Gott möglicherweise noch verwirrteres, weil den Sinnen verfallenes Barock, das sich in verschlungenen, windungsreichen und verzückten Satzkaskaden ergoß; der Himmel und die Hölle zugleich, ein miasmageplagtes Jammertal voll barbarischen Geschreis und Gezeters, ein orgiastisches Paradies voller Wohlgerüche und exotischer Parfums; der Satan spielte hier zum Tanze der Engel auf, Blasphemien, Lästerungen, Selbstzerfleischungen und Hymnen folgten aufeinander. Das alles ergab ein unentwirrbares, beklemmendes, drohendes, unheilvolles Ganzes, das, eher den Künsten der schwarzen Magie als der Muse der Poesie verpflichtet, mir wie eine einzige Teufelsbeschwörung erschien. Alles loderte und zerglühte in der Faszination durch das Böse, durch den Tod, den scheußlichen Zerfall, die animalische Zersetzung; Schönheit vermischte sich mit Ekel und wurde erst durch diesen faßbar, genauso wie die Süße durch die Bitternis.

Ich las im Band kreuz und quer, mußte aber zu einem Gedicht immer wieder zurückkehren. Es war *»À une Madone«*, »An eine Madonna«, mit dem Untertitel »Exvoto im spanischen Geschmack«. Es gibt meines Wissens keine, dem Original auch nur annähernd entsprechende deutsche Übersetzung dieses Gedichts - ich bin der Überzeugung, daß es unübersetzbar ist. Wenn ich hier doch so etwas wie eine Prosaübersetzung wage, so geschieht es nur, weil dieses Gedicht meine ganze damalige Lage in mir wachruft, weil ich ihm verbunden bin, dankbar und immer noch betroffen bei seinem Lesen; es hat seither für mich an Faszination nichts eingebüßt, und, ich gestehe es freimütig, ich kann es nicht lesen, ohne mein Schnupftuch hervorzuholen.

»Dir«, so sagt der Dichter, *»Madonna, meine Geliebte, will ich am tiefsten Grunde meines Jammers einen unterirdischen Altar errichten, ich will dir im schwärzesten Winkel meines Herzens, wohin weder weltliche Begierden noch die Blicke der Spötter vorzudringen vermögen, eine Nische ausheben, ganz in blauem und goldenem Schmelz; dort sollst du ragen, eine verzauberte Statue. Aus meinen geschliffenen, aus lauterem Metall gegossenen und mit kristallenen Reimen bestirnten Versen will ich für dein Haupt eine riesige Krone flechten; und in meiner Eifersucht werde ich dir, o sterbliche Madonna, einen Umhang zu schneidern wissen, nach barbarischem Schnitt, steif und schwer, gefüttert mit meinem Argwohn, der deine Reize wie ein Schilderhaus einkerkern wird, bestickt statt mit Perlen mit den Tränen meiner Augen. Meine lechzende, wellenschlagende Begierde wird dein Gewand sein, meine auf- und ab-*

schwellende Begierde, die auf den Erhöhungen sich wiegt, in den Vertiefungen sich ausruht und mit einem einzigen Kuß deinen rosa-weißen Körper umhüllt. Aus meiner Eifersucht werde ich die schönen Atlasschuhe machen, auf daß deine göttlichen Füße sie tragen; mit weichem Griff werden sie sie umschließen und wie ein treuer Model ihren Abdruck bewahren. Wenn ich, trotz meines Kunstgeschicks, dir auch keinen Silbermond zum Fußschemel anfertigen kann, so will ich unter deine Sohlen die Schlange legen, die mein Innerstes zerfleischt, auf daß du, eine siegreiche, heilbringende Königin, dieses von Haß und Geifer geblähte Ungeheuer erniedrigst und zertrittst. Du wirst meine Gedanken aufgereiht wie Kerzen vor dem Blumenaltar der Jungfrauen sehen; ihr Feuer wird sich an der blauglänzenden Decke spiegeln, und diese Feueraugen werden dich unablässig betrachten; und weil alles in mir dich liebt, wird es sich in Benzoe, Weihrauch, Oliban und Myrrhe verwandeln, und mein gewittriger Geist ohne Unterlaß zu dir, weißer und schneeiger Gipfel, in Sturmwolken emporsteigen.

Und schließlich, um deine Marien-Rolle zu vollenden und die Liebe mit Barbarei zu vermischen, werde ich, o schwarze Wollust! aus den sieben Hauptsünden, ein Henker voller Gewissensnöte, sieben scharfgeschliffene Messer machen und sie wie ein kaltblütiger Messerwerfer, den innersten Kern deiner Liebe als Zielscheibe wählend, in dein Herz schleudern, in dein zuckendes, dein schluchzendes, dein rieselndes Herz!«

Das war freilich nicht das Gedicht, das ich Frau Anna - im Krankenhaus begann ich sie so zu nennen und nannte sie unter vier Augen auch später so - als erstes vorlas; ich las ihr zuerst den »Albatros«, ein kurzes Gedicht, nur aus Vierzeilern bestehend, ein erschütterndes Gleichnis der Unbeholfenheit und Heimatlosigkeit des Dichters in dieser Welt: drei Viertel des Gedichts sprechen von jenen mächtigen Vögeln, Königen der Bläue und Fürsten der Wolken, die in tosenden Stürmen und allen Fährnissen der Höhe, ihrem ureigenen Element, daherziehend in unermüdlichlässigem Fluge die Schiffe auf ihren Ozeanreisen begleiten; doch werden sie manchmal von derben und sich auf hoher See langweilenden Matrosen eingefangen, geneckt und verspottet, denn auf dem Boden sind ihnen ihre riesigen Schwingen nur hinderlich; grotesk, wie im Schwindel taumeln sie auf den Planken einher, unrühmlich, jämmerlich - wie der Dichter, der, ein Bruder eben dieser Fürsten der Bläue und Könige der Stürme, sich im Leben, im Erdendasein nicht zurechtfindet und der Menschen Spott auf sich lädt.

Wir saßen und promenierten im Park des Hospitals. Die Wunde war schon so gut wie verheilt, doch ließ mich Major Willhöfft noch nicht gehen, damit ich nicht die Möglichkeit hätte, mich »körperlichen Anstrengungen« auszusetzen, die seiner Meinung nach im postoperativen Stadium häufig zu Leistenbrüchen führten. Rosalie brachte mir Mittag- und Abendessen, Frau Anna besuchte mich jeden Tag gegen drei Uhr.

Wir hatten einen warmen Mai ohne Regen, so daß wir uns gleich nach ihrer Ankunft aus den Karbolgerüchen nach draußen, in die Parkanlagen der Heilanstalt begeben konnten.

»Hoch über den Weihern«, las ich, das Buch in der Linken haltend, mit der Rechten Frau Anna stützend, *»hoch über Tälern, Gebirgen, Wäldern, Wolken und Meeren, jenseits der Sonne, jenseits des Äthers, der Grenzen der sternenbesäten Sphären tummelst du dich, mein Geist, und durchfurchst wie ein guter Schwimmer, dem die Flut behagt, freudig die Unendlichkeit mit unermeßlicher Lust*

und männlichem Genuß. Spanne weit deinen Flug, weit weg von diesen kranken Dünsten, läutere dich in den höheren Düften und trinke den reinen Himmelssaft, das klare Feuer, das die lichten Räume füllt. Glücklich darf sich der Mann preisen, der sich über alle Sorgen und den ungeheuren Gram, die auf dem nebeldüsteren Dasein lasten, mit mächtigen Flügeln aufschwingen kann, den heiter leuchtenden Gefilden entgegen! Ihm steigen die Gedanken wie Lerchen im freien Flug zum Morgenhimmel - er schwebt über dem Leben und versteht mühelos die Sprache der Blumen und der stummen Dinge!«

Die Gedichte waren nicht beim ersten Lesen zu erfassen, ich mußte sie mehrere Male vortragen. Sie gefielen Frau Anna, das erhabene, beinahe schon metaphysische Schweben, die beinahe schon religiöse Bewunderung und zugleich asketische Ablehnung der Natur beziehungsweise das Streben über sie hinaus entzückten sie, sie dachte, die Bekanntschaft eines zutiefst gläubigen Dichters gemacht zu haben, ja sie fand es bereits verzeihlich, daß Baudelaire die Kraft und Schönheit seiner Gedichte aus mitunter recht fragwürdigen Quellen und Anlässen geschöpft hatte. Ich las ihr noch mehrere Gedichte in dieser Art vor, kehrte immer wieder zu den bereits gelesenen zurück, in denen wir beim erneuten Lesen immer wieder neue Schönheiten entdeckten. Als einigermaßen sanfte Überleitung zu meiner »Madonna« wählte ich zwei Gedichte: die »Einladung zur Reise«, und dann, am nächsten Tag, den »Hymnus auf die Schönheit«.

»Mein Kind, meine Schwester«, heißt es im ersten, *»wie süß wäre es, in die Ferne aufzubrechen und dort gemeinsam zu leben! Uns ungestört zu lieben und zu sterben in einem Lande, das dir gleicht! An jenen Nebelhimmeln würden die feuchten Sonnen meinen Geist mit den gleichen geheimnisvollen Reizen bezaubern wie deine verräteri-*

schen Augen, wenn sie durch deine Tränen blitzen! Dort herrschen Ordnung nur und Schönheit, Behaglichkeit, Stille und Wollust. - *Unser Zimmer wäre von blankgeriebenen, schimmernden Möbeln geschmückt; die seltensten Blüten, deren Düfte sich mit sanftem Ambrahauch vermengten, die reichverzierten Decken, die tiefen Spiegel, die Pracht des Orients - das alles würde die Sprache der heimatlichen Geborgenheit sprechen! ... Sieh auf den Kanälen die Schiffe schlummern, die selig in die Weite schweifen - sie würden vom Ende der Welt herbeieilen, um deinen geringsten Wunsch zu erfüllen. - Die sinkenden Sonnen überkleiden die Felder, die Kanäle, die ganze Stadt mit hyazinthenem und goldenem Duft; im warmen Licht entschlummert die Welt ... Dort herrschen Ordnung nur und Schönheit, Behaglichkeit, Stille und Wollust!«*

Frau Anna blickte in die Ferne. Vielleicht verspürte sie einen geheimen Wunsch, aus ihrem im Grunde nichtigen Leben auszubrechen, aufzubrechen in ein fernes Land ... Vielleicht mit mir?!

Beim »Hymnus auf die Schönheit« konnte - und mußte - ich mir einen kleinen Spaß erlauben; ich bezog mich dabei auf den Vergleich in der ersten Strophe, in der der Dichter eine Parallele zwischen Schönheit und Wein zieht, allerdings bereits hier in einer fragwürdigen Anordnung; vielleicht habe sich der Dichter, so sagte ich, bevor ich den Hymnus zu lesen begann, unerlaubterweise, sich der Augenzudrückerei der Welt bedienend, auf irgendwelchen zwielichtigen Wegen einen gewissen badischen Wein verschafft und gekostet, der ihn dann in die richtige lyrische Stimmung versetzt habe.

»Kommst du aus den Tiefen des Himmels oder entsteigst du dem Abgrund, o Schönheit! - dein höllisch-göttlicher Blick verführt gleichermaßen zur guten Tat und zum Verbrechen; aus diesem Grunde kann man dich mit dem Wein

vergleichen. In deinem Auge glühen Abend- und Morgendämmerung; du verströmst die Düfte eines Gewitterabends; deine Küsse sind ein Zaubertrank und dein Mund eine Amphore; sie machen den Helden feige und den Knaben mutig. Entsteigst du dem schwarzen Schlund oder schreitest du von den Sternen hernieder? Das Schicksal folgt bezaubert deinen Röcken wie ein Hund; wahllos säest du Freude oder Unheil aus und, alles lenkend, haftest du für nichts. Du wandelst über Tote! Schönheit, deren du nicht achtest; unter deinen Juwelen ist das Grauen nicht das unansehnlichste, und zwischen deinen liebsten Edelsteinen tanzt der Mord verzückt auf deinem stolzen Bauch. Geblendet fliegt der Falter dir, Kerze, zu, knistert, verglüht und sagt: Gesegnet sei uns dieses Licht. Der keuchende Verliebte, der sich über seine Schöne beugt, ist wie ein Todkranker, der sein Grab liebkost. Ob du vom Himmel, ob du aus der Hölle kommst, gleichviel, o Schönheit! du Ungeheuer, gewaltig, erschreckend, doch ohne Arglist! Wenn nur dein Auge, dein Lächeln, dein Fuß mir das Tor zur Unendlichkeit eröffnen, die ich liebe, ohne sie je gekannt zu haben. Von Satan oder von Gott, gleichviel! Engel oder Sirene, gleichviel, wenn du nur - Fee mit Samtaugen, Rhythmus, Duft, Schimmer, o meine einzige Königin! - die Häßlichkeit der Welt verringerst und die Last des Augenblicks erleichterst!«

Aus diesen Versen sprach kein Heiliger mehr, kein gottesfürchtiger Pantheist, kein vom Glauben erfüllter Mensch, sondern ein dem Bösen mit Haut und Haaren Verfallener und Verhafteter. Ich wunderte mich keineswegs, als ich Frau Anna sagen hörte, daß dies das letzte Gedicht sei, das sie von Baudelaire gehört haben wollte.

Indes - sie selber hatte mir eine ausführliche Biographie Baudelaires besorgt - hörte sie mir, wenn auch mit tiefstem Abscheu, so doch mit einigem Interesse zu, wenn ich von den Musen des Dichters sprach, die ihn zur Niederschrift seiner Gedichte inspiriert hatten, von der Mestizin Jeanne Duval, von Madame Sabatier, Marie Daubrun und den anderen Schönen des Poeten. Ein erschauerndes Interesse, eine ängstliche, sich quälende Neugier - das sind wohl die Ausdrücke, mit denen ich ihr damaliges Verhalten beschreiben könnte.

An einem dieser Tage hatte ich sie - zugegeben, es war eine eigentümliche Erwiderung ihrer Einladungen zu Besichtigungen - zum Besuch des an das Hospital angeschlossenen Anatomischen Museums eingeladen.

Im Vestibül empfing uns ein großes Porträt des Andreas Vesalius und darunter in einem Glasschränkchen eins der seltenen Exemplare seines anatomischen Atlasses *»De humani corporis fabrica«* - jenes Werk also, das nicht nur als die Begründung der Anatomie, sondern auch der Chirurgie, ja der modernen wissenschaftlichen Medizin überhaupt gilt. Der große Mann habe, so hieße es auf einer erklärenden Tafel, durch seine systematischen Leichenzerlegungen im 16. Jahrhundert den *Menschen* entdeckt, eine Tat, die nur mit derjenigen des Kolumbus verglichen werden könne. Erst durch seine frühen, insgeheim ausgeführten, ja damals als ketzerisch und kriminell geächteten Sezierungen sei er zu jenen für die ärztliche Praxis unentbehrlichen Erkenntnissen gelangt, die ihn befähigten, Leibarzt Karls V. und Philipps II. von Spanien zu werden.

In der verhältnismäßig kleinen Sammlung befanden sich aus Wachs angefertigte Modelle menschlicher Organe, Skelette und einzelne Knochen, teils sogar aus dem Steinzeitalter stammend, vor allem aber Einmachgläser unterschiedlicher Größe, in denen aus Leichen beziehungsweise durch Operationen gewonnene Organe schlummerten und schwammen, Nieren, Lungen, ein Herz, eine Leber, Gehirne, Augen, dann die gleichen Organe zweigeteilt, ihr

Inneres zeigend, dann Glieder und Organe mit pathologischen Veränderungen, eine Hand mit sechs Fingern, eine riesige, von einer Krebsgeschwulst durchsetzte Leber - und dann wiederum ein Höhepunkt: ein Porträt Johann Wolfgang Goethes und dessen naturwissenschaftliche Schriften, vor allem aber der von ihm entdeckte Zwischenkieferknochen, das *Os intermaxillare*, und ein Faksimile des Briefes vom 27. 3. 1784, in dem Goethe Frau von Stein seine Entdeckung ankündigte.

»Was mag der Dichterfürst gedacht haben«, fragte ich Frau Anna und mich, »als er, ein Kenner der verborgensten Winkel der menschlichen Seele, auch für die Erforschung deren Trägers, nämlich des Körpers, so viel Zeit und Aufmerksamkeit aufwandte? Ging es ihm darum, den für seine Dichtung allein gültigen Gegenstand, den Menschen, sozusagen von seinen beiden Enden her, vom Körper und von der Seele aus zu erkunden? Wie war ihm zumute, als er gewahr wurde, daß ihm die Entdeckung erst auf dem Umweg über das Tierreich gelang, wie dachte er, lange vor Darwin und Haeckel, über die Entstehung des Menschen, wie dachte er über dessen Verflochtenheit mit der irdischen Materie, oder vielleicht gar mit dem Unterirdischen, dem Teuflischen, als das der Stoff von mancher Glaubenslehre aufgefaßt wird? Was dachte der Dichterfürst, der damals erst vor wenigen Monaten ›Edel sei der Mensch‹ und ›Wer nie sein Brot mit Tränen aß . . .‹ niedergeschrieben hatte, beim Betrachten und Betasten von Menschengliedern, wie sie auch hier ausgestellt sind, wie sie einstmals lebenden, sich freuenden, weinenden und liebenden Menschen gehörten? Was wußte er alles über den Menschen und dessen Entstehung, was er aus Schonung und in Kenntnis ängstlicher menschlicher Vorurteile nicht ausgesprochen hatte? Hatte er über die Schönheit vielleicht ähnlich gedacht wie Baudelaire . . .?«

3

Erst viele Tage nach meiner Entlassung aus dem Hospital, bei einem Spaziergang in den Anlagen des herzoglichen Parks erlaubte mir Frau Anna, daß ich den Baudelaire-Band hervorzog und ihr das Gedicht »An eine Madonna« las. Sie war schockiert. Es bestand kein Zweifel über die Innigkeit, ja Unendlichkeit der Liebe des Dichters zur Madonna, und freilich auch darüber nicht, daß diese Liebe voller Perversität war, daß die Verzückung, die ätherische Zärtlichkeit mit etwas zutiefst Körperlich-Blutigem, Scheußlichem und Ekelerregendem Hand in Hand gingen. Frau Anna ließ meinen Arm nicht los, gebot mir aber mit einem Blick, den Band einzustecken, wandte sich dem Ausgang zu und begann im Laufschritt zu gehen, mich mitzerrend, ohne ein einziges erklärendes Wort. Bald erkannte ich ihr Ziel: es war die Kirche. Doch war diese keineswegs, wie es Frau Anna wahrscheinlich hoffte, verlassen und in Dunkelheit versunken: die Bänke waren besetzt, die Kerzen brannten, und nach einer Weile trat der Prälat in seinem bestickten Meßgewand und in Begleitung seiner Ministranten aus der Sakristei; statt eines trapezförmig zugedeckten Kelches hatte er aber nur ein Gebetbuch in der Hand, und auch die Ministranten kamen ohne Meßbuch, Wasser und Wein, mit gefalteten Händen.

»Ein Nachmittagsgottesdienst, eine Litanei!« - hörte ich Frau Anna flüstern. Es war selbst für mich beklemmend, wie die ganze Szenerie, die Madonna über dem Altar, die Kerzen, der tiefblau bemalte und mit goldenen Sternen geschmückte Himmel der Kirche an das Madonna-Gedicht erinnerte.

Der Prälat betete kurz; dann begann er die Gottesmutter, das Kind Jesu, die Apostel und die Heiligen nacheinander anzurufen, und nach jedem Namen wie etwa: »Heiliger Ignatius von Loyola« fiel die Gemeinde mit dem Echo ein: »Bitte für uns«, oder: »Erbarme dich unser«. Am Schluß betete der Prälat wieder allein und entfernte sich dann vom Altar.

Ich glaube, zu diesem Zeitpunkt waren wir beide nicht mehr ganz zurechnungsfähig. Denn am nächsten Tag holte ich »Die Satans-Litaneien« hervor, in denen Baudelaire als Echo nach jeder Beschwörungsformel den Vers wiederholt: »*O Satan, erbarme meines langen Elends dich!*« Das Gedicht selber lautet ohne den wiederkehrenden Vers: »*O du, der klügste und schönste der Engel, Gott, vom Schicksal verraten und der Lobpreisungen beraubt! O Fürst in der Verbannung, dem man Unrecht tat, der sich nach jeder Niederlage gestärkt erhebt! Du Allwissender, großer König der unterirdischen Dinge, vertrauter Heiler menschlicher Ängste! Du, der du aus Liebe selbst die Aussätzigen, die verfluchten Parias die Lust des Paradieses kennen lehrst! O du, der du mit dem Tode, deiner alten und starken Liebsten, die Hoffnung zeugtest, die liebenswerte Närrin! ... Du, der du weißt, in welchen Winkeln der neidischen Erde Gott eifersüchtig die Edelsteine verbarg! Du, dessen helles Auge die tiefen Arsenale kennt, in denen das Volk der Metalle begraben schlummert! Du, dessen breite Hand dem Schlafwandler, der am Rand der Dächer irrt, die Abgründe verdeckt! ... Stab der Verbannten, Lampe der Erfinder, Beichtvater der Gehenkten und Verschwörer! Wahlvater jener, die Gottvater in seinem schwarzen Zorn aus dem irdischen Paradies verjagt hat! O, Satan, erbarme meines langen Elends dich!*«

Als ich am Ende anlangte, verwies mich Frau Anna des Zimmers.

Ein paar Tage später, an einem Freitag, erhielt ich ein Telegramm: »ankomme mittwoch siebzehn uhr zwanzig stop ersatzteile bereitgestellt stop rückfahrt sonntag stop pauli«. Obwohl ich schon seit langem auf diese Nachricht wartete, traf mich das Telegramm doch unvorbereitet - gerade in diesem Augenblick. Das Postmuseum lud zum Austausch der gewünschten Stempel geradezu ein: es hatte nur einen Wärter, den ich leicht ablenken konnte; darüber hinaus wurden die rechteckigen Aufgabestempel unverschlossen in einem Glasschrank aufbewahrt. Nur die dazu passenden sieben Nummernstempel mit Balken und einige Zweikreisstempel sowie drei Halbkreis- und ein Schnallenstempel aus früheren Zeiten waren in verschlossenen Schaukästen ausgestellt. Im Städtischen Museum jedoch konnten wir ohne fremde Hilfe nicht auskommen: hier gab es für jeden Saal einen Wärter. Als das Telegramm eintraf, hatte ich nur vage Vorstellungen davon, wie wir diese Schwierigkeiten bewältigen sollten.

Frau Anna hatte mit mir ungeachtet der blamablen Rezitation der »Satanslitaneien« und der darauffolgenden prompten Entlassung die nachmittäglichen Spaziergänge fortgesetzt; daß wir trotz der Abkühlung, ja beinahe schon Vereisung unseres Verhältnisses dennoch einigen Gesprächsstoff hatten, war nur dem Umstand zu verdanken, daß die in Kassel ansässige Familie des von Frielingsen-Sohnes Nikolaus in jenen Tagen um ein kleines Töchterchen, Marie-Amalie, reicher geworden war.

Am Freitagnachmittag machte ich vor dem Spaziergang Frau Anna den Vorschlag, zunächst zur »Deutschen Eiche« zu gehen, um meinen Freund, Herrn Josef Pauli, der im Auftrage der Familie in Braunschweig nach dem Rechten sehen wolle, ein Zimmer zu reservieren. Ein Besuch von seiten meiner Familie sei schon seit langem, besonders nach meiner Operation, fällig gewesen, doch könne mein Vater wegen Fabrik und Druckerei, meine Mutter dagegen wegen der Erkrankung meiner Schwester Sophie Breslau nicht verlassen; so sei ihre Wahl auf den Geschäftsführer und langjährigen Freund der Familie gefallen, der bei meiner Erziehung und der Planung meiner Zukunft nach den Praktikantenjahren sowieso schon von entscheidendem Einfluß gewesen sei.

Wie lange würde er sich denn in Braunschweig aufhalten wollen? - lautete die Frage Frau Annas. »Vier Tage nur«, sagte ich, worauf sie mir kurzentschlossen erklärte, daß Herr Pauli am besten bei der Familie ein Zimmer bezöge, denn so könne er nicht nur die beruflichen Fortschritte, sondern auch meinen privaten Alltag überprüfen und meinen Eltern ausführlich Bericht erstatten.

»Der Besuch von Herrn Pauli«, sagte ich, »hat einen vielleicht, nein, einen sicherlich weitaus wichtigeren Zweck als einen bloßen Bericht über mein gegenwärtiges Vorankommen. Dieser Zweck, von langer Hand vorbereitet und in allen Einzelheiten sorgfältig geplant, weil von enormer Bedeutung für meine spätere wissenschaftliche Laufbahn, ist aber dermaßen delikater Natur, daß ich es nicht wage, ihn ohne weiteres beim Namen zu nennen.«

Frau Anna war erschrocken; sie vermutete womöglich irgendeinen Zusammenhang mit meinen Besuchen bei den Studienobjekten des Herrn Hofchirurgus. »Nein, nein«, sagte ich, »ich glaube zu wissen, woran Sie denken, aber meine zukünftige wissenschaftliche Laufbahn hat ganz und gar nichts mit medizinischen Belangen zu tun, sie steht vielmehr mit der Chemie und der Geschichte der deutschen Druckerei und Papierherstellung im Zusammenhang.«

So handele es sich doch, meinte Frau Anna, um eine

sozusagen innerbetriebliche Angelegenheit, um irgendwelche Untersuchungen und Recherchen in der Druckerei.

»Nein, nein«, sagte ich wiederum, »es geht um einen Gegenstand, der sich am besten mit dem köstlichen badischen Wein Ihres Vaters vergleichen ließe. Denn genauso wie dieser Sie, Frau Anna, nach Braunschweig geführt hatte, ist es in meinem Falle dieser Gegenstand, dem mein hiesiger Aufenthalt zu verdanken ist. Gäbe es ihn nicht, wäre ich sofort nach Hamburg in eine große Druckerei gegangen, um meine Kenntnisse unter viel günstigeren Umständen zu vervollkommnen. Denn ehrlich gesagt, ist dieser ganze hiesige Laden nur eine veraltete Bruchbude, ein kleiner Betrieb unter dem nur an einem Haar hängenden Damokles-Schwert des finanziellen Zusammenbruchs, wo dementsprechend einzig und allein das rein Kommerzielle bei jedem Vorhaben ausschlaggebend ist und auf keinerlei Versuche technologischer Art Rücksicht genommen werden kann, von der Anschaffung neuer Maschinen und der Einführung neuer Verfahren ganz zu schweigen.«

»Sagen Sie also endlich, worum es geht!«

»Ich würde es gern tun, darf es aber nicht; es wäre eine Zumutung, Sie mit dem Wissen über eine solche, gewissermaßen den Bereich des Kriminellen streifenden Angelegenheit zu belasten.«

»Kriminell?«

»Nur gewissermaßen, nur bedingt, etwa in der Weise, wie sich Vesalius auf verbotenem Wege die Leichen zu seinen Sezierungen beschaffen mußte, die ihn dann zum Begründer der Anatomie werden ließen.«

»Sie wollen doch nicht etwa in das Anatomische Museum einbrechen?«

»Nein, nicht in das anatomische!«

»Ein Einbruch also, ein Diebstahl privaten oder staatlichen Eigentums.«

»Diese Ausdrücke gehen zu weit. Es handelt sich lediglich um die Ersetzung eines an sich wertlosen Gegenstands durch einen anderen. Lassen wir das, ich bin auch so schon zu weit gegangen.«

Am gleichen Abend traf ich in Gesellschaft von Herrn Delius mit dem Major Willhöfft zusammen - und hatte am nächsten Tage wegen des Vorfalls Frau Anna Rede und Antwort zu stehen.

»Mein Sohn«, sagte sie, nachdem ich wiederum eine Verteidigungsrede improvisiert hatte, »ich höre Sie fortwährend von Wonnen, Entspannungen, Befriedigungen durchgreifender und erschütternder Natur reden, und zwar von Wonnen, die im Austausch mit Ihrem Fräulein Leopoldine nicht nur Ihnen, sondern auch dieser Dame zuteil werden sollen; ja, Sie erdreisten sich, auf Baudelaires Satan hinzuweisen, der die Parias das Paradies eben durch diese Wonnen kennen lehrte; ich glaube, Sie und Ihren versponnenen und perversen Dichter der Lüge bezichtigen zu müssen, denn als Ehefrau, die ich nun schon seit mehr als drei Jahrzehnten bin, und vor allem auch als Mutter von sechs Kindern glaube ich doch etwas kompetenter auf diesem Gebiete zu sein oder doch etwas weniger heuchlerisch als Ihr Fräulein, das Ihnen allem Anschein nach nur etwas vormacht oder vorgaukelt, um Ihrer falschverstandenen Männlichkeit zu schmeicheln, obwohl das, was Ihnen Wonne bereitet, für sie nur eine Plage, eine Last oder gar eine ekelerregende Berührung ist; denn nur als solche habe ich in meinem Leben die Vermischung der Geschlechter empfunden. Entweder lügen Sie also, oder Sie lassen sich täuschen und dienen nachträglich möglicherweise als Gegenstand des Spottes und der Belustigung der Damen, wenn sie beim Frühstück einander über die Geschehnisse und Merkwürdigkeiten der zurückliegenden Nacht berichten. Wenn schon unsere Ermahnungen, ich meine die von meiner Seite und diejenigen Ihrer Mutter, nichts fruchten, so sollte Sie zumindest dieser Umstand nachdenklich stimmen und Sie zu einem Sinneswandel, das heißt zur Aufgabe Ihrer Ausschweifungen bewegen.«

So verhielt es sich also mit Frau Anna; mit ihren Worten bestätigte sie nur das, was ich sowieso schon geahnt hatte. Ich konnte mich aber eben in diesem Moment nicht in lange Erklärungen verstricken, ich mußte sehen, daß sie mir in einer viel dringlicheren Angelegenheit Gehör schenkte. Wenn alles nach unseren Plänen verlief, war Herr Pauli bereits in Berlin, um im dortigen Postmuseum nach alten Stempeln zu fahnden.

»Um auf unser gestriges Gespräch zurückzukommen«, sagte ich nach einer längeren Pause, als hätte ich über das von ihr Gesagte nachgedacht und ihr im wesentlichen recht gegeben, da ich das Thema wechselte, »so sollten Sie sich in jener Angelegenheit meinetwegen keine Sorgen machen. Wie gesagt: es handelt sich lediglich um den Austausch eines veralteten Maschinenteils durch einen anderen, genauso wertvollen oder eher genauso wertlosen, so daß man, wenn es uns nur einigermaßen gelingt, die Aufmerksamkeit der Wärter abzulenken, nie dahinterkommen wird, daß statt des Originals eine Nachahmung in der Vitrine liegt. Da die genaue Zusammensetzung der Legierung unseres Maschinenteils noch nie untersucht worden ist - und das ist, worauf es uns ankommt -, wird man zu keiner Zeit feststellen können, ob die Durchstichleisten, ja, das ist der Gegenstand, ausgetauscht worden sind. Wir könnten die Sache auch zu zweit mit Herrn Pauli bewerkstelligen, wenn es mir gelänge, die Wärter in ein entfernteres Cabinet zu locken. Das ist die einzige Schwierigkeit, denn selbst wenn ich eine Ohnmacht vortäuschte, wäre das für die Wärter noch kein Grund, ihren Posten zu verlassen und sich um mich zu versammeln; wer glaubt schon an die Ernsthaftigkeit der Ohnmacht eines Mannes, dazu noch eines jungen? Ganz anders würde die Sache freilich verlaufen, wenn eine *Dame* plötzlich zusammenbräche und ich an ihrer Seite nach ärztlicher Hilfe zu rufen anfinge; alles was nur Beine hat, würde in einem solchen Fall zum Cabinet rennen, und währenddessen könnte Herr Pauli ungestört und in aller Seelenruhe sein Geschäft erledigen. In fünf Minuten wäre alles vorbei, die Dame könnte zu sich kommen, noch bevor man jemanden losgeschickt hätte, um einen Arzt zu holen.«

»Herr Skorzeny, ich habe es schon öfters gesagt: Sie sind ein Ungeheuer! Kommen Sie, zeigen Sie mir das Maschinenteil!«

Ich tat es. Frau Anna war einigermaßen enttäuscht, wahrscheinlich hatte sie gedacht, daß ich sie hinters Licht führen und etwas Ansehnlicheres als die unscheinbaren, zum Teil verrosteten und nicht einmal mit einem Hinweisschild versehenen Durchstichleisten entwenden wollte.

Wir saßen mit Herrn Pauli und den von Frielingsens beim Abendessen.

»Sie können in jeder Hinsicht Herrn Skorzeny senior«, sagte Herr von Frielingsen, »beruhigen; wie mir Major Willhöfft versicherte, ist die Gesundheit seines Sohnes wieder vollkommen hergestellt; die Nachuntersuchungen, die der Herr Major angestellt und vorsorglich auf alle wichtigen Organe ausgedehnt hatte, ergaben überdurchschnittliche und allerbeste Resultate. Herz und Lunge, wie der Major sich auszudrücken beliebte, scheinen von einem Stier zu stammen und gewährleisten ausgezeichnete körperliche Leistungen. Aus diesem Material könnte man einen hervorragenden Offizier mit sagenhafter physischer Ausdauer kneten - eine Feststellung, über deren keinen Zweifel zulassende Bestimmtheit ich mich eigentlich gewundert habe, denn ich kann mir nur schwer vorstellen, daß ein Stethoskop oder selbst ein Röntgengerät solche Aussagen rechtfertigen können. Doch der Major scheint sich seiner Sache hundertprozentig sicher zu sein, und ich muß mich seinem Urteil beugen, denn schließlich stehen ihm Hunderte von Offizieren als Vergleichsmöglichkeit zur Verfügung. Auch was den zivilen Umgang und die Bereicherung der Fachkenntnisse betrifft, scheint alles in bester Ordnung zu sein, da, wie ich erst unlängst von einem Bekannten, einem Redakteur unseres ›Stadtanzeigers‹ hörte, Herr Delius unseren jungen Zimmerherrn in seinen engeren Freundeskreis aufgenommen hat - worüber ich allerdings nicht sehr erfreut bin, denn der Mann ist nicht ganz in Ordnung; Herr Skorzeny hat in diesem Punkt meinen warnenden Rat nicht befolgt, was auf eine gewisse trotzige Eigenwilligkeit schließen läßt, die ich allerdings von meinen Söhnen her zur Genüge kenne. Wie dem aber auch sei, es ist auf jeden Fall als eine Auszeichnung zu betrachten, wenn ein Mann in leitender Position einen um mehr als zwanzig Jahre Jüngeren mit seiner Freundschaft begünstigt - ja, ich glaube, das Wort ›Freundschaft‹ trifft hier den Kern.«

»Hm«, sagte Herr Pauli, und Frau Anna machte ihren Gatten darauf aufmerksam, daß der Wein in den Gläsern zur Neige ging.

»Erfreuliches ist auch über die kunsthistorische Beflissenheit unseres jungen Freundes zu berichten«, fuhr Herr von Frielingsen unbeirrbar fort, »wie auch über seine Vorbereitungen auf die wissenschaftliche Laufbahn, die, wie ich es den Berichten meiner Frau entnehme, mit einer Dissertation über die Geschichte der deutschen Druckereikunst beginnen soll und bereits jetzt in die Wege geleitet wird: mehrere dicke Hefte zeugen davon, die Herr Skorzeny beim Sichten des Aktenmaterials der Druckerei in mühseliger - ich kenne diese Art des Materialsammelns - in mühseliger, erst nach Feierabend zu bewerkstelligender Nachtarbeit im Druckereibüro vollgeschrieben hat.«

»Hm«, sagte Herr Pauli wiederum, der die Hefte nebst den in einer großen Malermappe aufbewahrten mehr als zweihundert Druckbogen gesehen hatte. »Es scheint also alles in bester Ordnung zu sein«, sagte er dann, »und ich frage mich, ob ich mich morgen nach dem Besuch bei Herrn Delius nicht am besten gleich wieder in den Zug setzen sollte. Andererseits möchte ich es mir nicht entgehen lassen, den Dom und andere Denkmäler Braunschweigs kennenzulernen, so daß ich, wenn ich Ihnen nicht zur Last falle, Ihre Gastfreundschaft doch nach meinem ursprünglichen Plan bis Sonntag in Anspruch nehmen würde.« Er blickte fragend auf Frau Anna.

»Sie sind uns willkommen«, sagte sie und fügte nach einer kurzen Pause noch hinzu: »Und wir werden uns bemühen, Ihren Aufenthalt so angenehm und *nützlich* zu gestalten, wie es uns nur möglich ist.«

»Wir dürfen also damit rechnen«, fragte Herr Pauli, »daß Sie uns bei diesem oder jenem Besuch, etwa bei der Besichtigung der herzoglichen Gemäldegalerie begleiten werden? Das wäre eine sehr freundliche Geste von Ihnen, denn der Fremde läuft bei solchen Besichtigungen immer Gefahr, seine kurzbemessene Zeit nicht am richtigen Ort zu verbringen, sondern sich vielmehr bei der Betrachtung von Reliquien minderen Ranges seelisch zu verausgaben.«

»Gern«, sagte Frau Anna und hob die Tafel auf. »Ich glaube, Sie sollten nach der heutigen beschwerlichen Reise früh zu Bett gehen, damit Sie sich in den nächsten Tagen mit wiederhergestellten Kräften den . . . Strapazen der Besichtigungen widmen können.«

»Das werde ich tun, gnädige Frau«, erwiderte Herr Pauli, »und ich erlaube mir, mich für den heutigen Tag zu verabschieden - und nochmals für Ihre Liebenswürdigkeit zu danken, daß Sie mich in Ihrem Hause aufgenommen haben.«

Ich begleitete Herrn Pauli zu seinem Zimmer. »Wir statten morgen den Besuch im Postmuseum ab, und anschließend sehe ich mir den Schauplatz des eigentlichen Dramas allein an«, sagte er, »am Freitag können wir dann zu dritt zur Tat schreiten.«

4

Frau Anna zitterte am ganzen Leibe, als wir uns von Herrn Pauli trennten und noch etwa zehn Minuten auf und ab gingen, bevor wir das Neustadt-Rathaus betraten und die Treppen zu dem in den oberen Räumlichkeiten befindlichen Städtischen Museum hinaufgingen. Es waren kaum Besucher da, Herr Pauli hielt sich bereits beim vertieften Studium der Exponate im bewußten Cabinet auf, jedoch nicht vor der uns interessierenden Vitrine. Wir hielten uns verabredungsgemäß im Saale mit den altgermanischen Altertümern auf, als der Zeiger meiner Taschenuhr genau auf 3 Uhr 22 Minuten zeigte. Ich drückte Frau Anna sanft am Arm. Das Resultat war ein markerschütternder Schrei, wie selbst ich ihn nicht erwartet hätte; Frau Anna sackte zusammen und streckte alle viere von sich, Handtasche, Handschuhe und Schirm waren ihren Händen entglitten, ihr mit Seidenblumen geschmückter Hut nach vorn gerutscht, so daß er ihr Gesicht völlig verdeckte.

»Hilfe, Hilfe!« rief ich, und die Wärter stürmten im Laufschritt heran, begleitet von anderen Besuchern aus allen Richtungen. Ich kniete neben Frau Anna nieder und versuchte, ihren Hals und das Gesicht freizumachen, ich zog meine Jacke aus, legte sie zusammen und bettete ihren Kopf darauf. Dann griff ich nach ihrem Puls; er war unregelmäßig und sehr schnell.

»Holen Sie um Gottes willen einen Arzt, die Dame ist ohnmächtig, wir können ihr nicht helfen!«

Ein Wärter eilte davon, mit der Hilfe von zwei anderen

hob ich Frau Anna vom Boden und legte sie auf eine mit Leder bezogene Ruhebank. Währenddessen ging Herr Pauli an uns vorbei und nickte mir zu; die Durchstichleisten waren bereits unsichtbar an seinem Rücken unter dem Gehrock befestigt.

Eine Dame hielt ein Fläschchen mit Eau de Cologne vor Frau Annas Nase, ein Herr kam mit einem feuchten Taschentuch, das er der Dame überreichte; sie sollte damit die Herzgegend der Ohnmächtigen massieren.

Es verging eine gute Viertelstunde, ehe der Arzt kam; wir waren machtlos und konnten nichts unternehmen.

Der Doktor verabreichte der Patientin als erstes eine Kampferspritze, zerbrach dann eine Ampulle mit Salmiakgeist, entleerte sie auf einen Wattebausch, den er vor ihrer Nase hin- und herbewegte. Sie kam schließlich zu sich; der Arzt schickte die Gaffenden aus dem Cabinet und untersuchte sie.

»Es ist, hoffe ich, nichts Gefährliches«, sagte er, nachdem er aus dem Saal herauskam und die Tür hinter sich schloß. »Die Patientin ist jetzt bei vollem Bewußtsein, die Reflexe funktionieren einwandfrei; sie beantwortet die Fragen und ist bereits imstande, die Treppen auf den eigenen Beinen hinunterzugehen. Ich sehe keine Veranlassung, sie ins Krankenhaus einzuliefern; ich empfehle Ihnen, eine Droschke zu bestellen, die gnädige Frau nach Hause zu bringen und sie ins Bett legen zu lassen. Wenn Sie mir Ihren Hausarzt nennen wollen, so setze ich mich mit ihm umgehend in Verbindung und bespreche mit ihm, was zu unternehmen ist.«

»Ja, bitte, tun Sie das«, erwiderte ich, »unser Hausarzt ist Herr Dr. Klein beziehungsweise der Hofchirurg Major von Willhöfft, der bei ernsteren Sachen hinzugezogen wird.«

»Es wird wohl reichen, wenn ich den Kollegen Klein

verständige«, meinte der Doktor und half dann, Frau Anna die Treppe hinunterzubringen und in die Droschke zu setzen.

Frau Anna sprach nicht, auch in der Droschke war sie zu keinem Gespräch zu bewegen. Sie versicherte mir lediglich, daß es ihr gut gehe und daß sie sich nicht weiter krank fühle - eine Behauptung, die Herr Dr. Klein Lügen strafte, denn er diagnostizierte nach kurzer Untersuchung ein akutes Nervenfieber; er verordnete Bromtabletten, leichte Kost und, wie denn auch anders, kalte Umschläge. Ansonsten bleibe nichts übrig, schloß er, als abzuwarten, bis sich die Symptome deutlicher abzeichnen würden. - Kaum daß er ging, kam der Major. Aber in diesem Falle war er mit Diagnose und Therapie des zivilen Schlappschwanzes einverstanden. Am Abend, als die Temperatur über 39° gestiegen war, verordnete dieser Umschläge über den ganzen Oberleib und zusätzlich zu den Brom- täglich dreimal je zwei Antifebrintabletten.

Ich stimmte mit Herrn Pauli überein, daß es am besten sei, wenn er unter diesen Umständen die Rückreise sofort anträte; sein Vorhaben hatte er ausgeführt, und seine weitere Anwesenheit im Hause wäre gewiß auch für Frau Anna unlieb gewesen. Er fuhr gegen zehn noch am selben Abend ab.

Beide Ärzte hatten am Tage der Erkrankung Frau Annas die Hoffnung geäußert, daß der fiebrige Zustand bald überwunden werden würde; doch erfüllte sich diese Hoffnung nicht, es gelang zwar, das Fieber beträchtlich zu senken, doch von einer Normalisierung konnte keine Rede sein. Erst nach zehn Tagen zeichnete sich eine Besserung ab; doch waren es nun Kreislaufstörungen, die Dr. Klein zu schaffen machten. Während er dafür war, daß die Kranke nicht den ganzen Tag lag, sondern aufstand und zunächst nur im Zimmer und nach einigen Tagen auch im

Freien kleinere Spaziergänge unternahm, sprach sich Major Willhöfft für eine strikte Ruhigstellung der Patientin aus, ja er zog die Anwendung seiner beliebten Chloralhydrateinläufe in Erwägung. Das Aufsetzen von Blutegeln war das einzige Mittel, auf das sich die beiden Ärzte einigen konnten. Tatsächlich ließen nach dieser Behandlung die Kopfschmerzen nach; doch kletterte jetzt wiederum das Fieber in die Höhe.

Ich saß nun oft am Bett Frau Annas und las ihr aus Romanen von Charles Dickens vor. Sie machte mir keine Vorwürfe und äußerte sich nicht einmal andeutungsweise darüber, daß ich ihren Zustand mitverschuldet, wenn nicht überhaupt verursacht hatte.

Dann bat sie mich um den Baudelaire-Band, den sie selber las; selbst in Thackerays *»Vanity Fair«* fand sie immer wieder Stellen, bei denen sie mir den Band aus den Händen nahm, um mich dann am nächsten Tag zehn oder zwanzig Seiten weiter die Vorlesung fortsetzen zu lassen.

Inzwischen hatte ich schon mit den Vorbereitungen zur Abreise begonnen; je einen Monat beabsichtigte ich in Bremen und in Lübeck und anschließend wieder ein halbes Jahr in Hamburg zu arbeiten; erst danach sollte Berlin an die Reihe kommen.

Ich bat Frau Anna, eine große Kiste mit meinen Büchern bis zu meinem Eintreffen in Hamburg im Hause lassen zu dürfen: es hätte keinen Sinn gehabt, sie mitzuschleppen und, kaum daß sie ausgepackt waren, wieder einzupacken.

Ich hatte sogar schon meine Fahrkarte in der Tasche, als ich bei ihr an einem Sonntagvormittag anklopfte. Herr von Frielingsen hatte sich kurz davor von ihr verabschiedet; außer uns war nur noch die Köchin zu Hause, vollauf mit der Zubereitung des Abschiedsmahls beschäftigt.

Als ich Frau Annas Hand küßte, ließ sie die meine nicht los; sie zog mich an sich heran und sagte ganz dicht an meinem Ohr: »Wie viel Sorgen und Kummer hast du mir bereitet, du Ungeheuer! Du hast mein ganzes Leben aus den Angeln gehoben, du hast mich zu einer Verbrecherin, zu einer gemeinen Diebin gemacht, du hast die Ruhe und die Zufriedenheit meiner Seele zerstört!« Sie war nahe daran, zu weinen. Ich küßte sie; sie erwiderte meinen Kuß auf eine unerwartet-heftige Weise, die mir ihren Schrei im Museum in Erinnerung rief. Ich befreite mich von meiner Kleidung und stieg zu ihr ins Bett. Ihr Körper war glühendheiß und zuckte bei jeder meiner Berührungen zusammen. Ich schob ihr Nachthemd nach oben und streichelte sie; sie berührte mein Glied, zog aber sofort erschrocken ihre Hand weg; ich faßte sie an und führte sie wieder zurück; Anna - jetzt versuchte ich, sie unter Weglassung jeglicher Titel zu nennen, um in ihr Bewußtsein vorzudringen, ohne Erfolg übrigens - geriet außer sich, biß in meine Schultern und den Hals, preßte mich mit aller Kraft an sich, um im nächsten Augenblick ihre Nägel in meinen Rücken zu bohren. Wir vereinigten uns. Und es geschah, wie ich eingangs schon erwähnt hatte: eine Explosion fand statt, eine Naturkatastrophe, die wie eine Lawine über uns hereinbrach; Anna wimmerte, jauchzte, tobte unter mir und wand sich in Krämpfen, bäumte sich auf und fiel wieder zurück. Weder vor- noch nachher hatte ich mit einer Frau einen Orgasmus von ähnlicher Vehemenz, vor allem aber von ähnlicher Dauer erlebt; ihre Ekstase, ihre krampfartigen Zuckungen, ihr wildes Keuchen währten länger als zehn Minuten, so daß bei mir ein zweiter, mit ziemlichen Schmerzen verbundener Orgasmus erfolgte. Dann sank sie zu Tode erschöpft zurück, und ich beeilte mich, meine Unterwäsche und den Anzug wieder anzuziehen. Noch einmal küßte sie mich und sagte: »Ich danke dir, du Ungeheuer - jetzt glaube ich dir, jetzt verzeihe ich dir alles, was du mir angetan hast.«

Ich verschob meine Abreise auf den nächsten Montag; doch Anna ließ mich nicht mehr zu sich. Am Dienstagmorgen stand sie auf und erklärte ihrem Mann, daß sie sich vollkommen gesund fühle. Die Ärzte, die Herr von Frielingsen sofort herbeirief, konnten ihr Urteil nur bestätigen; Temperatur und Blutdruck hatten sich normalisiert, der objektive Befund entsprach in allem dem subjektiven Wohlbefinden.

Wir machten in dieser letzten Woche noch ausgedehnte Spaziergänge, sprachen aber kaum miteinander.

Zweiter Teil

5

Schön wär's, wenn ich noch einmal den Weidendamm hinuntergehen könnte, über die kleine Ohle-Brücke und dann nach rechts, vorbei an der Gasanstalt, am Regierungsgebäude, an der Holteihöhe, über den Kaiserin-Augusta-Platz zum Flußufer.

Es zogen Schiffe vorbei in beiden Richtungen, die Schiffersfrauen hängten die Wäsche an die Leine, flatternde Windeln, bunte Tücher und langbeinige Unterhosen. Dann zog der erste Dampfer vom Anlegeplatz hinter der Dombrücke vorbei und verschwand hinter der Lessingbrücke; von hier aus sah ich schon die Turmuhren des Doms und der Sandkirche, die erste zeigte 7 Uhr 30, die andere schon Mittag oder Mitternacht - ich ging die Promenade entlang, vorbei an der Sandbrücke, verglich die Uhrzeiten der Vinzenz- und Matthiaskirche und sah schon die Gymnasiasten, teils mit einem Ranzen auf dem Rücken, teils mit vornehmen dünnen Ledermappen, mit Schirmmützen und blauen, silberknöpfigen Mänteln vor dem Gymnasiumstor stehen und darauf warten, daß der Oberpedell, Herr Grabowski, genau um zehn vor acht den Eingang freigab. Er trug eine Uniform, die ein wenig an diejenige der Schüler erinnerte, aber zugleich an kriegerische Bravour gemahnte: Herr Grabowski hatte bei der Marineinfanterie gedient und vieles miterlebt, das er nun während der Wartezeit vor dem Eingang, die Daumen in die Armöffnungen seiner Weste gesteckt, die er unter der bis zum Hals zuzuknöpfenden Jacke trug, in schnarrend-rauhem Ton immer wieder »Sprung auf, marsch, marsch!«, »Einkreisen!«, »Seitengewehr pflanzt auf!« mit erhobener Stimme kreischend und die entsprechenden Bewegungen gestisch vorführend, freigebig der heranreifenden Jugend mitteilte. Er hatte in Kamerun, in Togo und auf den Samoa-Inseln gekämpft beziehungsweise an Strafexpeditionen teilgenommen; er wußte vieles von den absonderlichen Sitten und Gebräuchen der Eingeborenen zu berichten, dann aber auch viel Gutes von ihrem Sinn für Gehorsam und ihrer Bereitwilligkeit, die Befehle des weißen Mannes zu befolgen. Mochte aber diese auch noch so ausgeprägt gewesen sein, die Worte »Peng, peng!« wiederholten sich ziemlich oft, und zwar im Zusammenhang mit der Exekution von störrisch-rebellischen Widersachern der Kaiserlichen Marineinfanterie. Das Wort »Knacks« bedeutete die Hinrichtung am Galgen und kam viel seltener vor, da diese Form in baumlosen Steppengebieten mitunter umständlicher Vorbereitungen bedurfte. Auch die Aasgeier spielten in den Erzählungen keine unwichtige Rolle: »Pick, pick!« hieß es, und unser Oberpedell war noch in seiner Erinnerung der Natur dankbar, daß man sich wegen der Bestattung der Leichen keine grauen Haare wachsen zu lassen brauchte; denn die guten Vögel hatten innerhalb eines Tages alles kahlgeputzt, so daß man nur die blanken Knochen zusammenzuschaufeln brauchte. Das war aber schon eine saubere Arbeit, da war nichts Klebriges und Stinkiges mehr dran, da hätte man alles geradenwegs zu Herrn Warnow liefern können. Gemeint war dabei die Kalkbrennerei des genannten Herrn, die sich am westlichen Ende von Pöpelwitz befand.

Für den Titel »Oberpedell« des Herrn Grabowski gab es, da weder Pedelle noch Vizepedelle vorhanden waren, nur eine Erklärung: in der Kaiserlichen Besoldungsordnung entsprach eben dieser Titel dem Rang eines Feldwebels der Marineinfanterie, als der unser Kamerunfahrer aus dem militärischen Dienste ausschied, da er bei der Bekämpfung des Boxeraufstands während eines Gefechts den ganzen Hintern und die Oberschenkel mit Granatsplittern vollgespritzt bekam und den Abschied nehmen mußte. Auch dieser Vorfall sowie dessen Begleitumstände und besonders Nachspiele (die »Prinz von Homburg« lag mit einem schweren Maschinenschaden vier Monate lang im Hafen von Singapur) bildeten häufige Anlässe zu Erzählungen vor dem Gymnasiumstor, da der Feldwebel Grabowski, kaum von den größten Splittern befreit und immer noch auf zwei Krücken gestützt, des öfteren Landgänge unternahm und mit einigen Leidensgenossen, denen ebenfalls der Abschied bevorstand, seinen ihm noch zustehenden Urlaub von sechs Wochen auf der Halbinsel verbrachte und mithin Gelegenheit genug hatte, die Sitten der Bevölkerung zu studieren.

Um das Saubermachen des Gymnasiumgebäudes, das Ölen der Fußböden und das Heizen in den Klassenzimmern kümmerte sich Herr Grabowski ebensowenig wie um das Schrubben der Steinfliesen der Korridore oder das Begießen der Gewächse im botanischen Kabinett und im Lehrerzimmer. Dazu waren seine zwei Töchter und drei Söhne da; seine Frau widmete sich ausschließlich den Aufgaben in der Küche, die nicht nur darin bestanden, ihre Familie zu verköstigen, sondern auch die mit Butter oder selbsteingemachter Zwetschgenmarmelade bestrichenen Brötchen, die Würstchen mit Senf und die Milchflaschen zuzubereiten, die dann von ihren Töchtern während der großen Pause auf dem Hofe des Gymnasiums den Schülern feilgeboten wurden. Das Geschäft des Invaliden florierte bestens, und zwar um so mehr, als er (ausschließlich für die Primaner) in einem eigens für diesen Zweck hergerichteten Zimmer seiner Souterrainwohnung einen kleinen Bierausschank betrieb, wahrscheinlich mit Wissen der Herren Professoren, denen er gegen Ende der Unterrichtsstunde vor der großen Pause ein Tablett mit Bierkrügen ins Lehrerzimmer brachte.

Daß ich mich an Herrn Grabowski besser als an alle Professoren und ihren ganzen Unterricht erinnere, beruht vielleicht auf der Anschaulichkeit seiner kriegerischen Erinnerungen und Darbietungen bei noch ungetrübtem Auffassungsvermögen vor dem Unterricht; auch hatten seine Explikationen diesem gegenüber den Vorteil, daß er am nächsten Tag nicht nach dem Erzählten fragte und keine Zensuren erteilte, so daß man seine Geschichten in aller Seelenruhe über sich ergehen lassen konnte - ohne die gedächtnisstörende Furcht, einen Satz zu verpassen und deshalb eine schlechte Note zu bekommen. Auch waren seine Vorträge nicht mit jener Weltfremdheit und völligen Unbrauchbarkeit fürs Leben behaftet, die den Unterricht unserer Studienräte in hohem Grade kennzeichneten; ihre Weltanschauung bewegte sich zwischen dem kategorischen Imperativ und der Idealwelt Platos - freilich versetzt mit einem mehr als tüchtigen und bedenklichen Schuß patriotischer Gesinnung, die sie mitunter zu kuriosen Behauptungen verführte. So war zum Beispiel unser Chemiprofessor - ihn allein vermochte ich einigermaßen zu kontrollieren - von der Meinung nicht abzubringen, daß ein in Rußland geborener Assistent des berühmten Tübinger Professors Lothar Meyer dessen Vermutungen über eine mögliche Reihenfolge der Elemente verbrecherischerweise dem Russen Mendelejew zugespielt habe, worauf dieser sich als Entdecker des Periodischen Systems ausgab. Daß Mendelejew dieses System nicht nur als eine Hypothese aufstellte, sondern daraus auch praktische Konsequenzen zog und viele physikalische Eigenschaften noch gar nicht entdeckter Elemente voraussagte, erwähnte er mit keinem

Wort. Vielmehr betrachtete er den angeblichen Verrat des Assistenten als einen Beweis für die sittliche Lauterkeit der deutschen und den verruchten »Byzantinismus« - ein Wort, das er nicht näher erklärte - der »slawischen« Wissenschaft, die einzig und allein im Abschreiben, Kopieren und anschließenden Windmachen groß sei, von sich aus aber nicht den geringsten Beitrag zu den »europäischen« Forschungen geleistet habe; ja selbst der Begriff »europäisch« sei ihm, meinte er, nicht ganz geheuer, denn auch so mancher Franzose und Engländer habe sich mit deutschen Federn geschmückt und gebrüstet.

Doch im Vergleich mit Herrn Grabowski war unser Chemieprofessor eine unscheinbare Persönlichkeit; er hatte weder alle Meere durchkreuzt noch durfte er sich eingehender Kenntnisse auf dem Gebiete der interkontinentalen Anthropologie rühmen, die unsrem Oberpedell geläufig waren wie keinem anderen in unserer Stadt.

Er verzapfte während der großen Pause für die Primaner in seinem Kellerraume nicht nur Bier, sondern wußte sein Getränk dadurch noch schmackhafter zu machen, daß er seine soeben erwähnten Erkenntnisse für die zwanzig Minuten vor elf Uhr reservierte und mit keinem einzigen Wort in der frühen Morgenstunde zu erwähnen pflegte. Sich gelegentlich auch eines Bleistiftstummels und eines Notizblocks bedienend, setzte er uns die Unterschiede der Busenform von Sudan- und Bantunegerinnen auseinander, bei denen der Pauschalbegriff »Schlauchbrüste« seiner kompetenten und sich auf breitestes Erfahrungsmaterial stützenden Meinung nach schon deshalb nicht angebracht sei, weil bei den einen dies Phänomen ein naturgegebenes, bei den anderen hingegen ein lediglich funktionelles sei: eine Folge des Brauches, die Säuglinge in einem in Hüfthöhe befestigten Tuche überallhin mitzuschleppen und auch unterwegs oder während der Feldarbeit zu säugen.

Von der Richtigkeit dieser Auffassung zeuge schon das Äußere und die Konsistenz der Brüste; während die naturgegebenen Schläuche eine gleichmäßige Masse bildeten und dem Betastenden an jeder Stelle das gleiche Gefühl der federnden Weichheit vermittelten, zeigten die anderen, lediglich funktionellen, in den oberen Partien deutliche Hautrisse, in den unteren aber eine verhärtete Zusammenballung der Milchdrüsen; ja während es die einen fertigbrachten, ihre Brüste unter den Achselhöhlen des Mannes hindurchzuschubsen und auf seinen Rücken zu pressen, mußten die anderen, um durch den Druck ausgelöste Schmerzen zu vermeiden, ihre Arme unter den Bauch des Mannes legen und bei fortgeschrittenem Alter beziehungsweise mehreren zurückliegenden Entbindungen sogar verschränken.

Eine wiederum ganz andere Bewandtnis hatte es mit den Brüsten der Buschmannsfrauen, die ihre Schlauchform ebenfalls funktionellen Gründen verdankten, mit dem Unterschied, daß bei ihnen der vordere Teil Risse und der obere Verdickungen aufwies. Dies lag nur teilweise daran, daß diese Schönen ihre Säuglinge auf dem Rücken trugen und ihnen die Brüste zum Säugen hinaufreichten: hier mochte nur der Teufel entscheiden, was Ursache und was Folge war, denn diese Frauen dehnten seit ihrer frühesten Kindheit an ihre Brüste sozusagen ritusmäßig und in Gesellschaft, beziehungsweise unter der Anleitung einer älteren Frau, nach oben; wer konnte denn in diesem Falle entscheiden, ob sie Hängebrüste hatten, weil sie die Kinder am Rücken trugen, oder ob sie, im Gegenteil, ihre Kinder auf den Rücken setzten, weil sie Hängebrüste hatten? Hier war allerdings noch das folgende Moment einzuschalten: im Unterschied zu anderen Negerstämmen übten die Buschmannsfrauen den Beischlaf rittlings auf dem Manne aus, an dem es nunmehr lag, bei dem Akt unter den Achselhöhlen der Frauen hindurchzulangen und Warzen sowie Umgebung der hinaufgereichten Brüste von hinten zu streicheln.

Bei der Schilderung dieser komplizierten Reihenfolge von Ursachen und Wirkungen mußte sich unser Oberpedell immer wieder auf den Teufel berufen, der allein imstande sein konnte, den gordischen Knoten des vertrackten Sachverhaltes zu lösen. Persönlich habe er, so die Moral der Geschichte, die Verhaltensweise der Sudannegerinnen als die natürlichste und wohltuendste empfunden, die unter dem Bauch verschränkten Arme seien völlig fehl am Platze gewesen und hätten ihm ebensowenig zugesagt wie die beschwerliche Prozedur des Hindurchlangens unter den Achselhöhlen und des Kraulens von hinten.

Bevor ich hier eine weitere Erzählung des Herrn Oberpedells wiedergebe, muß ich einen kleinen Fehler der Sprachgeschichte korrigieren, nach deren Behauptung das Wort »Schwanzparade« während des Ersten Weltkriegs auftauchte und zwar im Zusammenhang mit der unter den kämpfenden Truppen fürchterliche Ausmaße erreichenden Verbreitung der Geschlechtskrankheiten. Tatsächlich oblag den Sanitätern des Ersten Weltkriegs die regelmäßige Inspektion der Soldaten; doch bei der in aller Welt beheimateten Kaiserlichen Marine war dies schon seit eh und je der Fall. Es ist also kein Anachronismus, wenn ich das fragliche Wort in Herrn Grabowskis Mund lege, freilich in einem ganz anderen Zusammenhang.

Es wurde bereits erwähnt, daß Herr Grabowski sechs Wochen Landurlaub, wenn auch in gesundheitlich nicht tadellosem Zustand - dem er übrigens nach seinen Worten allein verdankte, mit dem Leben davongekommen zu sein -, daß also Herr Grabowski anderthalb Monate auf der Malakka-Halbinsel unter Malaien, genauer unter Malaiinnen verbrachte, denn bei den meisten dortigen Eingeborenenstämmen herrschte damals noch das Matriarchat; die älteste Frau des Dorfes entschied über Leben und Tod, wenn auch nur in einem indirekten Sinn. Denn sobald die männliche Jugend die Geschlechtsreife erreicht hatte (was von einer der Urmutter-Helferinnen in regelmäßigen Zeitabständen kontrolliert wurde), hatte sie sich der Urmutter vorzustellen, die über Art und Weise der vom Medizinmann vorzunehmenden Operation entschied. Operiert wurde jeder und hatte dabei auch gewisse Rechte, was die Wahl der anatomisch-architektonisch anzustrebenden Form der Eichel betraf; doch bei allen Krüppeln, Siechen und für die Urmutter als fortpflanzungsunfähig erscheinenden jungen Männern wurde zusätzlich die Harnröhre in der Eichel verschlossen und eine künstliche Öffnung an der Wurzel des Gliedes angebracht, deren Zweck darin bestand, die Samenflüssigkeit beim Beischlaf statt in die Scheide nach außen zu leiten und mithin die Befruchtung der Frau zu vereiteln. - Die andere Operation hatte einen vollkommen anderen Sinn: sie hatte quer durch die Eichel Gänge zu bohren und anschließend dafür zu sorgen, daß diese sich nicht wieder schlossen. Zu diesem Zweck bewahrte die Urmutter Fäden, Drähte und Stäbchen aus reinem Golde auf, die monatelang im Gliede lagerten, bis die Öffnungen von innen vernarbten und keine Gefahr mehr bestand, daß sie im weiteren Verlauf wieder zuwuchsen.

Unser Herr Oberpedell war ein talentierter Erzähler: er berichtete über diese Eingriffe, ohne ihren Sinn sofort zu verraten; um eine gewisse epische Spannung zu erzielen, bediente er sich des kunstvollen Aufschubs und der Hinauszögerung, indem er nach dem einleitenden Präludium gut zwei Wochen damit verbrachte, die Operationsmethoden der malaiischen Medizinmänner zu schildern.

Es wäre weit gefehlt, sagte er, wenn man annähme, daß die primitiven Naturvölker über keine Mittel und Wege verfügten, oder gar überhaupt nicht daran dächten, die Schmerzen ihrer Patienten zu lindern beziehungsweise völlig auszuschalten. Das Gegenteil sei der Fall. In den Urwäldern dieser Gegenden gebe es nämlich gewisse Pflanzen, Sträucher oder Bäume, deren Blätter unmittelbar vor der Regenperiode eingesammelt und von jungen Mädchen in feinste Partikelchen zerkaut werden müßten, um nachher während der ganzen Regenperiode im Hause der Urmutter in Tonkrügen gelagert und bestimmten geheimen Einflüssen ausgesetzt zu werden. Während dieser Zeit verflüssige sich der Brei bis auf einen kleinen Rest, der auf den Boden des Gefäßes sinke.

Sobald die Regenperiode zu Ende sei, werde die Flüssigkeit in flache, innen mit einer glasigen Schicht versehene Tonschalen gegossen. Nach Verdampfen des Wassers bleibe nur eine dünne Schicht übrig, die an Fischschuppen erinnere und von der Urmutter eigenhändig unter ständigem Murmeln in einem Holzmörser zerrieben werde. Dieses Pülverchen habe es in sich; eine kleine Menge davon genüge, um, im Tee verabreicht, binnen kurzem zur völligen Bewußtlosigkeit zu führen, die dann vom Medizinmann zu seinem blutigen Handwerk genützt werde.

Während das Privileg des Betäubungspulverzubereitens einzig und allein in Händen der Urmutter liege, so etwa fuhr Herr Grabowski am nächsten Tag fort, habe der Medizinmann der Obliegenheit zu genügen, alle anderen, zur Erhaltung der Gesundheit überhaupt und zur Bekämpfung von Blutungen und Eiterungen während und nach seinen Operationen erforderlichen Medizinen anzufertigen, zu welchem Zweck er eine ganze Skala von verschieden starken und jeder Eventualität gewachsenen Zaubersprüchen, -verkleidungen und -tänzen beherrschen müsse. Denn es verstehe sich von selbst, daß er bei einem Versagen von der Urmutter eine Tasse Tee bekomme, die ihn ins Jenseits beziehungsweise sein Gehirn und Herz sowie Leber und Hoden in die Mägen seiner Stammesgenossen befördere. So sei nicht weiter verwunderlich, daß er von Tagesanbruch bis zum Hereinfallen der Dunkelheit - und insonderheit während der Vollmondnächte - die umliegenden Wälder auf der Suche nach geeigneten Pflanzen und Tieren durcheile, ja im August für eine ganze Woche seinen Aufgabenkreis dem designierten Nachfolger übertrage, um an einem geheimen Ort mit den Medizinmännern der anderen Stämme zusammenzutreffen und Konferenzen abzuhalten, auf denen es einerseits sehr turbulent, und zwar bis zur Wahl des Präsidenten, andererseits aber sehr sachlich, etwa wie auf einer Ärztetagung in London zugehe; es würden Erfahrungen und spezielle Medizinen ausgetauscht, und wenn man den Gerüchten Glauben schenken dürfe, so berate man sich auch über die Zusammensetzung und Zubereitung des Betäubungspulvers, denn man sei willens, nicht nur dessen Monopol, sondern die ganze Macht den Urmüttern zu entreißen. Freilich seien auch diese nicht erst am Vortage von den Bäumen geklettert und hüteten ihr Geheimnis aufs vorsorglichste; erst wenn sie den Tod herannahen fühlten, verrieten sie es, nicht aber einer jungen Frau, die in den Armen eines Kriegers vielleicht geschwätzig werden konnte, sondern den zwei nächstältesten Frauen.

Wie gesagt, lautete die Lektion am folgenden Tag, die Medizinmänner grasten die ganze Umgebung auf der Suche nach Medizinrohstoffen ab, mit dem immerhin bemerkenswerten Erfolg, daß ihre von europäischen Ärzten als höchst bedenklich erachtete Operation nie zur Harnverhaltung - in Anbetracht der Vergrößerung der Eichel während der Behandlung auf das Sechsfache ein doch sehr eindrucksvolles Resultat -, geschweige denn zum Tode durch Blutvergiftung geführt habe. Die Operation selber erfolge öffentlich, manchmal an mehreren Jungmännern zugleich. Nachdem an der Wurzel des Gliedes ein sehr straffer Verband zur Verhinderung des Blutzustroms angelegt worden sei, durchstoße der Medizinmann mit teuflischer Behendigkeit in mehreren Richtungen die Eichel mit einem Gerät, das vorn ganz spitz sei, dann aber die Stärke von mindestens drei Millimetern erreiche; der so entstandene Gang werde zunächst mit einer Flüssigkeit durchspült, dann mit einer braunen Paste vollgepreßt und schließlich an beiden Enden verklebt. Erst nach zwei Wochen komme es zur Verwendung der Golddrähte und -stäbe, wobei die Urmutter nicht selten wieder zu ihrem Pülverchen greifen müsse, da die Krieger beim Hantieren des Medizinmannes zumeist zu einem grausigen Geschrei ansetzten. Die Patienten lägen nun in einer abgesonderten Hütte und würden täglich durch Spülungen und die Erneuerung der Golddrähte behandelt, wiederum in aller Öffentlichkeit und unter Aufsicht der Urmutter.

Die Patienten würden - dies die Fortsetzung der Erzählung des Oberpedells - nach Verheilung ihrer Wunden zu Kriegern geweiht und hätten das Vorrecht, die Entjungferung der herangereiften Mädchen nach Einweisung durch die Urmutter vorzunehmen. Alsdann würden in ihre Eicheln einfache Kupferdrähte eingeführt und zusammengeschweißt, die sie dann, je nach Phantasie und Einfallsreichtum, zur sogenannten Schwanzparade vorzubereiten hätten. Bevor aber darauf näher eingegangen werden könne, müßten noch weitere Einzelheiten über die Lebensweise der Stämme gesagt werden. Als wichtigstes zunächst der Umstand, daß die Krieger und die Frauen voneinander getrennt lebten; die Krieger hätten in den Wäldern zu jagen und im Meere zu fischen und dürften ungefähr jede Woche einmal ihre Beute den Frauen überreichen, sozusagen als Anfang der nun beginnenden allgemeinen Belustigung. Zweitens genössen die Krieger das Vorrecht, eine Schönheitskönigin zu wählen und die Frauen des Stammes nach Schönheit und Alter einzustufen. Dies habe den Sinn, daß bei der Partnerwahl als erste immer die vollwertigen Frauen zum Zuge kämen, indes die älteren oder Kranken sich am Ende mit eben jenen Kriegern begnügen müßten, deren Harnröhre verschlossen worden sei. Hier nun kämen die Bemühungen der Urmutter zur Geltung, der Natur bei der Auswahl und Aussonderung der Besseren helfend beizustehen; das System gewährleiste, daß die jeweils besten Männer und Frauen die Nachkommen des Stammes zeugten.

Herr Grabowski verstand es, seine Geschichte so zu gliedern, daß wir auf ihre Enträtselung drei Wochen warten mußten: die Weihnachtsferien standen ins Haus, als er zur Beihilfe an die natürliche Selektion durch die weisen Urmütter gelangte. Erst im Januar erfuhren wir, worauf die Erzählung hinausstrebte, nämlich die Einzelheiten über den Ritus der Schwanzparade. Mit ihr hat es folgende Bewandtnis.

Wie gesagt: die Krieger hätten ihre Kupferdrähte je nach Phantasie und Einfallsreichtum mit Vogelfedern, Eidechsenschwänzen, Leopardenfellstückchen farbenprächtig, attraktiv, vor allem aber effektiv auszuschmücken, damit der Gebärmuttermund und die Scheide mit Erfolg gereizt werden könnten; andererseits müßten sie auch darauf bedacht sein, daß nicht die Größe des Aufputzes ausschlaggebend sei, der sich unter Umständen sogar negativ auswirken könne, indem er die Frauen durch seine Plumpheit erschrecke.

Nach der feierlichen Beuteübergabe werde auf dem Dorfplatz ein großes Feuer angefacht und zu den Klängen von Trommeln und aus Hörnern angefertigten Blasinstrumenten ein Tanz aufgeführt. Anschließend hätten sich die

Krieger ihres Lendenschurzes zu entledigen und rund um das Feuer aufzustellen, indes die Frauen innerhalb des Ringes Platz nähmen. Nun beginne die Begutachtung und vergleichende Studie der Schaustücke unter vielem Gelächter und mannigfachen Neckereien; die Frauen nähmen den Aufputz nicht nur in Augenschein, sondern betasteten ihn, indem sie die Glieder hin- und herbogen, von unten und von allen Seiten beäugten, ja sie mitunter auch mit den Lippen, der Schleimhaut des Mundes und mit den Zungen prüften; das könne freilich nicht ohne den ersten Samenerguß abgehen, worauf die Frau, die ihn ausgelöst habe, nach hinten springe und die Aufmerksamkeit der anderen jauchzend auf das freudige Ereignis lenke. Das geschehe nicht ohne wohlüberlegten Bedacht, denn die Frauen vermieden durch dieses Vorgehen, daß der Mann beim Beischlaf zu schnell zu seiner Befriedigung komme und sie vor ihrem Anteil an Genuß im Stiche lasse; auch sei die Befeuchtung des Aufputzes von großer Bedeutung: sie gewährleiste dessen Schmiegsamkeit und die Vermeidung von Verletzungen bei den Frauen. Hiernach erfolge die Partnerwahl, bei der zunächst die Königin mit einem Krieger verschwinde und dann die anderen der Schönheitsrangstufe nach ihre Entscheidung träfen, ziemlich rasch, der Dorfplatz lichte sich wie auf einen Schlag, und schließlich lösche die Urmutter mit Hilfe der zurückgebliebenen alten Frauen das Feuer.

Die Geschichte war aber damit noch nicht zu Ende. Herr Grabowski verweilte auch am nächsten Tag bei dem Ritus der Schwanzparade. Ließ sich nämlich ein Fremder aus Unwissenheit, Neugier oder aus sonst einem Grunde auf den Ritus ein, wie es zwei Kameraden unseres Marineinfanteristen a. D. taten, so wurden sie automatisch in den Stamm aufgenommen, aus dem man nur durch den Tod ausscheiden kann. Vergeblich verwiesen die Malaiinnen die zwei Kameraden auf diesen Umstand, vergeblich beschwor sie die Urmutter zum Bleiben, vergeblich drohte sie ihnen nach Ablauf des Landurlaubs - sie ließen sich nicht belehren und trafen alle Anstalten, aufs Schiff zurückzukehren. Doch bereitete sich auch die Urmutter zu diesem Zeitpunkt bereits zum großen Zauber vor; Frauen und Männer zogen sich in den Urwald zurück, sie allein blieb im Dorfe und verabschiedete sich von den Marineleuten. Als sie den Strand entlang auf Singapur zumarschierten, stand sie mit emporgehobenen Armen dem Meere zugewandt und in Beschwörungen vertieft. Tatsächlich erreichten die zwei Kameraden Herrn Grabowskis nie wieder ihre Heimat; der eine verlor den Verstand bereits am ersten Tage der Rückreise und stürzte sich ins Meer, der andere starb einen Tag später an einem Herzschlag.

Soweit Herr Grabowski, der einzige Mensch aus meiner Schulzeit und unter meinen damaligen Bekannten aus der Schule, an den ich mich noch ganz deutlich erinnere; alle anderen sind in meinem Gedächtnis verblaßt und verloschen, als hätten sie gar nicht existiert. Ja ich frage mich manchmal, ob meine ganze damalige *tatsächliche* Jugend nicht ebenso eine Fata morgana ist wie jene, die ich meinen gegenwärtigen Papieren entsprechend mir zurechtgelegt und ausgedacht habe.

6

Mein Vater sammelte ausschließlich Marken überseeischer Gebiete aus der Überlegung, daß die europäischen Postwertzeichen beim regen Briefverkehr der Kulturnationen, die ihre geschäftlichen Angelegenheiten nicht weniger als die zärtlichen Fäden des Liebestechtelmechtels unter Vermeidung jeglicher Direktheit, jeglichen biederen Handschlags oder aus heiterem Himmel herniederprasselnder Küsse auf dem Wege süße Ungewißheiten und Aufschübe gewährender, schriftlich niedergelegter und sozusagen von Amts wegen postalisch beförderter Protokolle knüpften und pflegten, daß also die europäischen Briefmarken in solch ungeheuren Mengen gedruckt und vervielfältigt werden mußten, daß bei ihnen in den folgenden fünfzig bis hundert Jahren kein nennenswerter Wertzuwachs zu gewärtigen sei.

Mit Stolz zeigte er ein Prachtstück seiner Sammlung den Besuchern und Geschäftspartnern, aber auch den kraushaarigen Dichterjünglingen, die bei ihm vorsprachen und ein Liebesgedicht, eine Elegie oder eine kurze Erzählung im »Breslauer Kurier« unterbringen zu können hofften und sich, um sich beim alten Herrn einzuschmeicheln, bei der Betrachtung des erläuternd vorgeführten Gegenstands der Gebärden vehementester Verzückung bedienten: eines Viererblocks der 1842 in Brasilien zur Frankatur verwendeten sogenannten »Ochsenaugen« (zu 90 Reis), die er von der übrigen Sammlung gesondert unter einer Glasplatte in seinen Schreibtisch hatte einarbeiten lassen. Seine im Durchschnitt achtzigseitigen Alben, deren Zahl etwa dreißig betrug, umfaßten Erstausgaben, Vorläufer der Erstausgaben, seltene Varianten späterer Werte sämtlicher Kolonien und selbständiger oder nur zum Schein selbständiger Länder, säuberlich nach Erdteilen und Himmelsrichtungen geordnet, mit Angaben über drucktechnische Verfahren und verwendete Papiersorten; mitunter fanden sich in Begleitung der Exponate auch Vermerke über die Eigentümer der Londoner, Pariser oder Brüsseler Druckereien, in denen Entwurf und Fertigung der Postwertzeichen in Auftrag gegeben worden waren.

Ein besonders gefährliches und schlüpfriges Gebiet war Lateinamerika: der ständige Wechsel der Präsidenten und Gouverneure hatte häufig die Vernichtung der Markenbestände zur Folge (da sie mit dem Bildnis des Erschossenen oder feige Geflohenen geschmückt waren; allerdings gab es auch knauserige oder bescheidene Präsidenten, die sich mit einem Aufdruck zufriedengaben und dabei freilich - aus der Sicht des Philatelisten - am falschen Ort sparten, denn nichts läßt sich leichter fälschen als ein Aufdruck). Alles in allem war dies ein Bereich der Raritäten und makabren Kuriositäten, die zumindest für den Markenliebhaber einen bedeutenden Wert darstellten, wenn man die Historiker außer acht läßt, für die diese Belege der Konsequenzen des temperamentvollen spanischen Wesens und Machtdünkels, potenziert durch das Klima und die Beimengung des einheimischen Indioblutes, wichtige und einzigartige Dokumente darstellen mochten.

Der weitere Verlauf der Weltgeschichte gab meinem Vater teilweise recht: ein paar Jahre nach dem Ersten Weltkrieg, als man für ein Pfund Zucker eine halbe Billion Mark bezahlen mußte, verkaufte er seine Sammlung an einen Amerikaner für damals heißbegehrte Dollars, und zwar für eine ganz ansehnliche Menge davon.

Vom Erlös erwarb er eine zweigeschossige Villa am anderen Ufer der Oder in der Tiergartenstraße und einen Kraftwagen mitsamt Chauffeur, der ihn in den frühen Vormittagsstunden zum Verwaltungsgebäude der Papierfabrik und Druckerei am Weidendamm fuhr.

Ich war zu jener Zeit zufällig in Breslau und erinnere mich noch recht gut an den Amerikaner: er war Oberleutnant und Mitglied einer internationalen Kommission, die in Schlesien gewisse Erhebungen zu machen hatte. Er begehrte eines Tages bei meinem Vater die während des Krieges erschienenen Nummern des »Breslauer Kuriers« einzusehen, wobei die »Ochsenaugen« seine Aufmerksamkeit erregten. Der Mister war in seiner fernen Heimat Makler, Aktienspekulant und dergleichen mehr - sein Vermögen durfte ganz gewiß beträchtlich gewesen sein. Er residierte mit seinen französischen, italienischen und englischen Kollegen im »Kaiserhof« am Salierplatz und hielt in seiner freien Zeit Ausschau nach käuflichen Kunstgegenständen; wenn die Fama nicht log, so hatte er bereits mehrere Gemälde holländischer Künstler erworben und nach New York verschicken lassen, darunter zwei kleinformatige Bilder von Vermeer van Delft.

Auch in der Beziehung hatte mein Vater recht, daß die Briefmarken der ersten beiden Jahrzehnte unseres Jahrhunderts sich in der Folgezeit zum allergrößten Teil - trotz aller drucktechnischen Verfeinerungen und neuen Farbstoffkombinationen - als wertloser Tand erweisen würden, nicht zuletzt deshalb, weil die Postdirektionen noch nicht auf den Gedanken gekommen waren, durch die regelmäßige Ausgabe neuer Sätze Spekulationen zu betreiben und sich zusätzliche Gelder zu beschaffen.

In den ersten Jahren meines Briefmarkensammelns folgte ich dem Beispiel meines Vaters, was mir um so leichter fiel, als er mir seine Doubletten großzügig überließ -

es sei denn, es handelte sich um besonders wertvolle Exemplare, die er zum Tausch verwenden konnte. Ich wäre nie in die Lage gekommen, Wertvolles, ja heute bereits Unschätzbares in meine Sammlungen einzuordnen, es hätte sich vor mir nie eine weitere, nein, eine unendlich weite Perspektive eröffnet, wenn die am Anfang des Jahrhunderts sich explosionsartig erweiternde Administration das preußisch-rigorose Bestreben, alles in Karteikarten auszuweisen und bei jedem einfachen bürgerrechtlichen Prozeß, bei jeder Lappalie wie Verbalinjurien oder Verstößen gegen privatrechtliche Verträge, Unmengen von Gutachten, Zeugenaussagen und Protokollen zu produzieren, den hohen Senat der Stadt nicht bewogen hätte, einen Teil der sich in den Kasematten des Rathauses zu Bergen und zerklüfteten Gebirgszügen ansammelnden Akten - deren Zahl noch dadurch vervielfacht wurde, daß man aus den Berliner Archiven, die ebenfalls aus den Nähten zu platzen drohten, waggonweise Aktenbündel zur Lagerung nach Breslau verschickte - aus den Kellergewölben entfernen zu lassen, was praktisch nur eine Lösung des Problems zuließ, nämlich die Veräußerung des Altpapiers an einen zuverlässigen Interessenten, der dafür eine rechte Verwendung hatte; an einen verläßlichen Papierfabrikanten also, und als ein solcher kam in Breslau nur mein Vater in Betracht.

Die Entrümpelung fand im Jahre 1908 statt, und die Ratsherren entschieden sich nach heftigen Debatten, in denen die konservativen Elemente, die ab 1860 jedes Zettelchen, jede Eintragung über Infektionskrankheiten, Tollwutfälle und Vergewaltigungen aufbewahren wollten, den kürzeren zogen: zur Einstampfung und Vernichtung wurden alle Papiere verdammt, die bis 1890 in die Archive des Rathauses (wenn man dieses Durcheinander noch als solche bezeichnen durfte) gewandert waren und wegen der bereits bei der Abwicklung der Prozesse ersichtlichen Belanglosigkeit nicht im Stadtarchiv am Blücherplatz aufbewahrt wurden. Sechzig große Planwagenladungen wurden innerhalb von zwei Monaten an unsere Fabrik abgegeben; Herr Pauli beaufsichtigte die Verladung, und als sein Begleiter durfte auch ich der Plackerei beiwohnen; während er sich hauptsächlich darauf beschränkte, die Leute zur schnelleren Arbeit anzufeuern und unter den verzagt herumtaumelnden, von Panik ergriffenen Rattenfamilien Massaker zu veranstalten, war ich auf die sorgfältigste Behandlung gewisser Archivgegenstände bedacht. Bei der ersten Inspektion nämlich, die in den kalten Moderlöchern bei ständig ausgehendem Kerzenlicht erfolgte, war auch mein Vater zugegen, und aus Respekt ihm gegenüber hinderte mich niemand daran, mit meinem Spazierstock (den ich zum vierzehnten Geburtstag geschenkt bekam) in den übereinandergestürzten Aktenregalen und -ordnern, in den ausgebrannten Kraterlandschaften längst vergangener menschlicher Leidenschaften und Verzweiflungen, in den verknäuelten Papierbündeln frei herumzustochern, um in einer der abgelegensten Ecken der Verliese Bemerkenswertes zu entdecken: ich stieß auf ehemals privaten Besitz, auf die Papierhinterlassenschaften von Witwen und Witwern, alten Jungfern und Hagestolzen, die keine Nachkommenschaft gehabt hatten und wahrscheinlich auf Kosten der Ratsbehörden bestattet werden mußten; ihr Mobiliar wurde versteigert, für ihre Liebesbriefe aber, die, von verblaßten rosa- oder lilafarbenen Bändern umschlungen, nebst geplätteten Blumen und Blättern, Haarlocken und anderen Zeichen der Zuneigung unter den Hammer kamen, fanden sich keine Interessenten, ebensowenig wie für die noch unbeschriebenen Blätter und Umschläge in den Schatullen. In den fünfziger, sechziger und siebziger Jahren verfaßt, trugen diese Briefe bereits zur Zeit der Entrümpelung rar gewordene Briefmarken: der Schatz des Krösus tat sich vor mir auf, ein Reichtum, der, hätte es ihn nicht gegeben, das Sammeln dieser Altertümer für die Nachfahren, die heutigen stolzen Besitzer von Altdeutschlandmarken unmöglich gemacht hätte.

Normalerweise - nach den allgemeinen Regeln des Archivierens, aber auch der lokalbehördlichen Erlasse - hätten alle diese Herzensergüsse und Weheklagen, die intimen Selbstenthüllungen längst Verstorbener vernichtet werden müssen; es hatte den Anschein, daß der einstige Herr Archivarius auf eigene Faust und gewissermaßen gesetzwidrig vorging - was sich aber zum Teil rechtfertigen läßt, weil er an einer großen »Geschichte Breslaus und der umliegenden Bezirke« arbeitete (die heute noch als Nachschlagewerk der Historiker gilt) und entweder zu wenig Zeit hatte, um alle Regeln und Vorschriften zu beachten, oder aber die Schriftstücke mit Vorbedacht aufbewahrte, da sie späteren Geschichtsforschern möglicherweise als Unterlagen dienen konnten. Da seine Unterlassung folgenschwer und für die Nachwelt von nicht genug zu rühmender (obwohl von ihm bestimmt nicht beabsichtigter) Bedeutung sein sollte, sei an dieser Stelle seines Namens gedacht: der Herr Archivarius hieß Friedrich Theodor Lindhorst.

Ich denke, daß ich ungefähr den zweihundertsten Teil aller damals noch vorhandenen deutschen Briefmarken in meine Dachkammern hatte verstauen können; aber im Unterschied zu anderen ähnlichen Beständen, die durch Unachtsamkeit, Unkenntnis, falschverstandene Pietät der Hinterbliebenen, durch Kriegseinwirkungen, Überschwemmungen, Feuersbrünste und sonstige Katastrophen zugrundegingen, sind die von mir aufgefundenen Stücke bis auf wenige Exemplare, die ich leider vernichten, das heißt in kleinste Teile zerlegen und analysieren mußte, auch heute noch in den Alben der Sammler aufzufinden, sie dürften etwa ein Zwanzigstel des gesamten heute bekannten Materials ausmachen, ein weiteres Zwanzigstel ist auf natürliche Weise erhalten geblieben, und was darüber hinausgeht und als *echt* gilt (in Wirklichkeit aber echter als echt ist), was in den Alben prangt, die Ehrenplätze auf den Briefmarkenausstellungen einnimmt, bei den Auktionen Höchstpreise erreicht und vor allem: was von den eigenbrötlerischen Sammlern noch nicht als vorhanden deklariert worden ist, sondern in Safes ruht und erst nach der Auflösung ihres Erbes von Zeit zu Zeit auf den Markt gelangt, ist das Resultat unserer einsamen und emsigen Stunden der Prüfungen, Forschungen, Experimente und unermüdlichen Bemühungen mit Herrn Pauli an der Druckerpresse.

Weihnachten 1908 überreichte ich meinem Vater ein Paket von Briefen überseeischer Herkunft, das selbst ihn in Erstaunen und Entzücken versetzte: es waren Stücke dabei, von deren Existenz weder er noch seine Tauschpartner in aller Welt die leiseste Ahnung gehabt hatten, oder wenn doch, so mußten sie die legendenumwobenen Stücke bereits damals einzig für die Briefmarkenalben von Millionären vorbehalten erachtet haben, denn die unterste Grenze ihrer Preise lag bei einigen tausend Dollar. Ich will hier nur eine fast lückenlose Sammlung der frühen Britisch-Guyana-Marken erwähnen, zwei vollständige Sätze der »Cottonreels«, die ihren Namen wegen ihrer Ähnlichkeit mit den Klebezetteln auf Zwirnrollen trugen und zum Echtheitsnachweis allesamt mit dem Namenszug des Postbeamten versehen waren, des weiteren einen Viererblock der karminfarbenen 1-Cent-Guyana, die ein Segelschiff auf hoher See darstellt und unten mit dem lateinischen Spruch *»Damus patimusque vicissim«* bedruckt ist. Mehrere dieser Stücke habe ich auf Auktionen unmittelbar vor dem Zweiten Weltkrieg gesehen; zwei »Cottonreels« für je zwei Cents hatten den beachtlichen Preis von 25 000 Pfund-Sterling erreicht.

Was Herrn Pauli und mich anbelangt (vom ersten Augenblick an räumte er mir das Recht des Alleinbesitzes ein, obwohl ich ohne seine aufopfernde Hilfe nie hätte erreichen können, was mir schon beim ersten Sichten des Materials vorschwebte): es ist nur seiner Nüchternheit, Sachlichkeit und weitsichtigen Planung zu verdanken, daß wir uns als erstes zur Selbstbeschränkung entschlossen. Unsere größten Bestände stammten aus Bergedorf, Braunschweig, Bremen, Lübeck, Hamburg, Hannover und vom Gesamtgebiet Preußens, und wir gelangten zum Entschluß, unsere Arbeit auf diese Gebiete zu konzentrieren. Alles, was darüber hinausging - also, um hier wehmütig nur einiges zu nennen, Erstausgaben von Frankreich und Spanien, Briefe aus Österreich und aus der Schweiz, die ersten Steindrucke aus Ungarn -, wanderte nach und nach zu Auktionen oder Briefmarkenhändlern in Leipzig, Berlin, Paris und London; unsere Verluste waren ungeheuerlich, aber wir hätten ohne die Erlöse der Veräußerung nie die Apparaturen, Spezialmikroskope, Spezialfarbstoffe und Chemikalien, scheinbar unwiederholbar zusammengesetzte Papiersorten, Tinten und Gummierungsstoffe, die unzähligen Utensilien zur quantitativen und qualitativen chemischen Analyse, die zur Anfertigung von Stahlhandstempeln benötigten Geräte, die zugegebenermaßen primitiven, aber authentisch-zeitgerechten Anlagen zur Papierherstellung anschaffen oder selber herstellen können.

Wir verfügten über Dutzende von Marken der gleichen Sorte; wir hatten damals eine Übersicht, wie sie weder vor noch nach uns - abgesehen von Arthur - irgendein Händler, Sammler oder Fälscher gehabt haben konnte. Wir vermochten die kleinsten Abweichungen in Zeichnung und

Farbe unter unseren Mikroskopen festzustellen - und wir fanden zu unserem nicht geringen Erstaunen, daß sich selbst bei zwanzig oder dreißig vorhandenen Exemplaren keine zwei Stücke fanden, die man miteinander hätte verwechseln können. Erst *unsere* Tätigkeit, später, in Basel, schuf jene vorbildlichen und in hohem Maße einheitlichen Idealtypen dieser alten Marken, die heute von den Katalogen erfaßt, beschrieben und bewertet werden können. Die Abweichungen in Farbe, Größe und Zeichnung, die sich für uns damals in Breslau als die Regel enthüllten, werden heutzutage auf die Abnützung der Platten und auf tausenderlei andere Gründe zurückgeführt, obwohl sie einzig auf die Unzulänglichkeit der Drucktechnik im vorigen Jahrhundert zurückgehen. Wo gab es denn damals in den kleinen Papierfabriken und Druckereien Maschinen, die mit einwandfreier Präzision gearbeitet hätten, Zeichner und Plattenhersteller, die jeden einzelnen Strich unter dem Mikroskop geprüft hätten, Papiermasse- und Farbenmischer, die die Zutaten ihrer Produkte mit hochempfindlichen Torsionswaagen gewogen hätten, wo gab es damals Druckereiarbeiter, die im Bewußtsein zu Werke gegangen wären, daß man das Ergebnis ihrer Arbeit nach einem Jahrhundert von unzähligen, mit Spezialapparaturen ausgerüsteten Fachexperten begutachten lassen würde, um sie als echt anerkennen zu lassen? Und: wo gab es Beamte des Fiskus in den winzigen deutschen Staaten, die die Papierbögen abgezählt, den Druck verfolgt und den ganzen Herstellungsprozeß nicht nur aus den augenblicklichen Interessen der Postfinanzierung, sondern als die Quelle späterer Millionenvermögen mit Argusaugen überwacht hätten? Man traf allenfalls Vorkehrungen, um Fälschungen aus derselben Ära - aus fiskalischen Gründen - zu verhüten, Vorkehrungen, über deren Einfältigkeit und Unzulänglichkeit man heute nur noch die Schulter zucken kann.

Kurzum: es lagen uns Bedingungen vor, wie man sie sich nicht günstiger hätte vorstellen können. Wir suchten mit Herrn Pauli die Dachböden und die Kellerräume unserer Fabrik ab und fanden alte, verrostete, unbrauchbare Hand- und Tiegeldruckpressen, die unser tüchtiger und für ein bescheidenes Trinkgeld sogar zu Überstunden zu gewinnender Schlossermeister, Herr Wyczkowiak, im Laufe eines Jahres wieder funktionsfähig zu machen wußte.

Es waren freilich nicht nur die Briefmarken selber, die wir in allen Details zu untersuchen hatten; eine ebenso wichtige Rolle spielten die genaue Untersuchung des ganzen Briefes, insbesondere der Entwertungen, sonstigen Abstempelungen und handschriftlichen Vermerke der Postbeamten - also all dessen, was eine Briefmarke zur »Ganzsache« werden läßt, deren Echtheit festzustellen viel leichter, unvergleichlich leichter ist als der Echtheitsnachweis eines einzelnen abgelösten Postwertzeichens. Der Fachgutachter muß sich bei der Beurteilung einer »Ganzsache« nicht auf ein kleines Papierstückchen beschränken, er kann seine Untersuchungen auf die Beschaffenheit des ganzen Umschlags ausdehnen. Denn, um hier wieder ein Beispiel zu nennen, auf den Bergedorfer Briefmarken ist in fast 99 % aller Fälle ein einfacher Fünfstrichstempel zu sehen, das Wesentliche, nämlich ein Rundstempel mit der Inschrift »Bergedorf« sowie Datum, steht daneben auf dem Umschlag, genauso wie bei anderen Briefen der Langstempel »Bergedorf« oder ein achteckiger Doppelrahmenstempel mit der Inschrift »B.L.P.A.«. Nun verhält es sich so, daß die entwerteten und wirklich verwendeten Postwertzeichen Bergedorfs das Zwanzigfache der nichtentwerteten kosten (es handelt sich um einige tausend Mark) - nichts ist aber einfacher, als einen Fünfstrichstempel zu produzieren. Der Gutachter steht bei einer abgelösten Marke vor einem unlösbaren Dilemma; handelt es sich aber um einen ganzen Umschlag, womöglich mit einem Brief darin, so wird er bereits durch diesen Umstand psychologisch positiv beeinflußt, von Freude gepackt, sozusagen, und erwägt bereits beim Anblick des Couverts, ob er in seiner Expertise den preistreibenden Ausdruck: »Seltenstes Luxusstück« verwenden sollte. Findet sich dann noch ein weiterer Stempel auf dem Umschlag, etwa ein Doppelkreisstempel des Postamtes Potsdam mit dem handschriftlichen Vermerk: »Verzogen nach Berlin, Neue Wilhelmsstraße 7, II. Etage, L.d.P.A.« und fast unleserlich »Johann Raabe« - so erscheint dem Eingeweihten jeder weitere Verdacht als hinfällig; er untersucht die Marke selber nur mit halbem Herzen und flüchtig zerstreutem Auge - leider, leider, denn es ist vielleicht der einzige Fall, daß er solch ein Prachtstück aus unserer Werkstatt zu sehen bekommt; ja, er übersieht vielleicht, daß der Stempel vom 10. November verwendet wurde, er versäumt, den Brief (»Meine einzige, liebe Elise«) herauszuziehen, nach der Jahreszahl 1861 zu sehen und festzustellen, daß die Marke am zehnten Tag ihrer Verwendung abgestempelt wurde und infolgedessen von einer noch völlig intakten Platte stammen muß; vielleicht entgeht es seiner Aufmerksamkeit, daß er dieses Exemplar mit allergrößter Sorgfalt zu untersuchen hätte, um später alle in seine Hände gelangenden Fälschungen zu erkennen.

Wir hätten uns ohne besondere Schwierigkeit sofort der Vervollständigung der Markenbestände, um das Wort »Fälschung« hier nicht zu gebrauchen, zuwenden können, und vielleicht wären unsere Ergebnisse nicht schwächer gewesen, als sie dann tatsächlich geworden sind, nach meinen Volontärzeiten nämlich in jenen Druckereien, die vor vierzig bis fünfzig Jahren die uns interessierenden Briefmarken hergestellt hatten. Herr Pauli, dem ich einige tausend Mark im wahrsten Sinne des Wortes aufdrängen mußte, war im Begriffe, in seine Geburtsstadt Basel überzusiedeln und dort eine eigene Druckerei aufzumachen; ich vertraute ihm alles an, was ich an Unterlagen und Materialien besaß; die Maschinen und Apparate wurden in Kisten verpackt und nach Basel geschafft, genauso wie alle Briefschaften und Aufzeichnungen über unsere Analysen und Vergleiche.

In den Jahren 1913 bis 1917 studierte ich an der damals noch ganz jungen Technischen Universität in Breslau Chemie und als Gasthörer der Universität Geographie und Ökonomie - es waren dann besonders die letzten zwei Fachbereiche, die mich im Zweiten Weltkrieg befähigten, für meine Auftraggeber geheimste Dokumente und Berichte mehr zusammenzustellen und aus Nachrichtenabfällen und Bruchstücken zusammenzureimen, als für Geld zu erwerben, obwohl natürlich auch dieses Vorgehen notwendig war, um genauestes über die Pläne der kriegführenden Nationen zu ermitteln, zum Beispiel über den Stand der Dinge in Auschwitz.

7

Mein Interesse für die Chemie, oder genauer: für ihre extraordinären Nebenpfade, für das Absonderliche und eigentümlicherweise gleichzeitig - unter Umständen - Nützliche dieser Wissenschaft, geht auf ein vielleicht absichtlich verführerisches (wobei weder das Wort »Absicht« noch die Vokabel »Verführung« den Sachverhalt genau trifft) Geschenk zurück, das mir Herr Pauli als Weihnachtsbescherung - ich war damals elf Jahre alt - überreichte, nicht ohne vorher um die Einwilligung meines Vaters nachgesucht zu haben. Es handelte sich um einen chemischen »Wunderkasten«, wie er damals in Mode war und es wohl auch heute noch ist. In dem Karton befanden sich allerlei Chemikalien, ein Spiritus- und ein Bunsenbrenner, Reagenzgläser in einem zweistufigen Ständer, Rezepte und ausführliche Anleitungen zu »magischen« Vorführungen.

Man bereitete zum Beispiel eine rote und eine grüne Flüssigkeit zu, hob, laut Anweisung der Broschüre, die Reagenzgläser in die Höhe, schwenkte und schüttelte sie vor dem Publikum, um sie dann in einen Kolben zu entleeren, in dem sich das Gemisch als durchsichtiges, reines Wasser entpuppte - zumindest zum Schein. Zu dem im Kolben entstandenen scheußlich riechenden Saft goß man aus einem dritten Reagenzglas noch ein bißchen »Quellwasser« hinzu (»Das sind, meine Damen und Herren, wie Sie sehen, ein paar Kubikzentimeter aquae fontis«), worauf der Kolben in sattem Blau aufleuchtete. Oder man durchtränkte Löschpapierstreifen mit einer wässerigen Lösung von Kobaltchlorid und erhielt nach deren Trocknen eine Art Barometer beziehungsweise Hygrometer; die Streifen änderten je nach Luftfeuchtigkeit ihre Farbe, mal waren sie rosa, mal blau, und zeigten mitunter sommerliche Platzregen und Gewitter an, bevor die Vorzeichen eines Sturmes am Himmel sichtbar geworden wären; mit einigem guten Willen konnte man ihnen also die Eigenschaften eines Wetterorakels zubilligen.

Im »Wunderkasten« gab es außerdem Lackmuspapierstreifen zur Bestimmung der sauren beziehungsweise alkalischen Beschaffenheit einer im Wasser gelösten Substanz, eine Flasche Phenolphtaleinlösung zum gleichen Zweck, Gerbsäure, aus der man mit Hilfe von Eisenverbindungen Schreibtinte herstellte, und noch vieles andere, was den Anfänger eine Woche lang vorzüglich amüsieren konnte. Ich erwähne noch jene Passagen des Rezeptbuchs, die sich auf die Zubereitung einer Reihe von unsichtbaren Tinten bezogen; eine Schrift zum Beispiel, die man mit einer dünnen Lösung von Kupfervitriol aufs Papier gebracht hatte, wurde erst sichtbar, wenn man mit einem heißen Bügeleisen über das Blatt fuhr. (»Sehr zu empfehlen für Briefe, die an junge Damen gerichtet werden!«)

Aber das mitgelieferte kleine Rezeptbüchlein gehörte eigentlich nicht zur geschenkten Kollektion, sondern zu einem beträchtlich größeren »Wunderkasten« - es mußte eine Verwechslung stattgefunden haben, oder es war einfach ein Trick des Herstellers, der zum Kauf eines nicht unwesentlich größeren Chemikalienkabinetts einladen und anregen wollte. Auf jeden Fall wurden in der Broschüre Experimente des langen und breiten erörtert und beschrieben, die mit dem Spärlich-Vorhandenen nicht auszuführen waren. Mein Interesse aber war geweckt, mein Taschengeld, und was ich darüber hinaus Vater und Mutter in günstigen Augenblicken abluchsen konnte, wanderte fortan zu einem Chemikalienhändler und einem Glasbläser; die Chemikalien, Trichter, Kolben, Retorten, Gummischläuche, Tiegel und Korken in verschiedenen Größen, Glasröhren und -stäbe, zum Rühren bestimmt, kleine Apothekerwaagen mit Gewichten, Mörser, Dreifüße, Asbestplatten vermehrten sich von Tag zu Tag in meinen Regalen. Zwei Stuben des schiefwandigen Dachgeschosses über dem Verwaltungsgebäude wurden als »Laboratorium« eingerichtet, ihre Tür mit einer Totenkopfzeichnung versehen.

Die Fortsetzung der Versuche und die Anschaffung des neuen Zubehörs wären allerdings an der Vorsicht meines Vaters und an der Furchtsamkeit meiner Mutter (um den Neid meiner Schwestern nicht zu erwähnen) gescheitert, hätte sich Herr Josef Pauli, der ehemalige Setzer und damalige Geschäftsführer der Druckerei nicht bereit erklärt, mir bei den Experimenten zu assistieren, das Gefährliche zu überwachen und nötigenfalls selber auszuführen. Die kritischen Substanzen, die unter Wasser aufzubewahrenden Phosphorkugeln, die unter Öl zu lagernden Stücke des reinen Kalium- und Natriummetalls, die konzentrierten Säuren und das in erbsenförmige Halbkugeln gegossene Natriumhydroxid hielt er gesondert in einem Schrank unter Verschluß; die Verdünnung der Schwefelsäure nahm er selber vor, die Phosphorkugeln und Natriumstücke fischte er selber mit Hilfe einer Pinzette aus der Flüssigkeit heraus. Für all diese Darreichungen und Hilfeleistungen opferte er seine nicht eben reichlichen freien Stunden; auch griff er unbedenklich zum Portemonnaie, wenn es um die Anschaffung eines Wasser-Elektrolyse-Geräts oder einer Vakuumpumpe ging, die ich zur Herstellung von gelbem aus rotem Phosphor benötigte.

Herr Pauli verhielt sich mir gegenüber, soweit ich mich nur zurückerinnern kann, väterlich und liebevoll - er hatte mich schon als kleines Kind auf den Knien geschaukelt -, andererseits aber mit einer Zurückhaltung und Kälte, die auf ein sehr sprödes Wesen, auf die versteinerten Umgangsformen eines eingefleischten Einzelgängers schließen ließen. Er vermied es, mich zu berühren oder meine Hand anzufassen, selbst sein Blick wurde unstet bei der Begegnung unserer Augen. In unseren Gesprächen beschränkte er sich auf sachliche Ratschläge; Fragen, die ich schon nach längerer Zusammenarbeit, etwa um mein sechzehntes Lebensjahr herum, bereits nach Entstehung unserer Briefmarkenpläne an ihn richtete, weil ich sie an meinen Vater nicht zu richten wagte und von meinen Schulkameraden nur spärliche und unbefriedigende Auskünfte erhielt - es handelte sich um Angelegenheiten des Herzens, wie sie jedem jungen Mann in der Zeit der Pubertät von allergrößter Wichtigkeit erscheinen -, überhörte er einfach oder wich ihnen aus, indem er etwa sagte: »Das wird sich später von selber klären, es ist nicht meine Aufgabe, Sie über diese Dinge zu unterrichten.«

Herr Pauli wohnte fünf oder sechs Häuser weiter ebenfalls am Weidendamm, so daß er manches Mal erst um die Mitternachtsstunde heimkehrte und mir bis dahin unermüdlich assistierte, ohne auch nur ein einziges Mal wegen »anderer dringender Geschäfte oder Privatangelegenheiten« sich absentieren zu lassen. Er hatte kein Privatleben, ja selbst die Tatsache seines ziemlich schnellen Aufstiegs in der Druckerei zeugte von einer seltenen und seltsamen Strebsamkeit, die jederzeit unbezahlte Überstunden in Kauf nahm - oder zeugte sie vielleicht im Gegenteil von der Furcht des Alleinseins, von der Angst, einsam in seiner Wohnung zu hocken und über sich und sein Schicksal nachzudenken? Später empfing er mich hie und da in dieser Wohnung, wenn wir möglichst ungestört über gemeinsame geschäftliche Angelegenheiten zu reden hatten. Seine beiden Zimmerchen mit der auch als Bad dienenden Küche waren äußerst karg möbliert - zu seiner Rechtfertigung sagte er bei meinem ersten Besuch, daß er sein Geld auf die hohe Kante legen müsse, da er sich in absehbarer Zukunft in die Schweiz zurückzuziehen und selbständig zu machen gedenke. Das tat er dann auch, und wir blieben über lange Jahrzehnte gute (oder vielmehr beste) Mitarbeiter, Freunde, wenn man will, bis zu seinem tragischen Tod.

Das Verhältnis zu meinem Vater gestaltete sich von Anfang an als ein kaufmännisch-nüchternes Zusammenwirken zugunsten gemeinsamer Ziele; zum Zwecke, alles in allem, meiner »Erziehung«, und diese wiederum bedeutete für ihn die mehr selbstverständliche und vorgegebene als noch zu bedenkende und zu überlegende Vorbereitung auf ein zweckdienlich eingerichtetes, faires, finanziell und psychisch abgesichertes Leben, dessen glatter Verlauf durch vorbeugend-prophylaktische Maßnahmen sozusagen, durch behutsame Vermeidung jeglichen seelischen Kummers, durch die Ausklammerung oder rechtzeitige Einebnung jeder potenziellen Quelle von Störungen und Unregelmäßigkeiten gesichert werden sollte; die Erziehung war nichts weiter als die Einübung, das fortwährende Praktizieren eines solchen Lebens, das ruhige und langsame Gedeihen und mählich-unübereilte Sammeln und ins Blutübergehen der »Weisheit des Vermeidens und Ausweichens«. Nie hörte ich von meinem Vater ein lautes Wort des Tadels (im Rückblick finde ich das eigentlich schade), nie erhöhte er die Stimme im Kreise der Familie, er ignorierte alles, worin er den Keim einer Auseinandersetzung witterte, die Gefahr einer Entgleisung, die Vorzeichen einer atmosphärischen Trübung im Familienleben; im Grunde genommen war er blind für seine Umwelt. Doch erwies sich seine Methode, zumindest kurzfristig, insofern als erfolgreich, als er das Schwierige und Unsichere anderen zuschob und zuspielte - meiner Mutter, wenn es um die Schwestern ging, und Herrn Pauli, wenn bei mir etwas nicht stimmte. So war es nur allzu verständlich, daß ich nicht meinem Vater, sondern Herrn Pauli meine Geheimnisse beichtete, als ich mit fünfzehn im Gymnasium ein Mädchen namens Jowita kennenlernte und mich in sie verliebte. Das heißt, ich sah sie auf dem Hofe der Schule inmitten ihrer wenigen Kameradinnen, ich wurde auf sie aufmerksam, ich verliebte mich in sie - das Kennenlernen erfolgte erst viele Monate später und war eigentlich schon vollkommen uninteressant. Was aber zwischen dem Zeitpunkt der Entstehung der Liebe und dem des Kennenlernens lag, das physische und seelische Umkreisen und Einkreisen der um zwei Jahre Jüngeren, sich allem Anschein nach Sträubenden und Ängstlichen, das Sich-Annähern, und dann der Schreck vor dem eigenen Mut, also der betäubte, benommene, erschrokkene Rückzug, die Flucht ins Hinterland; das Wandern, Gleiten, Aufeinandertreffen und Ausweichen der Blicke, eine sanfte Kollision bei der schnellen Kolonnenbildung am Ende der großen Pause, das Kennenlernen der Freundinnen Jowitas, das Ausfragen der Mädchen über ihre Gewohnheiten, über ihre Gefühle, das behutsame Vorantasten zur Frage, ob sie mich überhaupt bemerkt habe, und wenn ja, ob sie meine Werbung und mein Bemühen um die Herstellung von indirekten Verbindungen zu ihr mit einigem Gefallen oder gleichgültig oder gar mit Widerwillen betrachte, ob sie auf eine direkte Bekanntschaft eingehen würde, ob ich mich ihr vorstellen lassen sollte, ob sie zu einem Spaziergang am Oderufer, auf der Promenade zu bewegen wäre ... und dann die prekäre Feststellung, daß zwei der Freundinnen, die angeblich mit allen Mitteln das Zustandekommen eines Treffens mit Jowita förderten, wegen taktischer und strategischer Besprechungen immer häufiger mit mir beim Konditor Nicolai am Benderplatz zusammensaßen, mich durch ihre Stellvertretung zu beschwichtigen suchten, wobei die Stellvertretung allmählich zum Selbstzweck wurde und ihre Rolle sprengte - die Wahrnehmung, daß die Freundinnen zu Feindinnen wurden und meinetwegen einen Wettkampf untereinander austrugen -, all diese Einzelheiten wurden von mir dem schweigend die Augen in die Ferne richtenden Herrn Pauli eröffnet, genau wie zwei Jahre später die Ereignisse und Umstände eines ganz und gar nicht platonischen Verhältnisses mit einer geschiedenen Frau, was bei ihm allerdings ein nervöses Augenflattern und -zucken, ein Hüsteln, ein hüstelndes Keuchen und ein keuchendes Sichräuspern hervorrief, eine Verlegenheit, die nicht schweigend in die Ferne blickte, sondern, ich spürte es, in jedem Moment den Ausbruch eines hysterischen Protestes unterdrücken mußte.

Erst während meiner Zusammenarbeit mit ihm in Basel lernte ich die Gründe seines Benehmens kennen, sein Geheimnis, wenn man es mit der Überheblichkeit der Geheimnislosen so nennen will, und eben die Kenntnis dieses Geheimnisses hob Herrn Pauli in meinen Augen zu einem beinahe asketischen Selbstüberwinder empor; denn er umgab sich fortwährend mit schönen Jünglingen; ich will das Kind beim Namen nennen, um das Thema sofort abbrechen zu können: es lag bei ihm eine Aberration vor, die psychiatrisch als Pädophilie bezeichnet wird.

Nun, diese Enthüllung erfolgte erst viel später, ich konnte davon noch nichts ahnen, als Herr Pauli im blauen Setzerkittel das Schlüsselbund aus der Tasche zog, den Schrank mit den »gefährlichen« Chemikalien öffnete, ihm die Flasche mit der konzentrierten Schwefelsäure entnahm und sie zu einem Arbeitstisch trug, auf dem schon ein mit Meßskala versehener, halbvoll mit destilliertem Wasser gefüllter Glaszylinder stand; Herr Pauli öffnete den Glasverschluß und, die Flasche weit von sich weghaltend, träufelte er die dicke Flüssigkeit langsam, tropfenweise in den Zylinder, in dem das Wasser zischend die gelbbraune Substanz aufnahm und kochendheiß wurde. Um die Gefährlichkeit der unverdünnten Schwefelsäure zu demonstrieren, ließ Herr Pauli zwei Tropfen davon auf ein Stück Würfelzucker fallen: nach einer heftigen, mit Dampf- und Gasentwicklung einhergehenden Reaktion blieb an Stelle des Zuckers lediglich ein Stück schwarze Kohle zurück.

Um die Jahrhundertwende wurde an das Verwaltungsgebäude, in dessen hinterem Trakt wir wohnten, ein Badezimmer angebaut, auf dessen flaches Dach wir durch eine Dachluke hinaussteigen konnten, wenn es sich um Experimente handelte, bei denen sich Gase entwickelten und die in einem geschlossenen Raum nicht durchzuführen waren. Hier draußen erzeugten wir zum Beispiel Wasserstoff: wir schütteten 200 Kubikzentimeter verdünnte Schwefelsäure in einen Kolben, in dem sich Zinkspäne befanden und aus dessen Korken ein Glasrohr, in S-Form gebogen, herausragte; das Ende des Rohres führten wir in eine mit Seifenwasser gefüllte Schüssel. Es entstanden dabei prächtige, in allen Regenbogenfarben schillernde Seifenblasen, die schnell in die Höhe stiegen; bei der Berührung mit einem brennenden Streichholz wurde zu Anfang des Experiments, als der Wasserstoff noch mit Luft vermengt war, ein mächtiger Knall erzeugt; meine Schwestern steckten unten aus einem Fenster den Kopf heraus und schimpften. Anschließend mußte Herr Pauli meinem Vater über die völlige Harmlosigkeit dieser Experimente ausführlich Bericht erstatten.

Oder wir stellten aus Kaliumjodid reines Jod her: die herrlichen, märchenhaft-blaulilafarbenen, sich gemächlich wälzenden und hochsteigenden Dämpfe schlugen sich als silbern schimmernde Kristallschuppen an dem kühleren Ausgang der Retorte nieder. Brom erzeugten wir ähnlich aus Kaliumbromid; hier wurden die bräunlich-schmutzigen Dämpfe durch einen Liebig-Kühler geleitet und in einem Glasgefäß aufgefangen - sie bildeten nun eine rostbraune, zähflüssige Masse.

Aus Anlaß eines Betriebsjubiläums zündeten wir in mehreren Tontöpfen verschiedene Pulvermixturen an, die je nach den Zusätzen in roten, gelben, grünen und blauen Farben verglühten oder feuerspeiend und funkenzerstiebend abbrannten. Zum Schluß ließen wir eine Rakete hochsteigen, die, mit Nitrozellulose und Magnesiumpulver gefüllt, in der Höhe zerbarst und die ganze Gegend in hellweißes Licht tauchte.

Waren das nur Kinderspiele? Gewiß, gewiß; aber ich vermute dennoch, daß sie in mir wichtige, vielleicht schon ursprünglich vorhandene Anlagen ans Tageslicht brachten oder doch zumindest mein Interesse für ein Gebiet erschlossen, das außer der Vertreibung der Langeweile und über die Befriedigung naturwissenschaftlicher Neugierde hinaus manchmal auch für den Privatmann, wie bereits angedeutet, von hoher finanzieller Bedeutung sein kann. Abschließend will ich zwei Beispiele hierfür schildern.

Das einfachste qualitative Verfahren zur Feststellung von freien Chlorionen ist die Probe mit einer Lösung von salpetersaurem Silber, auch Lapis genannt. Wir stellten diese Verbindung selber aus einer Silbermünze her; freilich bedurfte es, um zu einem reinen Präparat zu kommen, mehrerer kleiner Tricks: vor allem mußte aus der Münze reines (kupfer-, chrom- und nickelfreies) Silber gewonnen werden. Was konnte uns aber als folgender Schritt näher liegen, als in unsere Versuche auch das (nach dem Silber) billigste Edelmetall, nämlich Gold, einzubeziehen? Gold läßt sich freilich weder in Salz- noch in Salpetersäure lösen, wohl aber in einem Gemisch aus ihnen (das dieser Eigenschaft halber den Namen »Königswasser« trägt). Man erhält dabei eine unscheinbare braune Masse, die allerdings sehr empfindlich ist und (etwa bei der Berührung mit Eisen) dazu neigt, wieder in ihre ursprünglichen Elemente zu zerfallen. Ein geringer, nach der Auflösung noch zurückbleibender Überschuß an Königswasser wirkt dem Zerfall entgegen; man kann der Masse auch säurebeständige Farbstoffe beimengen und sie in einem innen emaillierten Kanister als Lack oder Anstreichfarbe über scharfbewachte Zollgrenzen befördern - eine Praktik, deren ich mich später des öfteren bediente. Am Reiseziel angelangt, bleibt dann nichts weiter übrig, als die Masse mit Eisenspat zu versetzen, um das reine Gold als Niederschlag wiederzugewinnen - allerdings in Pulverform. Man muß es auf 1063 Grad Celsius erhitzen, um es wieder in Barren umgießen zu können. Freilich, um das alles zu bewerkstelligen, braucht man Erfahrung, viel Erfahrung sogar, man braucht Schmelzöfen, Chemikalien - und selbstverständlich und vor allem: Gold. Wer aber glaubt, daß das Beschaffen des Goldes selbst in kritischen Zeiten schwierig ist, der täuscht sich gewaltig, denn besonders unter katastrophalen Zuständen, im Kriegsfalle etwa oder während einer Inflation, gibt es mancherlei, was noch viel mehr wert ist (oder mehr kostet) als Gold - Lebensmittel zum Beispiel, echte oder gefälschte Ausweispapiere, und um Lebensmittel oder Pässe und Erlaubnisse zu besorgen (oder zu machen), braucht man wahrhaftig kein Genie zu sein.

Das andere Beispiel: vorhin habe ich schon eine mit Nitrozellulose gefüllte Rakete erwähnt. Nitrozellulose herzustellen ist ein Kinderspiel; es gehört nichts weiter dazu als Salpeter- und Schwefelsäure, und ein wenig Watte natürlich. Man nimmt zum Beispiel 10 Kubikzentimeter Salpetersäure, 30 Kubikzentimeter Schwefelsäure, mischt die beiden Substanzen durch vorsichtiges Schütteln und wirft danach einige Wattebäusche ins Gemisch. Nach einiger Zeit nimmt man diese mit Hilfe eines Glasstabes wieder heraus, läßt sie trocknen - und schon ist die Schießwolle fertig. Man berührt sie mit einem glühenden Eisenstab, und weg ist sie in einer einzigen hochauflodernden Flamme - vorausgesetzt, daß man das Experiment im Freien durchführt und die explosionsartige Ausdehnung der Gase durch nichts behindert wird - etwa durch eine metallene Hülse; dann gibt es nämlich Splitter, die mit großer Wucht auseinanderfliegen und den Gaffenden tödlich verwunden können.

Setzt man aber dem Gemisch Salpeter-Schwefelsäure einige Kubikzentimeter Glyzerin hinzu, so gelangt man nach einem einfachen Reinigungsverfahren zum hochexplosiven und gefürchteten Nitroglyzerin, dessen Name bereits zündend wirkt, obwohl man es aus leichtzugänglichen Materialien in jeder Waschküche anfertigen kann.

8

Ich unterbreche nur ungern an dieser Stelle den sowieso unsicheren und sich erst allmählich durchsetzenden chronologischen Faden meiner Erinnerungen, doch möchte ich nicht in Herrn Grabowskis Kompositionsweise der Verzögerungen und Aufschübe verfallen und über alles mögliche reden, ohne den eigentlichen Sinn dieser umständlichen Schilderungen zu verraten. Ich springe jetzt mitten in die dreißiger Jahre hinein und berichte über eine unserer damaligen Unternehmungen, nicht ohne hoch und heilig zu versprechen, daß ich mich fortan an den goldenen Faden der Reihenfolge halten und keine Verwirrung mehr stiften werde.

Im Winter 1931/32 erreichten mich aus Deutschland beunruhigende Nachrichten; sie waren eindeutig genug für jeden, der nur einigermaßen vertraut war mit den Verläufen der Geschichte in unseren Zeiten, mit jenen fatalen Möglichkeiten (ja beinahe schon Notwendigkeiten), die mindestens die Gefahr eines europäischen Revanche-Krieges, wenn nicht noch viel Schlimmeres in sich bargen.

Es konnten keine Zweifel darüber bestehen, wer in Deutschland die Macht schließlich an sich reißen würde; der fragliche Mann und seine Partei hatten ihr grausames Programm schon mehrfach und überdeutlich artikuliert und niedergeschrieben, ja veröffentlicht - ohne von den Zuständigen ernstgenommen zu werden. Ich rechnete in der nächsten Zeit mit einer Flut von Flüchtlingen aus Deutschland, denen ich auf meine Weise beistehen wollte;

es war mir nur noch unklar, wo ich die Mittel hernehmen sollte, die ich für meine Zwecke brauchte.

Ich verbrachte damals schon seit geraumer Zeit einige Monate des Jahres in Irland, hatte soeben das Manuskript eines meiner Kriminalromane an meinen Londoner Verleger abgeliefert, und als ich an einem Morgen wieder einmal über Vergeltungsmaßnahmen und Terrorakte der Nazis in den englischen Zeitungen las, entschloß ich mich, nicht erst, wie ursprünglich vorgesehen, im März, sondern sofort meine Koffer zu packen, über Deutschland, wo ich mir die Entwicklungen selber ansehen wollte, in die Schweiz zu fahren und mich mit Hortense, Herrn Pauli und unseren Mitarbeitern über die Lage und das anscheinend unmittelbar Bevorstehende zu beraten. Über England und die Niederlande erreichte ich deutsches Gebiet, und zwar als Mr. Jerome O'Brien aus Wexford. Ich habe übrigens alle meine Kriminalgeschichten unter diesem Namen verfaßt und veröffentlicht und in Wexford als ein aus Amerika zurückgekehrter, keine finanziellen Forderungen auf Erbschaften erhebender Nebensproß einer begüterten Familie schon aus diesem Grunde einen gewissen Ruhm genossen. Meine Romane verkauften sich gut, sie wurden in mehrere Sprachen übersetzt, und als ich 1946 in Caracas eine kleine Bar übernahm, fand ich zu meiner Verblüffung mehrere Romane von mir in spanischer Sprache in den Regalen des vorigen Besitzers. Dies aber, wie schon so manches, nur am Rande.

Zugegeben: an Ort und Stelle sah die Situation in Deutschland, trotz der vielen Arbeitslosen, trotz der militanten Parteiversammlungen und meistens in Handgemengen endenden Aufmärsche bei Tageslicht und in mythischem Fackelschein bei weitem nicht so übel und unheilvoll aus wie aus der Ferne, wo man nur die spitzesten Ausschläge der gesellschaftlichen Entwicklungskurve verfolgte;

über den grauen und hysterielos verlaufenden alltäglichen Alltag, über das zu gut 90 % Normale und Allgemeineuropäische, über das Grundlegende des Lebenserhaltungsprozesses, kurzum, über die Normalität der Substanz berichtete man im Ausland nicht. Das lag selbstverständlich nicht an der Untauglichkeit der Journalisten und politischen Kommentatoren; im Gegenteil: es lag an den Konditionen und Voraussetzungen des modernen - und in der Praxis tausendmal bewährten - Informationswesens selbst. Diese Konditionen resultierten aus einer jahrhundertelangen Entwicklung, und es ist kein Zufall, sondern vielmehr eine vom Lauf der Geschichte bestätigte Notwendigkeit, daß sie aus sich heraus diese und eben diese Konditionen entwickelte; im heutigen Informationswesen kondensierte und schlug sich eine geschichtliche Erfahrung nieder, bildete sich ein feines Fingerspitzengefühl bei den Journalisten heraus, ein Instinkt für Verallgemeinerungen und Übertreibungen, die sich in den Folgezeiten dennoch als richtig erwiesen - sonst hätte die Entwicklung des Nachrichtensammelns und Verbreitens ganz andere Bahnen beschritten. So mußte man trotz allem Augenschein die Informationen der Auslandskorrespondenten ernst nehmen, obwohl die in die Geschehnisse unmittelbar Verwickelten ahnungslos schienen und es tatsächlich waren; in den Botschaften oder in den Hotels in Köln, Frankfurt am Main und München entwickelte man den gleichen Pomp, man bediente sich im Alltagsleben der gleichen Umgangsformen wie in Paris oder in London; mag sein, die Arbeiter waren verbittert, verbitterter als sonst und anderswo, in Manchester zum Beispiel - aber der Unterschied war unbedeutend, ja in Manchester war die Arbeitslosigkeit noch schlimmer und zeitigte krassere Ausbrüche. Es mußte aber auch ein grundlegender Unterschied beachtet werden: in Manchester gab es eben krassere Ausbrüche, man streikte und kämpfte mit den Unternehmern, während man in Deutschland nach Möglichkeiten und Wegen suchte, die Krise »gemeinsam« zu meistern, denn »es ging schließlich allen an den Kragen«. Man sprach von einer gemeinsamen Anstrengung der Nation, deren Vorbedingung es allerdings zu sein schien, die Kräfte des Auseinanderziehens und Zerwürfnisses zu beseitigen.

Die Situation war also von einem Außenposten klarer zu übersehen. Sobald ich in Basel war, wurde mir die Unheimlichkeit und überstürzte Beschleunigung der gesellschaftlichen Prozesse in Deutschland noch deutlicher - von Woche zu Woche deutlicher und eindeutiger. Es bestand kein Zweifel, daß sich eine Entladung der angestauten Konflikte anbahnte, und daß diese Entladung unabsehbare Folgen nach sich ziehen würde. Herr Pauli, der lange genug in Deutschland gelebt hatte, um die dortigen Verhältnisse und Ereignisse auch jetzt noch mit regem Interesse zu verfolgen, teilte meine Ansichten ebenso wie Hortense, die ihre Abneigung gegen die *»boches«* immer noch nicht überwunden hatte.

Die meisten Mitarbeiter, die uns bereits während und nach dem Weltkrieg geholfen hatten, erklärten sich bereit, auch jetzt mitzumachen; dem Kreis hatten sich inzwischen neue Mitglieder angeschlossen, obwohl es im Augenblick weniger eine konkrete Aufgabe zu bewältigen gab als lediglich das Warten auf das Entstehen solcher Aufgaben. Unsere Werkstatt in Herrn Paulis Fabrik stand nach wie vor zur Verfügung. Das Problem hieß also: wir mußten uns im voraus Geld beschaffen, eine große Summe, viele Millionen - zumindest, wenn wir unserem Brauch treu bleiben wollten, den Flüchtlingen nicht nur einen Reisepaß in die Hand zu drücken, sondern auch ein kleines Anfangskapital, mit dem sie ein neues Leben beginnen konnten.

Nur das Wie, Wo und Wann waren vorläufig noch unklar. Ich mußte die Möglichkeiten ergründen, mich in die Eisenbahn setzen und das Land bereisen, um das »Wo« auszukundschaften, und ich stülpte mir wieder die Identität des zwar nicht mittellosen, aber unscheinbaren und schon wegen des Inkognitos sich unauffällig aufführenden Schriftstellers Jerome O'Brien über, der in fremdem Auftrage delikate geschäftliche Verhandlungen zu führen hatte. Ich packte drei Briefmarkenalben in meine Koffer und trat eine Rundreise durch die Schweiz an - angeblich, um den meistbietenden Abnehmer für die Briefmarken zu finden, die ein sich nicht nennen wollender Brite aus dem Adelsstande zu verkaufen gedachte.

Ich fuhr nach Zürich und nach Bern, nach Genf und nach Lausanne, ich war in Winterthur bei einem Industriellen und Briefmarkensammler namens Peter Egli zu Gast - ich hatte aber hier genau so wenig Erfolg wie in Neufchâtel oder in Freiburg; das heißt, ich hätte die Briefmarken an mehrere Händler zu einem günstigen Preis verkaufen können, und ich hätte es auch getan, wenn ich dabei gefunden hätte, wonach ich eigentlich Ausschau hielt.

Schließlich gelangten die Briefmarken nach mehrwöchigem Feilschen, nach dem Befragen mehrerer Gutachter, die teilweise aus Deutschland herbeigeholt werden mußten, in den Besitz des Briefmarkenhändlers Louis Salzmann in der Kapellgasse zu Luzern. Denn hier hatte ich endlich gefunden, was ich suchte: das stattliche und robuste Gebäude der »Luzerner Sparcasse von 1782« am Quai National - in deren mit dicken Stahlplatten verkleideten Tresorräumen ich meine Alben zeitweilig verwahrte und in Gesellschaft des Herrn Salzmann auch den Gutachtern vorlegte, unter denen sich freilich mehrere befanden, die von Briefmarken so gut wie nichts, umso mehr aber von Alarmanlagen (sie waren übrigens ziemlich primitiv; aber das war - damals wenigstens - einer der großen Vorzüge der Schweiz, eines Landes, in dem man seit Jahrhunderten in Sicherheit lebte), von Härtegraden der Metall-Legierungen und vom Ausbau unterirdischer Schächte mit mathematisch genauen Positionsberechnungen verstanden. Es waren darunter mehrere Absolventen der Zürcher Technischen Hochschule, die einstmals zum näheren Bekanntenkreis Herrn Paulis gehörten, weil er vor Jahren ihr Studium finanziert hatte; ich halte es aber für durchaus möglich - ihre selbstlose Mitarbeit zeugt dafür -, daß zusätzlich auch andere, subtilere Gründe ihre Handlungsweise bestimmten; denn die Dankbarkeit hat viele Stufen, und ich glaube, daß die höchste in jenem Fall erreicht wird, wenn man den Verzicht zu würdigen weiß, den sich der Gebende auferlegt, indem er für seine Gabe keine Gegenleistungen verlangt, obwohl er voraussichtlich auf keinen nennenswerten Widerstand stoßen würde, weil der Nehmende zu arm und zu intelligent ist, um auf seinen Wunsch nicht einzugehen.

Wir brauchten einen verläßlichen Strohmann; er fand sich leicht unter den aus Deutschland aus übertriebener Vorsicht vorzeitig Geflohenen in der Person des Herrn (ein komischer Name) Fürchtegott Liebsam, eines Damenmodekaufmanns aus München. Laut unseren Anweisungen mietete er sich vor allem zwei Häuser: eins in der Luzerner Haldenstraße und ein zweites, sozusagen als Sommersitz, in den Außenbezirken von Sempach. Dann besuchte er alle größeren Tabakläden Luzerns mit dem Wunsch, eine brasilianische Zigarre namens »Paulhinas« zu kaufen; er fand sie aber nirgends und ließ sich eine ganze Kiste dieser Sorte importieren, wobei er weder die Besorgung zoll- und gesundheitsbehördlicher Genehmigungen noch die verhältnismäßig hohen Unkosten der Luftfracht scheute. Zum Pendeln zwischen Luzern und Sempach benötigte er ein

Personenauto, das er sich bei einer Mietwagenfirma besorgte - genauso wie einen großen Lastkraftwagen. Denn das Haus in der Haldenstraße, in dem er, laut seinen Beteuerungen vor der Ausländerpolizei, mit seiner Familie wohnen und in dessen unteren Lokalitäten er mit einem bei der Schweizer Nationalbank hinterlegten Anfangskapital von 300 000 Franken ein Modewarengeschäft einrichten wollte, war ziemlich baufällig; es mußte von Grund auf renoviert und modernisiert werden. Der Lastwagen fuhr die dazu benötigten Baumaterialien wie auch - zu Lasten des Kontos von Herrn Liebsam - jene Geräte herbei, mit deren Hilfe wir aus dem Keller des Hauses in der Haldenstraße einen Stollen in Richtung der Tresorräume des obengenannten renommierten Geldinstituts vorantrieben. Die beiden Gebäude standen etwa auf der gleichen Höhe, mit der Rückseite einander zugewandt; es mußte nur eine Distanz von ungefähr fünfundzwanzig Metern überwunden werden.

Der Kanton Luzern bereitete sich indessen auf die großen Feierlichkeiten des Jubiläums der Vereinigung mit den Urkantonen vor, die vor genau 600 Jahren stattgefunden hatte. Am Quai National traf man in den Parkanlagen Vorbereitungen zu einem großen Volksfest mit Feuerwerk, Flammenfontänen, rotierenden Feuerrädern, und errichtete Zelte für provisorische Schankstuben und Gaststätten.

Im »Kriegs- und Friedensmuseum« eröffnete man eine Ausstellung über die im Laufe von 600 Jahren erfolgten Entwicklungen, über die anfänglichen Kriege und Siege, über die Schlachten bei Sempach und Näfels sowie über den späteren erfreulichen wirtschaftlichen und kulturellen Aufschwung des Kantons im Beisein einiger Mitglieder des Bundesrats, des National- und Ständerats.

Die Wohlhabenderen rüsteten sich zu einer Seeparade

mit Lampions; Herr Liebsam verhandelte mit Textilfabrikanten und quälte sich in seiner Freizeit in Sempach mit dem Rauchen seiner »Paulhinas« ab (deren Mundstücke und Asche er in Kartons aufzubewahren hatte).

Ich bestieg den alten Wasserturm an der Kapellbrücke, ließ mich zum Gütsch hinauffahren und zu den »Drei Linden« chauffieren, fuhr über Kriens zum Sonnenberg und ließ mich dort mit dem Lift in den Aussichtsturm hinaufbefördern; dann reiste ich über Alpnachstad nach Pilatuskulm und nahm für eine Nacht ein Zimmer im dortigen Hotel, um noch vor Sonnenaufgang den »Esel« zu besteigen. Von all diesen Erhöhungen und Gipfeln konnte ich mit dem Feldstecher (auf dem »Esel« mit dem dort aufgebauten starken Teleskop) die nähere und fernere Umgebung unseres Unternehmens in allen Einzelheiten besichtigen; vom »Esel« aus sah ich im Teleskop nicht nur den Quai National in Luzern, sondern auch die Silhouetten von Küssnacht im anderen Arm des Vierwaldstätter Sees.

Unter einem falschen Namen lieh ich mir in Luzern, auch für die Dauer des Volksfests, ein schnelles Motorboot und fuhr in Gesellschaft von Herrn Pauli (der sich nicht wie ich im »Schweizerhof«, sondern einen Katzensprung weiter im »Luzernerhof« einquartiert hatte und sich um Druckaufträge bei einem Luzerner Kunstverlag bemühte), von der Anlegestelle am Ende des Schweizerhofquais auf den freien See hinaus, bog nach einer dreiviertelstündigen Fahrt in den Küssnachter See ein, um nach einer weiteren Stunde etwas südlich von Küssnacht an der Mole einer Privatvilla anzulegen, deren Eigentümer, Archäologen von Beruf, schon seit Monaten in der Türkei mit Ausgrabungen beschäftigt waren und ihr Haus für zwei Monate vertraglich Herrn Pauli - für eine bescheidene Summe - überließen. Es versteht sich von selbst, daß auch er sich beim Abschluß des Vertrages einen falschen Namen zugelegt hatte.

In der Villa wurde ein provisorisches Laboratorium eingerichtet, wo wir einerseits das zu erbeutende Gold im Notfall in unansehnliches Pulver zu verwandeln gedachten und andererseits mit dem Bau von Raketen beschäftigt waren, die das Feuerwerk des Nationalfeiertags sinnvoll ergänzen sollten. Unter den Geschossen befand sich ein anderthalb Meter großes Exemplar, das rund zwei Pfund Pikrinsäure und in einem Behälter, nur durch ein Einlaßventil von der Pikrinsäure getrennt, ein Pfund konzentrierte Bleiazetatlösung in eine Höhe von mindestens 80 Metern über dem See befördern und dort die Substanzen vereinigen, d. h. zur Explosion bringen sollte, und zwar genau um 23 Uhr 20 am Tage X. Ab 23 Uhr 55 sollten dann in Abständen von fünf Minuten je drei Raketen mit pulverisiertem Magnesium aufsteigen und die Umgebung periodisch in grellstem Licht aufleuchten lassen - beziehungsweise in tiefste Dunkelheit hüllen: wer keine Schutzbrille trug, würde sich während dieser Zeit kein einziges Gesicht, keine einzige Gestalt einprägen, geschweige denn später identifizieren können, er vermochte weder parkende Lastwagen noch das Beladen eines Bootes und anschließend die Abfahrt beider zu beobachten.

Die Raketen waren eine Woche vor dem Volksfest fertiggestellt, wir schafften sie mit dem Lastauto auf naturgegebenen und von uns noch weiter komplizierten Umwegen nach Luzern; einige davon, die als letzte Magnesiumpulver in der Höhe entflammen lassen sollten, waren mit Zeitzündern versehen, um unseren Kameraden, die das Lastauto nach Sempach fahren und die Raketen abfeuern sollten, das ungestörte Entkommen zu ermöglichen. Herr Pauli fuhr nach Basel zurück, traf allerdings am bewußten Tage wieder in Küssnacht ein.

Herr Liebsam begann, Verträge abzuschließen und Gelder von seinem Konto abzuheben; ich verhandelte hartnäckig mit Herrn Salzmann - und besichtigte in meiner Freizeit den »Totentanz« am Gewölbe der Spreuerbrücke, fütterte die Schwäne und die (von den Einheimischen Bläßhühner genannten) Wasserhühner im See und in der Reuß, hörte mir ein paar Orgelkonzerte in der Stiftskirche St. Leodegar an, deren einen Turm ich - das war das Wesentliche - bestieg, da er fast unmittelbar über dem Tatort in die Höhe ragte. Außerdem besuchte ich des öfteren Herrn J. Bossard, einen Antiquitätenhändler am Schwanenplatz, bei dem ich für Hortense einige reichverzierte Silberschüsseln aus der Zeit des Rokoko sowie drei kleine, nach Gemälden von Watteau gearbeitete Gobelins erstand.

Fünf Tage vor Beginn des Volksfestes waren die Briefmarken für 325 000 Franken in den Besitz des Herrn Salzmann übergegangen; vor ihm wie auch allen anderen Bekannten im Hotel und in der Kantonsbibliothek (lesen kann man nie genug, ich mußte mich schließlich wegen der angeblich sehr kapriziösen Winde über dem Vierwaldstätter See und über einige andere Sachfragen orientieren) äußerte ich meinen Wunsch, ein paar Tage des Volksfestes mitzuerleben: wegen meiner hohen Provision müsse ich schon anstandshalber ein paar Hunderter in Luzern springen lassen.

Inzwischen erreichten unsere jungen Sappeure die Betonwand, die uns außer den Stahlplatten noch von den Tresorräumen trennte; es kostete die Arbeit zweier Nächte, ein Tor im Beton auszumeißeln und viele schräge Löcher in die Stahlwand zu bohren, die das Nitroglyzerin aufnehmen und mit vielen kleinen, aber simultanen Explosionen den Zugang zum Tresor freilegen sollten.

Es war alles fix und fertig, sogar Herr Liebsam hatte bereits seinen amerikanischen Paß (Mr. Robert Truelove hieß er nun und stammte aus Ohio), seine Fahrkarten nach

Genua und die Tickets für das Schiff, das ihn und seine Familie zunächst einmal nach Australien bringen sollte. Sein Konto in Sydney lautete auf zwanzigtausend Pfund, bei der Schweizer Nationalbank hingegen nur noch auf fünfzehnhundert Franken.

Ich besuchte noch mehrere Male, im Vorübergehen, Herrn Salzmann, dem es in wenigen Tagen gelang, zwei Drittel der Sammlung, zum Teil mit einem Gewinn von 50 % loszuschlagen - was ich allerdings nicht von ihm selber erfuhr, sondern von einem seiner Käufer, Herrn Peter Egli, der am Tage nach dem Verkauf in Luzern auftauchte und ebenfalls im Schweizerhof abstieg. Ich versicherte dem anfänglich Untröstlichen, daß mein Auftraggeber keinesfalls die wertvollsten Stücke seiner Sammlung zum Schleuderpreis hatte verkaufen lassen, daß die Sammlung vielmehr, trotz dieses (bedeutungslosen!) Teilverkaufs oder eher Bruchteilverkaufs noch so gut wie unangetastet sei; die Vorfahren »seiner Lordschaft« hätten gut vorgesorgt, der Vorrat könne, freilich bei vernünftiger Einteilung, noch den Lebensunterhalt von drei Generationen der Familie sichern. Später kaufte mir Herr Egli mehrere Hamburg- und Bergedorf-Briefe ab, und noch später, 1942, gewährte er mir Einblick in die Liste von Bestellungen, die bei ihm aus dem Deutschen Reich eingegangen und für meine damaligen Nachforschungen äußerst aufschlußreich waren, nachdem ich ihm ein einmaliges Geschenk gemacht hatte: ich überreichte ihm zwei angeschnittene Bögen von ungebrauchten Braunschweiger Briefmarken, von deren Vorhandensein ich ihn bereits jetzt in Luzern unterrichten wollte, freilich nur, um für einige Stunden mit ihm zusammensein zu können. Als ich ihn jetzt einlud, den ersten Abend des Volksfestes mit mir zu verbringen, wußte ich noch nicht, daß ich damit den Weg für meine spätere Tätigkeit ebnete.

Das Volksfest wurde an einem Samstag um 19 Uhr eröffnet; Herr Truelove saß bereits im Expreß Zürich-Genua und hatte die Schweizer Grenze schon längst passiert; unser Raketenmann überprüfte noch einmal seine Geräte gegenüber der Sparcasse im Nationalpark beziehungsweise auf dem Wege zum Schweizerhofquai. Das Schnellmotorboot, beinahe eine Jacht, lag an der Mole, mit Lampions und bunten Bändern geschmückt, mit drei Kisten Champagner beladen (den Inhalt hatten wir schon vorher getrunken), und in der Villa unterhalb von Küssnacht erwartete Herr Pauli die Ankunft des Bootes gegen zwei Uhr morgens.

Als die Dämmerung hereinfiel, war der Nationalpark von Menschen bereits berstend voll; im Theatersaal des Casinos eröffnete die Kantonalregierung die Feierlichkeiten: das Programm-Plakat verkündete außer den Festreden der Stadt- und Kantonsväter als Beigabe einige Szenen aus Schillers »Wilhelm Tell« und ein Ballett, das eigens für diesen Zweck komponiert und einstudiert worden war.

Auf dem See schwammen schon unzählige Boote, im Nationalpark spielten mehrere Kapellen zum Tanz auf. Gegen zehn Uhr stiegen die ersten, noch bescheidenen Raketen in die Höhe.

Man trank ausgiebig. Ich hatte für mich einen Tisch in einer Restauration genau gegenüber der Sparcasse reservieren lassen; hier dinierte ich mit meinem leidenschaftlichen Briefmarkensammler von halb zehn an - wir tranken Champagner, und ich zeigte mich ihm gegenüber mitteilsamer denn je.

Ich erzählte ihm die Geschichte der Briefmarkensammlung des Lords; es seien unzählige günstige Zufälle bei deren Entstehung zusammengetroffen; so habe - um einen dieser Zufälle zu nennen - der Großvater seiner Lordschaft, der im Herzogtum Braunschweig einige Ländereien und ein Haus besaß und irgendwie auch mit dem Herzogshaus verschwägert war, mehrere Monate im Jahre 1852 in Braunschweig verbracht. Er sei ein eifriger Briefschreiber gewesen, habe an jedem Tag mindestens zehn Episteln verfaßt und in alle Welt verschickt; im März aber sei ihm ein wahrhaftiges Unglück zugestoßen: er habe seine Briefe tagelang nicht abschicken können, weil alle Briefmarken an den Schaltern der Postämter ausgegangen seien; es sei ein regelrechter Skandal gewesen - die Postverwaltung, zu deren Gunsten man freilich einräumen müsse, daß sie im ersten Jahr der Einführung der Briefmarken noch keine Ahnung über den Bedarf und das Tempo der Herstellung haben konnte, habe sich vollkommen verkalkuliert, und im März sei es dann zur besagten Panne gekommen, wie man es auch im Buch Hellmuth Kreutzers »Die Briefmarken Braunschweigs« nachlesen könne - das Buch sei übrigens auch hier in der Kantonsbibliothek vorhanden; der Großvater, wütend wegen des Versäumnisses und wegen der Stockung seiner Korrespondenz, habe sofort nach dem Wiedererscheinen der Marken sicherheitshalber gleich mehrere Bögen von jeder Sorte gekauft, die er aber nur zu einem geringen Teil verbraucht habe; im Mai sei er bereits zu seiner Gattin nach England zurückgekehrt.

»Schauen Sie, schauen Sie«, rief ich, an dieser Stelle meinen Bericht unterbrechend, »das ist aber ein Ding, das da hochsteigt, nein, ganz geradeaus, eine so große Rakete habe ich noch nie in meinem Leben gesehen!«

Über dem See widerhallte ein Donnerknall, der die ganze Häuserfront am Nationalquai erschütterte; ich blickte auf meine Taschenuhr: es war genau 23 Uhr 20.

Man erzählte mir später, daß sich im selben Moment eine 60 mal 60 Zentimeter große Stahlplatte aus der Wand gelöst und den Weg zum Tresor freigegeben habe. Vier

Männer stiegen ein, beluden die vorgefundenen Rolltische mit Banknoten und Goldbarren, und während zwei den im Tunnel Wartenden die Beute hinausreichten, wurden drinnen weitere Rolltische beladen. Alles ging in Windeseile vor sich, um 23 Uhr 45 war der Lastwagen in der Haldenstraße abfahrtbereit; die Leute nahmen auf den Geldsäcken Platz und setzten ihre fast undurchsichtigen Brillen auf; als sie den Gebäudekomplex hinter sich ließen und der Lastwagen in die Nähe des Schweizerhofquais gelangte, entzündete sich die erste Magnesiumladung in der Höhe.

Das Motorboot schaukelte in der Nähe des Ufers an der übrigens völlig verlassenen Mole. Der Lastwagen wurde sofort nach der Entladung nach Sempach, zum Domizil des Herrn Liebsam gefahren. Sobald der Raketenmann im Boot saß, fuhr auch dieses mit leuchtenden Lampions los; die Besatzung rief zu den anderen Booten Grüße und Bemerkungen über deren Beleuchtung und Ausschmückung hinüber - und dann lichtete sich bereits das Gedränge der Boote, die Kerzen in unseren Lampions wurden nacheinander ausgeblasen; es war nur noch ein stummes und unbeleuchtetes Geisterschiff (sogar ohne Positionslichter), das in den Küssnachter See einbog.

Nach dem Ausladen bei der Villa fuhr ein Mann das Boot sofort nach Luzern zurück; seiner Schilderung zufolge war zur Zeit seines Anlegens nur noch Grölen und Schnarchen aus dem Nationalpark zu vernehmen; mit dem Frühzug um 5 Uhr 56 begab er sich nach Basel. Währenddessen traf auch der Lastwagen in Sempach ein, der Fahrer wurde hier von einem Freund erwartet; beide fuhren mit Herrn Liebsams Personenauto sofort weiter, passierten die französische Grenze am Vormittag und stellten am Abend den Wagen in einer Marseiller Nebenstraße ab. Er wurde erst drei Tage später von der Polizei gefunden.

Ich saß währenddessen im Nationalpark mit Herrn Egli und erzählte ihm meine Geschichte zu Ende. Von den Braunschweiger Briefmarkenbögen sei leider kein einziger unangebrochen geblieben, denn seine Lordschaft habe bald hier, bald dort vom Rande Briefmarken herausgeschnitten; doch sei die Sammlung an Zwanziger- und Zehnerstreifen, an Vierer- und Sechserblocks (und das alles mit einwandfreier Gummierung!) sehr reich; bei den gegenwärtigen Preisen würde man für einen Zehnerstreifen schätzungsweise 18 000 Franken bezahlen - vorausgesetzt, der Käufer wüßte nichts von der ganzen Sammlung. Denn man sei bis heute der felsenfesten Überzeugung, daß sich nur sehr wenige Exemplare dieser Briefmarken in ungebrauchtem Zustand erhalten hätten - daher die enormen Preise. Seine Lordschaft behandle die Sammlung dementsprechend mit allergrößter Vorsicht und verkaufe nur hie und da etwas davon - beim gegenwärtigen Geschäft zum Beispiel nur zwei Werte zu je einem Silbergroschen; er, nämlich der Maschinenfabrikant, könne sich von deren allerfeinster Luxusqualität selber überzeugen, da er sie bei Herrn Salzmann jederzeit vorgelegt bekäme; er habe Glück gehabt, daß er die Marken nicht erworben habe; unter solchen Umständen sei ein Preissturz unvermeidlich, wenn er möglicherweise auch erst nach fünfzig Jahren eintreten werde.

Das erbeutete Bargeld betrug etwa vierundzwanzig Millionen Franken (einschließlich der Devisen); von den Schweizer Franken mußte Herr Pauli beinahe eine Viertelmillion vernichten, da es sich um druckfrische Noten mit durchlaufenden Nummern handelte; sie hätten uns nur Schwierigkeiten bereitet. Das Geld und Gold gelangte noch am Sonntag ohne den geringsten Zwischenfall nach Basel.

Am Sonntag blieb es in Luzern still. Am Montag wurde

ich gegen zehn Uhr von den Zeitungsverkäufern geweckt, die mit größter Lautstärke eine Sonderausgabe des »Luzerner Tagblatts« ausriefen: »Sparcasse geplündert, Banknoten und Goldbarren im Werte von mehr als dreißig Millionen spurlos verschwunden - die Polizei steht vor einem Rätsel.« Erst die Abendausgabe brachte die Nachricht von der Entdeckung der »Sempacher Räuberhöhle«, in der man eine Unmenge von Zigarrenasche und Zigarrenresten gefunden habe; es handele sich dabei um eine Sorte, die den Verdacht auf einen flüchtigen Deutschen konzentriere.

Ich blieb noch eine Woche in Luzern; einmal wurde ich ins Polizeipräsidium vorgeladen, wo man mich ausführlich über den Zweck meines Aufenthaltes in Luzern ausfragte. Die Hinweise auf meine langwierigen Verhandlungen mit Herrn Salzmann und auf mein Zusammensein am bewußten Abend mit einem auch in Luzern wohlbekannten Winterthurer Maschinenfabrikanten genügten. Man zeigte mir noch das Bildnis des Herrn Liebsam und erkundigte sich, ob mir dieser Mann jemals vor Augen gekommen sei; ich verneinte die Frage; ich hätte dem Kommissär nur sagen können, daß es meines Wissens einen Herrn Liebsam gar nicht gebe; dagegen sei ein Mr. Truelove, ein Amerikaner aus dem Staate Ohio, der große Ähnlichkeit mit dem aufgezeigten Konterfei aufweise, zum gegebenen Zeitpunkt an Bord des Schiffes »Maryland« unterwegs nach Sydney; er dürfte den Suezkanal bereits passiert haben. Aber dieser Hinweis hätte den Kommissär sicherlich nicht interessiert.

Dritter Teil

9*

Es ist leicht möglich, daß alles, was ich jetzt zur Erklärung und Rechtfertigung meines »Hobbys« während der Studienzeit in Breslau sagen werde, nicht vor oder während meines Tuns meine Handlungsweise bestimmte und mein Leben erfüllte, sondern von mir erst später zur Beschönigung oder Bagatellisierung meiner merkwürdigen Tätigkeit ersonnen worden ist. Denn merkwürdig war sie schon deshalb, weil sie suchtartigen Charakter hatte: ich konnte es kaum erwarten, nach den Vorlesungen, nach dem Mittagessen, nach den Unterrichtsstunden am Nachmittag und schließlich nach dem erlösenden Abendessen in meine Dachkammern hinaufzueilen und dann bis spät in die Nacht, an Samstagen sogar bis zum Mittagessen am Sonntag im Laboratorium meine Fronarbeit zu verrichten. Sucht oder perverse Liebe, Verhängnis oder Verfallenheit, vielleicht Infantilismus oder der Beginn eines Wahnsinns, der später doch nicht zum Ausbruch gelangte, weil er durch andere Kanäle zu sickern, sich in feinere Formen zu sublimieren vermochte - ich weiß nicht, was es war, ob es tatsächlich damit zu tun hatte, was ich mir in meiner Jugend, als ich noch um mein Selbstverständnis kämpfen mußte und nach der Rechtfertigung meiner Existenz suchte, als Erklärung zurechtlegte und dann in die Zeit vor dem Beginn meiner Experimente zurückprojizierte.

* Hier nun das bereits erwähnte ominöse Kapitel über Sprengstoffe (Der Herausgeber).

Ich hatte schon in meiner frühen Kindheit die Handwerker bewundert, den Schlossermeister Wyczkowiak zum Beispiel, der bei der Panne einer Maschine herbeieilte, das eine oder das andere Rad zu bewegen versuchte, die Schalter der Bedienungsanlage in bedächtiger Sammlung betätigte, mit einem kleinen Holzhammer sachte an bestimmten Stellen die Maschine abklopfte - mit gespitzten Ohren, um irgendwelche Geräusche oder Töne zu hören, mit leichten Fingern, um Widerstände, das Erbeben des einen oder anderen Maschinenteils wahrzunehmen, zumeist mit geschlossenen Augen, denn der Fehler befand sich sowieso hinter der Verkleidung - um dann, manchmal schon nach einigen Sekunden, seinen Werkzeugkasten hervorzuholen und mit der Reparatur zu beginnen; war ein Lehrling dabei, so sagte er: »Das Kugellager des Antriebsrades«, oder »Pendelwalze verklemmt«, oder »Farbwalze ausgefallen«, oder »Papierbahn vor dem Druckzylinder aufgestaut« - und binnen kurzem ratterte die Maschine weiter und spie die bedruckten Bögen aus.

Oder ich ging in die Tischlerwerkstatt und beobachtete den Tischler, der mit dem Hobel auf einem Brett entlangfuhr: vor dem Hobel bildeten sich ringförmige Späne, die er wegblies oder mit dem Ärmel beiseiteschob; ich versuchte es, ich setzte den Hobel an und hatte ihn bereits nach einigen Zentimetern festgeklemmt; der Tischler lachte und sagte etwas vom gleichmäßigen leichten Druck. Aber es ging nicht, ich mochte ihn auch stundenlang beobachtet, ihn jeden Tag aufgesucht haben - bei den Versuchen kam ich nicht weiter. Einmal nagelte er einen primitiven Tisch für die Kantine zusammen: er setzte den Nagel mit Daumen, Zeige- und Mittelfinger der Linken auf, schlug mit dem Hammer einmal auf den Nagelkopf, zog die Linke fort und klopfte mit drei weiteren Schlägen den Nagel in das Brett. Ich versuchte es ebenfalls: der Nagel rutschte ab oder verbog sich, ich traf mit dem Hammer daneben - schließlich drang der Nagel schief ins Brett, seine Spitze kam zum Vorschein. Er mußte herausgezogen werden; der Tischler setzte die Zange an: der Nagel war schon draußen; setzte ich sie an, so brach der Kopf ab.

Ein anderes Mal wurde der Lagerraum vergrößert; ich sah dem Maurer zu, der mit der Kelle in den Mörteleimer fuhr, den Mörtel auf den Ziegel klatschte, darüberstrich und schon den nächsten Ziegel aufsetzte. Ich versuchte es; doch die Menge des Mörtels stimmte nie, ich mußte ihn plätten und glätten, und schließlich saß der nächste Ziegel doch schief.

In alldem äußerte sich eine innere Verbindung, ein geheimes Einverständnis mit dem Material, eine Vertrautheit mit ihm, ja ein Vertrauen seinerseits dem Meister gegenüber. Dabei war freilich nichts Ungewöhnliches: nach Homonate- oder jahrelanger Arbeit mit dem Holz, dem Hobel, den Maschinen, den Kellen und Ziegeln hatte sich dieses innere Einverständnis des Materials herausgebildet, hatte der Meister den Mörtel automatisch, ohne daran zu denken, je nach der Größe der zu bedeckenden Fläche auf das Gramm genau zu wiegen gelernt, aufzuklatschen gelernt auf eine Weise, daß er sich gleichmäßig, ja nicht einmal in runder, sondern in viereckiger Form ausbreitete; der Tischler fühlte automatisch in seinen Händen die Härte des Holzes, sein Auge erspähte die feinste Verringerung oder Verstärkung des Widerstands in den gebogenen Linien der Maserung; Herr Wyczkowiak schloß aus einem dumpfen Ton bei der Druckwalze, daß der Raum vor ihr von verknäueltem Papier ausgefüllt war.

Es handelte sich also um eine Intimität, die man erlernen, erwerben konnte, die aber jeweils auf bestimmte Stoffe, auf bestimmte Maschinen beschränkt blieb; sie war automatisch, unbewußt, sie war Sache der Finger, der

Hände, der Ohren und der Augen; der Meister mochte achtzig Jahre alt sein und schon vollkommen senil - seine Finger verrichteten präzise und tadellos von selbst ihre Arbeit.

Ich fragte mich: gab es eine Intimität nicht nur mit bestimmten Materialien, sondern mit den Materialien überhaupt, mit der Materie schlechthin? Und wenn die Materie schlechthin nur ein Begriff war und es sie nicht gab, so doch mit einem Material, das mit ihr in hohem Maße verwandt war, das ihr am meisten entsprach, das ihre gewiß unbewußten, doch von allem Anfang an innewohnenden Ureigenschaften verkörperte? Gab es ein Material, das nicht nur die Automatik der Finger, der Arme oder der Augen auslöste, sondern alle Sinne, den ganzen Körper erfaßte, war also eine Vertrautheit, eine brüderliche Intimität zwischen Ich und Nicht-Ich, zwischen Seele und Materie schlechthin möglich, ein sinnlicher Akkord, ein geheimes Übereinstimmen, das es dem im Umgang mit der Materie schlechthin, mit der Materie an sich Erfahrenen erlaubte, auch mit den unendlich-mannigfaltigen Erscheinungsformen der Materie brüderlich zusammenzuwirken, sie in ihrer Gesamtheit stärker als jeder andere in den Griff zu bekommen, das heißt, seine Umwelt zu beeinflussen und zu seinen Gunsten zu formen? War es möglich, den *ganzen* Körper, das Gehirn inbegriffen, als den einen Pol der Materie gegenüber durch und durch in die intime Vertrautheit einzubeziehen, jede Nervenzelle und jedes Sinnesorgan?

Das Universum sei möglicherweise durch einen Urknall, durch eine Urexplosion entstanden, lehrt uns die Wissenschaft. Durfte man daraus die Folgerung ziehen, daß das ureigenste, ursprünglichste Anliegen der Materie, die erste Regung bei ihrem Entstehen die Vernichtung ihrer selbst, die Explosion war? Ich zog diese Folgerung. Die Konsequenz aber lautete: der Materie schlechthin kämen jene Stoffe am nächsten, die das gleiche Anliegen hatten: die Vernichtung und die Explosion.

Andererseits: garantierte nicht die ständige Nähe, der ständige Umgang mit Explosivstoffen eine Umorganisierung jeder einzelnen Körperzelle, da sie sich auf die Gefahr, auf den Untergang einstellen und einspielen mußte? Auf die Gefahr; entsprach das etwa nicht den tatsächlichen Verhältnissen, lauerte die Umwelt nicht ständig voller Gefahren für das Ich? Konnte sich dieses nicht besser wehren, konnte es seine Handlungen nicht vernünftiger vollziehen, wenn ihm das Bewußtsein der ständigen Bedrohung durch Mark und Bein gedrungen war, bis in die entlegenste Nervenzelle, bis in die Nägel, die Haare?

Ich bejahte diese Fragen und kehrte eines Tages mit einem Stapel Bücher über Sprengstoffe heim. Ich fand bereits die Lektüre spannend, die auf jeder Seite wiederholten Warnungen und Beschreibungen der Vorsichtsmaßnahmen, der Verhütung, Vorbeugung, des Sich-Vorsehens, der möglichen und notwendigen Vorkehrungen, und dann die umständlich-schwerfällige Aufzählung der zu den Experimenten benötigten Geräte und Chemikalien - die zu einem Teil bereits in meinem Besitze waren, da sie zur Ausrüstung des einfachsten Chemie-Cabinets gehörten.

Der erste Sprengstoff, den ich - übrigens, wie man weiß, nicht zum erstenmal - herstellte, war das Nitroglyzerin: jetzt allerdings mit dem Unterschied, daß ich zu einem in hohem Maße reinen und einheitlichen Präparat gelangte. Aber selbst bei dem Bestreben, ein reines Produkt zu erhalten, ist das Verfahren ziemlich einfach. Am besten nimmt man die Herstellung in einem Glaszylinder vor, der unten mit einem Hahn zum Ablassen von Flüssigkeit versehen ist; man stellt den Zylinder in ein größeres Glasgefäß, das ebenfalls mit einem Hahn zur Entfernung des verbrauchten Kühlwassers ausgerüstet ist und das man zunächst mit Eisstücken füllt; am besten geht man vor, wenn man den Hahn des inneren Zylinders bei sorgfältiger Abdichtung durch eine Öffnung des großen Gefäßes nach außen führt.

Man schüttet in den inneren Zylinder drei Teile konzentrierter Salpetersäure, vier Teile mit 40% Anhydrid angereicherter Schwefelsäure, mischt die beiden mit Hilfe eines Glasstabes oder noch besser mit einer Mischvorrichtung, die fest über dem Gerät angebracht ist. Zur Mischsäure gießt man hiernach einen Teil reines Glyzerin, achtet darauf, daß die Temperatur im äußeren Gefäß unter 5 bis 6 Grad Celsius bleibt, indem man immer wieder Wasser abläßt und Eisstücke nachfüllt, und setzt die Mischvorrichtung (die keine Erschütterungen erzeugen darf) in Bewegung; sie sollte zwei Stunden lang arbeiten und zwar möglichst in immer langsamerem Tempo. Anschließend läßt man das Gemisch eine Stunde lang in Ruhe stehen: während dieser Zeit sinken das Wasser und die Reste der Mischsäure nach unten; beide können durch den Hahn abgelassen werden. Nun füllt man zehn- oder zwölfmal in den inneren Zylinder, am besten durch eine Röhre, deren Ende unterhalb des Spiegels der Flüssigkeit liegt, mit geringem Druck Wasser nach, dessen Temperatur (genau wie die Außentemperatur) 5 Grad nicht überschreiten sollte. Man läßt das Ganze nach jeder Auffüllung stehen und öffnet den Hahn jeweils nach einer halben Stunde. Nach dem letzten Waschen sollte nicht mehr als ein halber Teil des am Anfang vorhandenen Glyzerins im Glaszylinder zurückbleiben: was da jetzt noch im Zylinder ölig-schwerflüssig, ein ganz wenig trübe und alles in allem ziemlich unansehnlich schwebt, ist reines Nitroglyzerin.

Eine Anfertigungsanleitung zu geben und tatsächlich Nitroglyzerin zu brauen - das sind freilich zwei grundverschiedene Angelegenheiten. Für meine ersten Versuche benützte ich ein speziell für diesen Zweck vom Glasbläser hergestelltes Gerät, in dem man mit Zehnteln von Kubikzentimetern arbeiten konnte; meine erste Ausbeute betrug etwa drei Zehntel Kubikzentimeter Nitroglyzerin. Es gab viele Schwierigkeiten zu überwinden; beim Ablassen der Mischsäure und des Reinigungswassers durfte das Nitroglyzerin zum Beispiel nie den Drehhahn erreichen, denn bereits dessen Reibung hätte eine Explosion zur Folge haben können; der Strom der Flüssigkeit mußte vielmehr schon früher unterbrochen und anschließend das Nitro von unten durch eine entsprechende Menge von destilliertem Wasser in das innere Gefäß zurückgetrieben werden. Die Stärke des Ablaßrohres betrug innen einen Millimeter, die Stärke des Glaszylinders nur zwei, das Reinigungswasser wurde von oben durch ein Kapillarröhrchen aus Glas zugeleitet. Mit dieser Anordnung konnte man die Gefahr beträchtlich einschränken, ohne auf die Sammlung von einschlägigen Erfahrungen zu verzichten: man konnte die Änderungen des Geruchs der heraufsteigenden Dämpfe schnuppernd verfolgen, die feinen Nuancen der Farbänderungen im Zylinder sogar mit Hilfe einer starken Lupe betrachten, man konnte - aufgrund der unterschiedlichen Viskosität - beim Ablassen der Mischsäure oder des Wassers die feine Änderung des Druckes im Ablaßrohr weniger registrieren als erahnen, ja man konnte aufgrund der Unterschiedlichkeit des Lichtbrechens mit ziemlicher Genauigkeit die Linie im Glaszylinder ausmachen, wo das Wasser endete und das Nitro begann.

Der Umgang mit den winzigkleinen Chemikalienmengen förderte die Vorsicht und Umsicht, er förderte die Notwendigkeit, vor jeder Hand- oder sonstigen Bewegung gründlich deren mögliche Folgen zu überlegen; kurzum: es wurde hierbei die Herausbildung der Intimität mit der

»Materie« gefördert, die Fühlungnahme mit ihr, mit ihren geheimen Wünschen und Regungen. Nach etwa zehn solchen Versuchen konnte ich mit ruhigen Nerven darangehen, 50 Kubikzentimeter Nitroglyzerin herzustellen, - eine Menge, bei deren Explosion das ganze Fabrikgelände in die Luft geflogen wäre.

Mein Vater ließ sich zu jener Zeit einen neuen Panzerschrank in seinem Büro einbauen; den alten schenkte er mir; er wurde in meine Dachkammern hinaufbefördert, und in ihm verwahrte ich fortan die Ergebnisse meiner chemischen Verwandlungskünste.

Gegenüber den in der Praxis verwendeten Sprengstoffen werden viele Ansprüche erhoben - so zum Beispiel die nicht auf den ersten Blick einsichtige Forderung, daß der Sprengstoff nicht unmittelbar zur Explosion gebracht werden könne, daß er, im Gegenteil, »träge« sei. Sprengstoffe dieser Art ertragen eine ziemlich hohe Hitze, starke Reibung und Schläge, ohne aufzumucksen, und dies aus gutem Grunde: sie könnten sonst weder in Geschossen verwendet (die ja nicht im Geschütz, sondern im Ziel explodieren sollen) noch zu Sprengungen, zum Beispiel im Bergbau, herangezogen werden; Transport und Lagerung wären schwierig, wenn nicht unmöglich. Um überhaupt zu explodieren, bedürfen diese Sprengstoffe einer Initialzündung, einer kleinen vorangehenden Explosion, die durch sogenannte Sprengkapseln oder Knallsätze ausgelöst wird. Zu diesen allerdings werden Stoffe verwendet, die weder Hitze, noch Reibung oder Schlägen im mindesten widerstehen können.

Diese Eigenschaften, ich würde sagen: eher psychischer als physischer Natur, machen sie mit dem Nitroglyzerin verwandt, und dies ist auch der Grund, weshalb ich mich anschließend ihnen zuwandte.

Ich will mich hier nur mit dem bekanntesten Initialzünder befassen, dem Knallquecksilber. Seine Zubereitung ist ein Kinderspiel, wenn auch ein nicht ungefährliches, insbesondere, wenn man sie mit derjenigen eines anderen Initialzünders, des Bleiazids, vergleicht, das so viele Tücken - oder wahnsinnige Anwandlungen? - hat, daß ich seine Zubereitung bereits bei der ersten Etappe, bei der Herstellung nämlich der Stickstoffwasserstoffsäure aus Hydrazinsulfat, Äthylnitrit und Natronlauge abbrechen mußte.

Die Darstellung des Knallquecksilbers nimmt sich hingegen recht prosaisch aus. Man löst zunächst einen Teil Quecksilber in zehn Teilen konzentrierter Salpetersäure, indem man das Gemisch zwei Stunden lang bei Zimmertemperatur in Ruhe stehen läßt. Nach Beendung des Lösungsprozesses gießt man zehn Teile Alkohol hinzu, wobei die ganze Flüssigkeit auflodert und eine heftige Gasentwicklung erfolgt; nach etwa zehn bis fünfzehn Minuten beginnen die Gase eine bräunlich-rote Farbe anzunehmen; in diesem Augenblick unterbricht man die Zersetzung durch Hinzufügen von kaltem Wasser. Von nun an operiert man am besten in der Nähe des Gefrierpunkts; die Kristalle des Knallquecksilbers scheiden aus der Flüssigkeit aus. Man pumpt diese ab, um sie dann durch ständige Kaltwasserzufuhr zu ersetzen; man läßt das Wasser am Rande des Gefäßes überlaufen, bis die daraus entnommenen Proben weder eine saure Reaktion zeigen noch beim Eindampfen Reste hinterlassen. Die Kristalle sind jetzt chemisch rein und werden zweckmäßig unter Wasser aufbewahrt. Bei Bedarf trocknet man sie in einem Vakuumschrank; doch vergesse man in keinem Augenblick, daß sie bei dem leichtesten Schlag oder Stoß explodieren.

Für mich persönlich war die Zubereitung der nitrierten aromatischen Sprengstoffe von größerem Reiz und mit viel mehr Freude verbunden. Obwohl man im Ersten Weltkrieg hie und da Trinitrotoluol in Geschossen bereits verwendet hatte, war seine Zubereitungsvorschrift noch in keinem Buch zu finden; ich mußte mich bei seiner Herstellung auf Erfahrungen stützen, die ich bei dem Anfertigen von Pikrinsäure, Trinitrokresol, Dinitrobenzol, Trinitrobenzol, Tetranitromethylanilin, Tetranitroanilin etc. gewonnen hatte. Erst einige Jahre nach dem Kriege erfuhr ich, daß die Nitrierung des Toluols zu Trinitrotoluol (TNT) in einer Stufe erfolgen kann; ich stellte es dagegen in drei Stufen her: zuerst das Mono-, dann das Di- und schließlich das Trinitrotoluol. Die Mischsäure bereitete ich jeweils aus einem Teil Salpeter- und aus drei Teilen Schwefelsäure zu, wobei jedoch deren Konzentration von Stufe zu Stufe ansteigen mußte; bei der letzten war die Salpetersäure 48prozentig, die Schwefelsäure konzentriert mit einem Zusatz von 20 % Schwefelsäureanhydrid. Auch die Temperatur war von Stufe zu Stufe zu steigern: von anfänglich 50 auf 95 Grad. Dagegen nahm die Dauer der Umwandlung von Stufe zu Stufe ab: bei der ersten betrug sie dreieinhalb, bei der zweiten eine und bei der dritten nur eine halbe Stunde. Durch Zusatz von 65prozentiger Schwefelsäure fallen am Ende die rhombischen TNT-Kristalle aus; in Wasser sind sie vollkommen unlöslich, ihre Reinigung kann mit Heißwasser erfolgen. Will man zu einem 100prozentig reinen Produkt gelangen, so muß man die Substanz mit Alkohol mehrere Male umkristallisieren, was aber mit keinerlei Gefahr verbunden ist.

Da standen sie nun, ihrer chemischen Zusammensetzung und Gefährlichkeit nach im Panzerschrank geordnet, mit Etiketten versehen in ihren Behältern, nur auf ein feines Kitzeln, eine kleine Erschütterung oder auf eine Initialzündung wartend, die Substanzen, die ich mit der Materie schlechthin am nächsten verwandt fühlte, unansehnliche weiße Kriställchen zumeist und doch so verschieden in ihrer Struktur und in ihrem Reaktionsvermögen, in ihrem gemeinsamen Verlangen nach Umwandlung in Gase und Auseinanderstieben mit Schallgeschwindigkeit; in besonderen Stunden der Muße baute ich mir einen weichen Polstersessel vor dem geöffneten Panzerschrank auf und ließ meinen Blick über die Gläserreihe schweifen, über *meine* Zauberpülverchen, die es auf ihre Weise in sich hatten. Und über all dem, auf der obersten Stahlplatte ruhte in ihrem Glas majestätisch die Königin, das Nitro, wie über ihren Untertanen, eine kleine Flasche in einem festverschlossenen Glasbehälter auf einem dicken Wattepolster. Wenn diese oder jene Substanz, so dachte ich, auch nur eine Annäherung an die Materie schlechthin bedeutete, einen kleinen Schritt in der Richtung auf sie, so war doch die Gesamtheit dieser Substanzen mit den feinen Nuancen, den Abstufungen der Reizbarkeit, der unterschiedlichen Ausgeprägtheit des ursprünglichen Anliegens, so war die Gesamtheit also, das vieltönige Orgelkonzert sozusagen, das Beieinander und Nebeneinander der Vielfalt doch eine beträchtliche Strecke weiter auf dem Wege zu ihr, zum Anfang aller Anfänge, zum Urkeim allen Seins, zur ersten Regung der Schöpfung.

War es also eine Verrücktheit, wenn ich die Gläserreihe mit einer gewissen Andacht betrachtete, mit Ehrfurcht und Zärtlichkeit, vielleicht mit den Gefühlen, mit denen ich an Frau Annas Seite den emporgehobenen Kelch mit dem Blute Christi ansah, das doch nur ein Symbol war, ein zum Symbol verwandelter badischer Wein, indes meine Fläschchen keine Symbole waren, sondern Dinge an sich, nicht nur Andeutungen, sondern faßbare und jederzeit für ihren vorgeschriebenen Zweck verwendbare Wirklichkeiten, sichtbar, betastbar und gegenwärtig im wörtlichen Sinne? Symbolisch war nur ihr Orgelkonzert, ihr Beieinander, indem es einen Begriff in seiner ganzen Flüchtigkeit und unendlichen Ausdehnung verkörperte, nämlich den Begriff der Materie, indem es die Materie schlechthin *war*. Ein pfiffiges Gaukelspiel also, ein unentwirrbares Knäuel von symbolischer Bedeutung und höllisch-himmlischer Gegenwart, eine Gläserreihe im Panzerschrank und eine leise vernehmbare Fuge, das Sein und das Nichts, anbetungswürdig und abscheulich in seinem Begehren, Materie und geballte Energie - man wurde daraus nicht schlau, man konnte bestenfalls stumm davorsitzen, allein mit dem Geheimnis der Dinge an sich.

Die Erinnerung an Frau Anna wurde in mir in diesen Tagen der Verliebtheit (so muß ich sie nennen), der Liebe zu den Annäherungen an die Materie schlechthin, wieder wachgerufen; sie hatte mir jeden Monat einen Brief geschickt, ich hatte sie von Hamburg, Bremen und Hannover aus des öfteren besucht, auch noch von Berlin aus, ja selbst von Breslau aus dreimal, wenn auch nur auf der Durchreise, ich hatte ihre Söhne kennengelernt und mit ihrem Gatten zu dessen Verblüffung über manche Fragen des Geschützwesens diskutiert. Doch dann war eine kurze Mitteilung von Herrn von Frielingsen eingetroffen über einen alles in allem glimpflich verlaufenen Gehirnschlag, der allerdings eine Lähmung der rechten Körperhälfte zurückgelassen habe und Frau Anna am Schreiben hindere; so lasse sie mir ihre herzlichen Wünsche durch ihn ausrichten. Drei Monate später traf mich die Todesnachricht.

Ich blätterte jetzt wieder im Baudelaire-Band, las das Gedicht an die Madonna, den »Hymnus auf die Schönheit« und dann mehrmals das Gedicht »Die alten Weiblein«, in dem der Dichter über einstige Kurtisanen spricht, die ihre Jugend, ihre Schönheit und mithin auch ihre Macht verloren hatten, die nur noch als Schatten über den Straßen wandeln:

»So, unerschütterlich und ohne Klagen, durchwandert ihr das Chaos der pulsierenden Städte, ihr Mütter mit blutendem Herzen, Kurtisanen oder Heilige, deren Namen einst in aller Munde waren. Die ihr die Anmut wart und wart der Ruhm, keiner erkennt euch! ein derber Besoffener schmäht im Vorbeigehen euch mit zotigem Begehren; feig hüpft ein Flegel über eure Fersen. Voll Scham, noch da zu sein, ihr eingeschrumpften Schemen, schleicht ihr scheu und gebückt die Mauern entlang; niemand grüßt euch, seltsame Geschicke! Menschentrümmer, reif für die Ewigkeit! Ich aber, der ich euch von ferne zärtlich überwache, mit sorgenvollem Blick, der euren schwanken Schritten folgt, ganz als ob ich euer Vater wäre, o Wunder! ich koste, ohne daß ihr es ahnt, sündhafte Genüsse: ich sehe, wie eure neuen Leidenschaften sich zaghaft entfalten; ich lebe eure einsamen Tage, ob sie düster oder hell sind, mit euch; mein Herz genießt vervielfacht alle eure Laster! Meine Seele strahlt von allen euren Tugenden! Ruinen! ihr die Meinen! O verwandte Hirne! jeden Abend sage ich euch feierlich Lebewohl! Wo werdet ihr morgen sein, ihr achtzigjährigen Even, auf denen Gottes Pranke schrecklich lastet?«

Ich las wieder, in meinem Polstersessel sitzend, vor dem geöffneten Altar der Schöpfung »An eine Madonna«, mit den gleichen Gefühlen wie damals, als sich mir die Weiblichkeit in konkreter Gestalt, mit zärtlich-mitfühlenden Augen blickend, mit sanfter Hand meine Stirn abtrocknend oder mir ein Glas mit Fruchtsaft reichend, an mein Bett geschmiegt sich offenbarte; sie, die Weiblichkeit, der Gegenstand der Liebe war jetzt nur symbolisch anwesend. Meine Dinge an sich gewannen nun eine zusätzliche symbolisch-weibliche Bedeutung - im Schatten des Todes, dessen Bote mich mit einem Telegramm erreichte, aber auch in der Tiefe meines Panzerschranks lauerte, ein nie weichender Gefährte der Liebe, des Lebens, ein Komplementär des Seins, unverkennbar auch im sehnlichsten Anliegen der Materie schlechthin.

Doch war der Tod in diesen Tagen, Wochen, Monaten nicht nur in seiner poetischen Gestalt gegenwärtig, er spukte durch alle Nachrichten, die ich für den »Breslauer Kurier« redigierte oder selber formulierte: denn am Tage des Kriegsbeginns hatte mein Vater den Titel des Herausgebers an mich abgetreten, zusammen mit demjenigen des Chefredakteurs, der sich in patriotischem Hochgefühl und Eifer als Kriegsberichterstatter bei einer großen Berliner Tageszeitung verpflichtete; ich hatte also, neben meinem Studium und meinen geheimen Liaisons ziemlich viel in der Redaktion zu arbeiten - schon deshalb, damit meine Mitarbeiter, deren Schar sich übrigens auch zu lichten begann, mich nicht für einen Drückeberger hielten. Das war ich übrigens nie, ich fürchtete die Fährnisse nicht, im Gegenteil; aber ich verabscheute die sinnlose Gefahr.

Doch wie dem auch sei: ich hatte in der Redaktion zu hocken, mit dem Fortschreiten des Krieges immer länger. Mein Studium war inzwischen so gut wie abgeschlossen; einige Examina standen noch aus, einige Zeugnisse und Papiere fehlten noch; doch auf diese war es mir nie angekommen. Was ich im Bereich der Chemie für wichtig hielt, hatte ich erlernt.

Der Gedanke, Breslau zu verlassen und den mit Herrn Pauli gemeinsam entworfenen Plan in Wirklichkeit umzusetzen, reifte in mir heran; im Einvernehmen mit meinem Vater legte ich mir einen weiteren Titel zu: den eines Auslandskorrespondenten, und zwar nicht nur für unsere, sondern für mehrere in Schlesien erscheinende Zeitungen. Mein zukünftiger Standort konnte nur ein neutrales Land sein, *das* neutrale Land - um nicht ironischerweise zu sagen: das neutrale Land *schlechthin* -, die Schweiz also, also Basel, also unsere alten Pläne, deren Verwirklichung nunmehr nichts im Wege stand.

Doch mußte ich vor meiner Abfahrt noch eine Angelegenheit regeln: der Sohn unseres braven Schlossermeisters Wyczkowiak sollte noch im gleichen Jahre das Wehrpflichtalter erreichen; ich mochte ihn nicht zurücklassen, denn er war ein ausgezeichneter Lithograph, Kupfer- und Stahlstecher - darüber hinaus ein sehr intelligenter junger Mann, dessen Dienste ich bei der »Ergänzung des Bestandes an Altdeutschland-Marken« in Anspruch zu nehmen schon seit langem mich entschlossen hatte. Er lieferte mir jetzt sein Meisterstück, sozusagen, ab: die Druckplatten, die ich zur Anfertigung eines schwedischen Reisepasses für ihn benötigte.

Jörn Svensson stand nun unter dem Wyczkowiak-Konterfei im neuen Paß - ein Name, den er sich selber erkor, während er sich anhand einiger Bücher die Grundelemente der schwedischen Sprache aneignete, um den potentiellen Gefahren, die in einem internationalen Expreßzug auf ihn warteten, wenigstens für eine kurze Zeit begegnen und die Stirn bieten zu können. Zwar hatten die Schweden, die damals der Schweiz einen Besuch abstatten wollten, im allgemeinen nicht die Route über das Deutsche Reich gewählt; es war aber immerhin möglich, daß bei der Paßkontrolle der junge Herr Svensson, der seine Nationalität spätestens zu diesem Zeitpunkt offenbaren mußte, von einem Kompatrioten freundlich angesprochen wurde.

Im September 1917 begab ich mich auf die Reise nach Basel; sie dauerte, damals noch, nicht weniger als zweieinhalb Tage, und Herr Pauli hatte am Basler Hauptbahnhof einen Erschöpften und Verschwitzten abzuholen.

10

Während der junge Herr Wyczkowiak alias Svensson in Gesellschaft seiner drei Mitarbeiter in den Kellerräumen schon längst mit dem Schleifen, Ätzen, Fetten und Nachätzen von Lithosteinen aus Solnhofener Kalkschieferplatten, mit der Herstellung von Photoaufnahmen und deren Übertragung mit Hilfe einer starken Lupe auf durchsichtiges Pauspapier und von diesem - unter Verwendung von Rötelpapier - auf die Solnhofener Steine beschäftigt war, während ein vierter Mitarbeiter Wasserzeichenschablonen aus feinem Kupferdraht oder mürbem Stanniolschwamm und ein fünfter Papierschöpfsiebe aus Roßhaargeflecht oder Seidengeweben herstellte, wachte ich erst gegen zehn Uhr auf, häufig noch angekleidet, wie ich am Vortag über meinen Büchern und Briefen eingeschlafen war, zwei Stockwerke höher in meinem Appartement, das mir Herr Pauli nach Ankauf und Modernisierung seiner Fabrik, also noch im Jahre 1913, ausbauen und teils als Studier- und Schlafzimmer mit kleiner Küche und Bad, teils als »Laboratorium« oder »Atelier« einrichten ließ, und das dann noch mehr als vier Jahre auf meine Ankunft warten sollte.

Ich nahm ein Duschbad und bereitete mir zwei Tassen starken Mokka, die ich in Gegenwart Herrn Lehmanns, bereits im weißen Arbeitskittel, im »Atelier«, neben Bücherstapeln und auf dem ganzen Boden herumliegenden Lageplänen, Notizblöcken und Aktenordnern zu mir nahm, in kleinen, zögernd-bedächtigen Schlucken, zwischendurch an meinem dünnen Zigarillo ziehend und

Rauchringe in die Luft paffend. Herr Lehmann, Arthur mit Vornamen, hörte sich meine Anweisungen oder Bitten - ich wußte und weiß auch jetzt noch kein richtiges Wort dafür -, die Rauchringe, seine Fingernägel, meine Kaffeetasse betrachtend, mit dem Lächeln eines allwissenden Vaters an, der die einfältigen Wünsche des Sohnes schon im voraus erraten und erfüllt hatte.

»Herr Lehmann«, sagte ich, »ich brauche dringend zwei Bücher aus der Kantonsbibliothek, sie finden die Titel hier irgendwo auf einem Zettel unter dem Papierkram.«

Er nickte, ließ seinen Blick über das wüste Durcheinander meiner Arbeitsunterlagen herumwandern und zog den betreffenden Zettel zwischen zwei Büchern hervor - was er keineswegs dem Zufall, sondern einer seltenen Begabung verdankte, wie sie nur einem unter Millionen Menschen zuteil wird; ich komme gleich noch darauf zurück.

»Setzen Sie sich, mein Bester«, fuhr ich fort, »das ist freilich nicht alles. Erkundigen Sie sich bei Lamperts, ob er Campecheholz vorrätig hat; wir werden davon mindestens einen Zentner brauchen. Und vergessen Sie nicht die Blumen an Frau Girardoni abzuschicken, ich habe ihr einen kurzen Gruß auf eine Visitenkarte geschrieben, fügen Sie sie der Sendung bei.« Die Visitenkarte war bereits in Arthurs Hand.

»Ich habe vorgestern«, erwiderte er, »beim Ordnen Ihrer Aufzeichnungen, Herr Skorzeny, gesehen, daß Sie Hämateïn brauchen werden und mir erlaubt, bei Lamperts schon gestern wegen des Hämatoxylon campechianum« - für nichts in aller Welt hätte er einfach Campecheholz gesagt - »umgesehen. Er hat achtzig Kilogramm vorrätig, die uns heute ins Haus geliefert werden; dreißig Kilogramm gibt er uns als Zugabe, damit er den ganzen, seit fünfzig Jahren unverkäuflichen Posten los wird. Er hat einen kulanten Preis berechnet, Herr Vivanco-Espronceda« - das war der Leiter der Rechnungsabteilung der Fabrik - »hat die Auszahlung bereits bewilligt. Falls Sie es wünschen, kann ich die Extraktion des Holzes und auch die Umwandlung des Hämatoxylins in Hämateïn selber vornehmen, wobei ich der Verwendung von Wasserstoffsuperoxyd statt dem Stehenlassen an der Luft den Vorzug geben würde, denn so geht es erstens viel einfacher und zweitens ist der auf diese Weise gewonnene Stoff von Hämatoxylinresten völlig frei. Die Visitenkarte gebe ich in der Blumenhandlung ab, die Notiz wegen der Bücher bringe ich Dr. Rau zur Bibliothek. Ich darf noch hinzufügen, daß unsere Alizarinvorräte nach den Bergedorf- und Bremen-Drucken zur Neige gehen und daß auch die Quercetin- und Indigotinvorräte ergänzt werden müßten. Die Kaolinsendung für die Baden-Marken ist aus Saint-Yrieix-la Perche unterwegs, die Bestellung aus Zettlitz sollte beschleunigt abgeschickt werden. Herr Flechtmann hat gestern Briefbögen und Umschläge mit dem Wasserzeichen Holstentorumrisse an die Druckerei abgegeben, doch ist man sich da im unklaren, ob man im Kopf »Hotel zum Löwen, Lübeck, Große Hafenstraße 10 oder Große Hafenstraße 16« angeben soll. Herr Rosenheim hat den Ankunfts-Stahlstempel ›Port Said‹ mit Datum sowie die Gummistempel ›Befördert mit der Columbia‹ und ›Befördert mit der Lübeck‹ fertiggestellt.«

Arthur Lehmann war 22 Jahre alt, also nur zwei Jahre jünger als ich, was man ihm aber nicht ansah: er wirkte wie ein siebzehnjähriger Jüngling. Obwohl ich das Wort »schön« in Bezug auf Menschen nicht gern gebrauche, war es in seinem Fall wohl das einzig angebrachte Attribut. Er war als Zögling eines Waisenhauses aufgewachsen und hatte seine Prüfung als Drucker-Lehrling just zu dem Zeitpunkt bestanden, als sich Herr Pauli nach neuen Arbeitskräften umgesehen hatte. In den zurückliegenden Jahren entfaltete sich Arthur an seiner Seite zu einer Art von Privatsekretär und Totum-Faktum des Betriebs, und zwar in einem Maße, das mich nicht weniger erstaunte als ein anderer Umstand, über den ich ebenfalls gleich zu sprechen komme. Mit der Unterstützung seines väterlichen Gönners besuchte Arthur Abendkurse und Sprachlehrgänge - mit glänzendem Erfolg - und unternahm eine ausgedehnte Studienreise nach Griechenland und Italien. Ich fand keine Worte, als Herr Pauli mir schon am ersten Tag darüber beiläufig und in einem Tonfall berichtete, als handelte es sich hierbei um das natürlichste aller Dinge.

Nach seiner Heimkehr aus Italien erledigte Arthur die Korrespondenz (auch die private, also auch die an mich geschickten Briefe) Herrn Paulis, verhandelte in seinem Namen mit Lieferanten und Auftraggebern und schloß die entsprechenden Verträge ab. Kurzum: er hatte binnen weniger Jahre im Betrieb eine Stellung erlangt, für die es gar keine rechte Bezeichnung gab. Selbst als Erbe des Breslauer Betriebs (ich habe darauf später zugunsten meiner Schwester Sophie verzichtet) hatte ich nie eine solche Position erreicht. Aber ich muß gleich hier hinzufügen: Arthur war sehr zurückhaltend, ja vielleicht übermäßig bescheiden, er begegnete jedermann mit einer manchmal verdrießlichen Unterwürfigkeit, er erfüllte selbst die Anweisungen der Werkmeister ohne Widerrede; in den ganzen Jahren bin ich nie dahintergekommen, wann er überhaupt schlief und sich ausruhte.

Als ich ihn nach meiner Ankunft zum erstenmal erblickte, war ich betroffen und überrascht: er war mir sehr ähnlich, ja, er hätte dem Äußeren nach mein Bruder sein können. Wenn ich sage, daß er mir sehr ähnlich war, so trifft das in einem etwas verwirrenden Sinn zu: er glich mir wie ein jüngerer, sehr viel schöner geratener Bruder; seine Augen waren blau wie die meinen, doch ohne den Stich ins Graue, sie waren heller, leuchtender und nicht nur farblich, sondern auch von der seelischen Anlage her ungetrübter. Sein Haar war kastanienbraun, aber viel dichter und ein wenig dunkler als das meine, seine Lippen waren voller und farbiger wie auch das Gesicht, dessen Züge nie die Spuren von Müdigkeit oder schlechter Laune zeigten, wie es bei mir nur allzuoft der Fall war. Seine Hände und Finger waren länglicher, sozusagen aristokratischer, seine ganze Erscheinung, obwohl er bei unserem ersten Zusammentreffen eine Monteurkluft trug, harmonischer und anmutiger - wiederum ein Wort wie vorhin »schön«. Alles in allem: ein Bruder; ein Bruder in verbesserter Ausgabe, ein junger Mann, der eigentlich nicht mir glich, sondern einem idealisierenden Erinnerungsbild von mir; ja, in der Erinnerung und Vorstellung Herrn Paulis etwa, oder zumindest in seinem Unterbewußtsein, mochte eine Verwechselbarkeit, vielleicht sogar eine erbfolgliche Identität zwischen dem wirklichen Arthur Lehmann und dem erinnerten Roman Skorzeny vorhanden gewesen sein, vielleicht war es eben dieser, neben dem noch zu erwähnenden Umstand, der Herrn Pauli bewog, Arthur nach und nach alle Vollmachten zu übertragen und ihm selbst seine delikatesten Privatangelegenheiten, ungeachtet des großen Altersunterschieds, anzuvertrauen, ohne daß dabei - was ich mit Sicherheit weiß - eine Intimität körperlicher Natur zwischen ihnen zustandegekommen wäre.

Der andere Umstand: Arthur war eidetisch begabt, ja er war ein genialer Eidetiker, wie es ihn in jedem Jahrhundert nur einmal gibt. Man konnte ihm ein Buch in die Hand drücken, das er in zehn Minuten durchgeblättert und weggelegt hatte, um dann die Frage zu stellen: was steht auf Seite 234 - und Arthur schloß die Augen und las von der Matrize, die das bloße Anschauen in seinem Gehirn eingeprägt hatte, den Text Wort für Wort, ohne den kleinsten Fehler vor. Wenn er in mein Zimmer kam, schloß er für eine Sekunde ebenfalls die Augen - und wußte, welches Buch ich in die Hand genommen, in welchen Notizblock ich geschrieben, welche Zettel ich von ihrer vorherigen Stelle wegbewegt hatte - daher die Sicherheit, mit der er meine Buchbestellungen oder beschriebenen Visitenkarten aus dem Durcheinander von aufgeschlagenen Büchern und Notizblöcken hervorzog.

Diese Begabung Arthurs war auch bei der Anfertigung unserer Druckplatten von großer Bedeutung. Herr Wyczkowiak ging nämlich so vor, daß er zunächst Aufnahmen von mehreren Originalmarken und dann von seinen eigenen Probedrucken machte, um die Photoplatten anschließend in einen Projektor zu stecken und in fünfzigfacher Vergrößerung an die Wand zu projizieren. Dann projizierte er die Aufnahmen der Originale aufeinander, um die Abweichungen festzustellen und das schon einmal zitierte Idealbild der Briefmarke auf eine Platte zu bannen. Dieses Idealbild wurde dann abwechselnd mit den Aufnahmen seiner Zeichnungen an die gleiche Stelle projiziert, wobei sich die kleinste Abweichung bemerkbar machte und korrigiert werden konnte. Bei diesem Arbeitsgang waren wir zu zehnt im Keller anwesend, um keine einzige Linie, kein kleines Pünktchen unserer Aufmerksamkeit entgehen zu lassen. Doch arbeitete Arthurs Bildgedächtnis mit größerer Präzision als die neun anderen Augenpaare, die sich auf das Bild richteten: immer wieder fand er eine Linie, die - in der Vergrößerung - um zwei oder drei Millimeter länger oder kürzer war, Punkte, die sich im Original zum Beispiel in der Schleife einer 6 verbargen und auf dem Probedruck Wyczkowiaks fehlten. Auch später, im Jahre 1919, als wir mit der Fälschung von Reisedokumenten begannen, leistete uns Arthur unersetzliche Dienste.

Nach der Besprechung mit Arthur begann für mich der Arbeitstag, dessen erste Hälfte mit durchaus prosaischen Betätigungen ausgefüllt war: ich ging in das »Laboratorium«, setzte mich an das Spezialmikroskop, bei dem die Beleuchtung des Objektes seitlich von oben erfolgte, zog die Staubhaube vom Gerät, reinigte die Linsen, angelte dann die am Vorabend in einer Wasserschale eingeweichten altdeutschen Briefmarken an mich heran, legte eine davon mit der Rückseite nach oben auf den Objektträger und trug meine Beobachtungen in ein Heft ein. Die nachtsüber angequollenen Papiere, von der Seite beleuchtet, zeigten bei dreißigfacher Vergrößerung deutlich die hellen Erhebungen und schattengefüllten Mulden, die von der Beschaffenheit des Siebes herrührten, auf dem das Papier geschöpft worden war. Als erstes notierte ich die Eigenschaften des Siebes: den Durchmesser der Fäden, deren Abstand voneinander und meistens auch das Material, aus dem das Siebgewebe hergestellt wurde; dann prüfte ich, ob das Siebgewebe geglättet, gepreßt, angeschliffen oder einfach in seinem natürlichen Zustande belassen worden war.

Das weitere Betrachten der Rückseite lieferte wichtige Hinweise auf die durchschnittliche Länge (in Mikronen gerechnet) und den Verfilzungsgrad der Fasern, wobei ich freilich schon auf die 200fache Vergrößerung übergehen mußte; die 300fache Vergrößerung schließlich machte die Verleimungsart und die als Papierfüllstoffe verwendeten Substanzen sichtbar. Meistens fand sich Leim tierischen Ursprungs, der eine viel ebenmäßigere und bruchfreiere Oberfläche aufwies und sich viel inniger mit den Fasern (und diese miteinander) verbunden hatte als die vorwiegend aus dem Harz von Kiefern durch Verseifung gewonnene Harzleimmilch (die damals nach den Vorschriften einer noch sehr primitiven Technologie zusammengebraut wurde; Kunstharze mit gleichbleibender chemischer Zusammensetzung und physikalischer Beschaffenheit waren noch unbekannt); die Harzleimmilch behielt trotz der darauffolgenden mechanischen Bearbeitung des Papiers die flockenartige Konsistenz bei, die sie beim Ausfällen und Fixieren an der Faser (mit Hilfe von Aluminiumsulfat) gewonnen hatte. Hie und da wurde mit verkleisterter Stärke geleimt, die eine kristalline Struktur aufwies und leicht zu erkennen war. Bei der gleichen Vergrößerung wurden auch die Körnchen oder Klümpchen der Füllstoffe sichtbar, etwa die rundlich-ovalförmigen Kaolinkörner oder die blättrig-rhombischen Bariumsulfatkristalle, deren Zählung im Sichtfeld Anhaltspunkte über die prozentuelle Beimengung dieser Stoffe zum Papier lieferte. Größe und Form der Kaolinkörnchen wiederum waren typisch für die Kaolinmühlen, aus denen sie kamen; deren Standort ließ Schlüsse über die Fundstelle des Kaolins zu. Die meisten Papierfabriken hatten Mitte des vorigen Jahrhunderts ihren Kaolinbedarf aus Meißen und Halle bezogen.

Jetzt wurde die Marke umgedreht und die Oberfläche des Papiers beziehungsweise die Farbe untersucht, die zum Druck verwendet wurde. Die zum Steindruck vorbereiteten Papiere waren meistens nur »matt« satiniert, da sich sonst beim lithographischen Verfahren Schwierigkeiten bezüglich der Konsistenz der Druckerfarbe hätten ergeben können; bei Buchdrucken fand sich im allgemeinen eine viel ausgeprägtere Satinierung, einzelne Sorten waren sogar hochglanzsatiniert. War die Druckfarbe schwarz, so erübrigte sich meistens die spektroskopische Untersuchung, da nur auf die Qualität und Körnchengröße des Rußes zu achten war (meine Eintragung lautete zum Beispiel: Ruß: mittlere Qualität, stark verrieben, Leinölfirnis); die Art des zur Steigerung der Leuchtkraft beigemengten blauen Farbpigments erkannte ich aus der Kristallform; als solches kam mit wenigen Ausnahmen das als Ultramarin bezeichnete Natriumaluminiumsilikat oder das sogenannte Miloriblau (Eisenzyankalium) in Frage. Auch hier ergab die Zählung der Kristallbruchstücke im Sichtfeld die prozentualen Verhältnisse.

Damit war der erste Teil der Untersuchung abgeschlossen; zum Trocknen und Glätten schichtete ich die Briefmarken zwischen Löschpapier- und Kartonstreifen und schraubte den Stapel zwischen die gußeisernen Platten einer Presse, um nach dem Trocknen die Briefmarken wieder auf die ursprünglichen Couverts zurückzukleben. Bei gefärbten Papieren, wie sie zu Anfang der Briefmarkenproduktion üblich waren, und bei farbigem Druck war noch die spektroskopische Untersuchung erforderlich; zu diesem Zweck stand mir ein kleines Handspektroskop der Firma Ernst Leitz, Wetzlar, zur Verfügung, das ich in einem Winkel von 45 Grad zum beobachteten Gegenstand aufstellte, während die Lichtstrahlen, meist Sonnenlicht, von einem Sammellinsensystem gebündelt von der anderen Seite her im gleichen Einfallwinkel auf die Briefmarke fielen. Der Brennpunkt mußte haargenau an der Oberfläche liegen. Ein zusätzlicher Apparat sorgte für die ständige starke Kühlung der Briefmarke. Bei Betrachtung des von einem Prisma zerlegten und vergrößerten Spektrums und insbesondere bei dessen Vergleich mit dem im Sichtfeld ebenfalls erscheinenden normalen Sonnenlichtspektrum wurden bei verschiedenen Wellenlängen dunkle Absorptionslinien, -banden und -bereiche sichtbar. Oberhalb und unterhalb der Spektren war eine Ångströmskala angebracht, mit deren Hilfe ich die Verteilung der Absorptionslinien bequem ablesen und notieren konnte; schwieriger war es dann, in einer Tabelle die entsprechenden Wellenlängenangaben aufzufinden, da es sich in vielen Fällen um Farbgemische handelte, deren Absorptionslinien einander überdeckten oder gar Interferenzerscheinungen hervorrufen konnten. Meine Eintragung lautete dann etwa: »Alizarin, stark mit Purpurin vermengt, Beizstoff: Chrom«, oder »Quercetin (mit Begleitstoffen, ungereinigt), Beizstoff: Zinn«, oder »Chromgelb mit Spuren von Ocker, Leinölfirnis.«

Kam ich mit der Analyse nicht zu Rande, so rief ich telephonisch unseren Farbspezialisten aus dem Fabriklaboratorium, Herrn Dr. Weinert, herbei, einen untersetzten Sechziger mit grauem Schnurrbart und von der Größe eines Zwölfjährigen, einen Kunstkenner und eher Künstler als Fachmann auf seinem Spezialgebiet, der früher einmal nicht Unwesentliches im Bereiche der Kohlenteer-Farbstoffentwicklung, -analyse und -synthese geleistet hatte - als Privatdozent an einer deutschen Universität, die er nach der Verbüßung einer zweijährigen Gefängnisstrafe verlassen mußte. Das gemeinsame Schicksal verband ihn mit Herrn Pauli, und zwar mit festeren Banden, als sie etwa die der Verwandtschaft, die wirtschaftlich-finanzielle Abhängigkeit voneinander oder gar die Religion zu knüpfen vermögen. Ich glaube, daß es eben diesem gemeinsamen Schicksal der meisten meiner Mitarbeiter zu verdanken ist, daß weder unsere Briefmarkenproduktion noch unsere anderen, späteren, weitaus gefährlicheren Aktionen jemals verraten worden sind. Die Beteiligten wußten freilich immer Bescheid über das Ziel dieser Unternehmungen, das nie ein egoistisches war und keinem von uns außer einem halbwegs zivilisierten und finanziell sorglosen Leben irgendwelche Vorteile einbrachte; wir alle hatten unseren Beruf und verdienten unseren Lebensunterhalt aus dessen Einkünften; eine »Verteilung der Beute« kam nie in Frage; sie gehörte nicht uns, sie kam jenen ebenfalls benachteiligten und verfolgten Menschen zugute, die aus anderen Gründen zwar, je nach den Launen der Weltgeschichte, verstoßen und aus ihrer Heimat verjagt worden waren. Es ist kein Zufall, meine ich, daß die totalitären Regimes seit jeher aufs schärfste gegen solche Männergruppen vorgegangen sind, da sie deren Zusammenhalt und Leistungsvermögen noch mehr fürchten müssen als opponierende Ideologien oder Religionen.

Herr Dr. Weinert also trat, nachdem er an meiner Tür dreimal geklopft und sein Herannahen bereits vor dem Anklopfen durch das Zuschlagen der Korridortür kundgetan hatte, in das »Laboratorium«, reichte mir seine Kinderhand und schüttelte die meine, wobei er sich bereits über die vor das Spektroskop gespannte Briefmarke beugte; er schob die vorbereiteten Briefmarken in eine Schablonenleiste, die ihm ermöglichte, die Briefmarken vor dem Spalt des Spektroskops, ohne den Blick vom Okular abwenden zu müssen, hin- und herzuschieben, setzte sich an das Gerät, schaute von Zeit zu Zeit zu meinen Aufzeichnungen und Tabellen hinüber, dachte nach, schaute sich die Spektren nochmals an, stand auf, begann einen Rundgang im Laboratorium und knüpfte dann ohne Übergang und völlig unvermittelt ein Gespräch über ein anderes Thema an. Er fragte etwa:

»Haben Sie schon die Holbein-Ausstellung gesehen? Der Mann war seiner Epoche weit voraus, meine Untersuchungen ... die kennen Sie hinlänglich. Ich habe Ihnen aber noch nicht von der Liste erzählt, in der ich alle Renaissance-Maler in der Reihenfolge der Zahl der von ihnen verwendeten Farbstoffe erfasse. An erster Stelle steht natürlich Leonardo, das ist nicht weiter verwunderlich, gleich auf ihn aber folgt Holbein mit nicht weniger als hundertdreiundzwanzig Farbstoffen, während der Durchschnitt seiner Zeitgenossen bestenfalls achtzig kannte und vielleicht fünfzig verwendete. Seine Reisen nach Norditalien und nach Frankreich von Basel aus, ja selbst die erste Reise nach England, die als Abstecher galt und keineswegs als Erkundung einer Stätte für die spätere Niederlassung bis zum Lebensende, waren in einem ganz besonderen Sinn Studienreisen, denn er interessierte sich nicht so sehr für Formen und formal-kompositionelle Lösungen von gegebenen Inhalten als für technische Belange, vor allem für Farben. Er hatte mit den unmöglichsten Stoffen experimentiert, so beispielsweise einige Monate damit verbracht, Leuchtkäferchen einzufangen, weil er aus ihnen eine leuchtende Farbe extrahieren wollte; ein vergebliches Bemühen freilich, aber nur bei unserem heutigen Wissen; der Gedanke ist an sich interessant und nicht unlösbar, wenn auch von einer ganz anderen Seite her. Aber wäre so etwas einem Tizian, einem Raffael eingefallen? ... Die Experimentierfreude hatte, versteht sich, auch Nachteile, von den zahlreichen Fresken ist kaum eins erhalten geblieben. Er hatte übrigens ein Faible für junge Männer, jawohl.

Es grenzt an ein Wunder, daß man mitten im Kriege diese Ausstellung zustandebringen konnte - mit Gemälden aus London, Paris, New-York, Berlin, Florenz, Sankt-Petersburg. Die Kunsthistoriker, die die Bilder hierherbefördert haben, unterhalten sich wie im schönsten Frieden, während ihre Nationen sich gegenseitig den Hals umdrehen.« Er setzte sich wieder an das Spektroskop.

»Es handelt sich«, sagte er, »bei allen sechs Marken um Quercetin, das mit Zinn den rotbraunen Lack bildet, wie auch Sie das bereits festgestellt oder doch vermutet hatten. Bei den Marken Nummer zwei und drei ergibt sich die rötlichere Färbung und die Verschiebung der Absorptionslinien wahrscheinlich daraus, daß dem Quercetin noch eine beträchtliche Menge von der bei der Extraktion verwendeten Schwefelsäure beigemischt war, als man es in die mit Blei ausgeschlagene Schöpfbütte goß; hierbei hatte sich aus dem Bleioxyd Bleisulfat gebildet und somit zusammen mit dem Quercetin-Zinn-Lack auch ein geringer Anteil an Quercetin-Blei-Lack. Es wäre nicht schwierig, den Vorgang nachzuahmen, doch ich glaube kaum, daß man den Sammlern dadurch einen Dienst erweisen würde. Aber da will ich nicht dreinreden, das ist ihre Spezialität, Sie haben darüber zu entscheiden, ob Sie dieser Variante Geltung verschaffen wollen, Geltung und möglicherweise einen höheren Preis, der aber den Marktchancen anderer Sorten in die Quere kommen dürfte.«

Dr. Weinert hatte inzwischen schon meine Hand geschüttelt und schloß beim letzten Wort die Tür hinter sich.

11

Erst nachdem ich dieses, zwar viel Aufmerksamkeit und Übung, manchmal sogar Intuition erfordernde, aber letzten Endes phantasielos-handwerkliche Tagespensum bewältigt hatte, rief ich Herrn Pauli am Haustelephon an und fragte ihn, ob wir zum Mittagessen ausfahren oder in die Fabrikkantine gehen würden, worauf er »Natürlich fahren wir aus!« antwortete, manchmal freilich mit der Einschränkung, daß er im Moment unabkömmlich sei und mich erst in einer Stunde abholen käme. In solchen Fällen verlegte ich meinen Besuch bei Wyczkowiak vor, den wir sonst nach dem Mittagessen, kurz vor Arbeitsschluß zusammen mit Herrn Pauli im Keller aufzusuchen pflegten.

Aber im allgemeinen war Herr Pauli binnen fünf Minuten an Ort und Stelle, warf einen kurzen Blick in Bad, Laboratorium und »Studio«, auf die Unzahl von aufgeschlagenen Büchern und fragte, ob während unserer Abwesenheit ein bißchen aufgeräumt werden dürfte - Herr Lehmann würde mit fachkundiger Hand, in bester Kenntnis meiner Arbeitsmethode, Bücher, Notizen und alles Zusammenhängende sortieren und übersichtlich und griffbereit anordnen -, nahm mich dann, wohlgelaunt, am Arm, und wir eilten die Treppen hinunter auf den Wagen zu, den er mit großer Könnerschaft, Eleganz und Autorität selber durch die winkeligen Gäßchen der Innenstadt lenkte.

Die Hallen der Fabrik lagen am Rheinufer, das Verwaltungs- und Wohngebäude - Herr Pauli hatte beim Ausbau der Fabrik offenkundig seine alte Breslauer Arbeitsstätte vor Augen - mit der Vorderfront dem Fischerweg zugewandt. Von hier aus fuhren wir über Wettsteinplatz, Claragraben und Greifengasse zur Alten Brücke, parkten den Wagen diesseits des Rheins und betraten dann die Lokalitäten des berühmten Café-Restaurant Spitz, an dessen im Sommer geöffneten, an regnerischen Tagen und im Winter von einer Stahl- und Glaskonstruktion geschützten Terrasse wir einen reservierten Tisch mit Ausblick auf den Rhein hatten - und schon watschelte der Oberkellner, sich in Richtung der Speisenden verneigend und jedem ein sanftes Lächeln zuwerfend, nur hie und da für einige Augenblicke aufgehalten, herbei, um unsere Wünsche entgegenzunehmen, uns auf besonders empfehlenswerte Gerichte hinzuweisen und unser Begehr unverzüglich dem in einiger Entfernung diskret wartenden Servierkellner zuzuflüstern. Doch aß Herr Pauli wegen seiner Neigung zur Körperfülle, die er mit erheblicher Willensanstrengung bekämpfte, nur sehr wenig, ein Lammkotelett etwa oder ein Stück Rindfilet mit grünem Salat, und aus Solidarität verzehrte ich dasselbe, allerdings mit einigen Beilagen.

Aber wenn Herr Pauli seinen Essensgelüsten nicht nach Gebühr und Herzenswunsch nachkommen konnte, so wollte er keineswegs auf eine kompensierend-zerstreuende Tafelkonversation verzichten, wobei er, um die empfindlichen Labilitäten und seinerseits latent vorhandenen Möglichkeiten unseres Zusammenlebens unter dem gleichen Dach und fortwährenden Beisammenseins durch ein selbstironisches, sich ohne Hehl als komödiantisch preisgebendes Rollenspiel zu verdrängen, in die gestelzte Tonart des besorgten oder einfach nur anteilnehmenden Vaters verfiel; so sagte er zum Beispiel: »Und nun, berichten Sie, mein Sohn, was haben Sie gestern nacht ausgetüftelt und heute vormittag getrieben, was haben Sie gefunden, welche Pläne ins Auge gefaßt?«

»Tja«, sagte ich, gewissermaßen beflügelt von dem Vormittagsvortrag des Dr. Weinert, »es gibt Schwierigkeiten, es gibt Ärger. Seitdem ich mich mit den Lübecker Briefmarken befasse, habe ich meine liebe Not mit der Materie und bekomme so richtig die schelmischen Launen und vertrackten Kaprizen des Lebens zu spüren. Denn anders als in der Hamburger Briefmarkendruckerei, wo der Besitzer selber mit akkuratester Sorgfalt die Farben zum Druck zubereitete und ausführliche Protokolle nebst genauen Rezepten hinterließ, denen ich als Volontär in der Druckerei seines Nachfolgers alles Wesentliche entnehmen konnte - wäre ich nicht für eine hundertprozentige Sicherheit, so hätten sich bei den Hamburger Postwertzeichen alle Farbanalysen erübrigt -, sind die Aufzeichnungen des Herrn Julius Rehbein, der in Lübeck die gleichen Aufgaben wahrzunehmen hatte, vollkommen irreführend, unzuverlässig und konfus, soweit sie anläßlich eines Brandes nicht überhaupt verlorengegangen sind. Seine Notizen sind dermaßen mit Vermerken privaten und allgemeintheoretischen Charakters, mit Hypothesen und merkwürdigen Exkursen, mit Ornamenten beinahe schon alchimistischer Natur verziert und vermengt, daß er sich selber in seinem Papierkram wahrscheinlich nie zurechtgefunden hatte und das Fehlen der nötigen Rezepte und genauen Angaben mit einer Unmenge von neuen Eintragungen und Erläuterungen glaubte ausgleichen zu müssen, was dann vollends zum Chaos führte. Er griff, wenn er sich auf diese Weise so recht in die Patsche hineingearbeitet hatte, aufs Geratewohl in das Register der Möglichkeiten des Farbdrucks, er extrahierte, schüttelte, kochte, wog, mischte, kristallisierte auf gut Glück - und das aus folgendem Grunde. Er war von (seiner Meinung nach) weitaus wichtigeren Anliegen und Occupationen dringlicher Art gefesselt und im Banne gehalten, ja besessen von einem wissenschaftlichen Thema (wie er meinte) von immenser Tragweite; heutzutage würde man freilich sagen, daß seine Besessenheit, zumindest ursprünglich, nichts weiter war als der sublimierte und transponierte Wunsch, aus der Enge seines empirischen Handwerkertums, aus dem schnöden Bereich des Zusammengießens von Säuren und Laugen herauszubrechen, sich mit dem Lorbeer des verdienten Forschers zu schmücken und auf dem Gebiet der chemischen Wissenschaft auf gravierende Weise hervorzutun. Er wandte seine ganze Aufmerksamkeit - und nebenbei auch sein ganzes Einkommen mitsamt dem väterlichen Erbe - einem ganz besonderen und kuriosen, aus dem üblichen Rahmen fallenden Farbstoff zu, nämlich der Euxanthinsäure, deren Problematik er in ihrer ganzen Breite und Tiefe zu erforschen und aufzuarbeiten sich vornahm; ja es schwebte ihm die Herstellung dieser zweifelsohne schönen, doch in Fachkreisen verrufenen Substanz zunächst auf ziemlich befremdlichen Umwegen und später, bei dem Fortschritt der Farbstoffchemie in jenen Jahren, sogar auf dem Wege der Synthese vor. Daß er sich gerade in diesen Stoff, der nur eine unbedeutende Nebenrolle in der Färberei spielte und in Europa kaum zur Verwendung kam, vernarrt hatte - bereits dieser Sachverhalt deutet auf eine ganz und gar absonderliche Gehirnkonstitution und Nervenverfassung hin, auf ein konvulsivisches Seelenleben von labilster Konsistenz, auf Gedankengänge, Prädilektionen und Affinitäten, die in das Bereich des Abstrusen, ja geradezu Makabren verweisen. Denn soviel auch die Herstellung der Farbstoffe auf den unbezähmbaren und keine Grenzen anerkennenden Forschergeist des Menschen, über seine unersättliche Neugier den Dingen der Natur gegenüber schließen läßt - nichts war ihm unrein und unwichtig genug, um es links liegen zu lassen und in seine Forschungen und Experimente nicht einzubeziehen, ob es nun dabei um

Meeresmuscheln, widerliche und giftige Pflanzen oder Blattläuse, ja, Sie verstehen mich recht, Blattläuse ging - nimmt es einen doch wunder, daß der Herr Julius Rehbein den unwiderstehlichen Drang verspürte, sich gerade um die Euxanthinsäure mit allen Leibes- und Geisteskräften zu bemühen. Dieser Farbstoff nämlich, auch Indisch-Gelb genannt, wird in Bengalen hergestellt - ich bitte Sie um Verzeihung, daß ich beim Essen darüber spreche -, und zwar aus dem Urin von Kühen, die mit Mangobaumblättern gefüttert werden. Ich will das gewissermaßen liturgisch-rituelle Verfahren nur ganz kurz skizzieren, um Ihren Appetit nicht zu verderben. Also, der Harn dieser unglücklichen Kühe, denn unglücklich sind sie ungeachtet ihrer Heiligkeit, wird in besonders konstruierten, an die Tiere geschnallten und von ihnen mühsam mitgeschleppten, schwappenden und plätschernden Behältern aufgefangen und von Zeit zu Zeit von den Tierpflegern durch einen Hahn abgelassen. Das Naturprodukt erhitzt man dann in großen Tongefäßen, wobei die Euxanthinsäure, noch mehrere andere Stoffe mit sich reißend, in Form eines gelblichen Bodensatzes ausfällt, der, auf Bambussieben gesammelt, getrocknet und schließlich zu Kugeln geknetet, unter dem Namen Piuri oder Purée in den Handel gelangt. Es ist das Ausgangsmaterial, aus dem durch Extraktion mit schwachen Säuren, durch mehrmaliges Umkristallisieren, teils aus Alkohol, ein verhältnismäßig reines Produkt gewonnen wird.

Als erstes wollte sich Herr Rehbein an Ort und Stelle über die Entstehung und Verarbeitung des Piuri unterrichten und scheute nicht die lange und beschwerliche Reise nach Indien, die nicht weniger als ganze zwei Jahre in Anspruch nahm.

Es war ein groteskes Omen, ein warnender, mit einem Krankenhausaufenthalt endender Fingerzeig des Schicksals, daß Herr Rehbein sich entschloß, erst im Persischen Golf ein Schiff zu besteigen, um in Griechenland, in der Türkei und im einstigen Phönizien der Geschichte des Purpurs und mehrerer, in diesen Ländern ausgeübter Färbereimethoden nachgehen zu können, und bei diesen Recherchen einen Anstoß für seine weiteren Forschungen erhielt, freilich einen bedenklichen und verhängnisvollen. Er verbrachte mehrere Tage in Smyrna, beziehungsweise gegen seinen Willen mehrere Wochen; hier wurde nämlich in weltberühmten Färbereien der zur Teppichherstellung verwendeten Wolle unter anderem jene einmalige, einzig und allein in der Türkei produzierte scharlachrote Farbe verliehen, die, obwohl mit Hilfe eines einfachen Krappwurzelextrakts hergestellt, an Glanz, Leuchtkraft und besonderer Tiefe an keinem anderen Ort erreicht geschweige denn übertroffen werden konnte. Die Türken hüteten ihr Geheimnis wie einst die Chinesen das der Seidenraupe; es vergingen zwei Wochen, ehe Herr Rehbein einen brauchbaren Tip erhielt, eine heiße Spur, die ihn, für ein beträchtliches Bakschisch, versteht sich, auf die Kuhweiden in der Umgebung der Stadt lenkte; hier legte er sich hinter Böschungen und Büschen auf die Lauer und beobachtete die Arbeiter der Färbereien, die, zumeist in Begleitung ihrer Söhne, in große Körbe Kuhfladen einsammelten; in der Rechten hielten sie in Eisenspitzen endende Stöcke, die zum Anstechen der Fladen dienten: erst nach dieser Prozedur entschlossen sich die Arbeiter, die Kuhfladen aufzuheben oder liegenzulassen - sie mußten offenbar einen gewissen Grad der Gärung oder Austrocknung erreicht haben. Dabei waren die Arbeiter ihrer Sache gar nicht sicher: manches Mal rief der eine oder andere mehrere Mitarbeiter zu einem kleinen Konsilium über den Kuhfladen heran, es kam nicht selten zu langwierigen und wortreichen Disputen, von denen Herr Rehbein kein einziges

Wort verstand. Die Arbeiter lieferten ihre Körbe ab - und gingen nach Hause; ihre Wissenschaft, die sich allein auf die Eigenschaften der Fladen erstreckte, vererbten sie ihren Söhnen; die anderen Arbeiter der Fabrik wußten darüber genausowenig Bescheid wie Herr Rehbein.

Der von ihm bestochene Informant war im Besitz einer ebenfalls seit Generationen weitervererbten Sanduhr, die er sechzehnmal umdrehen mußte, derweil die Wolle in der mit den Kuhfladen versetzten Beize lag; erst danach durfte sie aus dem Bottich entfernt und getrocknet werden. Bei jeder Umdrehung hatte eine gründliche Durchrührung der Beizflüssigkeit zu erfolgen, beim neuntenmal kam der Besitzer des Betriebes und entleerte in das Wollbad aus einem Behälter ein weißes Pulver und aus einer Flasche eine ölige Substanz, die, dem Geruch nach zu urteilen, zum größten Teil aus Lavendelöl bestand.

Bis zu diesem Punkte waren Herrn Rehbeins Nachforschungen gediehen, als er beim Bespähen der Fladensammler erwischt und gründlich verprügelt wurde - zwei Wochen lang mußte sich der Arme im Krankenhaus kurieren und pflegen lassen. Er hatte zwar ein kleines Zipfelchen des Geheimnisses gelüftet, aber es war eben nur ein kleines Zipfelchen; es lieferte keine Anhaltspunkte zu weiteren Erkenntnissen.

Die ersten Ergebnisse der Ermittlungen in Bengalen sind in der ›Deutschen Chemischen Monatsschrift‹ im November 1853 erschienen. Er habe sich, so schrieb der Autor, überzeugen lassen müssen, daß das Verfahren der Euxanthinsäureherstellung in Indien schon seit Jahrhunderten praktiziert werde und im Verlaufe dieser Zeitspanne zu einer Reife gediehen sei, die man nicht weiter verbessern könne. Sein Bestreben, aus dem Kuhharn eine größere Ausbeute an Purée zu gewinnen, sei gescheitert, obwohl er unter Verwendung von Säuren, Alkalien und anderen Zusätzen unzählige Versuche durchgeführt habe, ohne Respektierung der natürlichen Bedürfnisse des menschlichen Körpers nach Ruhe und Entspannung, in sengender Hitze, von Moskitos und anderem Ungeziefer geplagt. Selbst eine ähnliche Behandlung der Kuhfladen, in denen es, seinen Vorstellungen zufolge, auch eine gewisse Menge Euxanthinsäure hätte geben müssen, zeitigten keine Resultate; er mochte die Fladen in noch so frischem Zustand eingesammelt und behandelt, oder erst in getrockneter Form analysiert haben, das Ergebnis sei stets das gleiche geblieben: die Fäkalien - Pardon - hätten kein einziges Milligramm des gesuchten Stoffes enthalten. Genauso verliefen die Versuche, den Farbstoff direkt aus den Mangobaumblättern herzustellen, ohne Erfolg: sie enthielten lediglich Euxanthon, das aber zu Färbereizwecken völlig untauglich sei. Ja, selbst die Gewinnung des Stoffes auf Umwegen habe sich als unmöglich erwiesen; im Harn von Pferden, Meerschweinchen und Ratten, deren Futter feingemahlene Mangobaumblätter beigefügt worden seien, habe die Euxanthinsäure nicht entdeckt werden können. Schließlich sei man (er und sein Assistent, dem an dieser Stelle für seine opferwillige Hilfe ausdrücklich gedankt sei) auch vom Selbstversuch nicht zurückgeschreckt und habe, den Ekel überwindend, mehrere Tage lang Mangobaumblätter in steigender Dosierung zerkaut und geschluckt, unter Erduldung vehementer Magen- und Darmkrämpfe, doch sei weder in seinem, noch in des Assistenten Urin auch nur die geringste Menge von Euxanthinsäure ermittelt worden. Summa summarum, die Forschungen hätten den eindeutigen Beweis erbracht, daß der in den Mangobaumblättern enthaltene Stoff, das Euxanthon, im spezifischen Stoffwechsel der Kühe in Euxanthinsäure umgewandelt und ausschließlich von den Nieren ausgeschieden werde.

So weit, so gut. Doch zwei Jahre später erschien ein

neuer Artikel in der bereits erwähnten Zeitschrift: ›Auf der Suche nach Farbstoffen in den Exkrementen verschiedener Säugetiere‹. Er habe, so ließ sich Herr Rehbein im neuen Artikel vernehmen, sich aus den verschiedensten und abgelegensten Ländern Urin- und Fäkalienproben von unterschiedlichsten Säugetieren zuschicken lassen und sei dabei lediglich beim Urin der Giraffe (nach Behandlung mit Schwefelsäure bei 55°) fündig geworden: er habe einen türkisblauen Farbstoff gefunden, der allerdings dermaßen labil gewesen sei, daß er binnen einer Stunde ›verschwand und weder durch Reduktions- noch durch Oxydationsmittel wieder hervorgebracht werden konnte‹.

Für Herrn Rehbein gab es fortan keinen Halt mehr, er untersuchte alles auf Farbstoffe, das heißt nicht alles überhaupt, sondern alles, was es an ähnlich Ausgefallenem - im wörtlichen Sinn - wie der Mangokuhurin gab. In jedem Jahr kam ein neuer Aufsatz von ihm heraus, und er fühlte sich von Aufsatz zu Aufsatz immer mehr in die Enge getrieben, denn die Entdeckungen auf dem Gebiet der Farbstoffchemie folgten einander in jenen Jahren auf dem Fuße.

Hier sei noch eine Episode erwähnt, die den Abschluß der Versuche Herrn Rehbeins mit der Euxanthinsäure bedeutete, denn parallel mit seinen anderen Forschungen behielt er diese Substanz ohne Unterlaß im Auge. Dem Beispiel der zeitgenössischen Chemiker folgend, die aus den natürlichen Farbstoffen durch chemische Einwirkungen neue, wenn auch nicht immer verwendbare Farbstoffe synthetisierten, unterwarf er die Euxanthinsäure den mannigfaltigsten Einwirkungen: er ließ durch deren Lösung Chlor- und Bromgas blubbern, wobei sich tatsächlich neue Produkte bildeten: es stellte sich aber zu seinem Leidwesen immer wieder heraus, daß er zum Ausgangsprodukt, nämlich zum Euxanthon zurückgekommen war. Lediglich eine Substitution im Molekül der Euxanthinsäure war von allerdings durchschlagendem und brisantem Erfolg: Herr Rehbein kochte, mehrere Stunden lang, zu seinem Glück nur drei Gramm Euxanthinsäure in konzentrierter Salpetersäure, das heißt, er kochte die beiden Substanzen nicht, sondern hielt sie einige Grade unter dem Siedepunkt. Indes er an einem anderen Arbeitstisch den Farbstoff der Möhre, das Karotin, in Äther, Benzol und Alkohol zu lösen versuchte, ereignete sich eine vehemente Explosion, die das ganze Laboratorium in Flammen aufgehen ließ; der Experimentator rettete sich mit versengtem Bart, brennenden Kleidern und einer Menge von Glassplittern in seinen Armen aus der lodernden Hölle. Der Gute konnte es nicht wissen, daß ihm gelungen war, einen exzellenten Sprengstoff, die Styphninsäure, herzustellen, die ein halbes Jahrhundert später noch eine große Rolle in der Sprengstofftechnik spielen sollte.

Gott sei Dank, Herr Pauli, Sie sind mit dem Mittagessen fertig, sonst könnte ich nicht fortfahren. Ich fasse mich kurz.

Als man in Lübeck Briefmarken zu drucken anfing, war Herr Rehbein bereits nicht voll zurechnungsfähig; da beinahe alle seine Experimente genau das Gegenteil seiner Hypothesen bewiesen, versuchte er mit der Verzweiflung des Ertrinkenden ein neues Betätigungsfeld für sich zu finden. Dazu war es aber allem Anschein nach zu spät. Ende der sechziger Jahre wurde er ins Irrenhaus eingeliefert, da seine Nachbarn beobachtet hatten, daß er den Kot verschiedener Tiere einsammelte und in aller Verstohlenheit aufaß. Es handelt sich hier um eine in der Psychiatrie keineswegs unbekannte Geistesstörung; sie hat sogar einen schön klingenden Namen, sie heißt Koprophagie.«

Hierauf folgte der »Gesundheitsspaziergang«, eine nicht allzulange Wegstrecke über die Alte Brücke zum Konditor

E. Koch in der Eisengasse, bei dem wir einen Mokka zu uns nahmen; Herr Pauli rauchte dazu gemächlich eine Zigarre, ich zündete mir nur eine Zigarette an, nachdem ich einiges vom reichen Angebot an Torten und Kuchen schnell verschlungen hatte, ohne über deren vorzügliche Qualität auch nur ein Wörtchen zu verlieren und Herrn Paulis Willensanstrengung unnötigen Belastungen auszusetzen. Herr Koch versäumte es fast nie, sich ächzend an unserem Tisch niederzulassen und über einen neuen Anfall von Gicht oder eine in der vergangenen Nacht erlittene Nieren-, Gallen-, Darm- oder sogar Gehirnkolik zu berichten und vor unserem Aufbruch auf eigene Rechnung drei Gläschen Cognac zu bestellen und uns zuzuprosten, indem er sagte: »Das ist das einzige Mittel, meine Herren, das das Alter und die Beschwerden eines an allen Gliedern Erkrankten wenigstens teilweise zu beseitigen vermag.« Aber trotz solcher Klagen fand ich Herrn Koch noch jahrelang unverändert vor, mit den gleichen Klagen und Beschwerden, die sich manchmal zum Herbeiwünschen eines raschen und gnädigen Todes steigerten, mit dem gleichen Geächz über die vielen Arten und Angriffspunkte der erbarmungslosen Kolik - doch trank er seinen Cognac immer mit dem gleichen unverwüstlichen Vergnügen und allem Anschein nach auch mit der gleichen guten Wirkung; erst nach einer längeren Abwesenheit, 1943, erfuhr ich, daß er in der Zwischenzeit verstorben sei und nunmehr im Gottesacker Kannenfeld in der Familienkrypta zur ewigen Ruhe gefunden habe; ich brauchte aber dessenungeachtet auf das gelegentliche Geplauder und den freien Cognac an meinem Tisch nicht zu verzichten, denn nun war es Herr Koch junior, dem Vater zum Verwechseln ähnlich, der seine »vegetative Dystonie«, gegen die die Ärzte nichts Vernünftiges zu unternehmen vermochten, mit Cognac kurierte.

12

An Sonntagen, wenn das Wetter es zuließ, besuchten wir mit Herrn Pauli nach Mittagessen und Dessert den Botanischen Garten oder fuhren mit dem Wagen zum Zoo, denn an Feiertagen fielen die Beratungen mit den Herren Wyczkowiak, Flechthelm und Rosenheim aus. Sonst aber begaben wir uns zu ihnen, schauten uns die Lithosteine, die projizierten Bilder, die Schöpfsiebe und die bereits zu einer beträchtlichen Sammlung angewachsene Stempelkollektion an; auch die zum Druck vorbereiteten Papierbogenstapel wuchsen von Tag zu Tag, ja der Druck der Briefmarken von Hamburg und Bergedorf war bereits abgeschlossen, die Bögen mit der entsprechenden Gummierung versehen und in Herrn Paulis Safe aufbewahrt.

Erst nach diesen Besichtigungen, gegen vier oder fünf Uhr, begann für mich die sich tief in die Nachtstunden erstreckende eigentliche Arbeit, die im Gegensatz zur technisch-mechanischen Plackerei des Vormittags *schöpferischer* Natur war, denn jetzt dichtete und komponierte ich - mit einer kurzen Unterbrechung wegen des Abendessens in Herrn Paulis Wohnung, zu dem er noch weitere junge Leute einzuladen pflegte, die »Stipendiaten«, wie er sie nannte - jetzt wob ich also am feinen und zarten Gewebe der Briefinhalte, die auf originalgetreue Papierbögen geschrieben und in die mit unseren Marken und Stempeln versehenen Umschläge gesteckt werden sollten - am Entwurf und Auseinanderfalten also von alltäglichen oder tragischen Menschenschicksalen, von Aufstieg oder Niedergang, von Glück und Unglück, von Erfolg oder Versagen. Das war, so meine ich, bereits die Tätigkeit eines Dichters, denn was ich zustandebrachte, war nichts mehr und nichts weniger als mehrere Briefromane in Fortsetzungen. Ich mußte, mich meistens nur auf sehr spärliche Anhaltspunkte stützend, aus dem Spiel der vagabundierenden Phantasie heraus ganze Familiengeschichten erfinden, an bestimmten Orten zu bestimmten Zeitpunkten ansiedeln - freilich bruchstückhaft, wie eine Art Chronik, von der viele Seiten verlorengegangen sind; Antworten gab es auf diese Briefe zumeist nicht, man konnte auf sie und auf ihren Inhalt nur aus den Briefen selber schließen.

Konkrete Anhaltspunkte beim Entwurf zum Beispiel einiger Briefe aus Lübeck gab mein Notizbüchlein, das ich noch während meiner Praktikantenjahre anläßlich von Friedhofsbesuchen mit Eintragungen vollgeschrieben hatte. Ein Grabstein auf dem Alten Schöneberger Friedhof zu Berlin trug zum Beispiel eine lange Inschrift, die bei mir gekürzt folgendermaßen lautete: »Hier ruhen Herr Oberingenieur Matthias Seifert (1833-1902), Frau Mathilde Seifert, geb. Doerner (1836-1908) sowie deren Söhne Harry (1855-1857) und Rudolf (1856-1875)«. Außerdem besaß ich zwei Briefe (aus dem Erstfund) einer Lübecker Dame namens Charlotte Steffens geb. Ladislaus an ihre in Breslau lebende Schwester Elisabeth, in denen sie einiges über Verbleib und Tätigkeit ihres Sohnes Heinrich erzählte. Aus ihren Briefen ging hervor, daß Heinrich, ein Schiffbauingenieur von Beruf, von Ferdinand Lesseps als Sachverständiger und Mitarbeiter zum Bau des Suez-Kanals berufen wurde und mehrere Jahre in Ägypten verbracht hatte. So schrieb ich denn, die wackelig-zittrige Handschrift sowie den etwas geschwollenen Stil der bangenden Mutter (einer Kapitänswitwe) nachahmend, zwanzig oder fünfundzwanzig Briefe an »Herrn Ingenieur Heinrich

Steffens, Port Said, Kanalbaugesellschaft, bitte nachsenden!!!«, in denen ich dem Sohn, der in den Sümpfen des Großen Bittersees an Malaria erkrankt war und drei Wochen im Lazarett verbringen mußte, wo er einen deutschen Arzt, einen ehemaligen Kommilitonen Robert Kochs, kennen und schätzen lernte - in denen ich also dem Sohn mehr oder weniger nützliche Ratschläge erteilte, ihn besonders und immer wieder zum regelmäßigen Trinken von Lindenblütentee ermahnte und ausführlich über den neuesten Stadtklatsch berichtete (wozu ich viele Figuren, Freundinnen der alten Dame, Senatoren und Konsuln mitsamt Familie erfinden mußte), über den widrigen Lauf der irdischen Dinge philosophierte und schließlich den Sohn in Gottes Gnaden empfahl. Soll ich hier noch erwähnen, daß ich zu diesen und auch den noch zu beschreibenden Briefen viele topographische, gesellschaftliche und wirtschaftliche Details sowie andere Einzelheiten, freilich mit kleineren oder größeren Änderungen den »Buddenbrooks« Thomas Manns entnahm? In den Briefen an den späten Nachfahr der Pyramidenbauer wimmelte es von schnurrbärtigen Herren aus der Reeder- und Kaufmannsbranche, von biederen Schiffskapitänen, die der Witwe von ihren fernen Reisen Papageien und andere exotische Tiere mitgebracht hatten und bei einem Grog von ihren Abenteuern erzählten. Spaßeshalber taufte ich eine der Freundinnen der Frau Steffens auf den Namen Sesemi Weichbrodt, wohl wissend, daß die an Geld und Erfolg reichen Herren, die später einmal diese Briefe zu einem horrenden Preis erwerben würden, den betreffenden Roman nicht einmal dem Namen nach kennen würden.

Ich lag mehrere Stunden auf meiner breiten Couch, den Blick an die weißgekalkten Wände heftend oder an das einzige Bild, das diese Wände schmückte, an Sandro Botticellis »Geburt der Venus« (es handelte sich um eine originalgroße, vortrefflich gelungene Kopie, bei deren Anblick ich nach meiner Ankunft Herrn Pauli um den Hals fiel und ihn auf beide Wangen küßte - er hatte mich sanft von sich weggeschoben) - ich lag also auf der Couch und »komponierte«, von Zeit zu Zeit zu einem Lexikon, einer alten Enzyklopädie, nach einem vergilbten Stadtplan, nach einem stockfleckigen Baedeker-Band greifend, um chronologische und topographische Irrtümer auszuschließen.

Der Herr Oberingenieur Seifert aus Berlin war freilich eine schwierigere Nuß als die tatterige Kapitänswitwe mit ihrem Lindenblütentee und den Erkältungen und Magenverstimmungen ihrer Papageien. Zunächst machte ich auf einem alten Berliner Stadtplan in nicht allzu großer Entfernung vom Alten Schöneberger Friedhof die Frankenstraße ausfindig, in deren Nr. 12 (zweite Etage links) ich mein Ehepaar unterbrachte. Herr Seifert, am Anfang seiner Karriere in einer Berliner Maschinenfabrik angestellt, verweilte im Jahre 1859 - so ging es aus den Briefen hervor - nicht weniger als acht Monate in Lübeck, wo er die Montage und das Anlaufen der von seiner Berliner Firma gelieferten Zuckerverarbeitungsmaschinen zu beaufsichtigen hatte. Ein altes Lexikon belehrte mich ausführlich über die damaligen Methoden und besonderen Verfahren der Zukkerproduktion, die großen Spül- und Waschanlagen waren mir ebenso bekannt wie die Schnitzelmaschinen, das Abscheiden der Melasse, der Zusatz von Kalk oder das Pressen und Verpacken von Zuckerhüten. Herr Seifert wohnte zunächst einen ganzen Monat im Hotel (Baedeker) »Zum Löwen«, Große Hafenstraße 10 (dessen Papier er mit dem entsprechenden Briefkopf während dieser Zeit verwendete), anschließend sieben Monate zur Untermiete bei einem Rentnerehepaar in der Marienstraße.

Während er sich in Lübeck mit der Montage abrackerte und seinem Chef - wie durch ein Wunder ebenfalls erhalten gebliebene - wütende Briefe schrieb, unternahmen Ehefrau und Sohn Rudolf, der an irgendeiner schweren, in der Charité nicht identifizierbaren Krankheit litt, eine Reise nach Rom zu Professor Mario Angelotti, der zu jener Zeit auf dem einschlägigen Gebiete als Weltkapazität galt (s. »Geschichte der Chirurgie, Orthopädie und verwandter Bereiche«, herausgegeben von Professor Dr. Robert Lincke, Leipzig, 1871). Die Diagnose wurde tatsächlich bereits nach der ersten Untersuchung durch Professore Angelotti aufgestellt (Muskeldystrophie), doch nahm er Rudolf für einen Monat in stationäre Behandlung, um andere Krankheiten nach den Regeln der Differentialdiagnostik auszuschließen und den Fall auch prognostisch beurteilen zu können.

Dies tat er denn auch: die Linke nachlässig in der Tasche seines Kittels, mit der Rechten den rabenschwarzen Spitzbart streichend, sagte der braunhäutige Italiener Frau Seifert in gebrochenem, vielleicht übertrieben gebrochenem Deutsch voraus, daß Rudolf kaum seinen zwanzigsten Geburtstag erleben, daß das Übel langsam, schleichend, aber unabwendbar und unbeeinflußbar voranschreiten und in den späteren Phasen von den Eltern viel Mut und Opferbereitschaft erfordern werde. Zwar sei der Muskelschwund vorläufig nur auf die Füße beschränkt, doch würde er sich allmählich über die Beine, dann über die Arme und den Rumpf ausbreiten, allmählich nur, gewiß, aber unaufhaltsam; wenn man ihn, Professor Angelotti, nach Rat fragte, so würde er für Rudolf eine sehr schonende Lebensweise, die Vermeidung jeglicher physischer und seelischer Belastung, dabei aber leichte Gymnastik und möglichst in jedem Jahr zwei Monate Kuraufenthalt in einem Spezialsanatorium - in Bad Ischl oder in Karlsbad beispielsweise - empfehlen; den Eltern aber würde er raten, vorausgesetzt, man wollte ihn nach seiner Auffassung fragen, die er nur schweren Herzens der gnädigen Frau mitteilen könne, daß sie auf weitere Kinder verzichteten, denn das Leiden sei erblich und bei dem gegenwärtigen Stand der Medizin, ja seiner Meinung nach auch in den nächsten hundert Jahren, unheilbar; ein weiterer Sohn wäre womöglich mit der gleichen Krankheit behaftet, oder wenn nicht, dann würde das Leiden unvermeidlich in der nächsten Generation auftreten, bei den Enkeln also. Die Natur sei unbarmherzig, wenn sie einige dieser Kranken bis zur Geschlechtsreife leben lasse und sie so zur Quelle von unermeßlichen Leiden mache, oder aber die Krankheit über die Frauen vererbe, die selber nie an ihr erkrankten.

Die Korrespondenz der Eheleute wurde auch während dieses Aufenthaltes in Rom nicht unterbrochen. Anfänglich berichtete Herr Seifert in Unkenntnis der Entwicklungen in Professor Angelottis Hospital »Zur heiligen Dreifaltigkeit« unentwegt und unverdrossen über das Voranschreiten der Montagearbeiten in der Zuckerfabrik, über ärgerliche Vorfälle und Auseinandersetzungen mit dem Fabrikeigentümer, einem eigenwilligen, ihn wegen jeder kleinen Schramme zur Verantwortung ziehenden und mit Vorwürfen überhäufenden jähzornigen Herrn, dann über eine Fahrt nach Travemünde und Spaziergänge in der näheren Umgebung Lübecks. Er war bestürzt, verzweifelt über die Diagnose des italienischen Professors, er versprach, einen anderen Spezialisten in London oder Paris ausfindig zu machen - tatsächlich kamen Frau und Sohn Seifert in die Klinik des Professeur Eugène Berthieu, dessen Meinung, zwar weniger dramatisch vorgetragen, die gleiche war -, doch da sich, zumindest während seiner Tätigkeit in Lübeck, im Befinden Rudolfs nichts änderte, gewannen allmählich Hoffnung und Zuversicht die Oberhand, der Ingenieur fand zum leidigen Trott seines Alltags zurück, er veranlaßte aus der Ferne nach längerem Zaudern, über dessen Gründe nachzugrübeln ich dem Leser überließ, die Entlassung der Köchin Martha, über deren liederliches Benehmen sich Frau Seifert anscheinend in jedem ihrer Briefe beklagte; es wurde der Name eines Uhrmachergesellen erwähnt, der sich die Freiheit nahm, in Marthas Kämmerlein zu übernachten. Dann kommentierte Herr Seifert den Inhalt seines Geburtstagspakets, das neben einem Goldarmband auch eine echte Lübecker Marzipantorte enthielt.

Aber Herr Seifert beschränkte sich keineswegs auf die Korrespondenz mit seiner Frau und dem Chef; er schrieb vielmehr rührende und beschwörende Briefe außerdem an seinen infolge eines Familienzwistes nach New York ausgerissenen Vater, dessen Rückkehr, da seine Frau ins Schattenreich verzogen sei und das Einkommen des Sohnes dem Vater einen ruhigen Lebensabend garantiere, nunmehr nichts im Wege stehe. Doch schien der Vater unerbittlich; von den sechs aus Lübeck an ihn abgeschickten (und in seinem Erbe wiedergefundenen) Briefen beantwortete er, den Vorwürfen des Sohnes nach zu urteilen, nur einen einzigen, und zwar mit der dringenden Bitte, man möge ihn endlich, ein für allemal, in Ruhe lassen.

Ich will hier noch ein paar Einzelheiten aus den Briefen an die Ehegattin zitieren: das Klavier sollte in Ordnung gebracht (Anschrift des Klavierstimmers), die französische Pendule vom Uhrmachermeister Pommeau repariert, die Zeugnisse der sich zum Dienst meldenden Köchinnen durch Nachfragen bei den früheren Herrschaften überprüft, der Lohn der Kammerzofe Angelika von monatlich acht auf zehn Thaler erhöht werden, und so weiter, und so weiter.

Die Briefe aus Lübeck allein kosteten mich (um von den Mitarbeitern nicht zu reden) mehr als zwei Monate an Arbeitszeit und erbrachten einen reinen Gewinn von 550 000 Dollar - eine Summe, die freilich nur auf viele Jahrzehnte verteilt zu kassieren war, um eine Sättigung des Briefmarkenmarktes zu vermeiden. Sechs besonders schöne Briefe sind heute noch in meinem Besitz.

Wie bereits erwähnt, spielen Originalbriefe bei der Prüfung und Bewertung der alten Briefmarken eine sehr große Rolle; für einen Brief erzielt man nicht selten den zehnfachen Preis. Während man zum Beispiel für eine einzelne Braunschweiger Briefmarke, die wir auf Originalpapier gedruckt, mit Original-Durchstichleisten perforiert und mit Originalstempel abgestempelt hatten, nur zögernd 5000 Mark auf den Tisch blättert, bekommt man für sie, wenn sie auf einem Brief klebt, gerne fünfzehntausend, ja wenn es sich um einen Dreierstreifen der gleichen Marke auf Brief handelt, klettert man mit dem Preis auf Auktionen unbedenklich, mit freudigem Herzen bis zwanzig- oder fünfundzwanzigtausend Mark. Bei solchen Größenordnungen hatten wir es freilich vorgezogen, die Existenz der Briefe auf großen Auktionen erst gar nicht akten- und katalogkundig zu machen, wir verkauften sie in aller Stille unter der Hand an verschwiegene Sammler, denen sehr viel daran lag, ihr Geld ohne Aufsehen loszuwerden und sicher anzulegen. Deshalb die große Mühe meinerseits beim Briefeschreiben - nein, nicht die Mühe, sondern das Vergnügen, die Freude beim Erfinden und detaillierten Ausmalen von Familiengeschichten, bei der Anpassung an Stil und Schreibweise unserer Großväter und Großmütter, beim Verweilen in ihrer Gefühls- und Vorstellungswelt.

Für mich gab es dabei allerdings auch ein Nebenprodukt: den Erwerb der Fertigkeit im Umgang mit realitätsspendenden Unterlagen, mit alten Reiseberichten und Reiseführern, die Übung im Zusammenfädeln und Ineinanderschachteln von Geschehnissen, im Aufbau einer Handlung, im Entwurf von Charakteren und deren Kollisionen - kurzum: die Aneignung jener literarischen Verwandlungskunst und schriftstellerischen Routine, deren ich mich später in Wexford als Verfasser von Kriminalgeschichten mit ziemlichem Erfolg bediente; denn selbst ein Kriminalroman ist - ich meine einen guten, soliden - nicht lediglich eine Erzählung vom Nacheinander oder auch Voreinander spannender und in Atem haltender Ereignisse, er ist vielmehr mit einer großen und komplizierten Maschinerie zu vergleichen, in der das Zusammenspiel des Räderwerks haargenau abgestimmt werden muß, damit die Räder rechtzeitig ineinandergreifen und den Gang der Maschinerie aufrechterhalten. Da geht es dann um feinste Präzision, um genaueste Regulierung von Zeitpunkten und Schauplätzen, um deren Entfernung voneinander, um Charaktereigenschaften, die die Ereignisse plausibel machen, um Vorfälle im Außenweltsmedium, in das die Handlung des Romans glaubwürdig eingefügt werden muß.

Und was die Realitätsspenderei betrifft: ich bin der Auffassung und Überzeugung, daß das Fehlen persönlicher Erlebnisse und genauer Kenntnisse eine notwendige, unumgängliche Voraussetzung ist, die Phantasie anzuregen und zu beflügeln - und eben dadurch Wirklichkeitsnäheres, Plastischeres, Überzeugenderes zu produzieren als die plumpe, unbeholfene, zufallsgefährdete und letztlich ernüchternde Wirklichkeit selber, als alles Gesehene, Erwanderte, Befahrene und Erlebte; denn die Erfahrung geht - je gründlicher sie ist, desto mehr - Arm in Arm mit dem Erwachen des lähmenden Gefühls, daß sie eine Allerweltserfahrung ist, banal und irrelevant, daß es gar nicht lohnt, ein einziges Wort über sie zu verlieren - wohingegen das aus der Phantasie Geschöpfte, Unbefleckte und Unabgegriffene, oder doch zumindest von ihr Gesteuerte und Zusammengefügte noch die mehr oder weniger begründete Annahme zu erwecken vermag, daß es im Erzählten um etwas Hörenswertes geht.

Wie plastisch und farbenprächtig, wie unvergeßlich und einmalig ist ein Flug im nebligen, kalten, düsteren Winter über den Wolken, in den Fluten des ungetrübten und wärmenden Sonnenlichts - vorausgesetzt, daß man darüber nur gehört hat und seine Phantasie bemühen muß, um sich in eine solche Situation zu versetzen! Zugegeben, der erste Flug hat seine Reize; sitzt man aber zum zehnten Male im Flugzeug, so greift man gelangweilt zu einer Zeitung und blickt immer wieder auf die Uhr, um das Voranschreiten der Zeit zu verfolgen und die noch übriggebliebenen Flugminuten zu zählen. Nichts wünscht man sehnlicher, als aus dem Flugzeug endlich aussteigen und seinen Geschäften entgegeneilen zu können - ein beseligender Traum hat sich in eine Enttäuschung verwandelt, man empfindet die Fragen oder Bemerkungen des Nachbarn lästig, die Enge unerträglich, den Flug durch die Wolken und das damit verbundene zeitweilige Absacken der Maschine, die plötzlichen Sprünge, ihr Sichaufbäumen nimmermehr als kleine, wohldosierte, nichtvorhandene Gefahren meisterhaft vortäuschende Scherze, die Fahrt zum Flughafen, das Herumsitzen im Wartesaal als reine Zeitverschwendung und Zumutung.

Nun, auf diesem Gebiete habe ich eigentlich keine Zuständigkeit und Kompetenz; ich bin Praktiker, ich habe Chemie studiert und nicht Germanistik, Anglistik oder Ästhetik, ich habe Besseres zu tun, als die mitunter haarsträubenden Entwicklungen in der Romantheorie zu verfolgen oder mich gar mit dem sogenannten Problem der Sprachlosigkeit auseinanderzusetzen. Auch erheben meine Produkte keineswegs den Anspruch, zur »Literatur« zu gehören und wurden dementsprechend allezeit von den Literaturkritikern ignoriert (ein Sachverhalt, der zumindest durch seine Eindeutigkeit tröstlich ist).

Lassen wir aber das; es sei hier nur noch hinzugefügt,

daß meine meisten Bücher in Amerika, in New York zumal, spielen, in einer Stadt also, die ich nie betreten und gesehen habe und die ich nichtsdestoweniger eindringlicher kenne als die meisten Leute, die in ihr wohnen, tagtäglich die gleiche Route zu ihrem Arbeitsplatz zurücklegen und in ihrem ganzen Leben bestenfalls zehn Geschäfte und je fünf Lokale und Vergnügungsstätten betreten haben. Es sind mir unzählige Zuschriften zugestellt worden, deren Absender behaupteten, daß sie nach der Lektüre eines meiner Bücher ihre unmittelbare Umgebung neu entdeckt hätten; sie fragten mich, in welchem Hause ihrer Straße ich gewohnt, wie viele Jahre ich in diesem Bezirk zugebracht hätte - um sofort danach die Mutmaßung zu äußern, daß es mindestens zehn Jahre gewesen sein müßten. Hätte ich tatsächlich in jener Straße gewohnt, so wäre sie mir ebenso schäbig, nichtssagend und nicht beachtenswert erschienen wie den Menschen, die sie mit geschlossenem Auge und taubem Ohr durcheilten.

13

In den ersten Tagen nach meiner Reise von Breslau nach Basel versuchte ich erst einmal auszuspannen und die bedrückende Atmosphäre des dritten Kriegsjahres loszuwerden; ich flanierte viel in den Straßen und stand lange vor den - für mein Auge - üppig beladenen Auslagen, ich bewunderte die daherflitzenden Autos und die gravitätische Unbekümmertheit der Menschen, die bei allem Puritanismus eindrucksvolle Aufmachung der Damen, jene bestimmte Fadenscheinigkeit der Anzüge älterer Herren, die auf ihrem Bankkonto einige hunderttausend Franken vermuten ließ. Ich machte kleinere Einkäufe zur Ergänzung meiner Einrichtung, besuchte einige Chemikalienhandlungen, um eine Bezugsquelle für die ganz speziellen Stoffe unseres Vorhabens zu erschließen - und wurde dabei auf einen kleinen Laden in der Unteren Rheingasse aufmerksam, auf eine Parfümerie mit sehr spärlich ausgestatteter Fensterauslage, die dennoch oder vielleicht eben deshalb von einem besonderen Geschmack zeugte. Als Inhaberin wies ein kleines Täfelchen an der Eingangstür eine Madame Hortense Girardoni aus - und ich betrat den Laden, wie früher schon unzählige andere, ohne die Absicht, etwas zu kaufen, aus reiner Freude an der Vielfältigkeit des Angebots und der Gutmütigkeit und Geduld der Basler Kaufleute, die selbst nach einer halbstündigen, ohne Ergebnis verlaufenen Vorführung ihrer Waren den Kunden mit aller Ehrerbietung zum Ausgang geleiteten. Ich betrat also das Geschäft, wobei eine kleine Glocke zu bimmeln begann, ohne Ergebnis, denn niemand kam, um mich nach meinen Wünschen zu fragen und zu bedienen. Ich sah mich um: die Regale und Schaukästen waren mit Kosmetika aus aller Herren Ländern vollgestellt, doch vorwiegend mit Produkten aus Paris. Ein rosafarbener Vorhang trennte den Laden von den hinteren Räumlichkeiten, den ich mit der Erwartung beiseiteschob, jemanden hier anzutreffen, doch auch dieses Zimmer, eine Art Warteraum, war leer, auch das nächste, aus dem sich einige Nischen mit großen Spiegeln öffneten, offenbar um den Käufern Gelegenheit zu bieten, ungestört die Balsame, Crèmes und Parfums auszuprobieren; erst im dritten Raum, an dessen Tür ich anklopfte, sagte eine Frauenstimme: »Entrez!«, als sei man zu einem Besuch da und habe die Dame des Hauses nach dem Durchqueren von mehreren Vorzimmern in ihrem Boudoir zu begrüßen.

Es war tatsächlich ein Boudoir. Hinter einem kleinen Rokokoschreibtisch saß eine winzige, drahtige Person über Papiere gebeugt, mit einem Füller in der Hand, offenkundig in die Addition von Zahlenkolonnen vertieft.

»Oh, excusez, Monsieur! Vous désirez?« fragte sie und stand auf - mein erster Gedanke, als ich ihre Bewegung sah, war ungefähr: »Diese Frau hat weder Fettpolster noch Muskeln, sie besteht aus lauter Sehnen« - und ich sagte etwas verwirrt:

»Eh bien, Madame ... Madame Girardoni? ... Alors, c'est pour un cadeau que je vous dérange, excusez-moi! Je voudrais bien un parfum, quelque eau de Cologne ou quelque chose de semblable à l'occasion d'un anniversaire.«

»Avez-vous une idée un peu plus précise?« fragte sie, schon unterwegs in den Laden, mich vor sich herschiebend und erst im Warteraum die Führung übernehmend.

»Je serais heureux, si vous pouviez me donner un conseil.«

»Et c'est à qui que vous voulez faire un cadeau? Une dame de quel âge?«

»Une dame, mais non, pas du tout«, stotterte ich, »c'est plutôt un ami à moi!«

»Ah . . .«, sagte sie mit einem verständnisvollen Lächeln, »je comprends.«

»J'espère que non«, sagte ich, »c'est un ami plus âgé que moi, qui m'a connu depuis que j'avais quatr' ans.«

»Pas nécessaire des vous excuser, Monsieur, mais vous comprenez que je dois savoir un peu sur votre relation pour pouvoir vous aider.«

»Mais c'est un malentendu . . . !«

»Monsieur!« sagte sie nun schon ungeduldig, »vous n'avez pas besoin de vous expliquer, vous n'êtes pas dans un bureau de la police des moeurs!«

»Mais vous me faites tort, Madame, je ne suis pas du tout de cette sorte.«

»Ce qui serait a démonstrer, Monsieur«, sagte sie böse. »Mais tout ça ne me concerne aucunement. Alors, qu'est-ce que c'est que vous désirez?«

»Je suis désolé que vous ne me croyiez pas, Madame.«

»Assez de détours.«

»Vous vous trompez, mais n'en parlons plus. Je voudrais un parfum léger, je dirais très délicat ou plutôt quelque eau de Cologne pas trop forte.«

»Et lui, votre ami paternel, est-il corpulent et vigoureux, grave et lourd ou au contraire maigre, mince, quelque peu insignifiant, est-il vivace - ou mélancolique, un bavard ou un avare ou un professeur bien sévère«, fragte sie nun sachlich und fachmännisch, als hätte es die kleine Kontroverse vor ein paar Sekunden gar nicht gegeben.

»Il est d'un caractère très compliqué, ascétique, réservé,

un homme refusant toute familiarité, mais d'un air résolu, d'une manière quelconque triomphante ...«

»Eh bien, jai ici un parfum parisien qui s'appelle ›Abstraction‹ et que les hommes d'âge avancé préfèrent - ceux qui ve veulent pas se faire remarquer à tout prix. Bien entendu, il est un peu cher, ce petit flacon. Il vaut quatre-vingt-huit francs.«

»Je le prends«, sagte ich.

»Vous êtes allemand?« fragte sie nun plötzlich.

»Mais oui.«

»Un boche avec penchant bizarre ...« Und dann: »Excusez-moi. Cest impardonnable, je me suis laissée aller. Excusez-moi. Mon mari a été tué par les allemands pendant la guerre, il y a deux ans.«

»J'en suis désolé, Madame, mais maintenant je dois vous dire en double sens que je ne suis pas de cette sorte. Au revoir.«

Ich stand auf der Straße mit einem kleinen Päckchen, das vollkommen überflüssig war; Herr Pauli hatte irgendwann im Juli Geburtstag.

Ich weiß nicht, was mich zwei Tage später bewog, Madame Girardonis Vorräume zu durchqueren und bei ihr ein Stück Seife zu kaufen, und zwei weitere Tage darauf eine Tube Zahncreme; wollte ich ihr beweisen, daß ich weder von dieser noch von jener Sorte war? Hat sie mir schon damals, also in der allerersten Zeit, gefallen, glaubte, fühlte, ahnte, wußte, hoffte ich schon damals, daß sie die Frau meines Lebens war - ist, denn ich hatte sie am Ende (oder am Anfang?), vor unserem Abflug nach Caracas, geheiratet, erst vor dem Abflug, obwohl sie mir trotz meiner langen Abwesenheiten von Basel und trotz unseres Auseinandergehens während des Zweiten Weltkriegs, insbesondere während meiner Arbeit bei der »Special Group VIII« des CIC treu geblieben ist und mir Mitte der dreißiger Jahre zwei Söhne gebar? Sie ist eine wundervolle Frau und eine wundervolle Lebensgefährtin, sie hatte für mich manches auf sich genommen, was keine andere Frau getan hätte, sie hatte sich manches Mal in Lebensgefahr begeben, zum Beispiel . . .

14

Ich mache jetzt wieder einen Sprung in der Zeit, aber ich versichere, daß es zum allerletztenmal geschieht. Doch gehört die Episode aus dem Jahre 1945 hierher - in ihr offenbarte sich Hortenses Charakter aufs einleuchtendste und bestürzendste.

Um ihr wohl einmaliges Unternehmen schildern zu können, muß ich ein Stückchen in die Vergangenheit zurückgehen. Bereits nach unserem Luzerner Bankraub - beziehungsweise der Entfernung von nutzlos herumliegenden Geldern für nützliche Zwecke - waren wir uns über die Notwendigkeit im klaren, unsere Gelder in die Kapitalströme der Finanzwelt einfließen, arbeiten und sich vermehren zu lassen - was praktisch nur eine Folgerung zuließ: da eine Bankgründung wegen der schwierigen, beinahe unerfüllbaren Auflagen des neuen Schweizer Bankgesetzes von 1934 unmöglich gewesen wäre, hatten wir uns von Schritt zu Schritt eines bereits bestehenden Bankunternehmens zu bemächtigen.

Unsere Wahl fiel auf eine verhältnismäßig kleine, lediglich mit einem Grundkapital von vier Millionen Franken arbeitende Basler Privatbank, die sich »Landwirtschafts-Creditbank« nannte und deren Vorstand aus fünf Mitgliedern bestand - eben jenen Leuten, die das Grundkapital aufgebracht hatten. 1935, als das eine Vorstandsmitglied verstorben war, hatte sich Herr Machado Vivanco-Espronceda »eingekauft«, ihm folgte im nächsten Jahr sein Kollege von der Einkaufsabteilung, ebenfalls ein Spanier,

Herr Pablo Jarnès. Nach dem Einmarsch Hitlers in Österreich fielen uns die verbliebenen drei Gesellschaftersessel mit einem Schlag zu.

Es war nicht nur die allgemeine Kapitalunruhe, von der die Schweizer Finanzwelt in jenen Monaten ergriffen wurde, die uns zu Inhabern der Bank machte, sondern viel eher der Umstand, daß sie sich vorzugsweise mit der Anlage deutscher Gelder beschäftigt hatte; sie schien bei den Deutschen großes Vertrauen zu genießen, denn zu ihren Kontoinhabern gehörten nicht etwa nur Industrielle, die ihre Gelder ins Ausland abschieben, das heißt vor den heimatlichen Finanzbehörden verschwinden lassen wollten; im Jahre 1931, als sie sich ihrer Sache noch gar nicht sicher waren, hatten gleichzeitig vier Männer je fünfzigtausend Franken eingezahlt: Hitler, Göring, Goebbels und Ernst Röhm. Die ersten drei hatten ihr Konto in der Folgezeit allerdings völlig vergessen; keiner von ihnen zahlte weitere Summen ein oder hob das Geld ab - und im Falle Röhms gab es niemanden, der sich an das Geld hätte erinnern können.

Aber eben die Tatsache, daß die Bank *geheime* deutsche Gelder betreute, nach der Machtergreifung Hitlers auch die Ersparnisse kleinerer Potentaten, auch jüdische Gelder, die sie an sich gebracht hatten, veranlaßte nach dem Anschluß viele Kunden, ihr Geld zurückzuziehen beziehungsweise in überseeischen Ländern unterzubringen, da bei einer eventuellen Besetzung der Schweiz die Geheimnisse gelüftet und die Kontoinhaber zur Verantwortung gezogen worden wären: die »Landwirtschafts-Creditbank« geriet mithin in beträchtliche Zahlungsschwierigkeiten, und die drei Vorstandsmitglieder waren heilfroh, daß sie ihren Posten abgeben und mit ihrem Kapital abziehen konnten. Uns allerdings machte es nichts aus, daß die Gelder aus der einen unserer Taschen in eine andere wanderten; wir empfahlen unseren Kunden von uns aus, ihr Konto nach Buenos Aires zu verlegen. Da nämlich stieß die Bankgründung auf keinerlei Schwierigkeiten, und wir hatten beizeiten, 1936, ein Institut unter dem Namen »Banco de Suiza« gegründet. (Das übrigens - ich greife wieder vor - am Tage der deutschen Kapitulation ebenso wie die »Landwirtschafts-Creditbank« Konkurs anmeldete: in den Kassen war kein einziger Rappen, Cent oder Centavo zu finden.)

Frau Girardoni hatte in ihrer Eigenschaft als Vorsitzende des Creditbank-Vorstands eine Rundreise durch das Deutsche Reich unternommen und den Kontoinhabern die Übertragung nach Buenos Aires nahegelegt, nicht ohne sie zugleich zu weiteren Einzahlungen zu ermutigen.

Als sie Mitte Februar 1945 nach Deutschland aufbrach, hatte sie eine Liste von dreihundert führenden deutschen Industriellen, Politikern, Generälen und Bankleuten im Kopf. Ihre Visitenkarte »Madame Hortense Girardoni, ›Landwirtschafts-Creditbank‹, Basel«, öffnete ihr jede Tür, oder wenn es sein mußte, jede Hintertür.

Die ganze Reise, diese Fahrt ins vollkommene Chaos, in ein Land, dessen Verkehr zusammengebrochen war, dessen Städte jede Nacht von alliierten Maschinen bombardiert wurden und dessen Bevölkerung jede Hoffnung aufgegeben hatte, wurde durch ein Telegramm meiner Schwester ausgelöst. Es wurde in Berlin aufgegeben, offenbar von einem Offizier oder einem Bekannten, der bei der Evakuierung Breslaus noch rechtzeitig davongekommen war. Der Text - vom 8. Februar - lautete: »Um Gottes willen, hol uns hier raus, flehe dich an, schaffe es mit den Kindern nicht, alle Bekannten sind weg, bitte, bitte, Sophie.« - Ich hätte auf das Telegramm wahrscheinlich gar nicht reagiert; ich hatte Sophie seit dem 1932 erfolgten Tode unserer Mutter (die Vater nur um zwei Jahre überlebt hatte) nicht mehr gesehen; sie heiratete, noch 1923, einen widerlichen Kerl namens Krabow, der dann die Leitung der Fabrik übernahm und zur rechten Zeit in die NSDAP eingetreten war. Im Frankreichfeldzug brachte Herr Krabow es bis zum Oberstleutnant; 1943 fiel er irgendwo an der Wolga. Sophie hatte drei Töchter und einen Sohn von ihm. Es waren die Töchter, die Hortense veranlaßten, eine Rettungsaktion in die Wege zu leiten.

Die Nachrichten über die Situation Breslaus waren widersprüchlich; daß die Stadt bereits Anfang Februar von den Russen eingeschlossen und größtenteils schon gefallen war, konnten wir ebensowenig glauben wie die deutschen Meldungen, die besagten, daß der Feind noch gut hundert Kilometer von der Stadt entfernt sei und für jeden Schritt in Richtung Westen Tausende von Soldaten opfern müsse. Nur eins war sicher: Hitler hatte die Stadt zur »Festung« erklärt und ihre Evakuierung befohlen, die allem Anschein nach nicht mehr oder nur zum Teil gelungen war. Die Beendigung der Evakuierungsmaßnahmen deutete darauf hin, daß die Russen bereits sehr nahe herangerückt und die nach Westen führenden Straßen nicht mehr zu benützen waren.

Etwa zu dieser Zeit hatten die Amerikaner vom Westen her die Grenze der Schweiz erreicht und nördlich an einigen Stellen sogar schon den Rhein überquert. Am 14. Februar erfuhren wir die Nachricht von der totalen Zerstörung Dresdens durch massierte Bombardements.

Hortenses Reise mußte von der Schweiz aus vorbereitet, mehrere Telegramme abgeschickt und die Antwort auf sie abgewartet werden, so daß sie erst am 18. über Zürich nach Innsbruck fahren konnte. Doch hier wurde sie bereits erwartet und in der Nacht zum 20. mit einem Militärfahrzeug nach München gefahren. Erst dort erfuhr sie, daß Breslau von den Russen am 16. Februar tatsächlich eingeschlossen wurde, jedoch noch nicht gefallen war. Am 19. war es den Deutschen sogar gelungen, eine Luftbrücke zwischen dem Breslauer Flughafen Gandau und der Befehlsstelle Liegnitz zu eröffnen. Alle diesbezüglichen Operationen wurden von Liegnitz aus von einem Generaloberst Ritter von Greim und von Breslau aus vom Rittmeister Langen befehligt; die Verständigung mit den Eingeschlossenen war gut, die Deutschen benützten Funkgeräte, die im Dezimeterwellenbereich sendeten; die Russen konnten die Gespräche weder empfangen noch stören, da sie über keine entsprechenden Apparate verfügten.

Am 25. - immer noch in München - hatte Hortense einen »Marschbefehl« für sich und alle in ihrer Begleitung befindlichen Personen von Hitlers Adjutanten Burgdorf in der Hand. Sie lieh sich von einem Münchner Fabrikanten ein Heinkel-Sportflugzeug, eine He 108, »Taifun« genannt, und startete am 26. nach Prag. Am 27. war sie in Dresden - das heißt in der Nähe eines großen, immer noch qualmenden Trümmerhaufens, der einst Dresden hieß. Sie ließ sich in einen Außenbezirk chauffieren, irrte eine halbe Stunde lang zwischen den Ruinen herum und steckte schließlich alle Ausweispapiere des Roman Skorzeny in einen Leichenhaufen.

Am 2. März erreichte sie Liegnitz und erfuhr von Ritter von Greim, daß sie unmöglich in Gandau landen könnte, da die Flüge dorthin nicht nur vom Befehlshaber der Festung Breslau, General von Ahlfen, überwacht würden, sondern auch von dem mit dem General verzankten Gauleiter Hanke, der seinerseits direkte Kontakte zu Bormann unterhielt und bei diesem bereits den Auftrag erwirkt hatte, den Bürgermeister der Stadt, Dr. Spielhagen, wegen privater Rettungsaktionen und Kapitulationsabsichten hinrichten zu lassen. Es gab nur noch eine Möglichkeit: seit einigen Tagen wurde »auf Führerbefehl«, wie es hieß, die Kaiserstraße zu einer provisorischen »Flugplatzschneise« umgebaut; nach der Meinung des Rittmeisters Langen war die Landung einer kleinen und leichten Maschine vielleicht schon jetzt möglich, da die Ruinen, die Oberleitungen der Straßenbahn und sämtliche Telefonleitungen weggeräumt beziehungsweise entfernt worden waren. Doch müßte der Ausflug der Familie Krabow aus Breslau, so meinte Herr Langen, wie eine Art Handstreich geplant und durchgeführt werden, wie eine Blitzaktion, von der außer ihm und den Betroffenen niemand unterrichtet war; er stellte seinerseits die Bedingung, daß die Maschine auf dem Flug nach Breslau mit Blutkonserven und Medikamenten, vor allem Dolantin, Eleudron, Äther und Wundstarrkrampfserum vollgeladen werde. Hortense willigte ein. Das Flugzeug sollte am 5. gegen 0 Uhr 20 auf der Flugplatzschneise landen und nach der Entladung, gegen 0 Uhr 40, vielleicht auch schon etwas früher, wieder starten. Für die gleiche Zeit wurden mehrere Versorgungsflüge zum Flughafen Gandau angesetzt, um die Überwachungskommandos des Gauleiters an dieser Stelle zu konzentrieren. Das Flakfeuer der Russen bedeutete keine Gefahr: zwischen dem 19. 2. und dem 3. 3. gelang es ihnen nur, von insgesamt 224 Maschinen eine einzige anzuschießen, aber selbst diese schaffte noch eine Notlandung in Gandau.

Der Standort der kleinen Sportmaschine auf der Kaiserstraße wurde genau ausgemacht und über die Anwendung des leitenden Funkfeuers mit dem Piloten eine Einigung erzielt. Sophie brauchte mit ihren Kindern von der Tiergartenstraße her nicht einmal hundert Meter zurückzulegen; sie wurde von Rittmeister Langen verständigt.

Hortense versprach dem Piloten, ihn in die Schweiz mitzunehmen, falls der Münchner Fabrikant bereits geflohen sein sollte oder es zu tun beabsichtigte. Für ihn kam sowieso nur der Landweg und der illegale Grenzübertritt in die Schweiz in Frage; Hortense hatte ihm bereits zugesagt, ihn auf einem von uns öfter benutzten Wege ins Land führen zu lassen.

Das Flugzeug wurde mit zwei Benzintanks und mit den Medikamenten beladen; es hob in Liegnitz um 23 Uhr 45 ab.

Um halb zwei landete es an der gleichen Stelle, ohne Zwischenfälle, ohne Beschuß, ohne Beschädigungen beim Aufsetzen auf der Kaiserstraße. Es wurde sofort aufgetankt und erreichte nach einer Zwischenlandung in Prag am frühen Morgen den Münchner Flughafen. Während des Fluges teilte Hortense Sophie mit, daß Herr Roman Skorzeny auf dem Wege nach Breslau in Dresden ums Leben gekommen sei; die Krabows dürften sich nur 24 Stunden in der Schweiz aufhalten und müßten dann mit einer Chartermaschine über Paris nach London fliegen, wo sie nach den Vorausverfügungen des Toten von der Schwester, Mrs. Coorhan, erwartet würden.

Ich meine: keine andere Frau hätte es selbst unter den verhältnismäßig günstigen, doch zweifelsohne lebensgefährlichen Umständen gewagt, sich in ein solches Abenteuer zu stürzen. Ich hätte es, selbst wenn ich es gewollt hätte, nicht tun können; in Deutschland kannte man mich als den Chemiker Professor Obermann, und außerdem lebte ich in der Schweiz schon seit acht Monaten in der Illegalität, nicht so sehr wegen der Schweizer Behörden, als um mich den Suchaktionen des CIC zu entziehen. Daß man mich nicht gefunden hatte, war lediglich darauf zurückzuführen, daß die Organisation gegen Ende des Krieges wichtigere Aufgaben zu erledigen hatte als das Auffinden der wie vom Boden verschwundenen »Special Group VIII«. Eine kleine Atempause wurde mir nun noch dadurch verschafft, daß Frau Girardoni, sich auf offizielle

Todeslisten aus Dresden berufend, in allen Zürcher und Basler Zeitungen Todesanzeigen über den tragischen Tod des Roman Skorzeny einrücken ließ.

Ich meine: vielleicht hätte sich auch eine andere Frau in die Todesgefahr begeben, um fünf Menschen das Leben zu retten; doch hatte Hortense zwei Söhne, deren Vater nach schriftlichen Dokumenten nicht mehr lebte und sich in Wirklichkeit verbergen mußte, denn über die Söhne hätte man den Vater gewiß erwischt. Wäre sie nicht zurückgekommen, so wäre das Schicksal der Söhne besiegelt gewesen; seit Herr Pauli tot war, konnten sie sich an niemanden wenden, denn sie wußten nichts, sie wußten nicht einmal, daß in Caracas bereits eine Wohnung auf sie wartete, daß sie allein aus diesem Grunde eine spanische Erzieherin hatten und ihre Sommerferien in Madrid verbringen mußten, als Gäste eines Abteilungsleiters der Banco de España, des Herrn Machado Vivanco-Espronceda - über dessen Karriere noch zu berichten sein wird.

15

Ich muß an dieser Stelle noch einmal betonen: ich bin Praktiker, ich habe Chemie studiert und nicht Ästhetik, Psychologie und Soziologie; meine Überlegungen und Anschauungen über die Gesellschaft und deren Entwicklung sind empirischer Natur, ich habe das einschlägige Schrifttum nie studiert oder doch nur in sehr beschränktem, dem jeweiligen praktischen Zweck entsprechenden Maße. Daß es bei mir schon verhältnismäßig früh zu einer eindringlicheren Auseinandersetzung mit solchen Fragen kam, ist darauf zurückzuführen, daß sich nach der Niederwerfung der Räterepublik Bayern eine Flut von Flüchtlingen in die Schweiz ergoß, mit denen das Land nichts Vernünftiges anzufangen wußte, ich glaube vor allem aus Angst vor der »Seuche« der Revolution; die Politiker wollten die meisten von ihnen abschieben, nach Österreich, Italien oder Frankreich, aber da hätte sie das gleiche Los erwartet, man hätte sie in Lager gesteckt und nach einer gewissen Zeit ebenfalls abgeschoben, sie hätten von Glück reden können, wenn sie schließlich, nach vielen Entbehrungen und Verhören, in der Sowjetunion und nicht in Bayern gelandet wären.

Wir wollten den Leuten helfen, konnten aber nicht umhin, uns die Frage zu stellen, ob sie das überhaupt verdienten, ob sie ein Recht hatten, Hilfe in Anspruch zu nehmen. Diese Fragen führten noch weiter: worin bestand die Existenzgrundlage dieser Menschen, was war ihre Funktion in der Geschichte und in deren Entwicklung, war ihr Dasein - ihr Dasein als Revolutionäre, wohlverstanden - ein berechtigtes oder nur ein Irrtum der Geschichte, eine Entgleisung ihrer Absichten, war es ein privates Versagen und Unvermögen oder das unabwendbare Schicksal dieser Menschen, Revolutionäre zu werden; entsprossen sie, ihre Konfliktsituation notwendigerweise dem Gefüge der Gesellschaft - denn wenn ja, so waren sie nur Schachfiguren, nur bereits im Entstehen des menschlichen Zusammenlebens als ausgleichend-korrigierend angelegte Existenzen, nur Mittel zu einem Zweck, keine individuellen Fälle fürs Irrenhaus, und hatten ein Recht darauf, auf die Korrektur ihres Schicksals zu pochen; subjektiv waren sie in diesem Fall unschuldig. Hatten sie aber bewußt - freilich in jenem Maße, in dem das überhaupt möglich ist - ihr Schicksal gewählt und sich mit ihm auf Gedeih und Verderb verbunden, so wäre es ihre Aufgabe gewesen, weiterzusehen und mit sich selber fertig zu werden.

Diese Fragen haben mich auch später beschäftigt, bei der Machtergreifung Hitlers zum Beispiel, auch während des Bürgerkriegs in Spanien, auch nach Beendigung des Zweiten Weltkriegs; und ich bin dabei zur Auffassung gekommen, daß die Begriffe »Revolution« und »Konterrevolution« falsche, für den historischen Augenblick geschaffene Begriffe sind, zumal man meist erst nach Jahrhunderten beurteilen kann, ob es sich bei einem Aufruhr um die eine oder die andere handelte. Deshalb halte ich einen zusammenfassenden Oberbegriff für richtiger, und der heißt: eine explosionsartige Beschleunigung der Entwicklung, das Zurücklegen des Werkes von Jahrhunderten in einigen Jahren oder Monaten, die Lösung der angesammelten Konflikte innerhalb einer kurzen Zeitspanne; erst die Zukunft zeigt dann, ob diese Lösung einen Fortschritt oder einen Rückschritt bedeutet hat.

Eine solche Explosion kann nicht von der ganzen Gesellschaft bewirkt werden, denn die Gesellschaft ist als Ganzes ein wohlgepflegtes Gehege des bewahrenden, standardisierenden, stabilisierenden, konservierenden, dem Zerfall entgegenwirkenden Prinzips - sie ist konservativ, sonst könnte sie gar nicht existieren, sonst wäre die Grundlage ihres Seins, nämlich die Ordnung, das Funktionieren der Wirtschaft, des Verkehrs, des Handels, ja das nackte Leben des Menschen gefährdet und in Frage gestellt. Wer ist aber der *menschliche* Träger dieser bewahrenden Kraft? Der Meinung des Marxismus nach die jeweils vermögenden Schichten, die Eigentümer der Produktionsmittel, die »herrschenden Klassen«. Dem kann ich in dieser pauschalen Weise nicht zustimmen; denn die große Masse der »Ausgebeuteten« ist ebenfalls konservativ und darauf bedacht, daß alles beim alten bleiben möge, daß man seiner Arbeit ohne nachzudenken, ohne innere Barrieren, ohne sich besondere Gedanken zu machen und ohne Überlegungen nachgehen könne, daß man sich mit sich selbst und mit seiner Umwelt nicht auseinanderzusetzen brauche, daß man sich selbst und seine Mitmenschen nicht in Frage stellen müsse, kurzum: daß die Welt, möge sie auch mit Mängeln und Unzulänglichkeiten behaftet sein, so bleibe, wie sie ist. Im Grunde genommen geht es um die Furcht, das Gehirn dazu zu benützen, wozu es da ist, nämlich zum Denken, zum Weiterdenken, zum Erkunden des Möglichen. Es ist die Trägheit des Gehirns, in anatomischem Sinne seine Verkalkung, die meiner Ansicht nach nicht erst im vierten oder fünften, sondern schon im dritten Lebensjahrzehnt beginnt, auf die sich der Konservativismus, das Festhalten am Althergebrachten stützt. Vereinfachend könnte man sagen, daß es die Menschen ab 25 sind, die die Gesellschaft vor dem Zerfall bewahren; je größer ihre Masse gegenüber den Jüngeren, noch Unternehmungswilligen ist - statistisch ausgedrückt: je größere Ziffern die

Säuglings- und Kindersterblichkeit aufweist - um so langsamer ist die Entwicklung der Gesellschaft, um so seltener kommt es zu Explosionen, mögen diese nun in ihrer Zeit Revolutionen oder Konterrevolutionen genannt werden.

Ich sehe die Gefahren der sogenannten Bevölkerungsexplosion nicht darin, daß Millionen an Hunger sterben oder, um es zu verhindern, sich gegen die reichen Länder wenden werden, sondern darin, daß es zu einem bestimmten Zeitpunkt, auch in den reichen Ländern übrigens, dazu kommen wird, daß die Leute des »gesetzten Alters«, das Reservoir also des Stillstands, der Ordnung und der Ruhe in die Minderzahl geraten und ihren naturgegebenen Beharrungswillen nicht mehr werden durchsetzen können.

Das andere Prinzip, das fortwährend in der Gesellschaft vorhanden ist, aber nicht zum Zuge kommen kann, wird dann die Oberhand gewinnen, und, glaube ich, den noch vor uns liegenden Weg zum allmählichen Aussterben der Menschheit auf der Erde in wenigen Jahren zurücklegen. In diesem Sachverhalt wiederholt sich, auf die menschliche Gesellschaft projiziert, die Geschichte oder das Wesen der Materie; sie ist in ihren Erscheinungsformen zum größten Teil träge, unveränderlich und auf ihr Fortbestehen bedacht; anders verhält es sich schon mit der Materie schlechthin, die dem Begriff »Materie« am nächsten kommt und die sich in unserem Atomzeitalter langsam aber sicher in den Arsenalen der Atommächte ansammelt, bis sie eine Menge erreicht haben wird, die als Initialzündung für die Explosion unseres ganzen Planeten ausreicht. Der Moment wird kommen, wenn die Gesellschaft der Menschen und auch die Materie (auf dem Umweg über den Menschen) zu sich finden und ihr ureigenes Anliegen verwirklichen können: die Vernichtung ihrer selbst.

Um aber auf die Träger des revolutionären Prinzips zurückzukommen: aus dem Obigen geht hervor, daß ich sie keineswegs als einen Irrtum der Geschichte, als eine Entgleisung betrachtete; mochten sie scheinbar aus noch so subjektiven Gründen, »aus Überzeugung«, aus politischer Leidenschaft, aus dem Gefühl ihrer ungerechten Behandlung, aus persönlichen Rachegelüsten gehandelt haben - sie waren Marionetten, ihre Existenz war vorsorglich, von Anfang an in die der Gesellschaft eingebaut, sie waren, von der Materie her gesehen, der eigentliche Sinn des Entstehens des Menschen und seiner Gesellschaft. Andererseits: gäbe es sie nicht, so würden wir aller Wahrscheinlichkeit nach immer noch mit Keulen bewaffnet das Jagdwild erlegen, oder, um eine frühe Erinnerung zu zitieren: die Zauberpülverchen der Urmütter zur Schmerzlinderung im Tee verabreicht bekommen.

Sie standen nun vor uns, die Hefe der Gesellschaft, aus Bayern kommend und auf eine ungewisse Zukunft zusteuernd: wir fanden sie in den Vorzimmern der Ausländerpolizei, in der Nähe der Bahnhöfe, in den billigsten Absteigen und in den Asylen der Heilsarmee, und ich glaube kaum fehlzugehen, wenn ich sie jetzt wie damals in drei Gruppen einordne. Da waren zunächt die »alten Kämpfer«, wie sie jede gesellschaftliche Bewegung jederzeit, freilich unter verschiedenen Namen - jetzt hießen sie Kommunisten, Spartakisten, Marxisten - aufzuweisen vermag; wenn sie eine Funktion zu erfüllen haben, so besteht sie darin, vom ersten Tag einer Umwälzung an puritanistisch und bremsend zu wirken, die Thesen ihrer Ideologie, die die anderen beiden Gruppen im Hochgefühl des revolutionären Augenblicks, des taumelnden Jubels der Unordnung nur allzu gerne vergessen würden, immer wieder zu wiederholen, auf die »Reinheit der Lehre« zu achten und die ersten Anfänge einer neuen Ordnung niederzulegen; sie sind es, die Veteranen, auf deren Worte man in Anbetracht ihrer revolutionären Vergangenheit in solchen Situationen noch achtet und sie zu beherzigen bereit ist; sie sind es, die Märtyrer, die nur begrenzt Unerbittlichen, die ein System in das Durcheinander der Affekthandlungen hineinbringen und bereits in den ersten Tagen die Grundpfeiler des Heils nach den Rezepten ihrer Lehrmeister in den Boden versenken und einhämmern. Unter den Flüchtlingen pflegen sie eine Minderzahl zu bilden, ihre moralischen Grundsätze verpflichten sie geradezu, an Ort und Stelle zu bleiben, gleichgültig, ob sie die Hinrichtung erwarten müssen oder darauf hoffen können, ihre Tätigkeit fortzusetzen.

Die große Masse bilden die Flüchtlinge, die aus ihrer gesellschaftlichen Situation heraus eigentlich immer gegen die bestehende Ordnung hätten kämpfen müssen, aber erst durch die katalysierende Wirkung der Ereignisse dazu kamen - hätte es diese Ereignisse nicht gegeben, so wären sie bis zu ihrem Lebensende Biedermänner und Biertischschimpfer geblieben. Und eben weil sie das waren, konnten wir ihnen am leichtesten helfen; da sie sich in die gegebene Gesellschaftsordnung eingefügt hatten, hatten sie zumeist auch einen handfesten Beruf, den sie überall ausüben konnten. Viele wollten zurück nach Deutschland - freilich nicht nach Bayern; sie bekamen von uns die nötigen Papiere, Reisepässe mit einem falschen Namen, Geburtsscheine, Gewerbescheine und Atteste über ihre vorangegangene Tätigkeit in Österreich oder in der Schweiz; Wyczkowiak, Arthur, die Herren Flechthelm und Rosenheim arbeiteten in Tages- und Nachtschichten an der Herstellung dieser Papiere. Die Leute bekamen von uns auch Geld, damit sie einen neuen Laden, eine neue Werkstatt eröffnen konnten, einige tausend Franken, die aus unseren ersten Erlösen des Briefmarkenverkaufs stammten.

Die meisten aber wollten in die Vereinigten Staaten

übersiedeln - und auch für sie hatten wir die entsprechenden Papiere zur Hand. Zwar waren das 1919 nur etwa 500 Familien, doch kamen zu dieser Zahl während der Hitler-Herrschaft noch Zehntausende hinzu, so daß ich mit ruhigem Gewissen behaupten kann, daß ich mit Söhnen und Töchtern, mit Enkeln und Enkelsenkeln zusammengenommen eine gute Million braver amerikanischer Bürger in die USA geschleust habe, die ihre neue Heimat durch die durchlässigere Hintertür, nämlich vom Pazifik her, häufig über Alaska und nach längeren Zwischenaufenthalten in Portugal, Südafrika, Australien oder in der pazifischen Inselwelt erreicht haben. Selbst während des Zweiten Weltkriegs flogen noch unsere Befürsorgten über Lissabon in die Freiheit hinaus und verteilten sich über alle Kontinente. Freilich - jetzt, im Jahre 1919, war unsere Arbeit viel leichter: die Wünsche der im Vergleich mit der Hitlerzeit wenigen Flüchtlinge waren einfacher und leichter zu erfüllen, und wir mußten auch nicht in vollkommen abgeschirmter Illegalität handeln, denn es waren keine Naziagenten hinter uns und hinter unseren Sorgenkindern her; auch waren die Einwanderungsbestimmungen der USA noch locker, geradezu auf die Rekrutierung neuer Bürger zugeschnitten.

Wir trafen dennoch einige Vorsorgemaßnahmen: ich empfing die von unseren Mitarbeitern aufgestöberten Flüchtlinge in einer Zürcher Mietwohnung als ein Herr Rudolf Moosbacher, ich verhandelte mit ihnen im besten Schwyzerdütsch und sorgte mit Brillen, Perücken und Bärten dafür, daß sie mich nie wiedererkannten.

Und schließlich, da war noch die dritte Gruppe, ich würde sagen: die Revolutionäre *par excellence*, junge Leute, Studenten, aber auch einige Professoren, einige Dichter sogar, dabei auch Gangster von reinstem Wasser und Desperados, die sich nirgends wohl fühlen, den Ast unter sich selber absägen und sich Anarchisten oder ähnlich nennen. Sie bildeten jenen Katalysator, der die Masse mit sich riß, sie hatten in den seltensten Fällen einen festen Beruf, abgesehen von den Professoren. Hier drängt sich die Frage auf: was für eine Profession ist denn diejenige der Dichter, die sich auf nichts anderes als auf das Dichten verstehen, die vermutlich zu Dichtern geworden sind, weil sie nicht imstande waren, einen rechten Beruf zu ergreifen? Sie tun nichts und machen nichts, sie liegen tagelang herum und faulenzen, sie treiben es mit den Weibern, sie saufen - dann verschwinden sie für einige Monate aus ihrem Revier, und wenn sie zurückkehren, haben sie ein Manuskript bei sich, einen Roman oder ein paar Dutzend Gedichte, sie liefern sie ab und liegen am nächsten Tag wieder in der Gosse. Gewiß, es gibt auch gepflegtere Exemplare unter ihnen, es gibt welche, die es als eine besondere Verruchtheit und Perversität empfinden, sich als Spießer aufzuführen, als schlichte Bürger und ums Wohl der Ihren besorgte Familienväter. Aber im allgemeinen verabscheuen sie die Ruhe und die Ordnung, ihr wahres Element ist das Chaos, und wenn es irgendwo eine Barrikade gibt, so findet man diese Tagediebe und Taugenichtse mit Sicherheit in ihrer Nähe. Ich habe mich öfter mit einem unter ihnen namens Ret Marut unterhalten, der von Hilfe nichts wissen wollte, sondern im Gegenteil bestrebt war, unsere Aktionen zu vereiteln und den Leuten, die eine erfundene Vergangenheit in einer ihnen unbekannten Stadt memorierten, ihre Pläne auszureden und sie zur illegalen Rückkehr nach Bayern zu überreden. Wir hatten viel Mühe, das von ihm Verpatzte wieder zusammenzuflicken, bis er die Vergeblichkeit seiner Bemühungen einsah und mit unbekanntem Reiseziel die Schweiz verließ. In dieser Gruppe mußten wir die Spreu vom Weizen sondern und die Amokläufer ihrem eigenen Schicksal überlassen; sie hätten es uns auch nicht gedankt, wenn wir ihnen geholfen hätten.

Dies die Fragen und Überlegungen zu den Menschen, die zu Revolutionären wurden; die Frage der Revolution selber gehört auf ein anderes Blatt. Es sind wiederum rein praktische Erfahrungen, die ich hier mitteile.

Die Revolutionen sind begünstigte Stunden oder Tage in der Geschichte; die sie miterleben, dürfen sich glücklich preisen. Es sind selige, freudevolle Tage, kurzlebige Tage der Verbrüderung, der süßen Gleichheit, der Entindividualisierung, des erleichternden Aufgehens in der Masse der Gleichgesinnten, Tage, deren Protagonisten im beglükkenden und beflügelnden Bewußtsein leben, die Hebel der Geschichte betätigen zu dürfen und zu können, psychische und physische Schranken niederreißen, den Weg der Vernunft ebnen und die Zukunft schmieden zu können - eine bessere Zukunft für bessere Menschen. So offenbart sich die Revolution dem Betrachter - zumindest bei Tageslicht und in ihrem geistigen Zentrum; bei Nacht und an den Peripherien herrscht dagegen die nackte Gewalt und das Verbrechen, hier tauchen aus dem Untergrund jene Desperados auf, die die Revolution als Vorwand für ihre Greueltaten benützen. Ich kann jedem, der in eine Revolution gerät, nur nahelegen, daß er sich unverzüglich in deren Zentrum begibt; dort ist er am sichersten aufgehoben und nicht auf dem Wege zu den Grenzen des Landes. Entweder siegt die Revolution nicht - dann übersteht man ihre Willkür am besten; siegt sie aber, so geht die Macht mit Gewißheit in die Hand der Konsolidatoren, der alten Kämpfer, der Befolger der reinen Lehre über, und während dieses Machtwechsels hat der um sein Leben Bangende immer noch Zeit, das Land zu verlassen: die neuen Machthaber sind dann schon stark genug, um Metzeleien zu verhindern, haben aber noch nicht Leute in ausreichender Menge, um die Grenzen zu kontrollieren und abzuriegeln. Das Übergangsstadium kann freilich nur ein paar Tage dauern: Proselyten finden sich leicht, eine Armee oder eine Miliz ist in wenigen Tagen aufgestellt. Doch kann man diese wenigen Tage nützen, um sich in Sicherheit zu bringen.

Ich wiederhole: diese Erkenntnisse ergeben sich aus der Praxis, sie haben mit Theorie nichts zu tun, schon gar nichts mit einer bestimmten Theorie - und sind wahrscheinlich auch nicht weiter belegbar. Ich allerdings würde mich nach ihnen verhalten, wenn mich eine Revolution irgendwo überrumpeln sollte. Denn ihre ersten Jahre sind unter allen Umständen unbequem und gehen mit Einschränkungen auf jedem Gebiete einher, die ich persönlich nie ertragen könnte. Es mögen auch Jahrzehnte sein; je schwächer ein System ist, um so länger dauert es, bis es zur Normalität zurückfindet und die Gebärden des unberechenbaren und verzogenen Kindes ablegt. Es steht freilich jedermann offen, sich in die Elite einer anfänglich oder im Ursprunge revolutionären Bewegung hinaufzuarbeiten, in die Bastionen einer Bürokratie, um alle möglichen Vorteile zu genießen - ich bevorzuge aber, ein Gleichberechtigter zu sein unter vielen meinesgleichen (die Gleicheren als die Gleichen möge der Teufel holen) und fände nie einen Gefallen daran, zu den Bevorzugten unter vielen Ungleichen zu gehören.

Wie beim Briefmarkenunternehmen arbeiteten wir auch jetzt auf »zwei Gleisen«: Herr Flechthelm bereitete die Papiere zu, jetzt freilich nicht mehr mit Sieben, sondern mit den Maschinen der Fabrik; er beschlagnahmte für sich über mehrere Wochen jede Nacht die Lumpendrescher, -schneider und -kocher, die Halbzeug-, Bleich- und Mischholländer, in denen Leimung und Füllen des Stoffes erfolgten, und schließlich die Walzpressen; Herr Rosenheim fabrizierte Stempel.

Nach Kriegsende waren Hunderttausende aus den USA nach Europa zurückgekehrt, und viele Tausende machten für einige Tage in Basel halt: unser Freund bei der Ausländerpolizei behielt ihre Pässe zwei Tage bei sich und übergab sie uns; wir konnten die verschiedensten Vermerke, Stempel, Einreise- und Ausreiseeintragungen von Kolonialländern studieren und photographisch festhalten; das Material wanderte zu Herrn Rosenheim, und innerhalb von vier Monaten besaßen wir mehrere Hundert Stempel. Herr Wyczkowiak fertigte die Druckplatten an, ebenfalls nach den entsprechenden Vorlagen. Meine Vormittage vergingen wiederum am Mikroskop und am Spektroskop, nachmittags aber ersann ich die neuen Vergangenheiten für die Flüchtlinge.

An jedem Sonnabend reiste dann ein breitschultriger, strohblonder junger Mann mit blondem Schnurrbart und Brille, oder ein älterer Herr mit Vollbart und Glatze nach Zürich in ein gemietetes Zimmer, wo ihn schon mehrere Klienten zum Stelldichein erwarteten. Eine Begegnung verlief ungefähr folgendermaßen:

»Setzen Sie sich, Herr Neller!« sagte ich. »Haben Sie Ihren Reisepaß dabei? Darf ich ihn sehen? Sie sind seit drei Monaten hier, Ihre Aufenthaltsgenehmigung läuft in einem Monat ab. Sie sind Schuhmacher von Beruf; arbeiten Sie, haben Sie eine Arbeit gefunden?«

»Man sagte mir, daß die Genehmigung nicht mehr verlängert werden wird, und falls ich nicht nach München zurückkehren will, werde man mich nach Italien abschieben.«

»Ihr Paß wird für weitere drei Monate verlängert werden, lassen Sie das meine Sorge sein. Gehen Sie bei der Ausländerpolizei zu Herrn Lüttmann, sagen Sie ihm, daß

Sie von Willi kommen. Wo arbeiten Sie? Was macht Ihre Frau, gehen Ihre Kinder zur Schule?«

»Ja, die Kinder gehen zur Schule, ich arbeite in der Weinbergstraße bei dem Schuhmachermeister Rotter. Meine Frau arbeitet nicht.«

»Passen Sie jetzt auf, merken Sie sich jedes Wort. Wir werden das alles noch einmal durchgehen, aber jede Einzelheit ist für Sie lebenswichtig.

Vergessen Sie, daß Sie in München geboren sind und daß sie Herbert Neller heißen! Sie heißen Herbert Wölke und sind in Zürich geboren. Ihre Frau soll in einer Gastwirtschaft eine Arbeit annehmen und sich bemühen, den hiesigen Dialekt ein wenig zu erlernen. Das trifft auch auf Sie zu, bei den Kindern geht es von alleine. Ihre Eltern sind aus München 1852 nach Zürich gezogen, weil Ihr Onkel, also der Mann der Schwester Ihrer Mutter, verstorben war und einen kleinen Laden hinterlassen hatte. Sie waren Lehrling, später Geselle bei Meister Rotter; erkundigen Sie sich nach seinen Familienverhältnissen, damit Sie über alles Bescheid wissen. - Anschließend hatten Sie eine eigene Werkstatt in der Mühlgasse. Gehen Sie jeden Sonntag dorthin und prägen Sie sich jede Einzelheit ein; schauen Sie sich auch alle Nebenstraßen an, merken Sie sich die Namen der Geschäftsinhaber! Seien Sie mit Ihrer Familie jeden Sonntag unterwegs, machen Sie Ausflüge, lernen Sie die ganze Stadt kennen. Schauen Sie sich die Kirchen an, fahren Sie mit der Drahtseilbahn und den Straßenbahnen, mieten Sie sich ein Boot und fahren Sie auf den Zürcher See hinaus. Ihre Frau soll alles mitmachen.

Herr Wölke, wo wollen Sie sich in Deutschland niederlassen? Gehen Sie nach Hamburg, nach Köln oder nach Frankfurt; in einer Großstadt fallen Sie am wenigsten auf. Entscheiden Sie diese Frage bis zum nächsten Mal! Sie werden über Basel nach Deutschland fahren. Sie nehmen den Zug, der hier um 17 Uhr abfährt; er ist um 18 Uhr 20 in Basel und hält zwanzig Minuten. Steigen Sie sofort aus und gehen Sie in die Bahnhofgaststätte; setzen Sie sich an einen Tisch und bestellen Sie ein Glas Bier. Ein junger Mann wird zu Ihnen kommen und Sie fragen: ›Sind Sie zufällig Herr Wölke?‹ Sie antworten darauf: ›Ja. Ich fahre nach Hamburg. Kommen Sie von Willi?‹ Er wird Ihnen hierauf Ihre neuen Reisepässe und alle nötigen Papiere aushändigen, Sie geben ihm alle Dokumente ab, die Sie bei sich führen. Sie dürfen weder Photographien noch andere Erinnerungsgegenstände aus München mitnehmen. Sie müssen Ihre ganze Vergangenheit vergessen.

In Deutschland werden Sie zunächst in einer Schuhmacherwerkstatt Arbeit suchen; bei der Dresdner Bank finden Sie ein Sperrkonto auf Ihren Namen vor, das auf fünftausend Schweizer Franken lautet und von dem Sie erst am 1. 1. 1921 Geld abheben können; Ihre Ersparnisse können Sie jederzeit darauf einzahlen, man wird aber von Ihnen nur Schweizer Franken annehmen. Wenn Sie sich eingelebt und Ihre neue Umgebung gründlich kennengelernt haben, können Sie einen eigenen Laden aufmachen. Wir werden Sie vorher noch einmal aufsuchen, weil wir nicht wissen, was alles bis dahin passieren wird. Sollte das Geld nicht reichen, bekommen Sie noch mehr. Sie dürfen niemandem, nicht einmal andeutungsweise, verraten, daß Ihnen geholfen worden ist. Der Mann, der Sie in Hamburg - oder in Frankfurt, das hängt von Ihnen ab - besuchen wird - er wird Sie schon finden, darüber brauchen Sie sich nicht den Kopf zu zerbrechen -, wird sagen: ›Ich komme aus Zürich und soll Ihnen schöne Grüße von Willi ausrichten!‹ Mit ihm, und allein mit ihm, können Sie offen über alles reden. Es wird nicht der gleiche sein, den Sie in Basel treffen. Noch einmal: Sie müssen alles vergessen. Sie dürfen unter keinen Umständen über unsere Verbindung reden.

Eins allerdings können Sie behalten: wir haben schriftliche Zeugenaussagen darüber, daß Sie am 17. April mit sechs anderen Männern, von einem Oberfeldwebel befehligt, in Schwabing eine Villa durchsucht und anschließend den Inhaber, einen Offizier, in einen Lastwagen gesteckt, außerhalb der Stadt in ein Wäldchen gefahren und dort erschossen haben. Das tat allerdings ein Herr Neller; der Herr Wölke hat damit nichts zu tun. Daß die beiden ein und derselbe Mann sind, wissen nur wir, und wir werden es nicht verraten, es sei denn, Sie zwingen uns dazu. Sie können die Angelegenheit vergessen, wenn Sie auch alles andere vergessen und sich an unsere Anweisungen halten.

Wie gesagt, wir werden das alles in dreieinhalb Monaten, kurz vor Ihrer Abfahrt, noch einmal durchgehen, und ich werde Sie fragen, wie viele Juweliere es in der Mühlgasse gibt und wie sie heißen, ob sich eine Apotheke in der Nähe befindet, wie die Hotels in der Niederdorfstraße heißen, ob es auf dem Limmat-Quai eine Tierhandlung gibt, welche Schule Sie besucht haben und in welche Kirche Sie zum Gottesdienst gegangen sind. Alles andere müssen Sie vergessen. Auf Wiedersehen, Sie erhalten rechtzeitig Nachricht von uns.«

Ich sagte das alles ziemlich schnell und in barschem Ton, nicht nur, weil schon andere Flüchtlinge, wie ich mich durch einen Blick hinter den Vorhang vergewissern konnte, vor dem Haus auf und ab gingen, sondern weil dieser Tonfall und dieses Tempo den Sinn meiner Rede am besten ins Bewußtsein meines Gastes eindringen ließen. Während ich sprach, durchblätterte ich seine Papiere und studierte den Stadtplan Zürichs - und manchmal schaute ich zu ihm hinüber; was ich sah, war erschütternd; ein Mensch saß vor mir, der in diesen Minuten erlosch und starb, der alles Vergangene aufgab und sich meinen Befehlen fügte. Jedes meiner Worte blieb in seinem Gedächtnis haften, obwohl er - das war ihm deutlich anzusehen - auch an etwas anderes dachte, andere Bilder vor seinen Augen vorbeiziehen sah: eine kleine, stickige und muffige Wohnung vermutlich in einem Münchner Außenbezirk, ein unbebautes und verwildertes Grundstück, auf dem er mit seinen Freunden nach dem Ball jagte, Verstecken spielte, seine Hose besudelte und dafür von seinem Vater mit dem Riemen gezüchtigt wurde; seine Mutter stand auch dabei und fuchtelte mit den Armen herum, aufgeregt und böse wegen der befleckten Hose, doch auch wegen der Härte der Strafe beunruhigt, etwa sagend: nun ist es aber genug! - er sah sich in einer Werkstatt sitzen, einen Schuh auf einem Leisten zwischen die Knie geklemmt, mit der Ahle Löcher bohrend, dann in der Lehrlingsschule und beim Gesellenfest, seine erste Schöne, einige Weiber, seine Braut, seine Frau mit Hochzeitsschleier, photographienhaft, seine eigene Wohnung, die erste Geburt, eine Kaserne und einen Unterstand irgendwo in Frankreich oder an der russischen Front, seine Rückkehr und seinen Eintritt in die Miliz der Republik, jene Wohnungsdurchsuchung in Schwabing und andere mehr, jenen Toten im Wäldchen und andere Tote in Kellern oder an den Ufern der Isar - dann die Flucht bei Nacht und Nebel, die Bettelei im Polizeipräsidium -, all das mußte vor seinen Augen vorbeigezogen sein, die in die Ferne oder nach innen gerichtet waren, wie angeblich im Augenblick des Todes das ganze Leben des Scheidenden. Und es war tatsächlich ein Scheidender, der vor mir saß, dessen Existenz auf vier Monate befristet war - denn danach würde es ihn nicht mehr geben, den Schuhmacher Herbert Neller, oder wenn doch, so würde sich ein anderer seiner Vergangenheit und seines Passes annehmen und mit ihnen nach Indien oder Brasilien segeln.

Nach dreieinhalb Monaten stand dann tatsächlich ein anderer Mann vor mir, ein Verwirrter, Furchtsamer, Eingeschüchterter, dem alles egal schien; ich wußte aber, daß dieser Zustand bald vorübergehen würde, daß ich, wenn ich in zehn Jahren vielleicht in Hamburg vorbeikommen sollte, den Schuhladen des Herrn Wölke betreten konnte, ohne einen Unterschied zwischen ihm und seinem Kollegen in der Parallelstraße zu bemerken. Er würde mich mit Sicherheit nicht erkennen und mir verständnislos in die Augen blicken, wenn ich ihn nach einem gewissen Münchner Schuhmacher namens Herbert Neller fragte.

Hier müssen noch zwei Bemerkungen eingeflochten werden. Wir hätten die schwierigen Probleme, vor allem wegen ihrer Vielzahl und der Mannigfaltigkeit der Wünsche, nie und nimmer lösen können, wenn nicht schon im Jahre 1917 einige Flüchtlinge aus Rußland in der Schweiz aufgetaucht wären. Der große Strom der Russen ging nach Frankreich: die meisten russischen Adligen hatten in Paris irgendwelche Einkünfte und waren dumm genug, diese sofort zu verprassen, um dann in einigen Monaten vollkommen mittellos dazustehen. Die Ärmeren und Klügeren hingegen, und freilich auch die Vertreter der Intelligenz, kamen in die Schweiz: erst ihre Anwesenheit und Not ließ uns auf das Problem der Flüchtlinge stoßen; ihretwegen hatten wir die ersten amerikanischen und englischen Reisepässe angefertigt. In dem Umgang mit ihnen bildete sich unsere »Methode« heraus; die Notwendigkeit, ihnen zu helfen, ließ unsere ursprünglich nur für die Briefmarkenproduktion gedachte Werkstatt auch in einer anderen Richtung Nachforschungen anstellen und arbeiten.

Andererseits: hätten wir in den ersten Nachkriegsjahren nicht einige tausend Menschen in alle Welt verschickt, hätten wir die »Studenten«(die sich fast ohne Ausnahme in der Folgezeit glänzend bewährten) nicht an französischen, englischen, spanischen, amerikanischen und italienischen Universitäten weiterstudieren und ihr Studium abschließen lassen, so wären wir 1936 nie in der Lage gewesen, wichtige Informationen aus allen diesen Ländern zu erhalten, innerhalb einer Woche in Southampton eine Schiffsmannschaft zusammenzustellen und auf eine wichtige Aufgabe vorzubereiten, nie hätten wir die gehütetsten Geheimnisse der spanischen Revolutionsregierung rechtzeitig erfahren, denn wir hätten keine Leute im spanischen Finanz-, im Marine- und Luftfahrtministerium gehabt, es hätte kein Arzt zu unserer Gruppe gehört, der mit einem genialen Einfall die Kaperung eines Schiffes auf hoher See ermöglicht hätte.

16

An diese Stelle gehörte eigentlich ein wenig erfreuliches Kapitel, und wenn ich jetzt den Gesetzen der chronologischen Reihenfolge gehorchte, würde tatsächlich ein solches daraus. Mit den letzten Sätzen des vorigen Abschnitts habe ich mich aber bereits in die Schilderung späterer Ereignisse verstrickt; andererseits gab es bis zum Jahre 1936 wirklich nichts Erwähnenswertes oder noch nicht Erwähntes, bis auf dieses eine unerfreuliche Ereignis. Ich habe eine große Schuld auf mich geladen, eine nicht wiedergutzumachende Schuld, deren Last mich noch heute schwer bedrückt.

Ich verspüre keine Schuldgefühle, wenn ich an die Briefmarkenproduktion oder an die Ausräumung der Luzerner Bank denke, an das Verschwindenlassen von Nazivermögen oder an die Hilfeleistung bei der Lüftung des amerikanischen Atomgeheimnisses, im Gegenteil; ich hatte damit einigen hundert Menschen einen für sie durchaus erträglichen oder gar wohlverdienten Schaden zugefügt, dafür aber unzähligen anderen helfen können. In jenem einen Fall kann ich mich aber von der Schuld nicht lossprechen, selbst wenn ich auch heute nicht weiß, wie ich sie hätte abwenden können. Sie betrifft Arthur. Ihre Anfänge lagen weit in der Vergangenheit, sie begannen vielleicht in jenem Moment, in dem wir uns zum erstenmal gesehen hatten - wobei er, wie erwähnt, eine Monteurkluft trug. Die Schuld wuchs allmählich heran, und ich hatte noch kurz bevor das tragische Ereignis - im Jahre 1924 - stattgefunden hatte, keine Ahnung davon, daß sie es tat. Und selbst dann wußte ich nicht, was ich zu ihrer Abwendung hätte tun können und sollen - ich weiß es noch heute nicht. Die Schuld aber lastet noch heute auf meinem Gewissen, ich schiebe sie vor mir her, wie ich auch den Bericht, der hierhergehörte, vor mir herschiebe und für eine spätere Zeit aufbewahre.

Ich mache jetzt also, wie versprochen, keinen Sprung in spätere Zeiten, ich spare lediglich einen Bericht aus, den ich zu gegebener Zeit nachholen werde. Ich glaube aber, bereits genug, wenn nicht zu viel, über dieses Thema gesagt zu haben; kein Wort jetzt mehr davon; kommen wir zum Jahr 1936, zum ersten Jahr des spanischen Bürgerkriegs.

Wer von den Kontrahenten ihn gewinnen würde, hing allein davon ab, wer aus dem Ausland Unterstützung bekam. Die besseren Chancen lagen bei den Republikanern: die Masse der Bevölkerung hielt zu ihnen, aus der ganzen Welt schlossen sich ihnen Freiwillige an. Daß dennoch Franco es geschafft hat, der sich ursprünglich nur auf einen Teil der (potentiell ebenfalls republikanischen) Armee, auf die Offiziere, den Klerus und die Großgrundbesitzer stützte, lag an der Arroganz der Deutschen und Italiener, an der Dummheit der Engländer und Franzosen, die schon damals mit den Faschisten liebäugelten und ihnen durch ihre Beschwichtigungspolitik die Mäuler stopfen zu können glaubten, vor allem aber an der Feigheit und Torheit Stalins, der seine durchsichtigen Intrigen für ein geniales diplomatisches Husarenstück hielt, während sie doch nur die unbeholfenen Machenschaften eines Pfuschers und politischen Dilettanten waren. Die Italiener und die Deutschen waren frech und unverschämt genug, Franco Waffen, vor allen Dingen Flugzeuge und Panzer zu schicken; Stalin hingegen war in den entscheidenden Augenblicken damit beschäftigt, seine politischen Widersacher, Kamenew und

Sinowjew, aus dem Wege zu räumen. Der Prozeß gegen die beiden Gefährten Lenins fand am 19. bis 23. August statt, am 23. wurde das Todesurteil verkündet; am gleichen Tage trat die Sowjetunion dem sogenannten Nichteinmischungspakt bei, der besagte, daß man die inneren Zwistigkeiten der Spanier von ihnen selber austragen lassen solle. England und Frankreich hielten sich an Wort und Sinn des Vertrages; doch bereits am 25. August traf von russischer Seite in Barcelona der Generalkonsul Antonow-Owsejenko und am 28. der frühere russische Botschafter in London, Rosenberg, bei der republikanischen Regierung in Madrid ein; Togliatti, der Chef der Komintern, war sowieso schon in Spanien. Die zwei Russen überbrachten das Versprechen, Waffen an die Republikaner zu liefern, wenn diese einige Bedingungen erfüllen und dadurch den Kampf aussichtsreicher - wie die Russen es meinten - machen würden. Es sollte eine neue Regierung gebildet werden, die weniger »links« stand, sich auf breitere »Massen« stützte, uneingeschränkt das Vertrauen der Gewerkschaften genoß und jeder Gruppierung innerhalb der Republikaner - zumindest vorläufig - eine Machtposition einräumte. Ministerpräsident Giral trat daraufhin bereits am 4. September zurück und übergab seinen Posten dem Gewerkschaftsführer Francisco Largo Caballero.

Dieser wurde noch am Tage seiner Vereidigung aktiv; am 6. September erhielten wir von unseren Vertrauensleuten in Le Havre und dem polnischen Gdingen, von wo aus ein gewisser Monsieur Pelletier beziehungsweise der Grieche Dr. Mylanos die Waffenkäufe und Lieferungen der Komintern tätigten, die Nachricht, daß an amerikanische, französische und englische Flugzeug- und Waffenfabriken große Bestellungen abgeschickt worden seien. Was uns stutzig machte, war die Zusage, daß die Waffen zur Hälfte in Gold, zu einem Viertel in Rubel und zum anderen in jeder beliebigen Währung bezahlt werden sollten. Daraus konnte nur eine Folgerung gezogen werden: Largo Caballero und der Finanzminister Juan Negrín waren bereit, die Goldreserven der spanischen Nationalbank anzugreifen; denn die Russen hatten damals kein Gramm Gold: was sie gehabt hatten, wurde für Weizenkäufe im Westen aufgewendet, nachdem bei der Kollektivierung der Landwirtschaft, der zudem noch eine lange Dürreperiode folgte, Hunderttausende verhungert waren. Unser Abgesandter in Spanien, ein Schweizer Journalist, der am 15. September nach Zürich zurückkehrte, bestätigte unsere Vermutung: der Finanzminister Negrín war dabei, den spanischen Goldschatz nach Cartagena transportieren zu lassen, um ihn von da aus an die Waffenlieferanten verschicken zu können. Inzwischen waren aber in Le Havre und in Gdingen von allen Waffenherstellern Absagen eingetroffen; es war so gut wie sicher, daß Largo Caballero sich entschließen würde, das Gold nach Rußland transportieren zu lassen.

Am 16. September fuhren fünf Kontaktleute, darunter ein Funker, aus Basel nach Madrid ab; ihre erste Nachricht erreichte uns am 25. Am 26. flog ich mit drei Mitarbeitern nach London; am darauffolgenden Tag nahmen sich dreiundzwanzig Leute anderthalb Monate unbezahlten Urlaub. Ein hoher Marineoffizier war auch dabei, der den Kapitänsposten des kleinen, aber schnellen Frachtschiffes übernahm, das wir in Southampton charterten und das unter seinen Aufbauten als wichtigstes zwei Ladekräne besaß. Dem Arzt Dr. Hopkins kam die Idee, wie man auf hoher See ein Schiff kapern und ausladen konnte, ohne daß dabei die Seeleute Widerstand zu leisten vermochten. Wir übergaben eine auf ein Funksignal explodierende kleine Bombe und - das war Mr. Hopkins' genialer Einfall - ein Fläschchen mit Krotonöl zwei englischen »Journalisten«, die sofort nach Spanien aufbrachen; sie flogen bis Marseille, bestiegen dort ein Schiff, das nach Barcelona fuhr, und erreichten von dort aus bereits am zehnten Oktober Cartagena. Aus dem Ministerium Indalecio Prietos erhielten wir den Morse-Chiffrier-Code der Marine und erfuhren, daß der Goldschatz bereits in Cartagena sei. Am selben Tage beluden wir unser Schiff mit Basaltsteinen in Kisten, um genug Ballast zu haben, und liefen am 11. aus Southampton aus; am 14. waren wir in Bordeaux, am 17. in Lissabon. Am 20. passierten wir die Meeresenge von Gibraltar und begannen die Funksprüche der - wenigen - republikanischen Schiffe abzuhören. Francos Schiffe waren bereits in der Überzahl und kreuzten vor den größeren Häfen; die »Georgi Dimitrow« entrann mit knapper Not dem Überfall von Francos Flotte und legte mit einer größeren Waffenlieferung aus der Sowjetunion am 23. in Alicante an. Die italienische Flotte kreuzte zwischen Sizilien und Afrika, um den Seeweg zu blockieren. Die Chance, durchzukommen, wurde für ein republikanisches Schiff von Tag zu Tag geringer: die Regierung konnte sich keine Zeit mehr lassen.

Ihre Wahl fiel auf die kleine »Santa Maddalena«. Als Indalecio Prieto aus Madrid losfuhr, um persönlich die Verladung zu überwachen, hatten unsere Leute bereits den Koch des Schiffes bestochen: er deponierte die Bombe in der Funkerkabine und erhielt die Anweisung, den Inhalt des Fläschchens an jenem Tage in das Mittagessen der Schiffsleute zu mischen, an dem die Bombe - gegen vier Uhr morgens - explodieren würde. Nur die Heizer sollten eine Extramahlzeit bekommen.

Die »Santa Maddalena« lief am 25. Oktober kurz vor Mitternacht aus; es gelang ihr, noch vor dem Morgengrauen die patrouillierenden spanischen Schiffe hinter sich zurückzulassen. Am 28. legte sie in Tunis an und schiffte am gleichen Abend in Küstennähe weiter. Am 30. explodierte die Bombe, als sich das Schiff ungefähr 200 Kilometer nordwestlich von Bengasi befand. Gegen zwei Uhr am Nachmittag kam es in unsere Sicht, und um drei legten wir uns an seine Flanke; die Geschwindigkeit der beiden Schiffe war die gleiche und wurde während des ganzen Unternehmens nicht geändert.

Ein unbeschreiblicher Gestank empfing uns: über das Deck verstreut hockte wimmernd und weheklagend die ganze Mannschaft mit heruntergelassenen Hosen, gleich vornean der Kapitän, der zur Reling gekrochen kam und zwei Schüsse aus seiner Pistole mit zitternder Hand abfeuerte; er traf niemanden und konnte entwaffnet werden. Zehn Mann von uns gingen an Bord, drei mit Maschinenpistolen. Die Spanier wurden ins Heckteil gedrängt, Herr Vivanco-Espronceda trat vor sie und erklärte ihnen, daß sie nicht Oliven und Weizen, sondern die Goldreserven der spanischen Nationalbank nach Odessa schaffen sollten; das Gold werde nun auf unser Schiff übergeladen und die »Santa Maddalena« müsse ohne ihre Ladung weiterfahren. Er fragte, wer unter diesen Umständen das Schiff verlassen und mit uns kommen wollte. Es meldeten sich sechzehn Leute; der Koch war schon längst zu uns herübergeklettert. Dr. Hopkins spritzte den sechzehn sofort eine massive Dosis Atropin und Papaverin, anschließend intravenös eine fünfprozentige Kochsalzlösung; sie bekamen warmen Tee zu trinken und mußten dazu dreißig Tierkohle-Tabletten schlucken. Nach einer halben Stunde konnten sie uns bereits beim Überladen der Kisten behilflich sein. Die Heizer blieben vom unerbittlichen Durchfall verschont und arbeiteten weiter. Wir schickten einen Steuermann hinüber, so daß beide Schiffe bei gleichbleibender Geschwindigkeit den ursprünglichen Kurs beibehielten.

Nur zwei Leute zeigten schwerere Vergiftungserscheinungen: aller Wahrscheinlichkeit nach hatten sie beim Mittagessen zwei oder drei Portionen zu sich genommen. Da Mr. Hopkins mit diesem Zwischenfall gerechnet hatte, ließ er zwei Fünfliterflaschen mit Ringerscher Lösung, der er Natriumbikarbonat und Kalimchlorid beigefügt hatte, auf die »Santa Maddalena« hinüberschaffen und richtete bei den beiden außer der erwähnten Behandlung eine Dauertropfinfusion ein.

Auf unserem Schiff arbeiteten beide Kräne: der eine warf die Kisten mit den Basaltsteinen ins Meer, der andere hievte die Kisten mit dem Gold zu uns herüber.

Nun ließ Dr. Hopkins seine Behandlung auch den anderen Besatzungsmitgliedern angedeihen, die dann in ihre Schlafkajüten eingesperrt wurden; Vivanco-Espronceda dolmetschte dem einen unter den Zurückbleibenden, wie sie die Schwerkranken weiter behandeln sollten. Gegen fünf Uhr verringerten wir unsere Geschwindigkeit und blieben zurück; dann wendeten wir und fuhren mit voller Kraft in Richtung Marseille. Da die Funkanlage der »Santa Maddalena« zerstört war, konnte die Mannschaft niemanden verständigen. Wir hatten angenommen, daß das Schiff einen griechischen oder nordafrikanischen Hafen anlaufen würde, da die Mannschaft durch Vivanco-Espronceda gewarnt worden war. Es fuhr aber weiter nach Odessa und traf dort am 6. November ein. Von den Seeleuten wurde nie mehr etwas gehört; in Spanien teilten die Behörden den Angehörigen mit, daß die »Santa Maddalena« eine geheime Fracht nach Rußland gebracht habe und die Mannschaft aus Gründen der Geheimhaltung vorläufig nicht zurückkehren dürfe.

Die Fracht bestand aus insgesamt 36 Kisten, von denen jede 20 kleinere Stahlblechkistchen enthielt; in diesen wiederum lagen Rollen mit englischen Einpfund-Goldmünzen.

Wir erreichten Marseille am 2. November: hier warteten bereits zwölf Lastwagen der »Landwirtschafts-Creditbank« auf uns; alle Schiffspapiere waren in Ordnung: es handelte sich um einen Goldtransfer der »Bank of England« in die Schweiz. Der Wert der Münzen betrug ungefähr sechshundert Millionen amerikanische Dollar.

Herr Machado Vivanco-Espronceda fuhr in Begleitung von zwei Schweizer Bankiers im Dezember 1938 nach Madrid und nahm mit den Führern der Falange und leitenden Finanzleuten Verhandlungen auf. Das Land stand vor dem völligen finanziellen Ruin; was es an Industrie und an landwirtschaftlichen Bewässerungsanlagen und -einrichtungen besaß, war während des langen Bürgerkriegs zerstört worden, ebenso die meisten Brücken, Eisenbahnlinien und Autostraßen. Von außen konnte es sich keine Hilfe erhoffen: die demokratischen Länder zögerten sogar mit der diplomatischen Anerkennung des Franco-Regimes sehr lange, Deutschland und Italien waren mit ihren eigenen Kriegsvorbereitungen beschäftigt.

Vivanco-Espronceda bot den Spaniern von privater schweizerischer Seite einen Kreditvertrag mit einer Laufzeit von fünfundzwanzig Jahren an, ohne ein Hehl daraus zu machen, daß die Schweiz lediglich als Feigenblatt für die Wall Street diene und daß dem Vertrag nicht nur eine wirtschaftliche, sondern vor allem eine politische und militärische Macht den Rückhalt verleihe. In den ersten zwölf Jahren sollte das Land jährlich fünfzig Millionen Dollar, danach fünf Millionen und den Gegenwert von vierzig in spanischer Währung bekommen. Sofort nach dem vollständigen Sieg über die Republikaner sollte als einmaliger Pachtzins für alle spanischen Kupfer-, Quecksilber-, Wolfram- und Manganbergwerke ein Betrag von hundert Millionen bezahlt werden: der Gewinn sollte zur Hälfte den Pächtern, zur Hälfte den Spaniern zugutekommen, doch das Verfügungsrecht über den Export der Erze sollte bei den Schweizern verbleiben. In diesem Punkte einigte man sich dahingehend, daß ausschließlich jene Länder beliefert werden dürften, die den Kaufpreis in Flugzeugen und Schiffen zum Ausbau der spanischen Luft- und Seeflotte zu entrichten bereit waren. Der Vertrag sollte seine Gültigkeit verlieren und die Rückzahlung der Kredite sofort fällig werden, wenn die Spanier einen Krieg begannen oder sich in einen Krieg einmischten.

Als allgemeine Richtlinie für die Benützung der Kredite galt ein in großen Zügen entworfener Wirtschaftsplan, der die Wiederherstellung der Transportwege, den Ausbau von Stauseen und Kanälen zur Bewässerung der landwirtschaftlich nutzbaren Gebiete und den Bau von lebensnotwendigen Industriebetrieben vorsah.

Der Vertrag wurde am 5. 1. 1939 von Vivanco-Espronceda und seinen Begleitern und von spanischer Seite von dem Generalissimus Franco und dem Leiter der Nationalbank Spaniens unterzeichnet. Dieser verpflichtete sich überdies, Vivanco-Espronceda eine leitende Position in seiner Bank einzuräumen, damit er die Verwendung der Kredite überwachen konnte.

Die Höhe der Hilfsbeträge war gewiß nicht beeindrukkend; sie waren aber außer den sehr geringen Exporterlösen über viele Jahre die einzige Deviseneinnahmequelle Spaniens. Ich glaube, daß es nur diesem Vertrag zu verdanken ist, daß Spanien im Zweiten Weltkrieg neutral blieb; seine Rohstofflieferungen an die Achsenmächte waren insofern bedeutungslos, als sie mit Waffen bezahlt werden mußten und dadurch das Potential der italienischen und der deutschen Armee entscheidend schwächten. Der Kriegseintritt hätte für Spanien den sofortigen Zusammenbruch seines gesamten im Aufbau befindlichen Wirtschaftssystems bedeutet.

Vierter Teil

17

Der von mir seit Monaten fast auf den Tag genau vorausgesehene Ausbruch des Zweiten Weltkriegs hatte an meinen nun schon seit Jahrzehnten bestehenden Lebensgewohnheiten zunächst nur sehr wenig geändert; nach wie vor verbrachte ich mehrere Monate des Jahres in Wexford, auf Urlaub sozusagen und ausschließlich mit der Produktion von neuen Kriminalromanen beschäftigt - nach wie vor kam jedes Jahr ein neuer Band heraus. Diese Beschäftigung, dies Herumschweifen im Reiche des Unwirklichen, Wahrscheinlichen, Möglichen und Vorstellbaren war keineswegs reiner Zeitvertreib: ich lieferte damit vielmehr für das ungewöhnlich mißtrauische Wexforder Finanzamt den Beweis, daß die weitausgedehnten Auslandsreisen des Mr. Jerome O'Brien auf überaus soliden finanziellen Verhältnissen beruhten.

Die Flugroute über Dublin, Lissabon und Zürich, wenn auch nicht gänzlich ohne Gefahren, blieb für mich auch weiterhin offen - genau wie die Route Zürich-Lissabon-Dakar für jene, die aus der Schweiz fliehen wollten. Die Swissair vollbrachte wahre Wunder, ich weiß von keinem Fall, daß ihre Maschinen von deutschen Fliegern beschossen oder auch nur schikaniert worden wären. Die Neutralität der Schweiz stand hoch im Kurse, höher, als diejenige der Schweden, denn die SAS - deren Flugnetz freilich nur über Croydon zu erreichen war - hatte mehrere Zwischenfälle zu beklagen. Es schien eben Neutralitäten von verschiedenen Rangstufen zu geben, und die Neutralität der

Schweiz beruhte allem Anschein nach auf einer felsenfesten Basis.

Im Lande selber hatten sich schon vom Jahre 1937 an für mich, für Hortense, für Herrn Pauli, ja für unsere ganzen routinemäßigen und einmaligen Unternehmungen wesentliche Änderungen ergeben: aus Basel, das zunehmend zur Befehlszentrale des deutschen Geheimdienstes wurde, hatten wir unsere Wohnungen und Werkstätten nach Zürich verlegt. Auch Hortenses »Stammhaus« stand nunmehr in der Zürcher Bahnhofstraße, ihr Laden in Basel wurde zur Filiale degradiert und von einer ihrer Freundinnen geführt; nur die Wohnung im Obergeschoß über dem Laden blieb beibehalten und stand jederzeit zu unserer Verfügung. Hortense besaß auch in Zürich eine eigene Wohnung, ebenfalls im gleichen Haus wie ihr Geschäft; ich dagegen bewohnte als Jerome O'Brien ein kleines Zweizimmerappartement in der Nähe des Bahnhofs - und als Roman Skorzeny den zweiten Stock einer am Ostufer des Zürcher Sees gelegenen Villa. In den unteren zwei Etagen - in insgesamt sechs selbständigen Wohnungen - wohnten unsere engsten Mitarbeiter, teils mit Familie. Für den ehemaligen »jungen Wyczkowiak«, der inzwischen sechs Kinder hatte und eine bedeutende Zürcher Druckerei leitete, wurde beim Umbau vor dem Einzug im hinteren Teil des rund 4000 Quadratmeter umfassenden Grundstücks ein eigenes Haus errichtet. Der Keller diente als Tiefgarage; darunter befanden sich die ebenfalls beim Umbau ausgeschachteten zwei Tiefetagen für die Werkstätten und das Laboratorium.

Nachdem ich 1942 den Februar und nach einer Unterbrechung die Monate Juni und Juli in Wexford verbracht hatte, um meinen Verpflichtungen als irischer Staatsbürger Genüge zu leisten, kehrte ich am 8. August wieder nach Zürich zurück. Von Kloten aus ließ ich mich mit einer

Taxe zu meiner O'Brien-Wohnung fahren, die ich seit zwei Monaten nicht betreten hatte. Im Vorzimmer hatte sich, wie gewohnt, auf Möbeln, Fußboden und Regenschirmen eine dicke Staubschicht angesammelt, im Schlaf- und Umkleideraum, dessen Tür ich kurz öffnete, empfing mich das gleiche Bild. Doch im Arbeitszimmer war die Platte meines Schreibtisches blankpoliert - in ihrer Mitte lagen zwei Visitenkarten. Auf der einen stand der Name Peter Johnson, und darunter, in der rechten Ecke mit winzigen Buchstaben: »S.G.VIII«. Ich las den mit fahrigen Schriftzügen auf die Rückseite gekritzelten, vom 8. August datierten Text: »Sehr verehrter Herr O'Brien, ich werde mir erlauben, Sie morgen mit meinem Freund John Petersen um 11 Uhr in Ihrer Villa am Seefeldquai in einer PRIVATEN Angelegenheit zu besuchen. Mit sehr herzlichen Grüßen, auch von Willi, Ihr ergebener Peter Johnson.« Der Text auf John Petersens Kärtchen war etwas länger: »Lieber Herr O'Brien, erlauben Sie mir, daß ich mich dem Wunsch meines Freundes anschließe. Ich möchte den PRIVATEN Charakter unseres Besuches noch einmal betonen; wir wünschen lediglich, ein Treffen mit einem Ihrer alten Freunde und Verehrer zu arrangieren. Sehr herzlich, Ihr J. P.«

Ich war bestürzt. Die Villa am Seefeldquai war das Domizil Roman Skorzenys.

Ich lief zur Eingangstür, doch konnte ich am Schloß keine Spuren von Gewaltanwendung entdecken. Im Wandtresor lagen die Skorzeny-Papiere und das Geld unberührt, und die gründliche Untersuchung meiner Schränke und des Schreibtisches ergab keinen Hinweis darauf, daß in ihnen nach etwas gesucht oder daß etwas entwendet worden wäre. Nur die zwei Karten lagen auf meinem Schreibtisch mit den von mir zum letztenmal 1924 benützten Schlüsselworten: »Grüße von Willi«. Irgend jemand war auf meine Spur gekommen, und er hatte nicht nur die Identität der Herren O'Brien und Skorzeny gelüftet, sondern auch weitere Einzelheiten meiner Vergangenheit in Erfahrung gebracht. Hätte nicht auf beiden Karten in Blockbuchstaben das Wort »privat« gestanden, so hätte ich wahrscheinlich ohne weitere Überlegungen die nächste Maschine nach Lissabon und dort das erstbeste Schiff bestiegen, das in Richtung Südamerika abfuhr. Doch dieses eine Wort und die taktvolle, vertrackt-schonende Art des Annäherungsversuches eines Unbekannten - der sich allerdings als ein »alter Bekannter« ausgab -, ließen als erstes eher die Folgerung zu, daß man es mit mir, wenn auch nur bis zu einer bestimmten Grenze, denn sonst hätte es den erpresserischen Beigeschmack in den Texten nicht gegeben, gut meinte. Wenn aber der Unbekannte es gut mit mir meinte, warum kam er nicht einfach selber und klingelte an meiner Tür? Er hatte eine Mannschaft und zog es vor, nicht selber und nicht sofort in Erscheinung zu treten; er hatte außerdem unbeschränkte Informationsquellen und Nachforschungsmöglichkeiten, mit einem Wort: der Mann war Angehöriger eines Geheimdienstes. Die Schriftzüge und vor allem das vexierende Spiel mit den Namen John Petersen und Peter Johnson schienen eher amerikanischen als deutschen Ursprungs zu sein, oder genauer: sie waren bestimmt nicht deutschen Ursprungs, denn die Deutschen kannten in solchen Sachen keine Scherze. Als ich an diesem Punkte angelangt war, mußte ich mich fragen, ob sich ein Geheimdienst - gleich welcher Nation und gleich welcher Machtfülle - solche Spielchen überhaupt erlauben durfte. Es sei denn, es handelte sich in diesem Falle um eine ganz spezielle Gruppe (bedeuteten die Buchstaben S.G. etwa *»Special Group«*?), um eine sozusagen auf eigene Faust arbeitende und eigenwillige, auf ihre Selbständigkeit bedachte und pochende Spezialabteilung, die statt des »Großen Spieles« demonstrativ ihre kleinen Spielchen trieb, die sich von ihrer Obrigkeit mit allem Nachdruck distanzierte und statt Befehle und Anordnungen stur auszuführen, mich etwa mit Pistolen zu überfallen und zu verschleppen, Zeit und Muße fand, mit allerlei Taschenspielertricks und spitzbübischem Augenzwinkern aufzuwarten? Und weiter: welcher Amerikaner konnte von sich behaupten, daß er ein »alter Bekannter« von mir sei? Doch wohl nur einer von jenen, die *ich* zu Amerikanern gemacht hatte; der Gebrauch der Schlüsselworte wies auch in diese Richtung. Also: ein Bajuware, ein Münchner Witzbold? Oder, und in diesem Augenblick empfand ich den Gedanken einleuchtend: ein Jude aus München, ein ehemaliger Revolutionär, einer, der die Spielregeln bewußt nicht einhielt, auch heute noch, der zwar mit dem Strome schwamm, aber zwischendurch Grimassen schnitt?

Gleichwohl: die Sache konnte für mich gefährlich werden, denn der Unbekannte *wollte* etwas von mir, der amerikanische Geheimdienst, als dessen vorgeschobene Figur er dienen mochte, war dabei, mich zwar mit zarten Händen aber mit sicherem Griff in seine Affären zu verwickeln.

Die Abwehrtaktik, die mir unter diesen Umständen als die einzig mögliche erschien, bestand darin, das Zustandekommen eines Treffens mit dem Unbekannten hinauszuzögern, auf weitere Nachrichten von ihm zu warten, und, wenn sich dazu eine Möglichkeit ergab, auch meinerseits Informationen über ihn zu sammeln. Wenn es ihm darauf ankam, daß ich aus eigenem Entschluß tat, was er von mir wollte, so mußte er, wenigstens dieses eine Mal, auf jene Spielregeln eingehen, die ich ihm vorschrieb.

Am nächsten Tag klingelte das Haustelefon bei mir: die Portiersfrau kündigte mir die Ankunft zweier Herren an, die nach ihrer Angabe mit mir bereits eine Verabredung getroffen hatten. Ich ließ ihnen ausrichten, daß ich mitten in einer wichtigen Konferenz sei, von einer Verabredung nichts wüßte und, selbst wenn ich eine solche getroffen hätte, die Herren jetzt nicht empfangen könnte.

In zehn Minuten kam die Portiersfrau selber hinauf und brachte mir zwei Kärtchen in zugeklebten Couverts. Die Texte lauteten: »Lieber Herr Skorzeny, ich wäre bereit, 50 000 Franken in alte Bergedorfer Briefe zu investieren. Ihr ergebener P. J.« Der andere: »Lieber Herr Skorzeny, ich erinnere mich noch sehr gut an die schöne Jubiläumsnacht in Luzern. Herr Vivanco-Espronceda bat mich, seine herzlichsten Wünsche zu übermitteln. Ich würde es gern *jetzt* und persönlich tun. Ihr J. P.«

»Richten Sie den Herren aus«, sagte ich der Portiersfrau, »daß ich wegen dringender Geschäfte ihnen nicht früher als am 25. August zur Verfügung stehen könne.«

In fünf Minuten war die Frau wieder an meiner Tür. Sie überreichte mir einen Umschlag und teilte mir mit, daß die Herren das Haus verlassen hätten.

Im Umschlag steckte ein Kärtchen; der Name darauf lautete: Samuel Klein. Darunter stand: »C.I.C. Sp. Gr. VIII.« Der Text war kurz: »Rufe Sie um 17 Uhr telefonisch an. Seien Sie unbesorgt.«

Ich war alles andere als unbesorgt. Anscheinend wußte man alles über mich; und man wollte, so meinte ich, diese Kenntnisse ohne Rücksichten verwenden, falls ich nicht tat, was man von mir wünschte. Dabei war der Wunsch womöglich noch gefährlicher als die Kenntnisse; eine Geheimorganisation konnte nur Gefährliches wünschen, wenn sie trotz ihres ungeheuren Apparats und ihrer unbegrenzten finanziellen Mittel ausgerechnet mir eine Aufgabe zuschieben wollte. Und: was für eine Aufgabe solcher Art konnte mir überhaupt zugemutet werden?

Um vier Uhr kam ein Brief von Samuel Klein: »Mein Lieber, Ihre Fernsprechanlage ist nicht abhörsicher, wie ich inzwischen leider feststellen mußte. Näheres mündlich. *Stellen Sie einstweilen keine Pässe aus, empfangen Sie heute niemanden!* Sie erhalten in einigen Minuten eine Kiste mit einem Funktelefon und einem Rundfunkempfänger. Schalten Sie den letzteren kurz vor fünf auf volle Lautstärke, ändern Sie aber nichts an der Senderwahl. Ich kann die Rundfunksendung eliminieren, Sie bekommen einen schalldichten zweiseitigen Ohrhörer. Nach unserem Gespräch bringen Sie bitte die Sachen zu den Wyczkowiaks, sie werden dort später noch benötigt werden. Vernichten Sie diesen Brief. Ihr S. Klein.«

Die Kiste kam - und um fünf auch das Gespräch, beziehungsweise ein Monolog des Herrn Klein, denn ich kam überhaupt nicht dazu, ein Wort zu sagen. Er begann sofort mit einer Entschuldigung: er habe sich nach mir bei einem von ihm als gänzlich zuverlässig erachteten Sektor des deutschen Geheimdiensts, mit dem er gelegentlich Informationen austausche, erkundigen müssen - schon aus dem einfachen Grund, um sicherzustellen, daß ich zu den Deutschen keine Verbindungen hätte. Dabei habe sich leider herausgestellt, daß dieser Sektor eben doch nicht hundertprozentig zuverlässig sei; zwar habe man die undichte Stelle bereits gefunden und das Loch zugestopft beziehungsweise einen Zwischenträger ausgeschaltet, was wiederum für die Sache in ihrer Gänze nicht ohne Nutzen gewesen sei, doch laufe nunmehr die einmal in Gang gebrachte Maschinerie über Kanäle, auf die er nicht mehr Einfluß nehmen könne. Deshalb auch all diese Umständlichkeiten bei der Aufnahme des Kontakts zwischen uns. Meine Mannschaft habe sich sehr richtig verhalten, und das um so mehr, als sie von diesen Vorgängen nichts ahnen konnte; sie habe in diesem Jahre, er sage es gleich jetzt, daß er mir dafür dankbar sei, 238 Pässe ausgehändigt und nur in acht Fällen die Bewerber abgewiesen, damit ich selber über das weitere entscheiden könne. Denn es sei gerade die Ausfertigung der Pässe, von der die Deutschen Wind bekommen zu haben schienen: unter den acht befänden sich drei Bewerber, Weber, Szelinszki und Roessel mit Namen, die vom deutschen Geheimdienst mit meiner Überwachung beauftragt worden seien. Glücklicher- und rühmenswerterweise sei hier nichts Irreparables geschehen, die von mir vorgeschriebenen Vorsichtsmaßnahmen hätten sich als durchaus effektiv erwiesen. Indes, das sage er zu meiner Beruhigung, weile der auch in einen Fall von Wirtschaftsspionage verwickelte Herr Szelinszki nicht mehr unter den Lebenden, und was die Herren Weber und Roessel anbelange, so brauche ich mir ihretwegen ebenfalls keine Sorgen zu machen; sie seien keine Himmelsleuchten und beschränkten sich auf die Überwachung meines Hauses.

Ein Telefongespräch sei, um nun endlich zum eigentlichen Thema zu kommen, nicht das Richtige für eine Aussprache von der Tragweite, wie die gegenwärtige sie haben müßte. Eben deshalb würden mich seine Leute heute abend um zehn mit einem Wagen abholen und zu ihm nach Zollikon bringen. Er habe mir einen Vorschlag zu unterbreiten, der meinen bisherigen, jahrzehntelangen, von ihm aber als ziemlich improvisiert, zusammenhangslos, unkoordiniert und unzureichend erachteten, zwar einer gewissen Sache, jedoch mit unzureichenden Mitteln dienenden Unternehmungen - die übrigens durchaus auf sein persönliches Verständnis und Einverständnis stießen - den bisher vermißten goldenen Leitfaden zugrundelegen sollte. Mit anderen Worten: man solle nicht einzelne Haare des Feindes herausreißen, sondern aufs Ganze gehen und den ganzen Skalp abschneiden. Mehr darüber heute abend, er freue sich außerordentlich, mich wiederzusehen. Und noch etwas: es liege im Bereich des Möglichen, daß ich mit meinen Mitarbeitern, ausgenommen freilich Madame Girardoni, die Verbindung fortan nur per Funk werde aufrechterhalten können, zumindest für die Zeit, in der Weber und Roessel in der Gegend herumschwirrten und nicht aufs Eis gelegt werden könnten. Also: das Funkgerät solle bei Herrn Wyczkowiak aufgestellt und der Herr über dessen Gebrauch unterrichtet werden. Er bitte nochmals, er bitte tausendmal um Entschuldigung wegen all dieser Umstände.

Trotz allem Wohlwollen, das ich aus den Sätzen und aus der Stimme des Herrn Samuel Klein heraushörte, erschien mir eine nächtliche Fahrt mit zwei unbekannten Burschen, denen die Praxis des »Aufseislegens« offenbar nur allzu geläufig war, mit zwei Kaltmachern also in eine rauhe Gegend nicht sehr geheuer. Indes gab mir der Apparat, den ich ins Haus geliefert bekam, die Chance, nachzuprüfen, mit wem ich es eigentlich zu tun hatte. Denn der Unbekannte war zu sehr in Eile oder unvorsichtig genug, auf der Wählscheibe meines Funktelefons die Nummer 27 stehen zu lassen. Aufs Geratewohl drehte ich nun die Nummer 24 und prompt kam die Antwort: *»Pedro here . . .«* Ich legte auf und drehte 16; eine Baßstimme sagte: *»Julia here, Sammy, Mr. Skorzeny is still sitting at his phone turning me the back and studying the apparature. Mr. Weber is at his car on the Seefeldquai . . .«* Nun drehte ich 1 - und Samuel Klein sagte: »Lassen Sie doch diesen Unfug, Skorzeny, durch meinen Apparat kommen alle Gespräche durch, und ich möchte auch selber mal sprechen. Es war ein Vertrauenserweis, daß ich von Ihrer Wählscheibe die Nummer nicht entfernte, es ist ein Beweis Ihres Reaktionsvermögens, daß Sie das bemerkt und richtige Folgerungen daraus gezogen haben, und es ist ein Beweis einer glücklichen Hand, wie man es unter Kartenspielern nennen würde, daß Sie auf Anhieb den Mann bekamen, der Sie von einem Boot aus beobachtet. Wir sehen uns heute, bringen Sie endlich den Apparat nach unten.«

Ich holte meinen Feldstecher, ging zum Fenster und suchte hinter der Gardine den See ab: in einer Entfernung von ungefähr einem Kilometer schaukelte ein größeres Boot auf den Wellen; an Bord war ein Zelt errichtet, an dem ich eine Öffnung und in der Öffnung das Glitzern einer Linse erblickte. Dann schaute ich mir den Seefeldquai an: fünf Häuser weiter parkte ein Mercedes mit geöffneter Motorhaube, ein Mann beugte sich darüber und schien nach dem Ursprung irgendeiner Störung zu suchen. Als ich von den Wyczkowiaks zurückkam, war er eben dabei, die Motorhaube zuzuklappen und abzufahren; er fuhr aber nur bis zur Florastraße und bog in sie ein.

Schlag zehn Uhr kamen Herr Johnson und Herr Petersen mit einer schwarzen Limousine angefahren, der eine stieg aus und wollte zum Tor gehen. Ich trat aus dem Schatten eines Baumes hervor und sagte: *»How do you do, Gentlemen? I'm very glad to see you. Mr. Weber is waiting in the Florastraße.«*

Wir stiegen in den Wagen, wendeten und fuhren in Richtung Innenstadt los. Herr Weber bog aus der Florastraße heraus und folgte uns. »Sprechen Sie nicht englisch mit uns«, sagte Herr Johnson, der hinten saß, während ich vorne an der Seite des chauffierenden Petersen Platz genommen hatte. Johnson klappte einen Teil des Hintersitzes hoch, zog ein Telefongerät heraus und wählte. Es war nur eine Nummer, und die Wählerscheibe kehrte sofort in ihre Ausgangsposition zurück. »Boß«, sagte Johnson, »Weber ist mit seinem Wagen hinter uns her.« Nach einer kurzen Pause, während der er sich die Anweisung Herrn Kleins anhörte, sagte er zu Petersen: »Fahr über die Quaibrücke auf den Stadthausquai und stelle den Wagen beim Postamt ab. Weitere Anweisungen bekommen wir später.«

Nach fünf Minuten hielten wir an der angegebenen Stelle. Es wurden keine Worte zwischen uns gewechselt, bis das Telefon wieder klingelte. Klein unterhielt sich ziemlich lange mit Johnson.

»Wir fahren zur Friedensstraße Nr. 3«, sagte dieser. »Wir gehen durch den Keller des Hauses in die Brandschenkestraße, wo ein anderer Wagen bereitgestellt ist. Mit unserem Wagen werden nach einer kurzen Wartezeit drei andere Männer in Richtung Stallikon abfahren. Herr Weber wird sie verfolgen und abgefangen werden; unsere Kolonne mit den Umleitungsschildern ist bereits unterwegs.«

Die neue Limousine, die wir jetzt fuhren, war desselben Fabrikats wie die vorige, doch hellgrün. Sie brachte uns in einer knappen halben Stunde zu unserem Ziel.

Sammy Klein wartete auf mich im Toreingang; er öffnete die Wagentür. »Alter Freund, Mensch«, sagte er, »es sind schon mehr als zwanzig Jahre her, daß wir uns hier in Zürich gesehen haben!« Er schüttelte meine Hand und umarmte mich. Ich erkannte weder seine Gesichtszüge noch seine Stimme. »Hätten Sie jemals gedacht«, fragte er, »daß Sie einem Bayernflüchtling unter solch komischen Umständen noch einmal begegnen würden? Ich habe übrigens eine freudige Nachricht für Sie: Herr Weber sitzt seit ein paar Minuten in einem Keller, er wird Ihnen nicht mehr in die Quere kommen. Dem Roessel müssen wir noch fünf oder sechs Wochen geben, denn wenn auch er jetzt verschwinden würde, fiele der Verdacht auf Sie und man würde andere Agenten mit Ihrer Bewachung beauftragen. Kommen Sie, setzen Sie sich, trinken wir ein Gläschen auf unsere Wiederbegegnung!«

Es war wiederum wie beim Telefongespräch; Sammy Klein sprach, ohne mir die Gelegenheit zu geben, seinen Redefluß zu unterbrechen.

»Ich trage einen Trauerflor im Knopfloch, wie Sie sehen«, sagte er, »ich habe fast jeden Tag um jemanden zu trauern; ich trauere jetzt um den armen Szelinszki, ich traure um zwei Leute von uns, und ich trauere, was Sie bestimmt merkwürdig finden werden, um den Teufelskerl und Unglücksraben Heydrich. Den hätte ich gern einmal persönlich kennengelernt, denn er war der einzige in der ganzen Bande, der gewußt hat, was er wollte. Ich meine: er war der einzige, der nichts Unerreichbares und Unsinniges wollte - er war selbst seinem Vorgesetzten Himmler unheimlich, selbst Hitler; in seinem aufgefundenen Nachlaß, um zunächst vom Nichtaufgefundenen zu schweigen, lagen dicke Dossiers mit belastenden Materialien aller Art über seine Kumpane, für die wir liebend gerne einige Millionen auf den Tisch gelegt hätten. Im Vergleich mit den anderen war er eine Intelligenzbestie, seine Ratgeber waren nicht, wie die der anderen, Hellseher, Wunderdoktoren, Astrologen und Kartenlegerinnen, sondern, zu seinem Unglück, Professoren der Physik, Mathematik und der Geologie.

Ihr Außenstehenden seht ja die Sachen ganz anders - aber Sie, mein lieber Skorzeny, sind jetzt kein Außenstehender mehr, nein, ganz und gar nicht, der Befehl zu Ihrer Liquidierung am Tage des Zusammenbruchs der deutschen Armee liegt neben dem meinen in unserer Washingtoner Zentrale. Bis zum Zusammenbruch dürfen und müssen wir alles wissen, *alles* - aber eben nur bis dahin. Ich sage Ihnen das schon jetzt, damit Sie sich rechtzeitig aus dem Staub machen können, was Ihnen ja nicht sonderlich schwerfallen dürfte.

Nun, um zu unserem Heydrich zurückzukehren: die Außenstehenden stellen sich die deutschen Machthaber als einen felsenfest zusammengeschweißten Block vor, aber keine Spur davon, mein Lieber, alle gehen ihre eigenen Wege, und das Unglück Heydrichs wollte es, daß er auf dem Wege, ja, Sie hören mich recht, auf dem Wege zur

Atombombe war. Er mußte um jeden Preis rechtzeitig außer Gefecht gesetzt werden - es tat mir wirklich leid, als ich den Engländern einen diesbezüglichen Tip geben mußte, die nun einmal bessere Verbindungen zu den Tschechen haben als wir.

Denn unsere Aufgabe, ich meine jetzt die Special Group VIII, besteht einzig darin, die wirtschaftliche Zusammenarbeit des Reiches und der Schweiz zu überwachen. Es existiert nämlich ein ungeschriebenes Agreement zwischen den beiden, daß das kleine Ländchen mit keinem Finger angetastet wird und Rohstoffe in jeder Menge bekommt, solange es gewisse Grundlagenforschungen betreibt und industrielle Bestellungen ausführt, wobei allerdings keine Kanonen, Panzer oder auch nur einfache Gewehre in Auftrag gegeben werden. Man fabriziert hier zwar Sprengstoffe für das Reich, aber ausschließlich für Sprengungen im Berg- und Straßenbau - daß man dadurch die Kapazitäten der deutschen Betriebe zur Herstellung von Sprengstoffen für Bomben vergrößert, spielt keine Rolle. Das ist hier eine schöne und segensreiche Tradition, denn wo wäre dieses Land mit seinen paar Kühen und seiner Uhrenindustrie ohne solche Bestellungen. Man hat hier keine Bodenschätze, man hat keine nennenswerten Anbauflächen für Agrarprodukte - und dennoch ist dieses Land das reichste der Welt. Ich schätze, daß die Schweizer Banken mehr Gold in ihren Tresorräumen verwahren als die amerikanischen und englischen zusammengenommen. Natürlich verkauft man hie und da an Beduinenscheichs oder Negerhäuptlinge Granatwerfer und Maschinengewehre, manchmal auch ein paar Kanonen, - aber ohne die Aufträge, die geheimen Aufträge aus aller Welt, gäbe es hier keine nennenswerte Universität und keine einzige größere Fabrik.

Ich hasse dieses Land, denn es gab seit der zweiten Hälfte des neunzehnten Jahrhunderts keinen einzigen

Krieg auf der ganzen Welt, an dem es sich nicht bereichert hätte, an dem es nicht mehr als der Sieger des Krieges gewonnen hätte - nicht ohne dabei die Rolle des weltweiten Wohltäters und mildtätigen Samariters zu spielen und in Wehklagen über das Elend der Menschheit auszubrechen. Ich hasse diese zwei- oder dreihundert altehrwürdigen Familien, die es als einzige in der Welt fertiggebracht haben, hinter der Maske der absoluten Demokratie die totale Diktatur des Kapitals zu errichten und dabei noch die landläufige Mentalität zu schaffen, die jeden Schweizer sich als den freiesten Menschen der Welt und den Retter von Verfolgten fühlen läßt - Sie wissen sehr gut, wie man diesen Verfolgten hier seit jeher geholfen hat.

Verzeihen Sie mir diesen Ausbruch! Kehren wir zu Heydrich zurück. Er hatte bereits 1937 genug Gold, ausländische Aktien, Devisen und Gemälde weltberühmter Meister zusammengerafft, um nacheinander drei Professoren der Physik und vier leitende Physiker aus der freien Wirtschaft nach Konstanz einzuladen, ihnen Aufträge für langwierige und schwierige Forschungen zu erteilen und die Mittel dazu, die auch für die Schweizer akzeptablen Mittel, im voraus zu Verfügung zu stellen. Was er von den Physikern wollte, war nichts weiter als eine damals scheinbar noch total verrückte Sache: er begehrte von ihnen den Bau einer Anlage für die Trennung von Isotopen in großen Mengen. Die Professoren basteln heute noch an solchen Anlagen herum, doch waren zwei Physiker bereits 1940 erfolgreich. Der eine präsentierte eine Anlage, die auf der sogenannten Thermodiffusion beruhte; sie war zwar nicht imstande, hundertprozentig reine Isotope zu liefern, doch konnte man mit ihrer Hilfe eine starke Anreicherung erzielen. Das zweite Gerät, eine Weiterentwicklung für industrielle Zwecke des Astonschen Massenspektrographs, ist hingegen wohl in der Lage, besonders, wenn man mit angereichertem Material arbeitet, die Isotope mit absoluter Genauigkeit voneinander zu trennen. Sein einziges Handicap besteht darin, daß es ungeheure Mengen von elektrischer Energie verschlingt. Wenn man die abzweigbaren Energievorräte des deutschen Reiches in Betracht zieht, so hätten Heydrichs Physiker, vorausgesetzt, daß man nicht vorher die ganze deutsche Industrie umgekrempelt hätte, bis zum Jahre 1950 eine hinreichende Menge des Uranisotops 235 zu Verfügung gehabt, um damit zwei oder drei Atombomben zu bauen. Denn der springende Punkt beim Bau einer Atombombe ist eben die Trennung der Isotope; hat man erst einmal die sogenannte kritische Masse des betreffenden Uranisotops auf einem Haufen, so setzt die Kettenreaktion, das heißt die Explosion der Atome, von selber ein. Man kann, oder man könnte, mit einer solchen kritischen Masse - es handelt sich bei der Verwendung von sogenannten Neutronenreflektoren um ungefähr 20 Kilogramm - die Hälfte von New York oder London in einen Trümmerhaufen verwandeln. Heute wissen das die meisten Physiker; 1937 hat's einer gewußt oder geahnt und dem Heydrich gesagt; zehn Tage später kamen die Besprechungen in Konstanz zustande.

Bis zum Kriegsausbruch ist es Heydrich noch gelungen, 18 Tonnen reines Uran, ich meine: metallisches Uran mit allen drei Isotopen - im Ausland aufzukaufen. Wir wissen nicht, was er bei der Besetzung Frankreichs und besonders Belgiens noch beschaffen konnte, und wir wissen nicht, wie viel er selber aus seinen Uranbergwerken herausholte. Die Uranvorkommen in Deutschland sind, soweit unsere Kenntnisse heute reichen, unbedeutend. Doch gibt es beträchtliche Bestände davon im Sudetenland; das wiederum hatte Heydrich von einem seiner Geologen erfahren. Fortan wurde er zum Motor der Annexion des Sudetenlandes; er verfolgte seine Ziele mit der Verbissenheit eines Wahnsinnigen. Er brachte es über sich, das Zentrum zu verlassen und als stellvertretender Reichsprotektor nach »Böhmen und Mähren« zu gehen, um jedes Wochenende nach Karlsbad fahren zu können, wo er seine verschiedenen Leiden zu kurieren vorgab. In Wirklichkeit hielt er sich die meiste Zeit unweit von Karlsbad in St. Joachimsthal auf und beaufsichtigte den Abbau des Uranerzes. Wir wissen nicht, wie groß die Ausbeute war, und vor allem: wir wissen nicht, wohin Heydrich seine Uranbestände versteckt hatte.

Der Mann bedeutete eine große Gefahr für uns, nicht, wie Sie vielleicht glauben, weil er genug Zeit gehabt hätte, noch vor Kriegsende eine Atombombe herzustellen. Aber sobald deren Herstellung in greifbare Nähe gerückt wäre, schätzungsweise Mitte 1944, hätte er seine Pläne dem Führer vorgelegt; man hätte unverzüglich die Industriekapazitäten in dieser Richtung erweitert, man hätte alles, freilich vergebens, darangesetzt, die Atombombe oder wenigstens eine Atombombe doch noch rechtzeitig herzustellen; statt des Alleinwissers Heydrich hätte es eine ganze Menge Leute gegeben, die Bescheid gewußt hätten und bei Kriegsende vielleicht in die Hände der Russen gefallen wären. In der gegenwärtigen Lage würde auch ich dies als das größte Unglück betrachten, das der Menschheit zustoßen könnte. Denn sobald die Russen merken werden, woran sie sind, daß sie nur als Schlachtvieh gedient haben, daß sie als militärische Hilfe schrottreife Panzer und Geschütze, veraltete Schiffe und Fabrikausrüstungen bekamen, dafür aber nichts, absolut nichts von den neueren Forschungen erfuhren, weder von der Atom- noch von der elektronischen Forschung, daß sie kein einziges Radargerät, um nur ein Beispiel zu nennen, überhaupt zu sehen kriegten, daß sich eine Gruppe von mehr als hundert hochqualifizierten Spezialisten - es ist die Sp. Gr. VII - schon jetzt in allen Einzelheiten darauf vorbereitet, jeden deutschen Wissenschaftler, der von diesen Dingen etwas ahnt, bei der Besetzung der deutschen Gebiete in ihre Gewalt zu bekommen; sobald die Russen also imstande sein werden, einen Blick über den Rand des bei ihnen herrschenden Chaos zu werfen, und zur Einsicht gelangen, daß sie zwar zwanzig Millionen Menschen - wenn es nicht mehr sein werden, unsere Schätzungen liegen jetzt in dieser Höhe - verloren haben und den Krieg zwar gewinnen, aber nichts bekommen werden, was ihre Verluste ausgleichen könnte, daß sie wieder ganz von vorn anfangen müssen, daß sie Jahrzehnte brauchen werden, um ihre ruinierte Wirtschaft wieder aufzubauen und die Versäumnisse aufzuholen - und sie würden dies spätestens merken, wenn sie in deutsches Gebiet vordringen und von deutschen Atomplänen hören -, dann, mein lieber Skorzeny, würden sie vor dem Atlantik nicht stehenbleiben, und es könnte sie niemand daran hindern.«

Nach dieser langen Periode geriet Sammy außer Atem; ich hatte jetzt zum erstenmal die Gelegenheit, eine Frage zu stellen: »Und was ist mit den Professoren?«

»Mit den Professoren?« wiederholte er die Frage. »Mit denen ist nichts los. Heydrich hat sie noch 1940 auf ihre Lehrstühle zurückgeschickt. Sie arbeiten jetzt an einem offiziellen Auftrag - an der Herstellung einer sogenannten Isotopenschleuse, die, wenn sie einmal fertig ist, vielleicht den Wirkungsgrad des Thermodiffusionsgeräts erreichen dürfte. Aber wenn sie *den* Professor meinen, der die Trennanlagen bediente, die kritische Masse errechnet und Entwürfe für deren Verwendung in einer Atombombe gemacht hatte, so kann ich Sie beruhigen. Er ist unter Hausarrest in einer Villa in Kalifornien. Denn eins hatte Heydrich mit seinen Kollegen gemein: die Devise ›Wenn ich sterben muß, so soll das ganze Reich untergehen.‹ Unser Professor hat das geahnt und ist sofort nach dem Attentat auf Heydrich nach Madrid geflogen. Weisungsgemäß hätte er sich fortwährend bei den Trennanlagen aufhalten müssen. Er hatte nicht nur 1937 richtig getippt, sondern auch jetzt, denn zwanzig Minuten nach der Bekanntgabe von Heydrichs Tod ist das ganze ehemalige Kupferbergwerk mit den Anlagen in die Luft geflogen. Was er uns sagen konnte, war so gut wie nichts. Er hatte mit der Arbeit im April 1941 begonnen; an jedem Monatsersten kam ein Lieferwagen mit einer Kiste Uran und holte eine andere ab. In der zugelieferten Kiste befanden sich 50 Kilogramm Uran, in der weggebrachten 49 Kilogramm und eine Bleischachtel mit 300 Gramm Uran 235.

Aber lassen wir das. Ich möchte Sie, bevor wir zum eigentlichen Thema unseres Gesprächs kommen, noch über eine Angelegenheit unterrichten - damit Sie im Bilde sind, damit Sie wissen, was für Leute in unserer Zentrale sitzen. Bis vor kurzem gab es hier noch eine Special Group IX, die sich mit dem Schicksal der Juden in den Konzentrationslagern beschäftigte. Sie hatte Informationsmaterial zu sammeln und der Zentrale Vorschläge zu unterbreiten, wie den Insassen der Lager geholfen werden könnte. Ein entsprechender zusammenfassender und sehr ausführlicher Bericht wurde im Mai dieses Jahres vorgelegt; er enthielt erschütternde Informationen und mehrere, meiner Ansicht nach gut brauchbare Vorschläge zur Hilfeleistung. Neun Tage darauf wurde Group IX aufgelöst. Sie habe ihren Zweck erfüllt, hieß es, die Agenten sollten nunmehr auf einem anderen Gebiet eingesetzt werden. Die Leute sind jetzt ausnahmslos an der japanischen Front tätig; bevor sie ihren neuen Posten antraten, wurden sie noch einmal an ihren Eid erinnert, über alles zu schweigen, was sie während ihres Einsatzes als Mitglieder der Group IX erfahren hatten.

Zum Glück hatte ich Gelegenheit, vor der Fertigstellung des Berichts einzelne Teile davon zu photokopieren. Ich fühle mich verpflichtet, gegen den ausdrücklichen Willen meiner Vorgesetzten, diesen Sachen auch weiter nachzugehen. Ich lieferte mich Ihnen auf Gnade und Ungnade aus, wenn ich Ihnen das verraten habe, genauso wie ich mich bereits ausgeliefert habe, als ich von den Liquidierungsbefehlen sprach. Ich vertraue Ihnen, weil ich Sie kenne und weiß, daß Sie wenigstens den Menschen geholfen haben, die über die Grenze kommen konnten. Ich fordere von Ihnen das gleiche Vertrauen und ich fordere von Ihnen, daß Sie für unsere Gruppe alles tun. Ich sage *alles*, und ich meine es auch so. Sie werden möglicherweise in ständiger Lebensgefahr sein und vielleicht sogar in Notwehr töten müssen. Aber ich verspreche Ihnen, daß Sie von mir nie den Befehl erhalten werden, jemanden zu töten. Für diesen Zweck habe ich andere Leute, und auch die schießen nicht drauflos: jeder gefangengenommene deutsche Agent entscheidet selber darüber, ob er hingerichtet oder in die USA in ein Gefängnis gebracht und bei Kriegsende einem Gericht übergeben werden soll. Ich vermute übrigens, daß diese Leute dazu ausersehen worden sind, *uns* zu ersetzen, sobald der Krieg *mit den Deutschen* zu Ende ist.

Lassen Sie mich nun auf Ihre Aufgabe zu sprechen kommen. Ich beabsichtige, Sie als ein Netz auszuwerfen, in dem sich unser Feind vielleicht in zehn Wochen, vielleicht erst in einem halben Jahr selber fangen wird. Es besteht eine reelle Chance, daß Ihnen die Überwachung und Koordinierung sämtlicher legaler und illegaler wirtschaftlicher Verbindungen der schweizerischen Wirtschaft mit der deutschen Industrie aufgetragen wird. Ich meine nicht Ihnen, Skorzeny, sondern dem Professor Emil Obermann, der unter anderem entscheidende Beiträge zur synthetischen Kautschukherstellung geleistet hat und dessen Rolle Sie übernehmen werden. Bei Professor Obermann wurde vor drei Wochen eine Prostataoperation vorgenommen; seine Bauchhöhle ist voller Metastasen und er wird, wenn es hochkommt, noch vier Wochen leben. Er liegt in einem Sanatorium, in dem er mit niemandem in Berührung kommt, dem wir nicht hundertprozentig vertrauen können. Er kennt unsere Pläne und ist mit ihnen einverstanden. Wir geben Ihnen zwar eine sehr ausführliche Biographie über ihn, aber ich wäre Ihnen sehr dankbar, wenn Sie ihn ein paarmal aufsuchen würden, um mit ihm über seine Vergangenheit zu sprechen, über seine Gewohnheiten, seine Bekannten in Deutschland und so weiter; Sie wissen, was ich damit sagen will. Er ist ein sehr tapferer Mann, er hat die Operation in Lokalanästhesie ausführen lassen und sich vom Anfang bis zum Ende alles angeschaut.

Der Rollentausch wird dadurch erleichtert oder überhaupt ermöglicht, daß Professor Obermann seit 1936 in Amerika gearbeitet hatte und sich nach einer Untersuchung in einem amerikanischen Hospital zur Heimreise nach der Schweiz entschloß, um die Operation hier ausführen zu lassen - eine pure Sentimentalität, denn er hat hier, wie auch in Amerika, keinen einzigen Verwandten mehr. Ihre Nabelschnur in die Vergangenheit ist einwandfrei. Sie haben ein paar Wochen Zeit, alle Publikationen Obermanns und darüber hinaus die ganze einschlägige Literatur zu studieren und sich über den neuesten Stand der Chemie zu informieren - wir gedenken nämlich, Sie als Chefchemiker in einer großen Basler Chemischen Fabrik einzusetzen. Haben Sie keine Angst, sie liegt in einem Vorort, Sie brauchen die Innenstadt nie zu betreten. Der Posten ist in diesem Augenblick noch nicht vakant, wird es aber am Tage des Ablebens von Professor Obermann werden. Zur Zeit waltet seiner ein Herr Luzius Tulle, in dessen Händen sämtliche Fäden der deutschen Spionagetätigkeit in der Schweiz zusammenlaufen. Das Werk hat ihm eine Dienstvilla zur Verfügung gestellt, in der er seine Unterlagen, vor allem die Liste der deutschen Agenten in der Schweiz in einem Geheimsafe verwahrt. Auf diese Liste kommt es uns an, und wir werden sie an uns bringen, noch bevor die Deutschen auf den Gedanken kämen, sie sicherzustellen. Ein Geschäftsmann aus Lausanne wird unseren Herrn Tulle zu einer dringenden Konferenz einladen, von der er nicht mehr zurückkehren wird. Noch lange bevor man ihn vermißt, werden wir alle seine Papiere photokopiert haben.

Der Posten wird für Sie frei, und ich nehme an, daß die Deutschen nach der Durchleuchtung Ihrer Vergangenheit einen Kontakt mit Ihnen anzubahnen versuchen werden, um Ihnen schließlich die wirtschaftliche Koordinierung der Arbeit in der Schweiz anzubieten - und das um so eher, als man in Erfahrung gebracht haben wird, daß Sie in Amerika als einer der besten Organisatoren gegolten und fünf bis dahin unbedeutende Chemiebetriebe zu einem Konzern vereinigt hatten, der innerhalb von zwei Jahren den viertgrößten Umsatz in der ganzen Branche aufzuweisen vermochte. Es ist mit Sicherheit anzunehmen, daß man alle anderen Belange der Tätigkeit des Herrn Tulle einem anderen Mann anvertrauen wird, so daß Sie wenigstens in dieser Hinsicht in keine unangenehmen Situationen geraten werden. Wir wollen es dem Zufall überlassen, welche Möglichkeiten sich dann letzten Endes ergeben.

Und nun noch eine ganz dringende Bitte - und zwar an Herrn Roman Skorzeny. Unter allen Industriellen der Schweiz gibt es nur drei, in deren Auftragsbücher wir noch keinen Blick werfen konnten; sie haben eine hauseigene Abwehr unter deutscher Anleitung aufgebaut und das Personal, das zu den Akten Zutritt hat, gründlich durchsiebt. Der eine unter ihnen ist Herr Peter Egli. Sie kennen ihn persönlich, Ihnen könnte es vielleicht gelingen, bei ihm einige Informationen zu beschaffen.«

»Das ist nicht ausgeschlossen«, sagte ich, »es würde aber eine halbe Million kosten. So viel würde ich für ein unwiderstehliches Bestechungsgeschenk auf jeder Briefmarkenauktion bekommen. Ist Ihnen die Sache so viel wert? Ich sehe nämlich keinen Grund, diese Summe zum Fenster hinauszuwerfen. Und es könnte auch Monate dauern, bis er sich erweichen ließe.«

»Geld spielt keine Rolle. Den Anweisungen der Wasserpolizei vom Bodensee und anderen Nachrichtenquellen entnehme ich, daß am 13. dieses Monats eine größere deutsche Goldlieferung hier eintreffen wird - ich beabsichtige, sie abzufangen. Ob ich nun eine halbe Million mehr oder weniger abliefere oder für eigene Zwecke verwende, ist belanglos.«

Er stand auf. »Es ist spät geworden, Herr Skorzeny, gehen Sie schlafen, wir haben ein Zimmer für Sie oben eingerichtet. Wenn Sie die Villa verlassen wollen, müssen Sie mich am Vortage verständigen, damit Sie ohne Gefahr gehen und auch zurückkommen können. Für morgen und übermorgen habe ich auf jeden Fall für Sie und für Frau Girardoni zwei Hotelzimmer in einer malerischen Gegend gemietet. Wollen Sie anschließend gleich zu Obermann fahren? In Ordnung, ich sage im Sanatorium Bescheid. Schlafen Sie gut nach diesem aufregenden Tag!«

18

Erst fünf Monate später konnte ich Sammy die Materialien übergeben, die ich von Herrn Egli erhielt. Er stellte in seiner Fabrik Platten aus einer Stahl-Wolfram-Titanlegierung her; sie waren für Raketen bestimmt und wurden direkt nach Peenemünde geschickt. Als Zugabe überreichte ich Sammy ein kleines Stück aus einer solchen Platte; es wurde nach London weitergeleitet, wo sich inzwischen einige Wrackteile mehrerer, an falschen Orten niedergegangener V2-Raketen angesammelt hatten. Erst im September 1943 erhielten wir aus London eine bestätigende Antwort; aber schon ein paar Tage früher wußten wir, daß die Platten tatsächlich zur Umhüllung von deutschen Raketengeschossen dienten: in der Nacht auf den 18. August hatte die amerikanische Luftwaffe massive Bombeneinsätze gegen Peenemünde geflogen.

Es bereitete mir keine Schwierigkeiten, bei der Basler Fabrik den Posten des Herrn Tulle zu bekommen, der auf einer Rückreise aus Lausanne scheinbar ohne jeden Grund Selbstmord beging. Bei der Besetzung waren meine Fachkenntnisse kaum von Bedeutung; der Name Emil Obermann genügte vollauf, ja ich hatte den Eindruck, daß er auch genügt hätte, wenn ich nie Chemie studiert und eine Pipette von einem Reagenzglas nicht hätte unterscheiden können.

Meine Tätigkeit in der Fabrik war eher repräsentativer und organisatorischer Natur; zwar ging ich jeden Tag durch die Laboratorien, sagte etwa: »Ich würde bei niedrigeren Temperaturen arbeiten«, »Versuchen Sie doch die Diazo-Gruppe nicht sofort durch eine Hydroxylgruppe zu substituieren; wenn Sie als Katalysator Oxalsäure verwenden, machen Sie das spielend über eine Zwischenstufe mit einer Methylgruppe«, oder »Achten Sie darauf, daß der pH-Wert in den entscheidenden Augenblicken nicht ins Schwanken gerät« - doch vergingen neun Zehntel meiner Zeit damit, daß ich in meinem Büro oder im Sitzungssaal Verhandlungen führte, Lizenzen ankaufte oder verkaufte, mit meinen Untergebenen über Zusammenlegungen von Produktionsvorgängen in bestimmten Stadien der Herstellung verschiedener Produkte zur Steigerung der Produktivität debattierte, Kapazitäten erweiterte oder einschränken ließ, über die Behebung von Rohstoff- oder Absatzschwierigkeiten entschied - kurzum: ich organisierte, und zwar zur vollen Zufriedenheit der Eigentümer, die mir nach einem halben Jahr alle Vollmachten erteilten und sich fortan nur an Vierteljahresenden in der Fabrik zeigten, um die steigenden Produktionsziffern, übrigens ohne sonderliches Interesse, zur Kenntnis zu nehmen.

Anfang 1943 führte ich meine ersten Verhandlungen mit den Vertretern der IG Farbenindustrie in Karlsruhe; bei unserer dritten Aussprache im Mai wurde mir zum erstenmal andeutungsweise der Gedanke nahegelegt, in der Schweiz, vorläufig nur inoffiziell, die gesamten Interessen der deutschen chemischen Industrie wahrzunehmen, die von beiden Seiten ausgehenden Aufträge zwecks beschleunigter Ausführung zu koordinieren, das heißt in der Schweiz vor allem dafür zu sorgen, daß die deutschen Aufträge jeweils an jene Betriebe vergeben wurden, bei denen ihre Ausführung am schnellsten gewährleistet war.

Sammys Plan begann zu funktionieren: wir gewannen einen Überblick über die Lage der einzelnen Industriezweige und fast über alle Gebiete der »geheimen« deutschen Forschungen.

Nach der vierten Zusammenkunft in Stuttgart waren meine Koffer bereits gepackt, als sich bei mir am Telefon aus Leverkusen der Wehrbeauftragte Dr. Olbricht meldete: er bat mich, zu einer dringenden Besprechung sofort nach Leverkusen zu kommen; der Wagen, der mich zu ihm bringen sollte, stand bereits vor dem Hotel. Fünfeinhalb Stunden später saß ich dem Wehrbeauftragten gegenüber. Dr. Olbricht war ein schmächtiger, unscheinbarer und kränklich wirkender Mann, der eine Eigenschaft mit Sammy gemein hatte: er hielt eine Rede vor mir und ließ mich nicht zu Wort kommen.

»Ich will keine langen Einführungen machen«, sagte er. »Wie ich höre, sind Sie in Stuttgart mit den Vertretern unserer Industrie übereingekommen, außer den bereits laufenden weitere wichtige Projekte in der Schweiz in Angriff zu nehmen. Was ich mit Ihnen besprechen will, hat mit Krieg nichts zu tun; es bezieht sich auf die Zeit *nach* dem Krieg.

Wir haben hier in Leverkusen, das heißt ausschließlich unter Laboratoriumsbedingungen, aus verschiedenen, von uns selber in beliebigen Mengen herstellbaren Ausgangsstoffen nicht weniger als 560 Substanzen polymerisiert, die zu einem Teil unter den Begriff »Kunstkautschuk« fallen. Es handelte sich selbstverständlich jeweils nur um einige Gramm dieser Stoffe. Unsere Analysen ergaben, daß sich darunter ungefähr 200 befinden, mit denen weiterzuexperimentieren sich lohnen würde; sie zeigen in unterschiedlichsten Maßen die Eigenschaften von Elastizität, Widerstandsfähigkeit gegen niedrige und hohe Temperaturen, gegen Chemikalien, Öl und Treibstoffe - manche zeichnen sich durch eine bisher unbekannte Reibfestigkeit, andere wiederum durch eine hundertprozentige Undurchlässigkeit für Gase aus. Weitere 150 Substanzen zeigen zwar ganz andersgeartete Eigenschaften, sind aber bestimmt geeignet, eine neue Ära, eine *Ära der Kunststoffe* einzuleiten, denn sie können an Stelle von Wolle, Baumwolle, Holz, Baumaterialien, ja selbst an Stelle von Metallen verwendet werden - nicht als Ersatz, sondern als Stoffe, die die zu ersetzenden bei weitem übertreffen und dabei auch viel billiger sind.

Unsere Experimente sind noch weit davon entfernt, als beendet zu gelten, insbesondere reichte die Zeit nicht, uns mit verschiedenen Gemischen der neuen Stoffe zu beschäftigen. Wir brauchen deshalb in allerkürzester Zeit zwei Großanlagen, mit deren Hilfe wir einige Kilogramm aller dieser Stoffe erzeugen können. Es handelt sich um zwei kugelförmige (von der Kugelform versprechen wir uns die besten Ergebnisse) Druckgefäße mit einem Durchmesser von rund zehn Metern; dazu um eine wetterfeste Außenhülle, um Überwachungs- und Probeentnahmegeräte, um Dosier- und Regulierapparate. Der Druck muß innerhalb von einigen Sekunden von –2 Torr. auf +8 atü, die Temperaturen von –60 auf +200 Grad erhöht werden können.

Sobald wir mit diesen Apparaturen, deren technische Möglichkeiten bewußt sehr großzügig geplant sind, die nötigen Erfahrungen gesammelt haben, beginnen wir mit dem Aufbau einer neuen Großanlage, deren Standort bereits jetzt feststeht. Es handelt sich um eine Fläche von 60 Quadratkilometern, auf denen wir in der ersten Etappe des Ausbaus mindestens 120 Druckgefäße aufstellen wollen. Dazu gehörten dann noch ein entsprechend großes Kraftwerk, Wasserreinigungsanlagen und vor allem die Apparaturen, mit denen wir die Ausgangsstoffe an Ort und Stelle erzeugen können. Unsere Absicht ist, die meisten dieser Anlagen und außerdem große Mengen des am häufigsten verwendeten Katalysators, nämlich reines Natrium, bei Ihnen herstellen zu lassen, letzteres vor allem wegen des großen Bedarfs an elektrischem Strom bei der Elektrolyse. Unser eigenes Kraftwerk wird sowieso schon das drittgrößte des Reiches werden. - Bei dem Kraftwerk in der Schweiz denken wir lediglich an eine Leistung von 3 bis 4 Megawatt.

Die gesamten Pläne für Druckgefäße und Zubehör sind fertiggestellt: sie befinden sich in diesem Koffer. Die Pläne für das Schweizer Kraftwerk dagegen müssen Sie selber entwerfen lassen, denn nur Sie können ermitteln, wo sich noch eine ausbaufähige Lücke in Ihrem Wasserkraftwerksystem befindet. Das ist aber im Vergleich mit der ganzen Anlage nur eine winzige Kleinigkeit. - Der Koffer enthält auch einen Zeitplan; es wird eine Reihenfolge der Herstellung vorgeschrieben.

Nun weiter zur Frage der Finanzierung. Sie kann zum Teil durch Rohstofflieferungen erfolgen. Das würde freilich allein nicht reichen. Im Moment besteht wohl keine Aussicht, daß man mit überwiegend Schweizer Geldern eine Aktiengesellschaft gründen könnte; wir müssen also auf eigene Mittel zurückgreifen, zumindest bis zur Beendigung des Krieges; danach werden die Schweizer Banken sowieso aus den Nähten platzen und dankbar sein, wenn sie unser Projekt mitfinanzieren können. Bis dahin wird es allerdings noch eine Weile dauern, und wir müssen uns selbst helfen - und bei der Art der Selbsthilfe, die uns zur Zeit möglich ist, sehr große Verluste in Kauf nehmen.

Wir stellen Ihnen deshalb einen zweiten Koffer zur Verfügung: er enthält ungefähr fünfhundert Brillanten - die kleinsten sind vier-, die größten sechskarätig. Die Sammlung wäre unter Brüdern 150 Millionen Pfund wert, ich meine den Einkaufspreis, doch unter den gegenwärtigen Umständen dürften Sie sie kaum für mehr als 40 loswerden. Wir wären natürlich auch selber in der Lage, die Steine in England oder in Amerika zu verkaufen - dazu aber müßten wir Stellen einschalten, die den Erlös schleunigst für andere Zwecke verwenden würden. Sind Sie in der Lage, nach London zu fahren, trauen Sie es sich zu, den Verkauf abwickeln zu können? Oder meinen Sie, daß Sie in New York durch Ihre alten Beziehungen einen höheren Preis erzielen könnten? Überlegen Sie sich das, vergessen Sie aber nicht, daß die Zeit drängt und daß Sie die ganze Partie wahrscheinlich nicht auf einmal loswerden können.

Wir müssen, damit Sie diese Koffer über die Grenze bringen können, eine Zoll- und Kontroll-Lücke aufbauen: sie besteht heute Nacht von 23 Uhr bis 23 Uhr 40 auf der Autostraße nach Basel. Unser Wagen fährt Sie über die Grenze und setzt Sie vor Ihrem Hause ab. Aus dem Ausland können Sie mich über den Botschaftsrat von Weise in Stockholm erreichen.«

»Sammy«, sagte ich, wieder in Zürich, »Sie müssen mir beim Verkauf der Steine helfen. Ich beabsichtige, noch einmal meinen O'Brien-Paß zu benützen und die Steine in London zu verkaufen. Können auch Sie für mich zwei entsprechende Zollücken in Kloten beziehungsweise in Croydon errichten, und können Sie nach meiner Rückkehr den Herrn Jerome O'Brien aus der Welt schaffen, damit er mir nicht mehr im Wege ist?«

»Das geht alles in Ordnung«, sagte er. »Sie können morgen die Maschine nehmen, die um 10 Uhr nach Lissabon startet. Abends um sieben sind Sie in London, am zehnten Juni können Sie wieder hier sein. Ich könnte freilich die Sache für Sie erledigen, es scheint aber besser, Sie machen sie selber. Am besten schicken Sie aus London eine Karte mit der Unterschrift ›Obermann‹ an von Weise nach Stockholm mit der Bitte, Herrn Dr. Olbricht von Ihrer glücklichen Ankunft in London und der günstigen Abwicklung des Geschäfts zu benachrichtigen. - Wegen des Verkaufs wenden Sie sich in London an Mr. Julio Roberti. Er wird Ihnen die Steine abnehmen, die 40 Millionen bekommen Sie dann von mir.

Was Ihr zweites Anliegen anbelangt: Sie werden im Juli in Hamburg sterben. Man wird nach einem Bombardement Ihre halbverbrannte Leiche unter den Trümmerfeldern bergen. - Haben Sie aber auch schon darüber nachgedacht, wie Professor Obermann sterben soll? Unsere Gruppe wird im Februar oder März 1945 hier verschwinden. Die meisten von uns gehen aller Wahrscheinlichkeit nach dorthin, wo man die Steine pflückt, die Sie jetzt verkaufen werden: nach Südafrika. Wenn Sie nach Caracas fliegen wollen, dürfen Sie das auf keinen Fall sofort nach unserem Verschwinden tun. Machen Sie sich schon jetzt Gedanken darüber, wie Sie fünfzehn oder achtzehn Monate noch in der Schweiz verbringen können, ohne aufgespürt und erkannt zu werden. Am besten lassen Sie Ihre Frau und Ihre Söhne bereits jetzt eine zweite Existenz aufbauen - vielleicht im Tessin? Das ist nur ein Vorschlag, ich will nicht wissen, was Sie machen werden.«

Dr. Olbricht war mit dem Erlös mehr als zufrieden; die ersten beiden Druckgefäße wurden im September abgeliefert, aber nicht mehr, wie ursprünglich geplant, in Leverkusen aufgestellt. Man hatte die entscheidenden Versuche behelfsmäßig in anderen Anlagen durchgeführt und wollte nun innerhalb von zwei Monaten alles noch einmal wiederholen, um präzise Anweisungen für Bau und Ausführung der Dosier- und Regulierapparate geben zu können. Die Fertigung der Gefäße sollte aber ohne Unterbrechung weitergeführt werden.

Am 3. Januar 1944 wurde bereits das zehnte Gefäß aufgestellt und die Produktion der Hilfsapparaturen in Angriff genommen; überdies war der Plan des Wasserkraftwerks in der Schweiz zur Gänze entworfen, sein Standort bestimmt, die Genehmigung zu seinem Bau von der Regierung eingeholt und die eher symbolische Summe von einer Million Franken für die Benützung des ganzen im Staatseigentum befindlichen Geländes in die Staatskasse eingezahlt. Damit war es mir auch gelungen, das letzte noch verbliebene Geld aus dem Verkauf der Brillanten in London zu verpfeffern. Es gab also Gründe genug, wieder einmal nach Leverkusen zu fahren und Bilanz zu ziehen. Doch wurden nun die Deutschen plötzlich vorsichtiger; meine häufigen Reisen nach Deutschland, so vernahm ich aus dem Munde des Abgesandten von Dr. Olbricht, hätten bei amerikanischen Agenten Verdacht erregt, und ich würde, allem Anschein nach, von ihnen überwacht.

Diese Ansicht war nicht völlig ohne Grundlage. Inzwischen war nämlich schon genug Zeit vergangen, um die Listen des Herrn Tulle hervorzuholen und die deutschen Agenten nacheinander aus dem Verkehr zu ziehen.

»Ja«, sagte Sammy, als ich ihn in der zweiten Hälfte des Januar besuchte, »die Luft ist hier in letzter Zeit entscheidend reiner geworden. Lassen Sie die Maschinerie einstweilen weiterlaufen, lassen Sie sich Gelder herüberschikken. Ich werde dafür sorgen, daß Sie ab Mai keinen Pfennig mehr in die Hand bekommen und alle Lieferungen aus der Schweiz stoppen können. Spätestens im Juni wird man Sie dann wieder nach Leverkusen einladen. Ich hoffe, daß man Ihnen dann auch die Fertigungsstätten zeigen wird und daß Sie dort mit einem Mann Kontakt aufnehmen können, der gegenwärtig noch im Krankenhaus liegt: eine Niere wurde ihm an der Front durchschossen, er schwebte tagelang zwischen Leben und Tod. Er wird nicht früher als im Mai, freilich nicht an der Front, wieder eingesetzt werden - ich hoffe in Auschwitz. Vorausgesetzt, daß er nicht vollkommen dienstuntauglich wird und daß die in Ihrem Falle beinahe fatale Lücke in dem uns befreundeten Sektor des deutschen Geheimdienstes immer noch zugestopft ist.

Die noch bevorstehende Massenvernichtung von Menschen ist für mich das noch einzig Wichtige im ganzen Krieg. Jetzt sind wir schon so weit, daß es uns auf jedem anderen Gebiet ganz gleichgültig sein kann, was noch und was nicht mehr passiert, ja wir sind an dem Punkt angelangt, an dem wir schon über den Krieg hinausdenken und den wahrscheinlich sehr labil werdenden Frieden ein bißchen sicherer machen können. Ich wundere mich eigentlich jeden Tag, daß die Russen keinen Separatfrieden anstreben, obwohl ihnen wahrscheinlich nicht mehr so blumig zumute ist wie noch vor einem Jahr.

Herr Stalin hat im Dezember in Teheran den Präsidenten gefragt, ob etwas Wahres an den Gerüchten sei, daß Amerika bemüht ist, eine Superwaffe, eine Atombombe oder so etwas Ähnliches herzustellen. Wissen Sie, was der Präsident geantwortet hat, obwohl er genau wußte, daß die Versuche in Los Alamos innerhalb eines Jahres, oder, wenn etwas schiefgeht, spätestens in anderthalb Jahren abgeschlossen und die praktischen Resultate vorhanden sein werden? Er sagte: ›Ach ja, es gibt überall im Leben und besonders unter Wissenschaftlern und Halbwissenschaftlern Phantasten, die den Stein der Weisen gefunden zu haben glauben. Mein Sekretariat prüft täglich mindestens zehn neue 'bahnbrechende' Entdeckungen, die nach der Meinung ihrer Verfasser den Krieg innerhalb von einigen Tagen beenden könnten. Meistens sind es wunderliche Käuze, die sich mit einem mehr oder weniger freundlichen Brief von meinem Sekretariat und mit meiner Unterschrift zufriedengeben. Gefährlich wird aber eine solche Sache, wenn sich zwanzig oder noch mehr Einzelgänger von diesem Typ zusammenschließen und den Senat oder den Kongreß unter Druck setzen. Da reicht nicht eine Unterschrift, da braucht man gelegentlich einige Milliarden Dollar, um den Betreffenden den Mund zuzustopfen. Seit drei Jahren arbeitet bei uns tatsächlich eine solche Gruppe an einer Superwaffe, aus der, meiner Ansicht nach, nie etwas werden wird. Jeden dritten Monat bekomme ich einen Bericht, in dem man mir verspricht, nur noch weitere drei Monate zu benötigen - vorausgesetzt, daß zusätzlich noch einige hunderttausend Dollar aufgewendet werden. Diese Leute jagen einem Phantom nach; aber wenn ich ihnen die zusätzlichen Gelder verweigere, kommen einige Tage darauf fünf Senatoren oder zehn Kongreßleute zu mir und sagen, daß die Zusammenarbeit zwischen mir und der Legislative gefährdet sei; da will man plötzlich keine weiteren Gelder für die zweite Front oder für die Entwicklung eines neuen Flugzeugs freigeben, da will man mir die Gewerkschaften auf den Hals hetzen und einen Hafenarbeiterstreik provozieren; trifft aber die geforderte Summe bei meinen Phantasten doch ein, scheinen sich die Herren Gesetzgeber der ganzen Affäre nicht mehr entsinnen zu können. So ist das, mein lieber Herr Stalin, Sie können sich glücklich preisen, daß man Sie auf diese Weise nicht unter Druck setzen kann.‹ ›Ach‹, erwiderte Stalin, den der russische Physiker Kurtschatow vor anderthalb Jahren von der Möglichkeit des Baus der Atombombe überzeugt hatte, so daß Stalin alle seinen Agenten in Amerika auf diese Spur setzte, ›ach so ist das also mit den Phantasten, Mister President!‹«

Im Juni lud man mich tatsächlich wieder nach Leverkusen ein.

»Herr Professor Obermann«, empfing mich Dr. Olbricht, »unsere beiden letzten Goldsendungen an Sie sind verlorengegangen. Sind Sie bereit, wieder einmal einen kleinen Transport durchzuführen? Ich bitte Sie deshalb darum, weil wir innerhalb von zehn Monaten unser neues Werk in Monowitz in Betrieb nehmen könnten, wenn die Lieferungen aus der Schweiz ohne Verzögerungen einträfen. Ich rede nicht ins Blaue hinein, ich werde Sie an Ort und Stelle überzeugen, daß wir den Ausbau in aller Kürze beenden können. Wir fliegen heute nacht nach Monowitz mit einer besonders gesicherten Maschine, die mir der Reichsmarschall eigens zu diesem Zweck zu Verfügung gestellt hat. Wir werden an Bord ein funkelnagelneues Gerät haben, das im Umkreis von 150 Kilometer jedes fliegende Objekt anzeigt, so daß wir ihm rechtzeitig ausweichen können. Übermorgen sind wir wieder hier, unser Wagen steht Ihnen zur Verfügung; es ist eine halbe Tonne Gold in ihn eingebaut worden. Sie riskieren dabei nichts. Zwar ist in letzter Zeit - ich rede offen mit Ihnen - eine große Zahl unserer Leute in der Schweiz verschwunden, *unserer* Leute, ich betone dies, denn es wurde bisher keinem Schweizer ein Haar gekrümmt, der mit uns zusammenarbeitet. Die Zoll-Lücken bestehen nach wie vor; innerhalb des Landes können wir aber die Transporte nicht mehr überwachen. Sie können von der Grenze, ohne anzuhalten, in den Hof einer Basler Bank fahren - man wird Sie schon erwarten - und die leicht herauslösbaren Goldbarren sofort abliefern. In den Vormittagsstunden brauchen Sie auf der kurzen Strecke keinen Überfall zu befürchten.

Vielleicht können Sie sich sogar entschließen, dieses kleine Necessaire mitzunehmen, in das wir einige Steinchen einarbeiten ließen - einige nur, 7 insgesamt, aber selbst der kleinste ist ein 20-Karäter. Was den Verkauf betrifft, sehe ich allerdings schwarz; am meisten verspreche ich mir noch von der Möglichkeit, daß unsere Hauptlieferanten die Steine für sich selber behalten. Es kann kein einziger der Steine identifiziert werden; wo das der Fall gewesen wäre, haben wir den Stein ein wenig verändert, das heißt, kleiner gemacht. Über den Wert, der in diesen Höhen sowieso nicht mehr nach fest eingespielten Preisen bestimmt werden kann, sollen die Abnehmer nach eigenem Ermessen selber entscheiden, dabei aber nicht vergessen, daß wir die eigentlichen, die großen, die ganz großen Geschäfte nach dem Krieg miteinander machen werden.

Es ist jetzt sechs Uhr. Um neun fliegt unsere Maschine ab, wegen des Auftankens müssen wir kleine Zwischenaufenthalte in Leipzig und in Breslau einlegen. Spätestens um eins sind wir in Kattowitz und schlafen uns erst einmal aus. Ich lasse Sie morgen um neun Uhr wecken, und wir fahren mit einem Wagen noch eine kurze Strecke bis zum neuen Buna-Werk.«

Gegen sieben hatten wir das Abendessen beendet, und kurz darauf kam ein Anruf unseres Piloten vom Flughafen. Wir sollten sofort kommen, hieß es.

Auf dem Flugfeld empfing uns der Pilot mit der Nachricht, daß wir eine andere Route fliegen müßten: über Würzburg, Pilsen und Olmütz. »Heute kommt die RAF«, sagte er, »sonst hätten wir nach Norden ausweichen müssen. Am besten wär's, wir fliegen sofort los.«

An Bord befand sich außer dem Piloten und einem Funker ein »Navigator«, der das von Dr. Olbricht erwähnte »Sicherungsgerät« bediente. Er beugte sich über eine runde Glasplatte, in der sich im Uhrzeigersinn ein heller Strich bewegte. »›Voll-Wismar‹ heißt das Gerät«, sagte Dr. Olbricht, »es arbeitet abwechselnd mit Wellenlängen zwischen 1 und 60 Zentimetern und erfaßt jedes fliegende Objekt, das in unsere Nähe kommt und die von uns gesendeten Wellen reflektiert. Aber seit der Landung der Alliierten in Nordfrankreich sind unsere Fluggäste rarer geworden, die Großangriffe wurden völlig eingestellt. In diesem Moment befinden sich nur dreißig englische Maschinen im deutschen Luftraum, sonst waren es um diese Zeit im Durchschnitt dreihundert.«

Die Landungen und Starts verliefen ohne Zwischenfälle. Um halb zwei stiegen wir in Kattowitz im Gasthaus »Zum goldenen Löwen« ab. Dr. Olbricht legte sich sofort schlafen, ich war hungrig und fragte den Gastwirt, ob er mir schnell etwas zurechtmachen könnte. Während ich auf das Essen wartete, kam ein SS-Leutnant die Treppe herunter und fragte mich, ob er in meiner Gesellschaft ein Glas Bier trinken dürfe. »Sie kommen aus dem Ausland?« fragte er. »Aus Basel? . . . Ich habe einen Verwandten dort.«

»Heißt er etwa Samuel Klein?« fragte ich.

Der Wirt brachte mir Würstchen mit Kartoffeln und das Bier für den Leutnant. »Sie erlauben, daß ich mich vorstelle: ich heiße Stefan Kammerer«, sagte jetzt dieser.

»Haben Sie zwei Nieren oder nur eine?« fragte ich.

»Nur eine.«

Etwas später sagte er: »Wenn wir die Treppe wieder hinaufgehen, stecke ich Ihnen zwei Filmrollen in die Tasche. Übergeben Sie sie meinem Verwandten!«

Am nächsten Tag besichtigten wir mit Dr. Olbricht das neue Werk. Es war überwältigend, besonders, wenn man daran dachte, daß die Russen nur noch einige hundert Kilometer davon entfernt waren. Beim Herannahen an das Gelände passierten wir einen Güterbahnhof, dessen Größe mich an den Rangierbahnhof vor Zürich erinnerte. Wir fuhren an mehreren kleinen Siedlungen vorbei, an einem Kraftwerk, an einer großen Reparaturhalle, an Transformatorstationen, an Kohle- und Kalkhalden, die vor einem

Karbidwerk lagen, und gelangten schließlich zum Verwaltungsgebäude des Werks, an das ein Aussichtsturm angebaut war. Er entpuppte sich bei seinem Betreten als die Zentrale für alle Reguliergeräte. Von hier aus sollten allem Anschein nach das ganze Werk und die Produktionsprozesse sämtlicher Einrichtungen ferngesteuert und unter Kontrolle gehalten werden.

»Wie Sie sehen«, sagte Dr. Olbricht, »wir setzen auf die Steuerung aus einer einzigen Zentrale und hoffen, daß wir mit der Zeit die meisten Geräte weitgehend automatisieren und von drei, vier Leuten bedienen lassen können. Von hier aus wird in einigen Jahren die halbe Erdkugel mit den unterschiedlichsten und vor allem billigsten Gummiarten, und wahrscheinlich auch mit einer Vielzahl von anderen Kunststoffen versorgt werden können. In der Umgebung gibt es nichts, was den weiteren Ausbau hindern könnte, aber erst die Zukunft wird darüber entscheiden, ob wir in der Nähe Gummireifenfabriken und andere Verarbeitungsbetriebe ansiedeln oder die Rohstoffproduktion noch weiter ausdehnen werden.«

»Ich gestehe«, sagte ich, »daß ich sehr beeindruckt bin, ja, ich bin über alle Maßen beeindruckt, und ich würde es nie glauben, daß schätzungsweise die Hälfte aller Aufbauten innerhalb eines Jahres entstanden sind - in der Schweiz, unter meiner Überwachung. Sämtliche Aufträge sind durch meine Hände gegangen, aber ich ahnte nicht, daß sich hinter den Akten und Plänen diese Riesenkolosse verbargen. Das heißt, hinter einem Teil der Aufträge, denn genausoviel, wenn nicht mehr, wurde ja nicht für dieses Werk hergestellt. Ich wäre Ihnen sehr dankbar, wenn Sie mir einige Filmrollen vom hiesigen Werk anfertigen lassen könnten, damit unsere erlahmenden Produzenten in der Schweiz wieder Geschmack an der Arbeit finden und in Schwung kommen. Ich könnte mir vorstellen, daß sie nach dem

Krieg bereit wären, hier noch große Summen zu investieren - falls Sie dann überhaupt noch ein Interesse daran haben werden.«

»Wir werden bereit sein, Kredite zu sehr vorteilhaften - für die Schweizer vorteilhaften - Bedingungen in jeder Menge aufzunehmen. Und wir sind bereit zu vergessen, daß wir für alles, was wir aus der Schweiz bekommen haben, den vielfachen Preis bezahlen mußten.«

Wir verließen das Gebäude und machten einen Spaziergang im und unter dem Dschungel von Leitungen, Röhren, Baugestellen, Förderbandanlagen - in einer technischen Landschaft, die völlig menschenleer war. »Für die Zeit Ihres Besuches«, sagte Dr. Olbricht, »haben wir alle Arbeiten einstellen lassen. Niemand befindet sich in unserer Nähe, wir können offen miteinander reden. Es mag wohl sein, daß Sie jetzt glauben: das alles ist für die Katz', in drei oder fünf Monaten werden die Russen das alles niedergetrampelt haben. Aber in einem oder in anderthalb Monaten werden die Fronten zum Stillstand kommen. Nein, nicht weil wir irgendwelche Wunderwaffen in den Kampf werfen werden, sondern weil unsere Regierung, an deren Spitze nicht mehr Hitler stehen wird, sondern ein Ministerpräsident aus den Reihen der ehemaligen Sozialdemokraten, die Alliierten um einen sofortigen Waffenstillstand bitten und gleichzeitig versprechen wird, innerhalb von acht Jahren alle von uns angerichteten Schäden zu beheben, alles, was wir vernichtet haben, wieder aufzubauen und hohe Reparationen zu zahlen. Die Russen werden mit sich über diese ehemals polnischen Gebiete gern reden lassen, ja sie werden gegenüber ihren westlichen Verbündeten die Idee der Notwendigkeit einer neuen Aufteilung Polens zwischen ihnen und uns mit allem Nachdruck vertreten; alles, was sie während des Krieges gegen oder scheinbar für die Polen unternommen haben, deutet darauf hin, daß ihr traditioneller Polenhaß nach wie vor unverändert ist. Im Westen wird es wahrscheinlich keine Veränderungen geben.

Trotz des Krieges ist es uns gelungen, wirtschaftliche Kapazitäten aufzubauen, die jeder Reparationsforderung gerecht werden können - sogar bei einem rapiden Anstieg des Lebensniveaus der deutschen Bevölkerung. Was könnten die Alliierten noch gewinnen, wenn sie in Deutschland einmarschieren, in ein möglicherweise bis dahin total zerstörtes Deutschland? Sie würden noch Hunderttausende von Soldaten verlieren, ein für allemal die Hoffnung aufgeben müssen, daß sie jemals auch nur ihre materiellen Verluste kompensieren könnten, ja sie müßten sich sogar um die Versorgung der Deutschen kümmern. Sie haben es auf Hitler und seine Kumpane, sie haben es auf die SS und auf die Partei abgesehen: sie werden sie kriegen, tot oder lebendig. Die neue Regierung wird jeden ausliefern, der an den Verbrechen teilgenommen hat. Vielleicht werden die Amerikaner sogar mich zu einigen Jahren Gefängnis verurteilen. Aber die Regierung wird die Wirtschaftsleute wieder herausholen, denn nur die deutsche Wirtschaft wäre imstande - das heißt, eine deutsche Demokratie, aber was ist schon eine Demokratie ohne eine solide, eine ganz unwahrscheinlich solide Wirtschaft? - nur eine leistungsfähige Wirtschaft also wäre imstande, die Reparationen zu bezahlen und vor allem eine Auseinandersetzung, ich meine eine kriegerische, zwischen den Amerikanern und den Russen abzuwenden. Nur ein starker, neutraler deutscher Staat in der Mitte Europas wäre die Garantie dafür, daß der Frieden erhalten bleibt. Sie sagen: das sind Phantasmagorien. Sie wissen aber nicht, was wir im Reich vorbereiten und was wir auf diplomatischer Ebene in Schweden - über die Köpfe unserer Botschafter hinweg - bereits vorbereitet haben. Der einzige Gegner, der sich nicht erweichen ließ, ist Churchill; er wird die nächsten Parlamentswahlen nicht überstehen, insbesondere, wenn er darauf beharrt, trotz unserer Angebote den Krieg fortzuführen. Und wie gesagt: wir allein sind imstande, die russische Industrie und Landwirtschaft binnen kurzem auf einen Stand zu bringen, als hätte es gar keinen Krieg gegeben.«

»Die übliche Wirklichkeitsfremdheit und frommen Wünsche - obwohl ... vielleicht sind sie doch nicht völlig indiskutabel«, sagte Sammy, als ich ihm von dieser Unterredung berichtete. »Aber wollen Sie sich mal ansehen, was Sie uns mitgebracht haben? Wir haben daraus ein Bändchen mit 72 Seiten gemacht.«

Die zusammengehefteten Seiten enthielten zunächst detaillierte Lagepläne des Lagers Auschwitz; dann folgten lange Zahlenkolonnen von den bisherigen Vergasungen; auf der vierzehnten Seite erst kam der zusammenfassende Satz: »Bis zum 15. Mai d. J. wurden in Auschwitz insgesamt 1 452 000 Menschen vergast und anschließend in den Krematorien verbrannt.« Zwei Seiten darauf: »Die Kapazität der Öfen liegt zur Zeit bei 20 000 pro Tag, es werden aber Vorkehrungen getroffen, sie zu verdoppeln.« »Es wird erwartet, daß ab August aus den osteuropäischen Ländern täglich 20 000 und aus den im Osten zu evakuierenden Lagern ca. 10 000 Menschen eintreffen und unverzüglich den Gaskammern zugeführt werden.« Ab Seite 50 wurden in allen Einzelheiten Pläne erörtert, die der Massenvernichtung hätten Einhalt gebieten können. Ich führe hier nur die wichtigsten Punkte auf: »1. Tägliches Bombardement aller Schienenwege und Autostraßen im Umkreis von 80 Kilometern; 2. Vernichtung der Wohnsiedlung der Wachmannschaften, der Hundezwinger, der Wachttürme, Zerstörung der elektrischen Sperranlagen; 3. Vernichtung der Krematorien und der im Lageplan angezeigten Benzintanks ohne Rücksicht auf die Gefangenen; bei einem Luftangriff würden vielleicht einige hundert Menschen ums Leben kommen, dafür aber Zehntausende, wenn nicht Hunderttausende am Leben bleiben; 4. Abwurf während des Fliegeralarms von Handwaffen, Verpflegung und Medikamenten; 5. Abwurf nach der Überwältigung des Wachpersonals von Panzer- und Flugzeugabwehrkanonen; 6. Ständiges Patrouillieren von alliierten Maschinen über Auschwitz . . .«

»Fromme Wünsche, ebenfalls«, sagte Sammy, als ich das Heftchen wieder auf den Tisch legte. »Ich muß das alles auf dem Dienstwege weiterleiten, und auf diesem Wege sind bisher sämtliche diesbezüglichen Akten unterschlagen worden. Ich meine: auf dem Dienstwege, aber nicht unterwegs, sondern in der Zentrale selber. Anscheinend gibt es da eine sehr starke Gruppe, die kein Eingreifen wünscht. Aber selbst wenn das Heftchen auf dem Schreibtisch des Präsidenten landen sollte, der letzten Endes über die zu ergreifenden Maßnahmen zu entscheiden hätte, würde das zu nichts führen. Seine Ärzte sind überzeugt, daß er noch in diesem Jahre sterben wird; seine physische und psychische Verfassung erlauben kaum noch irgendwelche wichtigen Entschlüsse. Die Engländer und die Russen sind zu sehr mit sich selber beschäftigt, um eingreifen zu können; die Russen scheinen es ebenfalls gar nicht zu wollen. Obwohl schon ein minimaler Aufwand, etwa die Durchführung der ersten drei Punkte des Planes den ganzen Todesbetrieb in Auschwitz lahmlegen würde, wird nichts geschehen. Es werden in Auschwitz noch 4 oder 5 Millionen Menschen umkommen. Nur die Tatsache, daß *wir* diesen Krieg gewinnen werden, wird uns vor der Geschichte von dieser Unterlassung freisprechen.

Ja, und nun gehen Sie, und verteilen Sie die Steinchen unter den Schweizer Fabrikantengattinnen.«

19

Ich bin beim letzten Kapitel angelangt, und es wird Zeit, mich dem zuzuwenden, was ich bisher ausgespart und vor mir hergeschoben habe - nicht zuletzt durch die listige Manipulation des chronologischen Ablaufs, wie ich es jetzt, nachträglich, dem Leser gegenüber zu gestehen für angebracht halte. Ich rechtfertige mein Vorgehen mit der Erwägung, daß man vom Ende erst am Ende sprechen sollte - dann aber von nichts anderem mehr.

Wenn ich jetzt dennoch den letztmöglichen Aufschub benütze, um die fälligen Todesanzeigen mitsamt den Einzelheiten über das Ende zweier mir teurer Freunde, eines väterlichen und eines brüderlichen, noch einige Seiten vor mir herzuschieben, so geschieht das aus dem immerhin vertretbaren, ja vielleicht zwingenden Grunde, vor Details vom Ganzen zu reden - ich benütze die folgende Wendung ohne spöttischen Unterton, mit einigem Widerwillen sogar: vom Ende schlechthin. Wie die Materie als solche, die ich in einer frühen Periode meines Lebens gesucht habe, sich als unfaßbar erweist, ist auch das Ende schlechthin nur auf Umwegen, nur annäherungsweise, mit Vergleichen und anderen Hilfsmitteln der Vorstellungskraft einzukreisen - ich sage: einzukreisen, und nicht zu treffen.

Bedeutet das Ende den Untergang der Welt, vielleicht sogar der Materie, von der sie getragen, aufrechterhalten, ermöglicht und genährt wird, so erfüllt sich das, wovon ich mehrere Male bereits als vom ursprünglichen Anliegen gesprochen habe; so erscheint alles, was in der Welt, in der Geschichte und in der von mir miterlebten kurzen Zeitspanne geschehen oder, im Gegenteil, unterblieben ist, nur als ein mehr oder weniger gut getarnter Winkelzug in Richtung der Erfüllung des ursprünglichen Anliegens. Der von Anfang an dem Sein beigegebene Drang zur Selbstvernichtung bedarf eines gewissen, ja eines großen Aufwands - wie mich meine Erfahrung lehrt, eines unproportioniert mächtigen Aufwands: was immer ich auch in meinem Erdendasein als Resultat gesehen habe, hat nie in einer vernünftigen Relation der zu seiner Erzielung aufgewandten Kräfte und Vorbereitungen gestanden. Der Aufwand nun, von dem ich hier spreche, ist die seltsamsten, auf den ersten Blick sinnwidrigsten Wege gegangen, das ursprüngliche Anliegen hat den größtmöglichen Bogen statt des kürzesten Weges eingeschlagen, indem es, mutmaßlich infolge eines Defekts, eines nichteinkalkulierten Zwischenfalls, einer dummen Panne an Stelle des sofortigen Abbaus, an Stelle einer unmittelbar auf die Urexplosion folgenden Implosion und zur Zerstrahlung führenden ungeheuren Verdichtung, die Verstreuung im Raume, die Ausbreitung, den allmählichen Aufbau bevorzugte, als sei ihm geradezu am genüßlichen Auskosten all seiner verborgenen Möglichkeiten zutiefst gelegen - indem es also statt dem Zerstrahlen dem Entstehen zusammengesetzter, komplizierter Formen, so auch des Lebens und innerhalb des Lebens koketterweise des Bewußtseins und der Intelligenz den Vorzug gab, einer Intelligenz freilich, die nach vielen Verwirrungen und Seitensprüngen, nach bewußt herbeigeführten Materie-Umwandlungen und Verwandlungen, nach bewußt erzeugten Materie-Zersetzungen und Zusammensetzungen (ich erinnere hier nur an die Atombombe und an die synthetischen, in der Natur unauffindbaren Stoffe), in unserem Zeitalter allem Anschein nach endlich auf das irreparable Ziel zusteuert.

Ich habe es schon des öfteren erklärt: ich bin Praktiker, ich habe Chemie studiert und - so oder so, denn was ist eigentlich *nicht* Chemie - praktiziert, nicht aber Philosophie, von der ich nichts anderes zu sagen habe, als daß sie die wahren Sachverhalte eher zu verschleiern berufen ist als sie in ihrem nackten Streben zu enthüllen, eher das Sein zu glorifizieren als zu entlarven, eher Apotheosen, angeblich rationale Systeme und Rechtfertigungen, vielleicht sogar mit religiösem Hintergrund, zu schaffen als Klarheiten und ernüchternde Gewißheiten über den Sinn des Seins, den sie als den sinnlosesten Unsinn, als die Folge eines Defekts, darzustellen hätte. Indem sie heimtückischerweise als ein Faktor der Erhaltung dient, trägt sie nur dazu bei, das Sein bis zu jenem Augenblick für den einzelnen als sinnvoll oder zumindest erträglich erscheinen zu lassen, bis er die Möglichkeit geschaffen hat, das Sein zu annullieren. Auch ist der einzelne nicht imstande, wie schon gesagt, diesen ganzen verwickelten Prozeß direkt zu begreifen; er vermag bestenfalls nur die kaschierenden Winkelzüge zu verfolgen, hinter deren Fassade sich die eigentlichen Anliegen, die Urabsicht, das allgemeine Ende herbeizuführen, verbergen.

Ich will nur ein einziges Beispiel nennen. Die Enttabuisierung des Sexus in unserer Zeit wird durch die Tabuisierung des Endes beziehungsweise seiner für den Menschen augenfälligsten Form, des *Todes* ersetzt. Wir leben heute in einem Mittelalter mit umgekehrtem Vorzeichen.

Erst jetzt beginnen wir die sozialen Folgen der Tabuisierung des Sexus zu ahnen: sie war, so vermutet man, die Voraussetzung des Imzaunehaltens der Menschheit, die Vorbedingung der Unterdrückung, Freiheitsbeschränkung und Ausbeutung - mithin auf eine nicht mit dem ersten Blick durchschaubare Weise der Motor der Entwicklung, des technischen Fortschritts. Nur die rücksichtsloseste Ausbeutung vermochte die materiellen Mittel, das Kapital mit einem Wort, dermaßen anzuhäufen, den Fortschritt dermaßen zu beschleunigen und anzuheizen, daß wir heute Gelder in unbeschränkter Höhe für den Bau von Wasserstoffbomben ausgeben können, für eine Menge todbringender Geschosse, die für die fünf- oder sechsfache Vernichtung des Lebens auf unserem Planeten ausreichen würden. Ich bin bereit, die Theorie zu akzeptieren, daß wir jetzt weder Wasserstoffbomben noch andere Waffen besäßen, wenn die Religionen nicht jahrtausendelang dafür gesorgt hätten, daß der Mensch seinen Unterleib nicht wahrnahm.

Jetzt wird der Tod tabuisiert und aus dem Bewußtsein verdrängt, der Tote, anstatt nach seinem in Anwesenheit aller Angehörigen und Bekannten erfolgten feierlichen Tode öffentlich aufgebahrt und zur Schau gestellt zu werden, in aller Stille beiseitegeschafft; selbst die - einstweilen noch - öffentlichen Beerdigungen ähneln heutzutage eher langweiligen, mitunter karnevalesken Aufmärschen. Sie werden - schon wegen des größeren Anfalls von Toten - in absehbarer Zeit völlig abgeschafft werden müssen; es passiert manchmal schon jetzt, daß mehrere Trauergemeinden in den enggewordenen Friedhöfen durcheinandergeraten und der Trauergast schließlich gar nicht mehr weiß, an wessen Begräbnis er teilnimmt und wem er sein Mitgefühl aussprechen wird, wenn sich nach der Beendigung der Reden und Trauergesänge die ihn umgebende, zwischen den Grabsteinen und Hügeln herumhastende und einherstolpernde Menschenmasse aufzulösen beginnt. Es ist nichts mehr von jenem Spruch zu vernehmen, den in unaufgeklärten Zeiten jeder und jederzeit in seinem Herzen trug: *Memento mori.*

Ich frage: wer vermag heute die sozialen Auswirkungen der Tabuisierung des Todes abzusehen? Ist die Tabuisierung mitsamt der überhandnehmenden Enthemmung nicht nur ein weiterer Winkelzug der Materie, auf daß wir uns nur um so sicherer und bedenkenloser ins Ende stürzen? Ist es nicht ein Fingerzeig des Endes, daß man es überall ausklammert, verdrängt und sich weigert, ständig an den Tod zu denken?

Freilich glaube ich nicht, daß ein allgemeines Ende unmittelbar bevorsteht. Die Materie will nicht nur ein kleines Flämmchen im Kosmos, sie dürstet vielmehr nach einer grandiosen Initialzündung, nach einer alles verschlingenden Vernichtung, nach einem erlösenden, jauchzenden Aufschrei beim Untergang des Seins, nach einem endgültigen Schlußpunkt. Wäre das tatsächlich der Fall, so stünde die Zurücknahme der als Kostprobe gedachten Enthemmungen vor der Tür, um der Menschheit noch Zeit zu lassen, die Mittel des allgemeinen Vergehens zu erfinden. Da aber, wie gesagt, der Aufwand nie in einem vernünftigen Verhältnis zum Resultat steht, ist eine Gewißheit über die uns noch zur Verfügung stehende Zeit nicht zu erlangen.

Ich glaube, wir schrieben 1920, als Herr Pauli einige seiner Freunde, Arthur und mich zu einem kleinen - aber nicht folgenlosen - Abendessen eingeladen hatte; es waren auch zwei Medizinstudenten dabei, und an jenem Abend waren es eben diese, die das Wort führten. Der abnützenden Praxis standen sie noch fern, ihre Aussagen stützten sich eher auf rein theoretische Erwägungen, wenngleich sie die erste Phase des Medizinstudiums, in dem sich die Herren Studiosi bei Obduktionen aus dem Sektionsraum noch Hals über Kopf zur Toilette stürzen, um sich zu übergeben, bereits längst überwunden hatten. Sie waren schon abgebrüht, sie hatten bereits Gehirne, Nieren und Herzen zerschnitten und teils in den Abfalleimer, teils zur weiteren Untersuchung beziehungsweise Aufbewahrung in Einmachgläser und in bereitstehende Teller geworfen; sie hatten aber noch keine praktischen Erfahrungen vom langsamen Prozeß des heranschleichenden Todes, des Verfalls, der Auszehrung und Ausdörrung - von jenem schwierigen Beruf des Zum-Grabe-Führens, in dem der Arzt dem Kranken Hoffnungen einzuflößen, das Herz zu stärken, die Blutbildung anzuregen, ihn durch den Mastdarm künstlich zu nähren und augenblickliche Linderungen zu verschaffen hat, obwohl er von der Vergeblichkeit seiner Bemühungen schon längst überzeugt ist und sich aus der ganzen Angelegenheit nichts mehr macht, sondern sie vielmehr auf die leichte Schulter nimmt. Erst in diesem Stadium kann man von der eigentlichen Abgebrühtheit sprechen, denn in ihm werden keine Leichen, kein lebloses Durcheinander von Därmen, Organen, Gefäßen, Nervensträngen und Knochen bearbeitet, zersägt, ausgeschlachtet - wenn auch zum Zwecke der zukünftigen Bekämpfung des Todes -, sondern Lebende, Hoffende und Besorgte hintergangen und hinters Licht geführt. Der Arzt verabreicht dann dem Zuckenden und von Todesangst Gepackten eine Morphiumspritze, sagt beiläufig etwas über die Besserung des Blutbildes oder etwas Ähnliches, um gleich danach seiner Wege zu gehen, die durchaus Wege des Lebens und des unbekümmerten Vergnügens sind. Es ist nunmehr - ich spreche immer noch vom letzten Stadium der »Praxis« - leicht vorstellbar, daß der Arzt in den sowieso schon hoffnungslosen, von ihm aber noch am Leben erhaltenen und hinausgezögerten Fällen sich die Frage stellt: für einen Besuch bekomme ich soundsoviel, *lohnt es sich,* den Fall in die Länge zu ziehen, wäre es nicht besser, besser für mich, für mein Konto, für meine anderen Patienten, für meine Ruhe, für das Ausschalten des Risikos, in der Morgendämmerung geweckt und gerufen zu werden - und schließlich und selbstverständlich auch für den Kranken selbst, das erlöschende Flämmchen schneller erlöschen zu lassen, das Strophantin abzusetzen und kein Arsen, kein Strychnin, keine Dextroseeinläufe mehr zu verabreichen? Es ist durchaus möglich, daß er die Frage verneint, wenn der Kranke im Nachbarhaus wohnt, wenn es ihm, dem Doktor, nichts ausmacht, in der Nacht gestört zu werden, weil er nach der Störung gleich wieder einschlafen kann - und es ist genauso möglich, daß er die Frage bejaht, wenn er zum Kranken einen langen und beschwerlichen Weg zurückzulegen hat, wenn es in seiner Praxis sowieso von Patienten wimmelt, wenn eine nächtliche Störung seinen ganzen darauffolgenden Tag verderben könnte. In diesem Stadium ist der Arzt nicht mehr dazu zu bewegen, sich im Freundeskreis über fachliche Fragen zu äußern, geschweige denn über Fragen, die nicht empirischer Natur sind wie etwa eine Empfehlung, dies oder jenes Mittel gegen Mückenstiche zu verwenden, sondern das Wesentliche seines Berufes betreffen.

Man sprach also an jenem Abend vom Tode, zunächst nur vom Tode, wie er in den meisten Fällen erfolgt; am Anfang des Gesprächs erklang sogar jener Gemeinplatz, daß man mit dem ersten Atemzug bei der Geburt zu sterben anfange. Das erste Stadium der Abgebrühtheit fand etwa in der Aussage seinen Ausdruck, daß der Tod nichts weiter sei als eine Umwandlung, ein biochemischer Prozeß, eine Änderung, eine heute vielleicht noch gar nicht feststellbare Änderung der Mischungsverhältnisse in einem Körpersaft oder in gewissen, mikroskopisch noch gar nicht untersuchbaren Teilen der Zellen eines gewissen Organs. Der eine der Studenten ersparte es sich nicht, mir zuzuzwinkern und zu sagen:

»Das ist ungefähr so wie beim Färben des Papiers für gefälschte Briefmarken: Sie setzen zum Farbgemisch noch ein Quentchen Morin hinzu und erhalten dadurch ein einwandfreies Material, oder Sie übersehen, daß der einstige Drucker, vielleicht aus Versehen, dieses Quentchen in sein Farbgemisch geraten ließ - und Sie können das gefärbte

Papier dann auf den Abfallhaufen werfen. So zirkuliert ein Quentchen irgendeines unbekannten Stoffes im Kreislauf eines sonst kerngesunden Menschen, mit der Folge, daß er nach einigen Tagen nicht mehr lebt.«

»Und dieses Quentchen«, sagte der andere, »ist möglicherweise, in gewissen Fällen, gar nicht materieller Natur; es kann der Tod selber sein, der im Patienten herumkreist, ohne daß dieser etwas merkt. Es gibt solche Menschen, es gibt Menschen, die den Tod ständig mit sich herumtragen, ohne im eigentlichen Sinne krank zu sein. Vielleicht sterben sie schließlich gar nicht an diesem immateriellen Quentchen, sondern an einer ganz ordinären Krankheit. Aber hie und da kommt es doch vor, daß einer stirbt, ohne daß eine Ursache herauszufinden wäre. In den meisten Fällen, so nimmt man wenigstens an, führt dieses immaterielle Etwas zum Selbstmord.«

»Es ist vielleicht«, sagte der eine, »nichts Immaterielles, sondern etwas, was in einer besonderen Konstitution, in einer ungewöhnlichen Konfiguration der Seele, oder sagen wir lieber: des Geistes, besteht. Es ist schwierig zu sagen, wo hier das Materielle aufhört und das Immaterielle anfängt. Ist eine Struktur, ein Gefüge von Beziehungspunkten materiell oder nicht?«

Ich glaube, daß ich an dieser Stelle zum erstenmal die Wendung »Winkelzug der Materie« gebrauchte - meine Experimente mit den Sprengstoffen lagen damals noch nicht weit zurück - und sie zusammen mit dem Begriff »Selbstzerstörungstrieb« in unser Gespräch einflocht. Ich sagte, wenn ich mich recht erinnere:

»Es mag sein, daß die Menschen, die, wie Sie es zu sagen belieben, den Tod fortwährend in und mit sich herumschleppen, dem, von wem oder was auch immer, vorgeprägten Bild des Menschen eher entsprechen als jene, denen das gewisse Quentchen fehlt. Es mag auch sein, daß diese

Anlage oder Konfiguration, die sich als ein Phänomen des Selbstzerstörungstriebs äußert, auf einen tiefer liegenden Entwurf oder Selbstentwurf der Materie zurückgeht, auf einen schon ursprünglich vorhandenen Willen von irgendwas oder irgendwem, auf ein verspieltes oder auch sehr ernstes, traurig-melancholisches Anliegen, das von allem Anfang an der Materie beigegeben, als Quentchen beigemischt, vielleicht eben als das entscheidende und allerwichtigste Quentchen beigemischt war. Ein Atheist, und ich glaube, ich bin einer, würde, falls er den Selbstmord als das Resultat einer verborgenen, der Materie durchaus zuzutrauenden Selbstbesinnung, als einen Vorversuch, im unentwirrbaren Geknäuel der schillernd-vielfältigen Phänomene wenigstens an einem kleinen Pünktchen den Knoten zu zerschneiden und eine Oase der Ruhe herzustellen, betrachtete, wahrscheinlich von einem Winkelzug, freilich einem fehlgeschlagenen, danebengegangenen Winkelzug der Materie reden - wobei er unvermeidlich nach anderen möglichen Winkelzügen der Materie Ausschau halten müßte. Das sind aber alles reine Beziehungsverhältnisse zu Punkten, die außerhalb der uns zugänglichen Wirklichkeit liegen. Verzeihen Sie mir deshalb, daß ich mich auf diese abenteuerlichen Erwägungen eingelassen habe.«

Wir kamen auf die Möglichkeiten zu sprechen, die einem Selbstmordwilligen bei der Ausführung seiner Verzweiflungs- (oder Erlösungs-)tat zur Verfügung stünden, und die beiden Mediziner waren auch auf diesem Gebiete noch gesprächig genug, um der kleinen Gesellschaft sozusagen reinen Wein einzuschenken.

Dem Laien, so könnte die bald von dem einen, bald von dem anderen vorgetragene Meinung zusammengefaßt werden, dem Laien stelle sich die Frage ganz anders als dem, der über die Physiologie des Körpers Bescheid wisse; so glaube der Unwissende, daß ein Arzt, der Selbstmord verüben wolle, zu Schlaftabletten oder am liebsten zur Morphiumspritze greife, weil er mit ihrer Hilfe die größtmögliche Sicherheit des Gelingens und dabei die schmerzloseste Art des Hinscheidens gewährleistet sehe. Ein Irrtum sei aber dies, ein sehr großer sogar, denn beide Arzneien hätten den gemeinsamen Nachteil - um vorerst nur von diesem zu sprechen -, daß der Selbstmörder sein Vorhaben nicht zu jeder beliebigen Zeit, das heißt nicht in eben jenem Moment auszuüben vermöge, in dem seine Geistesverwirrung, der Gipfelpunkt seines Affektes alle Barrieren durchbreche. Er müsse vielmehr eine Umgebung und einen Zeitpunkt wählen - was eine eiserne Kaltblütigkeit und Entschlossenheit zur Voraussetzung habe, sich um jeden Preis aus der Welt zu schaffen -, die von den allerwenigsten aufgebracht werden könne. Denn der Selbstmord sei ganz und gar eine Affekthandlung, selbst bei jenen, die, wie vorher erwähnt, den Tod ständig in und mit sich trügen.

Die Schlafmittel und das Morphium erlaubten es aber keineswegs, auf dem Gipfelpunkt des Affektes zu handeln, denn alle derartigen Mittel bedürften einer gewissen Zeitspanne des Nichtaufgefundenwerdens, um das gesetzte Ziel auch tatsächlich zu erreichen. Es sei keineswegs so, daß ein Arzt zum Beispiel nach einem fatalen und stürmischen Rededuell, nach einem mit Tätlichkeiten einhergehenden Zwist mit seiner Frau Gemahlin schnurstracks in seine Praxis rennen, zwanzig Ampullen Morphium ansägen, aufbrechen und in die Spritze ziehen oder vierzig Tabletten Veronal schlucken könne, ohne befürchten zu müssen, daß nach einer halben Stunde seine Frau wegen der plötzlich einsetzenden Stille, die dann doch immer wieder von Schreien oder von lautem Röcheln unterbrochen würde, ihm nacheilen, seine Kollegen oder die Feuerwehr verständigen und ihn durch verschiedene Eingriffe und Behandlungsmethoden - es kämen ein Luftröhrenschnitt, das Aufschneiden der Hinternmuskulatur zwecks Entfernung des noch nicht resorbierten Morphiums, massive Magenspülungen und so weiter in Frage - doch noch dem Tod entreißen könnte. Denn vor dem Einsetzen der zumindest nach außen völligen Bewußtlosigkeit müsse der Vergiftete ein unter Umständen fünfzig oder noch mehr Minuten dauerndes Exzitationsstadium - die Anlaufzeit des Wirkungseinsetzens - hinter sich bringen, wobei er nicht mehr Herr seiner Bewegungen und seiner Stimmbänder sei, sondern ganz im Gegenteil mit aller Gewalt um sich schlage und gellende Schreie ausstoße. Eine Apothekerin habe zum Beispiel während eines solchen Stadiums das gesamte Mobiliar ihrer Apotheke kurz und klein geschlagen und die Aufmerksamkeit ihrer Nachbarn erregt, worauf sie für den Augenblick zwar gerettet, dafür aber monatelang wegen eines massiven Leberschadens fürchterlichste Qualen auszustehen gehabt habe. Vor einer Operation würden die Patienten, bevor man mit der Narkose beginne, aus eben diesem und keinem anderen Grunde des unglaublich erhöhten Bewegungsdrangs festgeschnallt. - Der Vergiftete sei also nicht mehr Herr seiner Bewegungen und seiner Stimme, so daß er sich leicht verraten könne; ja in vielen Fällen taumle der halbwegs Bewußtlose vom Tatort weg hinaus ins Freie.

Dies seien aber nur die *objektiven,* von der Umwelt wahrnehmbaren Begleitumstände; was der Selbstmörder *subjektiv* verspüre, sei das Allergräßlichste und mit keinem Schmerz, mit keiner körperlichen oder seelischen Qual zu vergleichen. Und was sich dann für die Umwelt als völlige Bewußtlosigkeit zeige und sich mehrere Tage hinziehen könne, sei für den Betreffenden ein entsetzliches Umherirren in einer furchtbaren Traumwelt voller Verfolgungen und unvorstellbarer Ängste. Alles in allem sei diese auf den ersten Blick einfache und schmerzlose Methode für den Kenner der Materie alles andere als empfehlenswert. Sie sei zu umständlich, erfordere einen unbeugsamen Willen, eine sehr seltene Selbstbeherrschung und Gewalt über sich - man müsse auf den Affekt verzichten und seine Tat weit weg von anderen Menschen verüben, des Nachts zum Beispiel im Walde oder in einer Berghöhle, in einem unwegsamen Gelände, sonst laufe man Gefahr, in den Armen oder gar im Bette der noch wütenden Gattin und von dort im Krankenhaus zu landen; und dann die überaus widrigen und widerlichen Prozeduren der Wiederbelebungsversuche, die ständige Wiederaufpäppelung des Bewußtseins beziehungsweise dessen Aufhellung, d. h. des Herumirrens in den Alpträumen.

Ein Chemiker dagegen, der vom Höhepunkt seines Affektes im Laboratorium ereilt werde, sollte, wie der Laie es meine, zum Kaliumzyanid greifen: denn das Mittel sei sicher und wirke augenblicklich - wenn auch in Begleitung von unerträglichen Schmerzen, von denen die markerschütternden Hilferufe zeugten. Diese Weise des Selbstmords beruhe aber gleichfalls auf einem Irrtum. Sei die Resorption des Mittels durch welchen Grund auch immer, durch eine Krankheit, durch die Anwesenheit von entgegenwirkenden Speiseresten im Magen et cetera gehindert, so könne sich der Eintritt des Todes um Stunden hinauszögern - wobei zu berücksichtigen sei, daß es eine subjektive Zeit gebe, mit deren Maßstab gemessen diese Stunden Jahre bedeuten könnten, Jahre voller nicht zu lindernder Schmerzen, denn selbst wenn man den sich Krümmenden und Winselnden zum Arzt bringe, hüte sich dieser im Interesse der nicht im voraus völlig auszuschließenden Rettung des Kranken vor jeglichen Maßnahmen, die durch Schmerzausschaltung auf das Nervensystem lähmend wirken und die Widerstandskraft des Patienten herabsetzen könnten.

Dann sei da natürlich die Pistole als Tatwerkzeug; vorausgesetzt, daß der Mann, der sie gebrauchen möchte, sie auch tatsächlich in Griffnähe habe, müsse er, um völlig sicherzugehen - denn schon manche Kugel habe zwar Schäden beim Abdrücken an der Schläfe verursacht, nicht aber den Tod -, die Mündung der Waffe in den Mund stecken und den ganzen Schädel sprengen, wozu man nur »Prost, Mahlzeit« sagen könne, ebenso wie übrigens auch zu den Versuchen, sich die Pulsadern aufzuschlitzen oder ins Wasser zu gehen.

Manche stürzten sich aus der Höhe, um ihrem Leben ein Ende zu bereiten - ebenfalls ein fragwürdiges Unterfangen, denn die Höhe wolle ja zunächst unter Gekeuche und heftigem Herzklopfen erklommen werden. Erfolge der Sturz nur aus dem vierten Stock, so bestehe die Wahrscheinlichkeit, daß der Selbstmörder entweder überhaupt nicht, oder an seinen Knochenbrüchen und inneren Verletzungen erst nach mehreren Tagen eingehe; besteige er hingegen einen Turm, erkletterte er einige tausend Treppenstufen, was wiederum einen unvorstellbaren Kraft- und Willensaufwand erfordere, so verbessere er zwar die Aussichten des schnellen Todes; aber jeder Meter an Höhengewinn, der seine Todeschancen erhöhe, bedeute zugleich einen Grad der Affekteinbuße und die Steigerung der *subjektiven* Zeit des Sturzes, die durch Aufschläge, durch das Entlangschleifen an Mauervorsprüngen noch weiter in die Länge gezogen werden könne.

Versuche, wie etwa das Trinken von Säuren und Laugen, das Verspeisen von Rattengift oder Mäusekörnern, Versuche also, die vornehmlich von Hausfrauen unternommen würden, könne man getrost als unseriös beiseitelassen; sie führten nur ausnahmsweise zum Ziele - und das unter kläglichen Umständen -, zumeist aber nur zu Verbrennungen und Verletzungen des Rachens und der Speiseröhre, zu Schädigungen von Nerven, Nieren und Leber, an denen der Verletzte sein ganzes Leben lang zu leiden habe; es gebe Menschen, die nach einem derartigen Versuch sich jahrzehntelang über eine künstlich angelegte Öffnung oberhalb des Brustbeins zu ernähren, beziehungsweise durch einen Trichter mit Breien zu stopfen hätten.

Summa summarum: es komme auf die größtmögliche Einfachheit und Schnelligkeit der Vorbereitungen und der Durchführung an, auf eine minimale Dauer des benötigten Alleinseins, auf die sofort einsetzende Wirkung, die in unserem Falle das sofortige Ausschalten des Bewußtseins bedeute; und dies alles, all diese Voraussetzungen seien nur bei einem - zugegebenermaßen trivialen - Mittel erfüllt und gegeben: beim Strick. Jeder Selbstmordkandidat wäre allerbestens beraten und täte gut daran, wenn er jederzeit eine Schlinge in seiner Nähe hätte, also nicht nur den Tod in seinem Blutkreislauf mitschleppte, sondern in einem Koffer auch dessen wirksamstes und sicherstes Vehikel.

Im übrigen müsse man feststellen, daß alle Ärzte, die sich ernstlich mit Gerichtsmedizin und pathologischer Anatomie beschäftigt hätten, diese Todesart bevorzugten. Habe man erst einen Strick, so könne man diesen am erstbesten Fensterrahmen oder am Wasserbehälter der Toilette anbringen; der Verlust des Bewußtseins setze sofort nach dem Abspringen ein, da die Blutzufuhr zum Gehirn augenblicklich unterbrochen werde. Nachher benötige der Selbstmörder nur wenige Minuten vor dem Entdecktwerden - etwa acht Minuten bei hundertprozentiger Sicherheit und Todesgarantie. Wie einfach und empfehlenswert diese Methode sei, gehe schon daraus hervor, daß man sich schon den höchstmöglichen Luxus leiste, wenn man bei der Vorbereitung der Schlinge (die man vielleicht erst nach zwei Jahrzehnten ansetzen werde) sie mit Schmierseife einreibe und dadurch sogar jenen unbedeutenden Schmerz vermeide, der sonst am Halse durch die starke Reibung entstehen könnte. Man brauche da keine Treppen hinaufzustürzen, in den Wald zu gehen oder sich zusätzlich, zur Vermeidung des Erbrechens im halbbewußten Zustande, zum Morphium einige Kubikzentimeter Atropin in den Popo zu spritzen, man brauche sich überhaupt bei keinem Nebengedanken aufzuhalten und dadurch die Stärke des Affektes zu drosseln.

Das Bild, das sich dem Sezierenden dann darbiete, sei zwar nicht das schönste, es fänden sich in allen Teilen des Inneren Blutergüsse aus geplatzten Adern, aber darauf komme es dem Selbstmörder schließlich nicht mehr an. Und schöner sei die Leiche auf jeden Fall als ein kopfloser Rumpf, bei dem man das dazugehörige Hirn von Wänden und Mobiliar abkratzen müsse.

Die Stunde war schon ziemlich fortgeschritten, wir hatten schon mehrere Flaschen Wein geleert, so daß sich Herr Pauli ohne Selbstüberwindung in einer plötzlichen Anwandlung der Offenbarungslust zu seinem Schrank begeben, eine Schublade öffnen und eine Schlinge hervorziehen konnte.

»Meine Herren Doktores«, sagte er, »zu diesem Schlusse bin ich schon seit langem gekommen, und wie Sie sehen, habe ich eine Schlinge bei mir, obwohl ich mich nicht zu denen zähle, die jenes immaterielle Quentchen oder was immer es auch ist, mit und in sich ständig herumtragen.«

Herr Pauli, Herr Josef Pauli hatte an jenem Abend bei vorgerückter Stunde nicht die Wahrheit gesagt; es hatte allerdings noch zwanzig Jahre bei ihm gedauert, ehe er sich die schon seit langem vorbereitete Schlinge um den Hals legte.

Daß es in absehbarer Zeit dazu kommen würde, hatte ich schon viel früher geahnt und mit Sicherheit gewußt, als mich Herr Pauli eindringlich und zugleich auf eine Art, wie man lästiggewordenen Untermietern den Laufpaß gibt, aufforderte, mein Appartement in seiner Fabrik zu räumen und auch alle anderen Werkstätten und das Laboratorium anderswohin zu verlegen, möglichst in eine andere Stadt, ja vielleicht in ein anderes Land.

Der Umgang mit ihm war in seinen letzten Jahren schwierig geworden; der Sprengstoff, der ihm von Anfang an mitgegeben war, begann sich allmählich zu regen.

Er hatte es schon damals, in Breslau, in den alten, noch unbewegten Zeiten, nicht leicht gehabt mit sich, das asketische Wesen, das ich ihm später einmal mit Recht zuschrieb, hatte schon damals eine Bitterkeit, eine Verbitterung, eine kummervolle Nachdenklichkeit zur Folge - und an jenem Abend zu vorgerückter Stunde stellte ich mir die Frage, ob er die in der Schublade verwahrte Schlinge bereits in Breslau bereitgestellt hätte.

Herrn Paulis Aberration ließ sich tatsächlich mit einer Bombe mit Zeitzünder vergleichen, und zwar mit einem Zeitzünder, der nicht zu entschärfen ist, ja der darüber hinaus das unvermeidliche Näherrücken der Explosion mit grausamer Eindeutigkeit anzeigt. Denn das Altern eines pädophilen Mannes ist ein unaufhaltsamer Abstieg - und zwar eben, weil er unzertrennlich ist mit einer Art von Anstieg, mit dem Anstieg der Libido.

Je älter ein als normal bezeichneter Mann wird, um so mehr verringert sich seine männliche Potenz und gleichzeitig sein Liebesbegehren - was er aber kaum als störend empfindet, vorausgesetzt, daß er an keinen aus anderen Quellen stammenden Minderwertigkeitsgefühlen leidet und sich an Kompensationen klammert, weil der Prozeß allmählich, kaum merklich einsetzt, so daß der Betroffene sich in sein Schicksal zu ergeben weiß. Heutzutage hat er sogar die Möglichkeit, den Prozeß durch medikamentöse Behandlung hinauszuzögern und das endgültige Erlöschen seiner Libido in ein Alter zu verlagern, das auch durch die anderen Umstellungen und Wandlungen seines Lebens, durch den Verzicht in allen Bereichen seines Daseins, durch das allgemeine Verkümmern seiner Wünsche ihm auch dieses eine Teilgebiet als nebensächlich erscheinen läßt.

Ganz anders ist der Verlauf des Lebens eines »nicht« normalen Menschen, insbesondere, wenn er einigermaßen (und verhängnisvoll) intelligent ist und in seinen jüngeren Jahren das Schwergewicht seines Daseins auf andere Gebiete umzulagern weiß, auf ein berufliches Vorwärtskommen, auf eine ungewöhnliche Strebsamkeit, auf die Ausrichtung auf andere Ziele, was alles in allem eben jenes »Asketische« seiner Persönlichkeit erzeugt. Er ist in seinen jungen Jahren auf andersgeartete Erfolge aus und hat beeindruckende Resultate bereits in Jahren vorzuweisen, in denen der Normalbürger auf normalen Wegen mühsam vorankommt.

Ein jeder Mensch hat, wenn er in die Gesellschaft hineinwachsen will, die Sublimierung seiner Triebe zu vollziehen; wenigen nur gelingt es, im Ergebnis der Verfeinerung das Ausgangsmaterial in heikel-erlesener Form beizubehalten (ich rechne mich zu diesen Menschen), und nur den Allerwenigsten bleibt es vorbehalten, gemeinhin als abnorm bezeichnete Triebe in eine Blitzkarriere und alles in allem in ein erfülltes, vielleicht auch glückliches Leben umzuprägen.

Herrn Paulis Leben war erfüllt; als glücklich konnte man es nie bezeichnen. Mit dem Fortschreiten seines Alters schwand, so folgere ich aus dem, was ich gesehen und miterlebt habe, seine Potenz, nicht aber sein körperliches Liebesverlangen, das sich, wie um sich für seine Meisterung während der früheren Jahre zu rächen, immer hartnäckiger durchzusetzen begann. Für einen pädophilen Mann, der es zudem in seiner Jugend versäumt hatte, Erfahrungen hinsichtlich der Kontaktaufnahme und der Abwehr von Erpressungsversuchen (worunter ich alles verstehe, was der Partner gegen seinen Herausforderer unternehmen kann, also auch die Möglichkeit, daß er ihn verprügelt und ihm unter Umständen tödliche Wunden, Stiche und Schnitte beibringt) zu sammeln, wirkt sich im Alter die Konstellation seiner Gefühle, Möglichkeiten und der prekären Folgen besonders fatal aus. Während er in jüngeren Jahren gelegentlich einen Studenten zu umgarnen verstand, ist er nun gezwungen, seine Partner in den untersten Schichten der Gesellschaft, ja in Kreisen außerhalb der Gesellschaft, kurzum: unter Strichjungen, Gaunern und Verbrechern zu suchen, krampfhaft zu suchen, denn die Libido wird ihm nun zur Geißel, zum nimmermüden Gefährten in jeder Minute.

Vorausgesetzt, daß der alte Mann nach vielen Schwierigkeiten dennoch ein bereites Gegenüber findet, so hat er, da er am Ende mit diesem Gegenüber nichts und wieder nichts anzufangen weiß, und auch sein Partner, trotz allen guten Willens, (wenn dieser überhaupt vorhanden ist), bei ihm nichts auszurichten, mit ihm nichts anzustellen vermag, und anstatt eines streng umrissenen geschlechtlichen Geschäftes hysterische Weinkrämpfe und Selbstbeschuldigungen mitanhören und über sich ergehen lassen muß, das Schlimmste zu gewärtigen; denn die Strichjungen sind alles andere als feinfühlig und für menschliche Qualen aufgeschlossen. Da kommt es dann zwangsläufig zu Beschimpfungen, zu Verhöhnungen niedrigster Art, zu Ohrfeigen und zum Verdreschen des »geilen Alten«, so daß dieser noch von Glück reden kann, wenn er mit heiler Haut davonkommt und nicht im Krankenhaus landet oder tot aufgefunden wird.

Ich habe Herrn Pauli zweimal vor seinen abendlichen Unternehmungen gesehen, ohne daß er mich bemerkt hätte; beide Male trug er verschlissene Kleidungsstücke, die ihn vor Erpressungen vielleicht bewahrten, dafür aber die Wut seiner sich geprellt fühlenden Partner nur um so mehr anfachten und steigerten. Bei seinem zweiten Krankenhausaufenthalt sah ich ihn zum letztenmal: er klagte über einen Sturz im Treppenhaus, als dessen Folge er nun am Bruch einiger Rippen und anderen Verletzungen zu leiden hätte. Sein ganzes Gesicht war angeschwollen, das eine Auge sogar völlig verschwunden wegen der starken Blutergüsse in seiner Umgebung. Der Arzt des Spitals (Herr Pauli weigerte sich mit aller Kraft, in ein Privatsanatorium überwiesen zu werden) erzählte mir nach dem Besuch unter vier Augen, daß der Patient es nur dem plötzlichen Auftauchen einer heimkehrenden Gesellschaft und der anatomischen Unkenntnis eines »Partners« zu verdanken habe, daß er nicht entmannt worden sei, der Bursche habe einen großen Schnitt über den ganzen Hodensack hinweg anbringen können, sei aber dann im Dunkeln verschwunden.

Es hätte nur eine - sehr fragwürdige - Möglichkeit des helfenden Eingreifens gegeben: die Überweisung in eine geschlossene Anstalt. Sie wurde mir vom Arzt empfohlen, ich schlug sie aber aus. Nach dem Krankenhausaufenthalt mußte Herr Pauli noch etliche Wochen zu Hause im Bett liegend verbringen, in der Obhut von zwei Krankenschwestern; ich saß inzwischen schon längst in Wexford in der (wie ich später einsehen mußte) selbsttrügerischen Hoffnung, daß mein väterlicher Freund - denn das war er bis zuletzt geblieben, selbst nach meiner Übersiedlung nach Zürich hatte er mir beziehungsweise meinen Schützlingen mit Rat und Tat beigestanden - seine nächtlichen Ausflüge aufgeben würde. Kaum aber waren die Krankenschwestern entlassen, kaum konnte er sich wieder bewegen, als er sich erneut zu einem Spaziergang in der Nähe des Bahnhofs entschloß (so nehme ich wenigstens an); die Obduktion seiner zu Hause, in der Wohnung aufgefundenen Leiche ergab nicht nur die erwähnten Blutergüsse aus geplatzten Adern, sondern den frischen Bruch von zwei Rippen und der Schädeldecke.

Ich kann und will nicht an dieser Stelle einen rühmenden Nachruf auf Herrn Pauli schreiben, der übrigens sein ganzes Vermögen einer mildtätigen Organisation testamentarisch vermacht hatte. Ohne seine Hilfe wäre ich nie geworden, was ich geworden bin, ohne seine ständige Mitarbeit hätte ich keinen meiner Pläne, teilweise von ihm initiierten Pläne verwirklichen können. Viele tausend Menschen verdanken ihm das Leben, viele hundert den Abschluß ihres Universitätsstudiums. Er hatte für die Menschen mehr getan als manche Regierung und mancher Milliardär.

Als ich 1948 nach Europa zurückkehrte, um nunmehr mit der Unterstützung meiner Söhne daranzugehen, wie Sammy es gesagt hatte, den ganzen Skalp abzuschneiden, 1948 also führte mich mein erster Weg zum Gottesacker St. Theodor in Basel zum Grabe meines väterlichen Freundes.

Gern, nur allzu gern hätte ich auch ein anderes Grabmal aufgesucht; es gibt es aber nicht, keine meiner einstigen Nachforschungen hatte überhaupt den Standort eines Grabes ausmachen können. Vielleicht gibt es gar kein Grab, vielleicht hatte der dafür Bestimmte - da durch eigene Hand und den Strick umgekommen, an unbekanntem Ort mit unbekannter Verwandtschaft verstorben, als Anschauungs- und Übungsmaterial für mehrere Semester von Medizinstudenten gedient. Er hatte allerdings schon vier Jahre nach dem Abendgespräch bei Herrn Pauli die Schlinge hervorgeholt und sich umgebracht.

Bevor ich nun zum endgültigen *finish* dieses Bandes unwiderruflich vorstoße und das bis zu den allerletzten Seiten vor mir Hergeschobene preisgebe, möchte ich noch eins vorausschicken: ich hatte in den ersten sieben Basler Jahren keine Ahnung von den Vorgängen, ich war dermaßen in meine Papier- und Farbuntersuchungen, in meine Schicksalsentwürfe und Korrespondenzen eingespannt und später in meine Rettungsaktionen und wieder in den Aufbau von erdachten Existenzen vertieft, daß selbst meine Beziehung zu Hortense allmählich, wegen Zeit- und Energiemangels, eingeschlafen und im Sande verlaufen wäre, wenn mein Adlatus, das Faktotum der Paulischen Fabrik, Arthur also, nicht dafür gesorgt, mit delikater Umsicht und peinlicher Pedanterie dafür gesorgt hätte, daß die Blumensträuße, Grüße und Geschenke regelmäßig in der Parfümerie eintrafen, ja, daß ich selber hinging; denn sobald ich eine Woche ohne Besuch verstreichen ließ, kündigte mir Arthur in der morgendlichen Entgegennahme meiner Bitten (oder Befehle?) an, daß er für den Abend eine Taxe bestellt und meine Absicht, die Nacht bei Frau Girardoni zu verbringen, ihr habe ausrichten lassen - er benahm sich also wie ein um das leibliche Wohlergehen des Sohnes besorgter Vater, der alles tut, womit er das seelische Gleichgewicht, Selbstbewußtsein und die geregelte Physiologie seines Sprößlings aufrechterhalten zu können glaubt. Er übernahm die Rolle des Boten, des Überreichers von Geschenken - die er im späteren Verlauf selber in aller Welt in Antiquitätenläden auftrieb, einen chinesischen Teppich aus dem 17. Jh. zum Beispiel, alte Kamin- und eiförmige Taschenuhren, Porzellangefäße, die aus der ersten Periode der Böttcherschen Manufaktur stammten.

Denn Arthur hatte inzwischen Geld, über dessen Herkunft er mir unterwürfig, aber immerhin mit dem Stolz eines Kaufmanns Rechenschaft ablegte, der durch schnell aufeinanderfolgende Coups ein Vermögen anhäuft. Zu jenen alten Zeiten nämlich - es waren Nachkriegsjahre, aber in der Schweiz und in vielen kaufmännischen Branchen unterschieden sie sich kaum von den Jahren vor dem Krieg - paßten die Briefmarkenauktionatoren, im Gegensatz zu den heutigen, höllisch und teuflisch auf, daß keine schwarzen Schafe, keine falschen Objekte in ihre Auktionskataloge und unter ihren Hammer gerieten, und es gab damals auf der Erde nur einen einzigen Mann, der in Zweifelsfällen hundertprozentig sichere Aussagen über Echtheit oder Unechtheit einer Briefmarke hatte machen können. Er wurde 1920 weltbekannt, als er in London die Auktion einer renommierten Firma sprengte und den Auktionator zur Aufgabe seines Geschäftes zwang, indem er nach Abschluß einer Versteigerung die glücklichen Erwerber altdeutscher Briefmarken nacheinander davon überzeugte, daß sie größtenteils falsches Material ersteigert hatten. Es wurde damals eine ganze Reihe von Prozessen gegen den Auktionator angestrengt und die hinzugezogenen Experten konnten nach den Erläuterungen und Hinweisen Arthurs - er war es, sonst würde ich darüber nicht erzählen - nicht umhin, sein Urteil zu bestätigen. Er arbeitete mit einer kleinen Lupe, die ihm eine zehnfache Vergrößerung ermöglichte; sie reichte aus, um die fragliche Briefmarke mit hunderten, in seinem eidetischen Gedächtnis in allen kleinen Details der Zeichnung und der Farbnuancen gespeicherten echten (oder echteren als echten!) Stücken zu vergleichen.

Der Ruin des Briefmarkenhändlers bewog dann viele, ja ich kann getrost sagen, die meisten großen Sammler, ihre in vielen Fällen geheimgehaltenen Bestände zur Begutachtung dem untrüglichen Experten vorzulegen, so daß Arthur, der mehrere Male auch den Atlantik überquerte, einen Überblick über die vorhandenen Bestände gewann, wie ihn kein anderer Mensch vor oder nach ihm hatte - was ihm dann ermöglichte, aus der eigenen Produktion jeweils jene Stücke feilzubieten, bei denen die Nachfrage besonders groß und auch der Gewinn entsprechend war. Es waren Kenntnisse, die die meinen bei weitem überstiegen; Arthur hätte damals einen Katalog herausgeben können, der durch die genaue Angabe von Stückzahlen jede weitere Fälschung unmöglich gemacht hätte.

Wenn ich die aus unserer Kollektion von Arthur ausgewählten Stücke bestenfalls für 8000 Dollar loszuwerden hoffte, so erzielte er mindestens das Doppelte für sie und kassierte von mir mit größter Selbstverständlichkeit die Differenz. Diese Summen und seine sonstigen Honorare verwendete er für den Kauf von Geschenken, die größtenteils für Hortense, zu einem kleinen Teil für Herrn Pauli und nur ausnahmsweise für mich bestimmt waren: er brachte von seinen Reisen einen in Ziegenleder gebundenen handgeschriebenen Koran aus dem sechzehnten Jahrhundert mit, römische Goldmünzen und Altertümer aus ägyptischen Grabkammern, um nur einiges zu nennen. (Ich möchte den Leser gleich an dieser Stelle beruhigen: all diese Gegenstände sind inzwischen, mit einer einzigen Ausnahme, an Museen in aller Welt verschenkt worden.)

Arthur reiste in der Welt herum wie ein Fürst, auf Luxusdampfern und in Expreßzügen, er stieg in teuren Hotels ab, in denen er die katzbuckelnden Briefmarkenhändler empfing, er führte vier große Koffer mit sich voller gestärkter Hemden, Smokings und Fräcke. Mit einem Wort: er verwandelte sich für zwei, drei Wochen in einen exotischen Dandy, um dann, nach seiner Rückkehr, in seine Monteurkluft zu steigen, die erstbeste stehengebliebene Maschine Herrn Paulis zu reparieren und ölverschmutzt, zerkratzt und zerzaust in seine kleine Bude über meinem Appartement hinaufzugehen.

»Der Bursche ist nicht ganz in Ordnung«, meinte Herr Pauli, der eigentlich Bescheid hätte wissen müssen, »da stimmt etwas im Kopf nicht, was einen freilich nicht wundernehmen kann.«

Arthur sei, so erfuhr ich von ihm bei einem Spaziergang im Botanischen Garten, familiär vorbelastet; sein Vater, Architekt von Beruf, hatte eines Nachts ohne jegliches Motiv, wahrscheinlich aus einem momentanen unwiderstehlichen seelischen Zwang alle Türen und Fenster seines Hauses verriegelt und die Gashähne geöffnet, wobei mit Ausnahme Arthurs die ganze Familie ums Leben gekommen sei. Die Erziehung im Waisenhaus - in einem Schweizer Waisenhaus, das eher einer Strafanstalt für Gewaltverbrecher geähnelt habe - habe dann noch ein übriges getan und das Werk vollendet; auf der einen Seite habe sie zwar Arthurs Intelligenz in einem ganz unwahrscheinlichen Maß aktiviert - wobei das unmenschliche Reglement nicht ohne Bedeutung gewesen sein dürfte -, dagegen aber andere Bereiche seiner Psyche vollkommen lahmgelegt; so sei seine Gefühlswelt verkümmert und erloschen; er, Herr Pauli, wüßte von keinem einzigen Fall, daß Arthur einem anderen Menschen mit Zärtlichkeit und Liebe begegnet wäre; anscheinend habe man im Waisenhaus mit Vorbedacht Arbeitsroboter gezüchtet. Auch Arthurs Verhältnis zu mir zeige, wenn nicht die Züge einer schizophrenen Verhaltensweise, so doch eine ganze Menge von Ungereimtheiten, ja ein unübersichtliches Durcheinander von seelischen Impulsen. Arthur würde, seiner Meinung nach, auf die Dauer nicht imstande sein, die gegensätzlichen und einander widerstrebenden Phänomene seiner gegenwärtigen Doppelexistenz, seiner Vergangenheit und vielleicht auch die Unmenge von bildhaften Erinnerungen in seinem Gedächtnis zu koordinieren und psychisch zu verkraften, so daß man ihn möglicherweise wegen eines totalen seelischen Zusammenbruchs in ärztliche Obhut würde geben müssen; ich täte gut daran, ihn zum Sparen zu überreden, damit er nach seiner Entlassung selber für die Kosten von Pflegern und Ärzten aufkommen könne, denn sollten diese von uns gedeckt werden, wozu wir uns selbstverständlich verpflichtet fühlen müßten und würden, so wäre dies für ihn eine zusätzliche schwere Belastung. Soweit er die finanzielle Lage Arthurs im Augenblick übersehen könne, sei das Beiseitelegen von größeren Summen ohne weiteres, ohne merkliche Folgen für seine ausgefallene Lebensführung möglich; es sei einerlei, ob in unseren Wohnungen drei oder zehn fünfzehnhundert Jahre alte chinesische Porzellanvasen herumstünden und in unseren Regalen zehn oder zwanzig Inkunabeln herumlägen. Gewiß, man könnte diese auch *nachher* noch verkaufen, was aber in den Augen Arthurs beinahe dasselbe sei wie der Empfang von Almosen, denn eben sein Gedächtnis würde am wenigsten von der seelischen Erkrankung betroffen werden.

Wegen der Geschenke hatten wir mit Arthur sowieso schon Meinungsverschiedenheiten genug, ja ich wäre möglicherweise eifersüchtig auf ihn geworden, wenn er sie nicht häufig mir zur Übergabe an die Adressatin ausgehändigt hätte. Nur einige Male ließ er es sich nicht nehmen, die Gaben eigenhändig zu überreichen - aber auch in diesen Fällen behauptete er Hortense gegenüber, in meinem Auftrag zu handeln. Und dennoch: zwischen ihm und Hortense bildete sich allmählich eine Art Freundschaft heraus, die, wiederum ziemlich verwirrend, von beiden Seiten in *meinem* Interesse geknüpft wurde. So hatte Arthur, 1922, glaube ich, Hortense mehrere Male aufgesucht und mit ihr gesprochen, ohne daß beide mich von diesen Besuchen unterrichtet hätten: es ging ihnen nämlich darum, mich für zwei Monate zur Erholung zu schicken, die ich zugegebenermaßen dringend nötig gehabt hätte, aber mit Berufung auf dringliche Arbeiten immer wieder aufschob. Hortense versuchte, mich zu überzeugen, daß diese Arbeiten gar nicht so dringend seien - wobei sie eine Kenntnis meiner jeweiligen Beschäftigungen verriet, die nur von Arthur stammen konnte; erst auf diesem Umwege erfuhr ich, daß die beiden ihre Köpfe zusammensteckten und über die Lage hinter meinem Rücken in aller Ausführlichkeit berieten. Aber sie berieten sich in meinem Interesse, um meinetwillen, was mir Hortense sofort entgegenhielt, als ich sie, in einer Anwandlung von Eifersucht, zur Rechenschaft zog. Und auch danach war an dieser merkwürdigen Freundschaft nicht zu rütteln; es wurde beraten, erörtert, erwogen, verhandelt - alles um meiner Gesundheit willen, ja selbst der Plan, mich in jedem Jahr nach Irland abzuschieben, wurde von den beiden ausgeheckt.

Nun doch noch einen Augenblick zurück zu den Geschenken. Mir hatte Arthur nur hie und da etwas von seinen Reisen mitgebracht - meistens Kleinigkeiten -, im Gegensatz zu Herrn Pauli, der öfter ein erlesenes Stück von ihm erhielt. Ein einziges Mal, gegen Ende 1923, brachte er mir einen Ring und überreichte ihn mir etwa mit der Bemerkung: »Ein ungeschliffener Turmalin, wenig wertvoll, Gold, aber ziemlich abgenützt, primitive Ausführung - ich habe das Ding in einer Pariser Hökerei erstanden trotz seines nicht eben guten Zustands, einzig wegen des eingravierten großen A; es ist also eher ein Scherzstück, ein Scherzartikel von Arthur, wenn Sie es so nennen wollen.«

Der Ring gefiel mir aber eben wegen seiner ungefügen Einfachheit, und ich trug ihn gerne, insbesondere, wenn ich arbeitete und bei einer schwierigen Textpassage die Augen auf dem Stein ruhen lassen konnte. Er war ungefähr zwölf Millimeter lang, sechseckig, säulenförmig, von ausgesprochen schöner grüner Farbe und nur an seinen Enden von der Goldhalterung eingefaßt.

1930, als ich über Amsterdam aus Irland in die Schweiz reiste, wollte ich in der holländischen Stadt einen Brillantring für Hortense erwerben; der Juwelier, ein vielbelesener Fuchs und eine Kapazität in seiner Branche, erblickte den Ring an meinem Finger. »Sie also waren es«, sagte er, »der den Ring vor sieben Jahren gekauft hatte.«

»Wieso?« fragte ich, »ich dachte, er sei von minderem Wert und unbekannt.«

»Unbekannt ist gut. Haben Sie ihn geschenkt bekommen?«

»Ja.«

»Er ist nämlich eins der wenigen Stücke, die der spanische König Amadeus nach seiner Abdankung und Flucht nach Paris aus dem spanischen Kronschatz verkauft hatte. Der Ring gehörte ursprünglich Alfons VII. - wenn Sie es nicht wissen sollten: er lebte im zwölften Jahrhundert -, daher der eingravierte Buchstabe. Der Stein ist einer der schönsten und ältesten Smaragde in dieser Größenordnung. Der Ring ging durch mehrere Hände, bis ihn 1923 ein deutscher Industrieller, der kurz vor dem wirtschaftlichen Zusammenbruch stand, verkaufen mußte. Die Summe ist unbekannt, aber für ihre Höhe spricht der Umstand, daß sich der Deutsche vor der Pleite retten konnte.«

Ich glaube, ich hätte mich später nie für den Verbleib des spanischen Goldschatzes interessiert, wenn ich durch diesen Zufall nicht erfahren hätte, daß ich einen Ring trug, der jahrhundertelang im Besitz spanischer Könige gewesen war.

Erst bei dem Juwelierbesuch wurde mir auch bewußt, weshalb Arthur so seltsam gelächelt hatte, als ich ihn, Herrn Paulis Rat folgend, zum Sparen anspornte. Er hatte offenbar gespart, er hatte über beträchtliche Summen verfügen müssen, von deren Vorhandensein niemand etwas ahnen konnte. Er hatte dann sein gespartes Geld auf einmal ausgegeben, eine Summe, die mindestens das Zehnfache des Wertes all dessen ausmachte, was er in meinem Namen Hortense geschenkt hatte. Denn ich, ich allein war es, den er geliebt hatte, mit einer verzweifelten, mir unverständlichen, krampfhaften, hoffnungslosen und quälenden Liebe; sein Umgang mit Hortense war ebenso nur ein Umweg und ein Vorwand, über mich zu sprechen, wie ich in den uralten, noch ganz und gar unbewegten Zeiten mit Jowitas Freundinnen in den Konditoreien Breslaus über Jowita sprach. Als ich das begriff, war Arthur schon für immer verschwunden, tot, vermutlich irgendwo in Frankreich; sein Brief an mich, sein letztes Lebenszeichen stammte aus Lyon; es war ein langer Brief, und in den abschließenden Sätzen riet er mir, alle Nachforschungen zu unterlassen, da sie doch vergeblich sein würden; er wolle sich erst nach mehrmaligem Stadt- und Hotelwechsel das Leben nehmen, »nach allen Regeln und einschlägigen Erkenntnissen der pathologischen Anatomie, mit dem eingeseiften Strick.«

Ich sage es aber ehrlich: mir war der Sachverhalt ebenso unbekannt wie Hortense oder selbst Herrn Pauli. Wie hätte ich es ahnen können, unerfahren, wie ich auf diesem Gebiete war, auf die bestmögliche Ausnützung meiner Zeit zur Erfindung fremder Schicksale bedacht, daß in meiner unmittelbaren Nähe und unter meinen Augen ein junger Mann meinetwegen mit seinem wirklichen Schicksal rang, ein dem Äußeren nach jüngerer, viel schöner und besser geratener Bruder, dessen Charakter aber für mich bis zuletzt ein Rätsel blieb, ein Rätsel, aber nicht im Sinne einer zur Lösung drängenden Aufgabe, sondern als etwas Unbekanntes, dessen Unbekanntheit ich in sich ruhen ließ. Dabei hätte ich, wenn nur der Wille dagewesen wäre, in jedem Augenblick auf die Lösung des Rätsels stoßen müssen. Doch hatte ich die Bedeutung des Ringes nicht erkannt, ganz abgesehen von seinem Wert, ich war damals mit Briefen und Briefmarken beschäftigt und hatte mit Edelsteinen noch nichts zu tun gehabt - aber die Überreichung eines Ringes war an sich schon eine symbolische Handlung. Es fiel mir auf, daß Arthur beim Abschied vor seinen Reisen einige Augenblicke länger meine Hand in der seinen hielt, maß dem aber keine Bedeutung zu; es war mir unangenehm, daß er, ein international bekannter, geschätzter und gesuchter Mann, meine Zimmer aufräumte, mir mit fast hündischer Ergebenheit beim Frühstück zuhörte und meine Bitten (oder Befehle?) entgegennahm, daß er, um wenigstens Hortense zu gefallen, viele Stunden in Antiquitätenläden verbrachte und verborgene Kunstschätze aufstöberte - wobei in seiner Bude oder eher Zelle nicht einmal ein bequemer Sessel stand, und ich mich, wenn ich das eine oder andere Mal zu ihm hinaufging, auf sein Eisenbett setzen mußte. Ich dachte dabei vielleicht einen Augenblick an das von Herrn Pauli mir in den Mund gegebene Wort von der »familiären Belastung«, ich dachte, auf Arthurs Bett sitzend, einen Moment lang daran, daß ich mein Appartement möglicherweise bald würde aufgeben müssen, um Arthur und seinen Pflegern Raum zu schaffen, ich beobachtete ängstlich, wie sich die merkwürdigen Zeichen eines sonderbaren Benehmens im Umgang mit ihm mehrten, wie er allem Anschein nach etwas zu erreichen hoffte und sich davor zugleich fürchtete; ich hielt es für die Äußerung, für Anfangssymptome des Wahnsinns, daß er meine Schuhe putzte und mit der Waschfrau wegen meiner Hemden stritt; es verdroß mich, daß ich ihn Arthur nannte, ihn aber nicht bewegen konnte, mich Roman zu nennen; ich war empört, als er mir eine handsignierte Baudelaire-Erstausgabe schenkte mit einem gestickten Lesezeichen, das bei dem Gedicht *»À une Madone«* lag - empört, obwohl er nur wissen konnte, daß ich dieses Gedicht liebte, nicht aber, weshalb ich das tat. Er kannte meine Vorliebe für das Gedicht, weil er sehr häufig meine Bücher in der Mittagspause abstaubte und dabei wahrscheinlich bemerkt hatte, daß ich »Die Blumen des Bösen« besonders oft bei der »Madonna« aufgeschlagen hatte. Dieses Zeichen traf mich tiefer, als er es ahnen konnte, aber nicht tief genug, um seinen Sinn zu erraten.

Ich habe mich auch seither oft gefragt: hätte Arthurs Leben einen anderen Verlauf genommen, wenn ich den von ihm voller Angst verborgenen und dann doch wieder voller Hoffnung angedeuteten Sinn seiner Zeichen erkannt hätte, war es nicht eben mein Unverständnis, das ihn nur sechs oder sechseinhalb Jahre nach unserem Zusammentreffen leben ließ? Ich hätte seine Wünsche überhaupt nicht, oder wenn doch, so nicht auf die Dauer und aufrichtig erfüllen können - aber worin eigentlich bestanden seine Wünsche? Ich habe mehrere Experten, ich meine Psychiater, befragt, und einige darunter, allerdings die Minderheit, waren der Auffassung, daß Arthur sich zufriedengegeben hätte, wenn ich sein Trachten verstanden hätte, wenn ich ihm zu verstehen gegeben hätte, daß ich von seinem Zustand wisse - und nichts weiter. Vielleicht, so die Psychiater - das heißt, einige unter ihnen -, kam es ihm allein auf ein platonisches Verständnis an, nicht einmal auf ein platonisches Verhältnis, das immer noch weit von irgendwelchen körperlichen Berührungen gelegen hätte; ich weiß es nicht, halte es aber in Kenntnis seines Wesens - die den Psychiatern fehlte - für durchaus möglich. Denn auch Herr Pauli hatte mich geliebt, so sehr geliebt, daß er mir alles gab, was er mir nur geben konnte, ohne auch nur einmal sich in eine zweideutige Situation verlocken zu lassen. Ich kann es mir vorstellen, daß Arthur für meine Söhne dasselbe geworden wäre wie Herr Pauli für mich. Und eben aus diesem Grunde kann ich mich von der Schuld nicht lossprechen, noch heute nicht, obwohl seit Arthurs Tod beinahe schon ein halbes Jahrhundert vergangen ist. Es ist freilich möglich, daß letzten Endes auch Arthur, wenn er am Leben geblieben wäre, vom gleichen Schicksal getroffen worden wäre wie Herr Pauli - möglich ist es, aber nicht wahrscheinlich, denn die beiden waren bei aller Ähnlichkeit doch nicht die gleichen Menschen, insbesondere, wenn man Arthurs Geistesgaben in Betracht zieht. Zumindest aber hätte Arthur noch zwanzig oder dreißig Jahre vor sich gehabt, in denen er, falls die Meinung der Psychiaterminderheit zutrifft, sogar glücklich gewesen wäre.

Ich hatte aber kein Verständnis, keine Zeit zum Nachdenken über das Schicksal, das sich vor meinen Augen abspielte, ich war in imaginäre Schicksale vertieft und lebte so manches Mal mehr in der Vergangenheit und in einer anderen Stadt als in der Gegenwart und in Basel. Hätte ich mich nur für einige Augenblicke von meinem Bergedorfer, Lübecker oder Braunschweiger Dasein losreißen können, so wäre es gewiß nicht zu jener Eruption gekommen, die dann nur noch den einen Weg für Arthur offenließ.

Hier muß nun doch, zuallerletzt, der Bericht über ein merkwürdiges Erlebnis eingeschaltet werden.

Ich wohnte schon seit sechs Jahren in Basel, ohne auch nur einmal bei einem Basler Fastnachtstreiben dabeigewesen zu sein und jenes weltberühmte Spektakel miterlebt zu haben, um dessentwegen sich heutzutage Zehntausende von Touristen am Aschermittwoch nach Basel begeben; auch damals sind es schon einige Tausend gewesen, die sich die Nacht und die frühen Morgenstunden des allgemeinverbindlichen Duzens, des Küchleinsingens und Tätschelns, den Umzug der Böcke, Teufel, Göler, Meier, Hechelgangeln, Könige und Mohren bei Fackel- und Laternenlicht und die Pfeifen- sowie Trommelkonzerte ansehen, anhören und vielleicht auch ein wenig mitmachen wollten. Die Mitglieder der Cliquen begaben sich schon bei hereinfallender Dunkelheit in ihre Lokale, um sich in aller Muße umkleiden, noch einmal über die Route des Aufmarsches beraten, Trommeln und Pfeifen überprüfen und die Darbietungsmethode des von ihnen ausgewählten »Sujets« während des Umzugs besprechen zu können. Was man schon seit Monaten probte und in allen Einzelheiten einübte, sollte nun innerhalb von zwei, drei Stunden zum besten gegeben und vom Preiskomitee beurteilt werden, dessen Sprüche nicht nur den sportlichen Ehrgeiz zu befriedigen, sondern auch die Summe der Subventionen fürs nächste Jahr festzulegen berufen waren. Die Nervosität der »Butzen« war verständlich, und sie verbreitete sich mit dem Herannahen des Morgenstreichs, des Verklingens der vier hellen, harten Glockentöne zu St. Martin von Stunde zu Stunde mehr in der ganzen Stadt und in der ganzen Bevölkerung.

Ich verließ schon um Mitternacht mein Appartement, mit dem festen Grundsatz übrigens, mich in nichts einzumischen und die Vorgänge möglichst - und tunlichst, denn mancher Außenseiter war schon verprügelt worden -, aus der Ferne zu beobachten. Damals galt schon seit Jahrzehnten der Grundsatz, daß sich die »Gäste« durch ihre unmißverständlich neutrale Kleidung und das Nichtanlegen von Larven - für den Einheimischen bedeutet es schon eine Beleidigung, wenn der Fremde statt Larve »Maske« sagt - als solche zu erkennen gaben. Wie gesagt: manche wurden wegen der Mißachtung dieser Spielregeln verdroschen.

Ich wanderte schon gut anderthalb Stunden in der Innenstadt und am Rheinufer entlang, als ich bemerkte, daß ich verfolgt wurde. Verfolgt von einem Fremden, einer Fremden, die die Spielregeln der Fastnacht zu ignorieren schien; sie trug keine Larve, sondern einen mittelalterlichen Panzer, der ihren ganzen Körper bedeckte; das Visier war heruntergeklappt, aber zwischen Helm und Brustpanzer erblickte ich lange blonde Locken. Es war offenbar ein Kostüm der Jeanne d'Arc, das meine Verfolgerin, die auch ein großes Schwert mitschleppte, angelegt hatte. Es konnte kaum eine mir bekannte Dame gewesen sein, und schon ganz und gar nicht eine Baslerin. Eine Fremde also, so dachte ich, die auf ein amouröses Abenteuer aus war, und die sich in Unkenntnis der Bräuche unpassend aufgemacht hatte.

Ich weiß nicht, ob es die allgemeine Nervosität, Unruhe und Unrast der Stunde war, die mich dazu bewegte, die Rolle des Verfolgten mit derjenigen des Verfolgers zu vertauschen. Ich hatte die nunmehr Flüchtige bald erwischt; unter dem hinuntergeklappten Visier erklang es etwas dumpf und brüchig: »Komm, komm, mein unbekannter Geliebter!« Eine Hand faßte mich an und zog mich hinter sich her, bis wir in der völligen Dunkelheit eines Parks verschwanden. Jeanne d'Arc ließ ihr großes, für zweihändigen Gebrauch gedachtes Schwert fallen und klappte ihr Visier auf. Sie gab ihre Lippen zum Kuß frei, indem sie ihr Gesicht nach oben wandte und an die Innenseite des Helms preßte. Sie umarmte mich: aber nur ihre Hände und Arme waren vom Panzer unbedeckt, so daß ich sie nirgends zu fassen bekam. Wir vereinigten uns in einem Kuß, der sich von allen meinen vorherigen Küssen unterschied: es war ein Kuß - ich werde das Wort nicht mehr verwenden -, also: es war ein, es war der Kuß schlechthin. Indem das Aroma eines exotischen Parfüms in meine Nase stieg, tastete eine Zunge mein Zahnfleisch und die Ränder meiner Zunge ab, bewegte sich rhythmisch - und veranstaltete eine Revolution in meinem Körper: der Aufstand war allgemein. In diesem Augenblick schlüpfte eine Hand in meine

Hose, schob Hemd und Unterwäsche beiseite und faßte mein Glied an. Der Orgasmus erfolgte einige Sekunden danach, und ich spürte, daß auch meine Partnerin den Höhepunkt erreicht hatte.

Ich war benommen, erschöpft, entnervt, ich taumelte zu einem Baum und hielt mich fest. Ich preßte die Hände gegen die Stirn; es vergingen einige Minuten, bis ich zu mir kam. Ich blickte mich um: der Park war verlassen, ich stand allein da. Ich ging nach Hause und legte mich nieder. Beim Entkleiden stellte ich fest, daß meine Brieftasche verschwunden war. »Eine Diebin also«, dachte ich, »eine Nutte, die es auf mein Geld abgesehen hatte.« Ich trug absichtlich nie Ausweis- oder irgendwelche anderen Papiere bei mir; aber drei oder vier Hunderter hatte die Dame erbeutet - das war die Summe, ohne die ich nie das Haus verließ.

Am nächsten Tag - wir waren immer noch mit den Fällen »Grüße von Willi« beschäftigt - erschien Arthur nicht zum Befehlsempfang; später entschuldigte er sich mit der Begründung, daß eine Maschine in der Fabrik dringend repariert werden mußte. Sein Benehmen in den folgenden Tagen brachte mich auf den Gedanken, daß er mir in der Fastnacht nachgeschlichen war und mich beobachtet hatte, denn es war schon öfter passiert, daß ich ihn bei einem Spaziergang, bei einem Einkaufsbummel oder Museumsbesuch zufällig in meiner Nähe entdeckt hatte. Doch im Park war es stockdunkel gewesen, dort konnte er nichts gesehen haben, und wenn er mir beim Verlassen des Hauses gefolgt wäre, hätte ich ihn ebenso wie meine Verfolgerin rechtzeitig bemerkt. Bis zu seiner nächsten Reise, die er zu einem Auktionator in London unternehmen wollte, waren es noch zwei Wochen; er war während dieser ganzen Zeit wie geistesabwesend, mürrisch, dann wiederum ausgelassen und selbst mir gegenüber recht ironisch. Ich verstand sein Verhalten erst nach seiner Abreise, als ich den Brief aus Lyon bekam: es war ihm meine Brieftasche mit den vierhundert Franken beigelegt.

Ich kann hier nur noch einmal wiederholen: es wäre wahrscheinlich nie zu einer solchen Verkleidung und Eruption gekommen, wenn ich Arthurs symbolische Zeichen und Handlungen verstanden und ihm zu verstehen gegeben hätte, daß ich sie verstand. Doch die Begegnung im Park ließ nicht mehr die Möglichkeit einer »platonischen« Lösung offen, und Arthur wußte mit Sicherheit, daß er eben wegen dieser Begegnung bei mir auf keine schonende und verharmlosende Behandlung hätte hoffen dürfen. Die Dinge waren aus ihrer Statik gerutscht, und für Arthur konnte dies nur eins bedeuten: das *Ende*.

Nachtrag des Herausgebers

Obwohl am Schluß des vorhergehenden Kapitels das unwiderrufliche Wort »Ende« steht und im ganzen Kapitel auf dieses letzte Wort mit aller Akribie und Raffinesse hingearbeitet wird, wissen wir, daß die von Roman Skorzeny hier vorgelegten Memoiren unvollständig sind; der Leser ist auch darüber im Bilde, weshalb Skorzeny die Herausgabe von weiteren Teilen verweigert hatte. Nun ist aber seit der 1969 erfolgten Entgegennahme der in diesem Buche abgedruckten Kapitel bis zum heutigen Tag - wir schreiben den 5. März 1971 - manches geschehen, worüber ich mich den Leser zu unterrichten verpflichtet fühle. Gewissermaßen bin ich auch der Schweigepflicht enthoben; denn der Mann, der sich Horace Dérange genannt, mir sein Manuskript übergeben hatte und in Wirklichkeit oder ursprünglich - vielleicht - Roman Skorzeny hieß, ist tot. Alles spricht dafür, daß auch der Name »Dérange« nur ein für die Dauer einiger Tage oder Wochen benütztes Pseudonym gewesen war, daß also die Auflage, diesen Namen nicht zu verraten, jeden Sinnes entbehrte.

Zunächst möchte ich nun die ziemlich kuriosen Umstände beschreiben, unter denen das Manuskript in meine Hände gelangte.

Im Herbst des Jahres 1969 war von mir ein kleiner Erzählungsband erschienen; der Hessische Rundfunk wollte das Bändchen und mich anläßlich seiner Buchmesse-Sendung den Fernsehern vorstellen und ließ mich nach Frankfurt kommen.

Was die belletristischen Neuerscheinungen jenes Herbstes betraf: die Kritiker hatten damals über eine *sehr* bedauerliche »Flaute« geschrieben, ja eine geradezu rührende Wehklage über den allgemeinen Niedergang der Literatur erhoben - wie übrigens seit Menschengedenken in jedem Jahr. Doch mußte ich ihnen damals vorbehaltlos zustimmen; es war kein »großer« Roman erschienen, zumindest keiner von einem deutschen Autor.

Um elf Uhr flog ich von Hamburg aus nach Frankfurt; die Fernsehaufnahme fand gegen viertel nach zwei statt und dauerte acht Minuten. Wie beim Fernsehen üblich - und meist auch angebracht - wurden von den acht nur zweieinhalb Minuten gesendet. Zur Aufnahme selber fand sich eine kleine oder mittelgroße Menge von Gaffern ein, von denen einige die Ablenkung des Interesses wahrscheinlich zum Bücherklauen benützen wollten. (In jenem Jahr wurde sogar der mit Sekt beladene Kühlschrank aus dem kleinen Lagerraum des Verlagsstandes gestohlen.)

Zu dieser Zeit mußte ein mir unbekannter Beauftragter Skorzenys auf dem Messegelände zugegen gewesen sein und nach jemandem gesucht haben, dem er die Schriften seines Herrn anvertrauen lassen zu können glaubte; er suchte, glaube ich, nach einem Schriftsteller der »Mittelklasse«, denn die »Großen«, wie es der Mittelsmann vielleicht schon aus eigener Erfahrung wußte, pflegen bei dem Versuch, ihnen ein Manuskript anzuvertrauen, auf die vorzüglichen und unfehlbaren Lektorate der Verlage zu verweisen und sich als unzuständig zu erklären. Möglicherweise hatte die Fernsehaufnahme beziehungsweise deren turbulente Vorbereitungen mit unzähligen Kabeln, Scheinwerfern und anderen, meiner Überzeugung nach völlig überflüssigen Geräten die Aufmerksamkeit des Unbekannten auf mich gelenkt.

Ich war nach der Aufnahme - es handelte sich um meine

erste Begegnung mit der Kamera - ziemlich erschöpft und wollte, bevor ich in die Hallen zurückging, um einige Bekannte kurz zu begrüßen, einen kleinen Spaziergang machen und vielleicht auch ein Würstchen essen, da die Luftfahrtgesellschaften neuerdings ihren Fluggästen nicht eben üppige Mahlzeiten vorsetzen und ich seit meinem Frühstückskaffee noch nichts gegessen und getrunken hatte. Kaum daß ich aber aus der Halle trat, wurde ich von einem Mann angesprochen. Er überreichte mir eine Visitenkarte mit dem Namen Horace Dérange und teilte mir mit, daß der besagte Herr mich dringend zu sprechen wünsche und zum Mittagessen im »Frankfurter Hof« erwarte. Sein Wagen - ein Citroën - stehe in der Nähe, und er (»Pardon: Jean Arnel«) sei bereit, mich sofort hinzufahren. Nach der Besprechung wolle er mich selbstverständlich wieder zurückbringen.

Ich schaute zum Auto. Es war ein ID 19 oder etwas Ähnliches - ich kenne mich bei den Typenbezeichnungen nicht recht aus und vermag nur den kleinen Käfer vom großen VW zu unterscheiden -, allem Anschein nach mit zusätzlicher luxuriöser Ausstattung. Dann sah ich mir den Mann an; er lächelte unterwürfig und sagte: »Es ist wirklich sehr dringend, mein Herr.« Er sprach mit französischem Akzent, und auch der Wagen trug ein französisches Kennzeichen.

»Ich kenne Monsieur Dérange nicht«, sagte ich unsicher, »noch habe ich jemals von ihm gehört. Irren Sie sich nicht? Vielleicht will er jemanden anders sprechen.«

»Mais non«, erwiderte er und zog meinen Erzählungsband aus der Tasche. »Sie sind doch der Verfasser dieses Buches?«

»Das allerdings. Ist Monsieur Dérange etwa ein Bücheragent?«

»Ein Bücheragent? Nein, kein Bücheragent. Aber er

kennt sich in der Literatur aus, ja er schreibt selber Bücher.«

Der Mann hatte, als er den Band hervorzog, mich schon beinahe bewogen, in den Wagen zu steigen. Ich gebe zu: Schriftsteller sind eitel und empfindlich, zumal die der Mittelklasse, und wenn sie ihr Buch im Besitz eines Fremden sehen, fühlen sie sich ihm gegenüber verpflichtet, ja verschuldet. Doch eine andere Eigenschaft dieser Branche besteht darin, daß ihre Vertreter sich gegenseitig nicht ausstehen können. Daß Monsieur Dérange selber Bücher verfaßte, stimmte mich daher bedenklich.

Der Mann bemerkte, daß er einen Fehler begangen hatte. »Mein Herr«, sagte er, »Monsieur Dérange ist 83 Jahre alt und wird nicht mehr lange leben. Man sollte die Einladung eines Greises, der mit einem Fuße schon im Grabe steht, nicht ohne weiteres abweisen. Spätestens in einer Stunde sind wir wieder hier.«

»Also gut«, sagte ich, »fahren wir in Gottes Namen.«

Im »Frankfurter Hof« wurde ich von einer Krankenschwester empfangen: »Monsieur Dérange hatte Sie erwartet, mußte jetzt aber kurz auf sein Zimmer gehen. Es wird ihm eine Spritze verabreicht, er ist sofort wieder da. Nehmen Sie mittlerweile Platz an seinem Tisch.«

Ich setzte mich; mein Begleiter und Chauffeur setzte sich an einen Nachbartisch zu drei kraftstrotzenden Kerlen. »Hat Monsieur Dérange eine Leibwache?« dachte ich.

Das Restaurant war zu dieser Stunde so gut wie leer; in einer weiter entfernten Ecke saßen vier Männer, die ständig zu mir herüberblickten und den obengenannten Leibwächtern zum Verwechseln ähnlich sahen.

Die Tür des Fahrstuhls öffnete sich nach einigen Minuten. Ein Greis mit schlohweißem Haar und winzigen, sehr lebhaften, verschmitzten Augen trat heraus in Begleitung einer Schwester, an der er sich mit der Linken festhielt, während er sich mit der Rechten auf eine Krücke stützte.

Ein bißchen mühsam humpelte er zu unserem Tisch und gab mir erst die Hand, nachdem er sich gesetzt, die Schwester losgelassen und die Krücke an die Armlehne seines Sessels gehängt hatte.

»Verzeihen Sie mir, daß ich Sie derangiere«, sagte er, »aber Sie wissen ›Nomen est omen‹ . . . Ich darf leider nur eine Winzigkeit zu mir nehmen, Sie würden mir aber eine große Gefälligkeit erweisen, wenn Sie sich einige schöne Leckerbissen auswählten, damit ich sie wenigstens sehe.«

Die Schwestern, die ebenfalls an einem Nachbartisch Platz genommen hatten, aber auch die acht Männer saßen auf ihren Stühlen, als wollten sie in jedem Augenblick aufspringen, die Pistole zücken und ihren Herrn vor unliebsamen Zwischenfällen beschützen.

Als sich eine Gesellschaft von drei Frauen und vier Männern in unserer Nähe zwei Tische zusammenrücken ließ, kamen die Leute aus der Ecke einige Tische näher.

»*Garçon,* was würden Sie dem Herrn besonders empfehlen?« fragte Monsieur Dérange den Kellner, und, nachdem ich mit diesem eine etwas extravagante Mahlzeit zusammengestellt hatte: *»Eh bien, pour moi seulement un bouillon, un mince, un tout petit morceau de viande du boeuf avec quelque peu de riz et de salade. Et une petite bouteille ›Apollinaris‹. Et vous, Monsieur? Un Martini pour commencer?«*

»Mein lieber, werter Kollege«, sagte er dann zu mir gewandt und wieder zur deutschen Sprache zurückkehrend, »ich habe eine Bitte an Sie, die Sie bestimmt verdrießen wird, ich weiß es, mich würde sie in Ihrer Lage ebenfalls verdrießen, denn es handelt sich um ein Manuskript, das an den Mann zu bringen wäre, und obwohl die Verleger fieberhaft und mit großen Summen in der Westentasche ständig hinter Manuskripten her sind und ganze Kontinente überqueren, fürchten sie nichts mehr, als ein Manuskript zu bekommen, für das sie nicht fünfzig- oder hunderttausend Mark vorschießen müssen. Es sind merkwürdige Leute, die Erfahrung werden Sie auch schon gemacht haben.

Natürlich könnte ich mich selber an einen Verleger, sogar an mehrere mir bekannte Verleger wenden, wenn ich noch viel Zeit übrig hätte und wenn ich, vor allen Dingen, meinen gegenwärtigen Namen preiszugeben bereit wäre. Diesen Namen darf aber niemand erfahren, er ist eine Art Zuflucht für mich - für die letzten Monate meines Lebens. Ich werde nicht mehr lange leben, *mon cher ami,* und ich wünsche, wenigstens diese paar Monate unbehelligt und in Ruhe zu verbringen.«

Er winkte einen seiner Leute heran, der ein Konvolut auf den Tisch legte.

»Das wär's«, sagte Herr Dérange, »es ist an sich abgeschlossen, obwohl noch weitere Kapitel vorliegen, die einen ganzen Band füllen würden, die ich aber frühestens in zwanzig Jahren der Öffentlichkeit vorlegen kann. Es sind zu viele Personen in diese Schilderungen verwickelt, zu viele Notabilitäten, denen ich nicht unbedingt sofort den Hals umdrehen möchte.

Zugegeben, es ist dies eine ungewöhnliche Bitte, die ich an Sie richte. Sie werden aber im Konvolut einen Vermerk finden, der sie bevollmächtigt, alle aus dem Verkauf einfließenden Honorare für sich zu kassieren. Ich bin, im Gegensatz zu Ihnen, auf das Geld nicht angewiesen, was Sie nach der Lektüre des Buches sicherlich verstehen werden.«

»Bücher verkaufen sich heutzutage schlecht«, sagte ich, »mit wenigen Ausnahmen. Es könnte sich hier allerdings um eine solche handeln, wenn ich bedenke, daß zwei Krankenschwestern und acht Kraftmeier auf Sie aufpassen.«

»Das ist nicht der richtige Ausdruck dafür. Aber immerhin, es gibt viele Leute, die mich lieber unter den Toten sehen würden, zumal hier in der Bundesrepublik. Das ist auch der Grund dafür, daß ich das Buch hier herausgeben will. Sie sollen sich erinnern, sie sollen wissen, daß die weiteren Kapitel jederzeit erscheinen könnten.

Tja, lesen Sie das Manuskript, setzen Sie sich mit Ihrem oder einem anderen Verleger in Verbindung, und wenn Sie etwas erreicht haben, lassen Sie es mich wissen.« Er zog ein zweites Kärtchen aus seiner Tasche: Horace Dérange, Rue de l'échelle à l'enfer 29, Paris 19e. »Schreiben Sie mir nur ganz kurz.«

Die eine der Schwestern kam zu uns: *»Monsieur Dérange, cela doit suffir pour aujour-d'hui. Vous devez vous maintenant retirer.«*

»Naturellement. L'affaire est réglée. Jean!« - rief er dem Chauffeur zu, *»voulez vous bien prendre le car et conduire Monsieur à la foire?* - Adieu, mein Herr, es war mir ein Vergnügen. Hoffentlich bringt Ihnen das Buch etwas ein.«

Er erhob sich, die Schwester kam ihm zur Hilfe, und beide verschwanden im Fahrstuhl.

Ich begann bereits am Abend im Flugzeug das Manuskript zu lesen. Am folgenden Tag beendete ich die Lektüre, schrieb die kurze Vorbemerkung, die jetzt am Anfang des Buches steht, und schickte das Manuskript ab. Nach zehn Tagen lud mich der Verleger zu einer Besprechung ein.

Er könne das Buch in dieser Form nicht akzeptieren, sagte er, das Ende sei zu abrupt, man könne den Leser nicht vollständig über das weitere Schicksal des Herrn Skorzeny - nach seinem gegenwärtigen Namen wolle er sich erst gar nicht erkundigen - im unklaren lassen. Er müsse schon, wenn er das Buch drucken lassen wolle, wozu er, der Verleger, durchaus bereit sei, wenigstens einige Kapitel der Fortsetzung herausrücken. Ich möge mich mit ihm in Verbindung setzen und ihm den Sachverhalt klarzumachen versuchen.

Das tat ich. Als ich aber noch Ende November aus Paris keine Antwort erhalten hatte, entschloß ich mich, auf eigene Faust zu handeln. Ich las das Manuskript noch einmal sehr sorgfältig durch, um aus dem Gewirr von Wahrheit und Fälschung wenigstens einen Anhaltspunkt herauszufinden, von dem aus ich auf die Spur des Herrn Skorzeny-Dérange kommen konnte. Daß ich über die Pariser Adresse nichts herausbekommen würde, war mir vom ersten Augenblick an klar.

Im Manuskript gab es nur einen einzigen Hinweis, von dem ich mir etwas versprechen konnte: die Villa in Caracas. Und Caracas war auch einer der wenigen Punkte auf der Erde, an dem ich Nachforschungen anstellen lassen konnte.

Ich habe an anderer Stelle ausführlich über meinen Freund Jim und sein Schicksal berichtet; er hatte, wie ich erst lange nach der Niederschrift meines Berichtes erfuhr, die Primaballerina des Teatro Argentino, Frau Bayer-Novaro, geheiratet und lebte im Norden Argentiniens. Er besaß eine Estancia von der Größe eines kleineren europäischen Staates, er hatte ein Flugzeug und vor allem: er hatte die Nase, das feine Gespür und Fingerspitzengefühl, das man bei geheimen und schwierigen Aktionen und Nachforschungen benötigt. Und er war immer noch, nach wie vor, mein Freund geblieben, auf den ich mich jederzeit verlassen konnte. Ich wußte, daß er, falls ich ihn darum bat, alles tun würde, um zwischen mir und Herrn Skorzeny-Dérange einen neuen Kontakt herzustellen. Ich photokopierte das Manuskript und schickte es Jim in Begleitung eines Briefes zu, in dem ich ihn bat, nach Caracas zu fliegen und die Familie Skorzeny ausfindig zu machen.

Länger als ein halbes Jahr mußte ich auf eine Antwort

warten; dafür fiel sie ziemlich lang aus und enthielt Einzelheiten, von denen ich nie gehofft hatte, sie zu erfahren. Allerdings entfielen von den achtzehn Seiten die ersten sieben auf allgemeine Bemerkungen und Beschreibungen.

Er habe - so Jim - seine Frau nach Caracas mitgenommen, da er im voraus damit gerechnet habe, daß die Recherchen einige Monate in Anspruch nehmen würden. Die Landung auf dem malerischen Aeropuerto de Maiquetía sei nach dem vierstündigen Flug überaus annehmlich und erquicklich vor sich gegangen, die Suite im - nur vermittels einer Zahnradbahn erreichbaren - »Hotel Humboldt« habe allen Ansprüchen genügt und nicht unwesentlich dazu beigetragen, daß der Aufenthalt von Anfang bis Ende in allergrößter Bequemlichkeit verlaufen sei - trotz der Nähe des Äquators biete die Höhenlage des Hotels ein mäßiges, angenehmes Klima. Die Beschreibung der »Suite« allein erstreckte sich auf drei Seiten.

Man habe - so hieß es im Brief - zwischen Sachlich-Modernem und Historischem wählen können, und natürlich sei die Wahl seiner Frau auf ein Appartement im Geschmack des Louis quinze gefallen, obwohl ihr auch die Einrichtung einer anderen Suite im klassizistischen Stil à la Napoléon nicht wenig zusagte und auch sehr gut zu Gesichte stand. Eine winzige, gelenkige und geschmeidige Frau, kurzum: ein süßes Persönchen fühle sich eben entweder in einer massiv-autoritären oder im Gegenteil, in einer zerbrechlich-feinen, exquisiten Umgebung wohl. Wie sehr sich die Hoteldirektion an den gegebenen Stil gehalten habe, gehe zum Beispiel schon daraus hervor, daß sich im Schlafgemach ein vergoldetes Sesselchen mit aufklappbarem Sitz und eingebautem Töpfchen befunden habe, das freilich nie benützt worden sei, zumindest von ihnen nicht. Unter dem vielen Zierat und Krimskrams der Räumlichkeiten habe ihm *ganz besonders* eine original-französische

Pendule auf dem Kaminsims gefallen. Der Kamin sei übrigens keineswegs eine Attrappe gewesen, man habe ihn, besonders in den Abendstunden, gut gebrauchen können. Der Ausblick von der Hotelterrasse sei überwältigend; die Ausläufer der Kordilleren türmten hier Berggipfel hoch, die bis ungefähr 2700 Meter über dem Meeresspiegel lagen. Das Nachtleben der venezolanischen Hauptstadt beanspruchte eine Seite, eine weitere war den Schönheiten der 1953 eröffneten Autobahn zum Meer und Hafen gewidmet.

Erst nach diesen Präliminarien kam Jim auf Herrn Skorzeny und dessen Familie zu sprechen. Die erste Spur ergab sich für ihn nach langer, vergeblicher Suche durch einen reinen Zufall: sechs Wochen nach seiner Ankunft las er in den Zeitungen große Anzeigen über das Ableben der Frau Hortense B. Die Anzeige wurde von dem Bankier B. und seinen Söhnen Richard und Maxim aufgegeben.

Jim begab sich zum Begräbnis: der Trauerzug wurde von einem alten Mann angeführt, der sich auf eine Krankenschwester und eine Krücke stützte.

Die folgenden Monate vergingen mit mühsamen Nachforschungen. Der Bankier B. hatte eine Villa auf einem großen, mit hohen Hecken umgebenen Grundstück in einer kleinen Siedlung, die an der alten Autostraße zwischen dem Hafen La Guaira und Caracas lag. Während seine Frau und seine zwei Söhne sehr häufig, wenn auch nur für kürzere Zeit, auf dem Anwesen geweilt hätten, sei Herr B. so gut wie nie dagewesen. Er besitze zwei private Düsenflugzeuge und eine seetüchtige Jacht, die eine Geschwindigkeit von hundert Kilometern pro Stunde erreiche. Er, Jim, habe das für mich anhand von Tabellen ausgerechnet, da er wisse, daß ich mit Angaben wie »Knoten« und »Seemeilen« noch weniger anzufangen wisse als er.

Ein einziges Mal habe sich Herr B. ununterbrochen

anderthalb Jahre in Caracas aufgehalten, und zwar 1958/59. Ein anderer alter Herr sei damals in seiner Begleitung gewesen, den er als »Sammy« angeredet habe, der sich aber in der Öffentlichkeit ganz anders nannte. Möglicherweise seien die Fahndungsaktionen nach Adolf Eichmann von dieser Stelle aus geleitet worden.

Die Seejacht trage den Namen »Laser« - vielleicht wegen ihrer Geschwindigkeit. Sie durchquere ziemlich oft den Panama-Kanal, begebe sich also in den Stillen Ozean - mit unbekanntem Reiseziel.

Richard und Maxim hätten, falls seine Informanten sich nicht irrten, Ende der vierziger und Anfang der fünfziger Jahre in Europa an verschiedenen Universitäten studiert - der eine Physik, der andere Chemie. Soweit bekannt, habe keiner von den beiden jemals eine entsprechende Stellung an einer Universität oder in der Industrie innegehabt; dennoch seien mehrere wissenschaftliche Veröffentlichungen von ihnen in einschlägigen Zeitschriften erschienen, über Probleme von heliumgekühlten Schaltkreisen, in denen die Elektronenströme mit Lichtgeschwindigkeit flossen, über Atomuhren und über die Herstellungsmöglichkeiten von Deuterium - ausgefallene und brenzlige Sachen also, über die man nur schreiben konnte, wenn man sehr großzügig ausgestattete Laboratorien und viele Mitarbeiter besaß. Wo sich diese Laboratorien befänden, wüßte er nicht zu sagen; zu einem geringen Teil vielleicht in Caracas selber.

Diese Ergebnisse seien auf den ersten Blick vielleicht spärlich, so Jim, dafür aber in jeder Einzelheit richtig. Sie seien im Laufe von mehreren Monaten aufgrund von Gesprächen mit Bewohnern der Caracas-Vorstadt, der Hauptstadt selber sowie mit Hafenarbeitern zusammengetragen worden. Auf jeden Fall reichten sie aus, um Herrn B. zum Einlenken zu bewegen.

Soweit Jim.

Am Tage nach dem Eingang seiner Sendung brachte ich meinerseits einen Luftpostbrief zur Post, an Herrn B. adressiert. Er hatte den folgenden Wortlaut:

8. 8. 1970

Sehr geehrter Herr B.,

Sie haben zu meinem Leidwesen meinen nach Paris abgeschickten Brief nicht beantwortet. Wie Sie sehen, ist mir inzwischen gelungen, Ihre wahre Identität zu lüften. Ich bitte Sie noch einmal ganz dringend darum, mir weitere Kapitel Ihres Buches zu Verfügung zu stellen. Es wäre mir sehr peinlich, wenn ich selber einige Kapitel zu Ihrem Buch hinzuschreiben müßte, und ich weiß nicht, ob ich die mir nunmehr bekannten Tatsachen in den richtigen Zusammenhang stellen könnte beziehungsweise nicht selber eine Fälschung begehen würde. Meine Schlußfolgerungen wären vielleicht - oder vielmehr höchstwahrscheinlich - falsch. Ich kann mir nicht erklären, was Sie mit Ihrer Jacht »Laser« im Stillen Ozean suchen, es sei denn, Sie statten China Besuche ab. Aus dieser Annahme und aus dem Umstand, daß Ihre Söhne an Atomuhren und an Deuteriumherstellungsverfahren arbeiten, würde sich für mich die Konsequenz ergeben, daß Sie an der Entwicklung der chinesischen Wasserstoffbombe mitbeteiligt gewesen sind; Sie selber behaupten ja in Ihren Aufzeichnungen, daß Sie den Russen bei der Beschaffung der anglo-amerikanischen Atombombenpläne geholfen hätten. Zur Vermeidung solcher falschen Spekulationen wäre ich Ihnen sehr dankbar, wenn Sie meiner Bitte Folge leisten würden, oder aber mir wenigstens die Chance gäben, mit Ihnen noch einmal persönlich zu sprechen.

Mit ergebenen Grüßen
etc.

Zwei Wochen später erhielt ich aus Madrid den folgenden Brief:

2. 9. 1970

Sehr geehrter Herr,

Haben Sie besten Dank für Ihren Brief und für die diskrete Behandlung des Ihnen zur Kenntnis gelangten Materials. Ich bitte Sie auch weiterhin um Diskretion.

Ich würde Sie sofort in Hamburg aufsuchen, wenn mein Vater nicht krank wäre; es scheint mir, daß es sich bei ihm diesmal um eine sehr ernstzunehmende Sache handelt. Er befindet sich zur Zeit in Stockholm, und ich gebe diesen Brief während einer Zwischenlandung in Madrid auf. Ich verspreche Ihnen, daß Sie sobald wie möglich wieder von mir hören werden. Ich bin zu weiteren Auskünften bereit, und vielleicht gelingt es mir, die von Ihnen gewünschten Kapitel von meinem Vater freigeben zu lassen. Bei der Natur seiner Krankheit kann ich Ihnen nicht sagen, ob die Aussicht auf Genesung oder der Tod in einer Woche oder erst in einigen Monaten festzustellen sein wird; davon hängt es ab, wann ich Sie treffen kann. Bitte, vertrauen Sie mir und seien Sie noch ein wenig geduldig.

Mit herzlichem Gruß
Ihr
Richard B.

Es blieb mir nichts anderes übrig, als weiter zu warten. Vorsorglich verbarg ich alle Unterlagen, die ich über Herrn B. besaß, da es mir nicht als ausgeschlossen erschien, daß man bei mir nach diesen Materialien suchen würde.

Endlich - es war der 2. Oktober - erhielt ich den zweiten Brief von Richard B. Er war sehr kurz:

29. 9. 70

Sehr geehrter Herr,

Bitte, erwarten Sie mich auf dem Flughafen Fuhlsbüttel im Restaurant um 14 Uhr am 4. 10.

Mit besten Grüßen
Richard B.

Ich saß zur angegebenen Zeit am angegebenen Ort. Doch niemand kam. Gegen halb drei wurde im Restaurant eine Tafel herumgetragen - mein Name stand darauf. Ich winkte den Steward heran und bekam ein Telegramm ausgehändigt: »Bei unserer Zwischenlandung in London mußte ein Fehler des Triebwerks behoben werden. Wir landen in Hamburg um ca. 16 Uhr. Richard.«

Ich trank einen Kaffee nach dem anderen und beobachtete die Landebahnen. Flugzeuge kamen an, andere starteten, und um vier Uhr 10 war von Herrn B. immer noch nichts zu sehen. Fünf Minuten später kam ein Mann in den Dreißigern zu meinem Tisch; es war Richard B. Er stellte sich vor und bat um Entschuldigung wegen der Verspätung.

»Wir haben vor drei Tagen«, sagte er dann, »Vater zu Grabe gebracht. Er hat sehr lange gelitten, wir waren auf seinen Tod vorbereitet, schon seit vielen Jahren - und dennoch traf uns sein Ableben unerwartet. Wir haben die Leiche nach Wroclaw übergeführt - es war sein Wunsch, in seiner Geburtsstadt begraben zu werden.«

»Mein herzliches, aufrichtiges Beileid«, sagte ich. »Ich habe Ihren Herrn Vater nur ganz kurz gesehen, vor beinahe genau einem Jahr, also bereits als einen kranken Mann. Er hat dennoch einen sehr starken Eindruck in mir hinterlassen, ganz abgesehen von seiner - verzeihen Sie mir, daß ich das so formuliere - bewegten und anfänglich unbewegten Vergangenheit. Ich habe mich inzwischen dermaßen in seine Lebensgeschichte verstrickt, daß ich seinen Tod als persönlichen, schmerzlichen Verlust empfinde. Ich bin ohne Vater aufgewachsen, ich kenne die Bindungen nicht, die den Sohn mit dem Vater verknüpfen, und doch glaube ich, daß ich sehr stolz und glücklich gewesen wäre, wenn ich einen Mann wie ihn zum Vater gehabt hätte. Ich meine: nicht wegen seines Geldes, auch nicht wegen seiner Macht und seiner Kenntnisse, sondern einfach wegen seiner Persönlichkeit. Gestatten Sie mir aber die Frage: ging das so einfach, haben die Polen gegen die Überführung nach Wroclaw nichts einzuwenden gehabt?«

»Wieso?« fragte er. »Wir sind mit den Polen sehr gut befreundet.«

»Ach so«, sagte ich.

»Nichts ›ach so‹. In Polen wurde die Tätigkeit meines Vaters während und nach dem Zweiten Weltkrieg gewürdigt und hochgeschätzt. Er hatte dem Land viel geholfen. Bei allen Meinungsverschiedenheiten, deren es, ich brauche es gar nicht zu betonen, eine ganze Menge gab. Sie wissen, daß er Diktaturen haßte. Aber die Sympathien waren in diesem Fall doch stärker.«

»Haben Sie mir die versprochenen Kapitel mitgebracht?«

»Papa hat sich geweigert, sie schon jetzt herauszugeben. Er hat mir lediglich ein paar beschriebene Blätter, die er, wie ich annehme, noch zuletzt in Stockholm zu Papier gebracht hatte, mitgegeben. Sie können sie je nach Ihrem Dafürhalten verwenden oder nicht. Sie enthalten nichts, was über persönliche Dinge hinausginge.«

»Wollen wir uns hier unterhalten oder lieber irgendwo in der Stadt?« fragte ich. »Wir könnten auch zu uns fahren.«

»Ich fliege in einer Stunde weiter. Ich will noch vor Mitternacht in Caracas eintreffen. Die Ortszeit arbeitet für mich«, fügte er mit einem kleinen Lächeln hinzu.

»Ich wette, Sie besteigen in Caracas die ›Laser‹ und verschwinden irgendwo an einer Küste des Stillen Ozeans.«

»Sie irren sich. Unsere Versuche im Stillen Ozean, ich meine die eigenen und diejenigem Maxims, sind abgeschlossen.«

»Versuche?«

»Ja. Wir haben dort dreimal Wasserstoffbomben gezündet. Das heißt, viermal; einmal ist es nicht gelungen.«

»Ich habe davon in den Zeitungen nichts gelesen. Dabei verzeichnen die Seismographen heutzutage schon die geringsten Explosionen dieser Art.«

»Sie verzeichnen sie nicht, wenn sie in der gleichen Sekunde erfolgen, wie eine andere derartige Explosion. Die Franzosen haben uns dankenswerterweise reichlich Gelegenheit dazu geboten.«

»Haben Sie etwa Heydrichs Uranisotopen-Lager gefunden?«

»Mitnichten; wir brauchen kein Uran, unsere Bomben funktionieren nach einem anderen Prinzip. Ich bin gerne bereit, Ihnen darüber mehr zu sagen. Sie verstehen doch etwas von Physik und Chemie?«

»Ich verstehe davon kein Wort. Ich habe, im Gegensatz zu Ihrem Vater, Germanistik und Slawistik studiert, nicht Chemie, und ich bin alles andere als ein Praktiker.«

»Die Sache ist nicht sehr kompliziert, zumindest in der Theorie. Das Prinzip selber ist allbekannt: Einleitung der Verschmelzung von Deuterium- zu Heliumatomen mit Hilfe von chemischen Lasern.«

»Das klingt tatsächlich sehr einfach.«

»Ist es aber in der Praxis keineswegs. Ich versuche, es Ihnen zu erklären. Beim herkömmlichen Laser beginnt die Abstrahlung der Energie sofort nach Einsetzen des Pumpvorgangs. Gewiß tritt nach einiger Zeit, die übrigens schwer im voraus zu bestimmen ist, ein kaskadenartig erfolgender Energieausbruch ein, aber er ist zeitlich nicht gebündelt genug, er führt keine völlige Entleerung herbei, die Abstrahlung geht kontinuierlich weiter. Erst der chemische Laser erlaubt es, über eine längere Zeit Energie in ihn hineinzupumpen, bis er sich dann, im Bruchteil einer Millisekunde, vollkommen entleert. Seiner Größe und Leistungsfähigkeit sind jedoch Grenzen gesetzt; wenn man ihn zur Einleitung des Verschmelzungsprozesses verwenden will, braucht man mindestens zehn davon, und alle zehn müssen sich synchron, im gleichen Bruchteil der Millisekunde entladen. Die gesamte Infrarotstrahlung ergibt dann die notwendigen Hitzegrade - für den Bruchteil einer Millisekunde nur, aber das genügt. Das Problem, das zu lösen war, nachdem mein Bruder einen entsprechenden Laser entwickelt hatte, bestand in der Synchronisation. Sie können sich vorstellen, wie schwer diese zu erreichen ist. Es lassen sich keine zwei Laser, geschweige denn zehn, bauen, die sich ohne zusätzliche Steuerungsgeräte im gleichen Augenblick entladen würden. Der Pumpvorgang muß bei jedem sozusagen individuell, nach einem genauen, in einem Computer gespeicherten Zeitplan einsetzen, und da es sich um den Bruchteil einer Millisekunde handelt, ist es fast unmöglich, oder doch nur nach unzähligen Experimenten mit Hilfe präzisester Zeitmesser denkbar, ein perfektes Zusammenwirken der Laser zu erreichen. Das ist mir gelungen, und wir sind, den Anweisungen Vaters folgend, bereit, die Pläne oder einige fertige Wasserstoffbomben jedem Land auszuliefern, das mit Atomwaffen bedroht wird.«

»Da Sie mir das erzählen, hätten Sie ruhig das entsprechende Kapitel mitbringen können.«

»In dem bewußten Kapitel stehen auch andere Dinge. Es stehen auch Namen drin, auch geographische Angaben über das Wann und Wo unserer Experimente, über den

Standort unserer Anlagen, und es werden auch die Bedingungen genau angegeben, unter denen wir die Bombe freigeben sollen. Es ist richtig, daß man von ihrer Existenz weiß, doch wäre es fehl am Platze, zu verraten, wann und wo eine solche Bombe explodieren könnte.«

»War Ihr Vater«, fragte ich, das Thema wechselnd, »in die Gefangennahme Eichmanns verwickelt?«

»Er war es und er war es nicht. Er hatte die Sache mitfinanziert, er arbeitete eine Zeitlang mit einem alten Freunde zusammen.«

»Mit Samuel Klein.«

»Der Mann heißt nicht so. Er *hieß* nicht so; er ist nicht mehr am Leben.«

»Ich habe den Eindruck, daß alle gestorben sind, die mit ihrem Vater zusammengearbeitet haben.«

»Keineswegs. Aber die meisten waren im gleichen Alter wie er, und wenn jemand erst das neunte Lebensjahrzehnt erreicht hat - nun ja, dann ist seine Lebenserwartung nicht mehr sehr groß.«

»Und was hat Ihr Vater während all der Jahre nach dem Weltkrieg getan?«

»Das werden Sie in zwanzig Jahren erfahren - wenn Sie dann noch leben. Das heißt: die Welt wird es in zwanzig Jahren erfahren. Ich kann Ihnen nur versichern, daß er nicht untätig war. Er hat unsere Experimente bezahlt, er ist viel in der Welt herumgereist, zuletzt leider meist wegen seiner Krankheit. Er hat zum Beispiel vielen Flüchtlingen aus dem Ostblock geholfen, obwohl er, wie schon erwähnt, gewisse Sympathien für diese Länder an den Tag gelegt hatte, vor allem nach Stalins Tod.«

Er blickte auf seine Uhr. »Noch eine halbe Stunde. Die Maschine dürfte inzwischen aufgetankt sein. Wir landen noch einmal kurz auf den Kanarischen Inseln. - Ich darf Ihnen nun diese paar Seiten übergeben; wenn sie nicht in

Ihr Konzept oder dasjenige Ihres Verlegers passen, brauchen Sie sie nicht zu verwenden. Aber ich finde, sie sind vollkommen neutral, was ihre Aussage betrifft; dennoch zeigen sie Papa von einer Seite, die man in seinen Erinnerungen vielleicht vermissen wird: er hatte Humor, er amüsierte sich über den eigenen Tod, über die Ärzte, die ihm das Leben verlängerten, über die neuen Verfahren der Medizin, ohne die er schon vor zehn Jahren gestorben wäre.«

»Über Ärzte hatte er wohl nie eine gute Meinung gehabt - wie übrigens auch über Schriftsteller und Dichter.«

Herr B. erwiderte nichts darauf. Er ging zu der Glasscheibenfront, die das Restaurant von der Aussichtsterrasse trennte, und schaute auf das Rollfeld; ich folgte ihm, mit den Blättern in der Hand.

Er zeigte auf eine Hansa-Jet.

»Da steht sie«, sagte er. »Das Auftanken ist doch noch nicht beendet. Wir haben zusätzlich zwei große Treibstoffbehälter in das Flugzeug einbauen lassen, um den Aktionsradius zu vergrößern.«

»Haben Sie denn keine Angst wie Ihr Vater, daß man Sie entführen könnte?«

»Der gute Papa. Er hatte eine Vorliebe für Burschen, denen man es von weitem ansah, daß sie einen eventuellen Angreifer kurz und klein schlagen würden. Wir bevorzugen unauffällige Leute - in diesem Augenblick halten sich sechs von ihnen im Restaurant auf. Außerdem würde meine Entführung niemandem von Nutzen sein. Ohne Maxim könnte ich nichts unternehmen, und solange ich unterwegs bin, sitzt er in Sicherheit in Venezuela. Ich tue dasselbe, wenn er sich nach London oder anderswohin begibt. Und selbst wenn man uns beide gefangennehmen würde, wären wir nicht imstande, ohne sehr aufwendige Apparaturen, die auf mindestens anderthalb Quadratkilometern untergebracht werden müßten, eine Bombe zu bauen. Vielleicht haben wir in fünf oder sieben Jahren handliche Exemplare mit einem Gewicht von 20 oder 30 Kilogramm - zur Zeit wiegen unsere Einrichtungen, ich verrate es Ihnen, noch viele Zentner. Die Deuterium-Ladung und die Laser selbst sind zwar nicht schwer, aber die Geräte zur Synchronisierung der letzteren enthalten so viele Bauteile, daß kein einziger Physiker oder Chemiker in der Lage wäre zu sagen, ob sie auch richtig funktionieren würden, oder ob sie vielleicht sogar am Ort ihres Zusammenbaus eine Explosion auslösten. Unsere Entführer gingen also das Risiko ein, ihr ganzes Land in die Luft zu sprengen. Die fertigen Bomben würden, wenn man sie ohne unsere Mitwirkung von ihrem Standort fortbewegte, ebenfalls nach dem Ablauf von einigen Dutzend Stunden oder Tagen explodieren. Sie sehen: wir haben für jeden Fall vorgesorgt. Und sollten wir bei einer erzwungenen Explosion umkommen, so sind immer noch *unsere* Kinder da, die das Werk fortsetzen würden. Sie leben und studieren unter verschiedenen Namen in Europa und in Amerika. - Das Auftanken ist jetzt abgeschlossen. Unsere Piloten müssen noch einige Kontrollen durchführen.«

Wir setzten uns wieder an unseren Tisch.

»Sie wollen mir also um keinen Preis verraten«, sagte ich, »was Ihr Vater in den fünfziger und sechziger Jahren getan hat.«

»Da Sie darauf bestehen, kann ich Ihnen eins verraten. Er hat dafür gesorgt, daß die Armee der Bundesrepublik Deutschland im Falle eines konventionellen Krieges am zweiten Tag der Feindseligkeiten nur noch Schrotthaufen besäße. Ihre Schiffe und U-Boote, ihre Panzer und Flugzeuge taugen nichts.«

»Wiederum eine Fälschung, hoffe ich.«

»Nein, es ist die Wahrheit.«

»Waren da die ›Sympathien‹ mit im Spiel?«

»Ja. Heute würde er es vielleicht nicht tun, aber während der Adenauer-Erhard-Zeit hat er es getan. Doch nennen wir keine Namen. Wir bemühen uns nicht mehr um solche Sachen, wir könnten es auch nicht tun. Die Mitarbeiter meines Vaters, die in Ministerien, Universitäten und in den Konstruktionsbüros von Flugzeugfirmen und Schiffswerften arbeiteten, sind tot; wir haben darüber schon gesprochen.«

Eine Dame kam zu unserem Tisch und sagte zu Herrn B.: *»We are now ready for departure, Sir.«* Sie ging zum Ausgang.

»Ja, das wär's gewesen. Wir treffen uns vielleicht im nächsten Herbst, wiederum auf der Buchmesse, das heißt im Hotel ›Frankfurter Hof‹. Ich werde Sie abholen lassen, wie Papa im vorigen Jahr. Bis dann also.«

Ich ging zur Glasscheibenwand. Nach etwa acht Minuten sah ich sieben Gestalten sich auf die Hansa-Jet zubewegen. Die Triebwerke waren schon angelassen worden, und sobald sich die Einstiegluke geschlossen hatte, setzte sich das Flugzeug in Bewegung. Es rollte auf die Startbahn zu, wartete die Landung einer Boeing 707 ab und raste dann los. Nach wenigen Minuten war es am wolkenlosen Himmel verschwunden.

Ich verließ das Gebäude, setzte mich in mein Auto und fuhr nach Hause.

Die wenigen Blätter, die mir Herr B. ausgehändigt hatte und mit denen ich nun wirklich und endgültig diesen Band abschließen will, enthalten tatsächlich keine Hinweise auf die weitere Tätigkeiten des Herrn Skorzeny-Dérange-B. Ich will sie hier doch abdrucken lassen, weil sie ein neues oder ein anderes Bild des Verstorbenen vermitteln. Es ist mir nicht bekannt, ob sie kurz vor seinem Tode oder schon zu einem früheren Zeitpunkt entstanden sind. Ich benütze an dieser Stelle die alte, einmal schon gebrauchte Wendung - nur ein einziger Buchstabe hat sich in ihr geändert:

Und hiermit übergebe ich das Wort Herrn B.

Epilog

Ich liege im Sterben, ich weiß es, man könnte mir in dieser Beziehung nichts vormachen, selbst wenn man es wollte, was aber nicht der Fall ist. Im Gegenteil; meine Ärzte versichern mir schon seit Jahren, um nicht zu sagen: seit Jahrzehnten, daß meine Tage gezählt seien. Freilich fand sich dann immer ein Mittel der Verzögerung und Verlängerung, des Aufschubs auf ungewisse Zeiten, es fand sich eine verfeinerte Operationstechnik, ein neues Zytostatikum, in Vereinigung mit Bestrahlungen angewandt, die Arzneimittelfabriken lieferten neue Organextrakte und in regenbogenfarbene Folien verpackte Vitaminkompositionen, irgendwelche ›Geriatrica‹ und roborierende Spritzen - in all diesen Jahren gab es unzählige neue Präparate, deren Wirkung ich allerdings nicht zu überschätzen neige. Ich führe die Aufschübe eher auf meine zähe Natur zurück, ja, auf meine Natur (und freilich auf die Natur meiner Krankheiten), weniger auf den Willen, am Leben zu bleiben oder auf die Bereitschaft, an Heilwirkungen zu glauben und den Glauben Wunder vollbringen zu lassen. Meine Eltern brachten auch viele Dezennien hinter sich, obwohl sie keine Schafhirten in Bulgarien, im Kaukasus oder gar in tibetanischen Gegenden gewesen waren; sie segneten das Zeitliche schließlich, davon bin ich überzeugt, infolge der allgemeinen Altersschwäche. Auch ich werde *an ihr* sterben, es besteht kein Zweifel, am langsamen Verfall, am gleichzeitigen Versiegen und Versagen aller Organe. Die Geschwüre und Geschwülste, die in meinen Jahren mehr unter dem fortgeschrittenen Alter leiden als ich selber als Ganzes, die sozusagen angekränkelt und bleichsüchtig sind und sich in der ungünstigen Umgebung des greisen Körpers kaum zu entfalten vermögen, die geheilten oder doch zumindest kompensierten Herzinfarkte, die intrakraniellen Blutungen - das Wort verharmlost den Vorgang, der im Grunde genommen ein harmloser ist, die Beeinträchtigung einiger Funktionen des Gehirns kann teilweise ersetzt werden, wenn man sie überhaupt vermißt; man half mir noch in jedem Fall, Interkurrentes zu überwinden, zugegeben, vielleicht nur zum Schein, vielleicht gehört auch diese Überwindung zur Gesamtheit der trügerischen, aber eben doch unleugbaren Aufschübe. Ich bin noch jedes Mal aufgestanden oder auferstanden, zur Verblüffung meiner Professoren, die sich, vielleicht gegen ihren Willen, am Ende doch als Wiederbelebungskünstler und Auferstehungsjünger erwiesen. Nun, an Ermahnungen ließen sie es nicht fehlen, das ist wahr, aus ihren Mündern rann unablässig die Warnung, daß aufgeschoben nicht aufgehoben sei; dennoch klebten sie mir ein Pflaster irgendwo auf den Körper, wenn es auch manches Mal nur ein Schönheitspflaster war, aus kosmetischen Gründen angebracht - ja, dennoch verordneten sie operative Eingriffe in mein Inneres, nicht selten nur aus explorativen Zwecken, um eine exakte Diagnose stellen zu können (ich glaube, das ist ihnen nie gelungen).

Vor Jahren, zum Beispiel, setzte man mir eine fremde Niere ein und wartete ergeben darauf, daß sie vom Organismus abgestoßen würde, doch war, zum Glück, mein retikuloendotheliales System dermaßen angeschlagen und außer Gefecht gesetzt, daß es sich gegen den Fremdkörper überhaupt nicht wehrte, und meine eingepflanzte Niere gedeiht bestens und erfreut sich noch heute schönster Gesundheit. Ein anderes Mal schnitt man eine Magenpartie beziehungsweise Darmteile heraus und verlegte vorübergehend die Austrittsöffnung des Stuhles nach vorn, unterhalb des Nabels - vorübergehend, denn nach einem halben Jahr stand der Reposition nichts mehr im Wege. Es ist zweifellos erstaunlich, selbst für mich - wer hätte früher an die Möglichkeit solcher Einmischungen in natürliche Abläufe, an die Möglichkeit dieser einschneidenden, beinahe - aber eben nur beinahe - wesensverändernden Eingriffe gedacht; man flickt, poliert, stopft, verengt, erweitert und ersetzt, so gut man kann, und man kann es wirklich gut, man tut es unentwegt, man rettet, wiederum ein Beispiel, ein Bein kurz vor dem Absterben vermittels einer Röhre aus Kunststoff, die man in den Kanal der Arteria femoralis verlegt; man nahm an, das Bein sei mit neunzigprozentiger Sicherheit hinüber, und siehe da, es ist noch immer hier, wenn auch ein bißchen eingeschrumpft (was allerdings auch mit einem Bruch zusammenhängt). Auch war die Amputation von zwei Zehen, darunter dem großen, unvermeidlich, aber ich kann bei gutem Wetter und sonstiger Beschwerdefreiheit wieder spazierengehen, und wer die Sachlage nicht kennt, merkt das Fehlen der Zehen gar nicht. Andererseits merkt mancher alte Bekannte nicht mehr, daß ich nach den vielen Substitutionen (ich habe, um auch dies zu erwähnen, eine neue Blase bekommen, aus zusammengestückelten Dünndarmteilen), nach den vielen künstlichen Zusätzen, immer noch der gleiche bin, der gleiche Roman Skorzeny, daß sich mein Wesen um nichts verändert hat. Allerdings: wer weiß schon, daß ich Roman Skorzeny bin?

Man merkt's nicht, obwohl manche Körperteile die eines Greises und andere eines Jünglings (beziehungsweise mehrerer Jünglinge) sind. Nein, nein, das würde *ich* gemerkt haben, wenn sich eine substantielle Änderung eingestellt oder auch nur allmählich eingeschlichen hätte, ja, trotz aller - aber bei weitem noch nicht exitusverheißender - Altersschwäche wäre mir dies nicht entgangen, trotz der Senilität, von der man hinter meinem Rücken spricht, wenn man mich außer Hörweite wähnt. Mein Gehör ist aber fein, sehr fein sogar, insbesondere, wenn von mir die Rede ist.

Was die Bemühungen meiner Ärzte anbelangt, wie gesagt: ich schreibe ihre Erfolge eher meiner zähen Natur zu, dem guten Vorkriegsmaterial - schließlich komme ich aus einer anderen Zeit als die heutige: ich komme aus der guten alten Zeit. Zugegeben, auch die neue Zeit hat ihre Vorzüge, früher wäre ein Wesen wie ich mir nichts dir nichts an einer Lappalie im Handumdrehen eingegangen und im Grabe verschwunden; man versteht sich heute vorzüglich aufs Flicken und aufs Reparieren, aber eben nur darauf, und was geflickt und erneuert werden soll, muß an sich etwas Haltbares und Dauerhaftes sein, nicht ein Produkt vom Fließband mit eingeplantem Verschleiß. Das gehört zu meinen grundlegendsten Überlegungen, die von meinen Ärzten wie manches andere nicht begriffen werden, weil sie in mir nur einen »Fall« sehen, nicht aber einen Einzelfall. Sie sind zu bedauern, überfordert, wie sie sind - von ihren Kongressen, von den Reisen nach Bogotá, Karatschi und Montreal, von ihren Publikationen und Vorträgen in aller Welt, von den stummen, aber um so verheerenderen Zwistigkeiten untereinander, von den vielen Steuererklärungen und meistens auch den eigenen Krankheiten, von der Repräsentation, der Organisierung der Karriere, der Institute; ich füge hier meine Erkenntnis hinzu, daß es unter den ernstzunehmenden Ordinarien mehr Todeskandidaten gibt als in den Abteilungen ihrer »hoffnungslosen Fälle«. Also, meine grundlegende Überlegung besteht darin, daß ich an zu vielen Krankheiten, Mängeln und Schwächen leide, um einer einzigen Krankheit die Bedingungen und Voraussetzungen zu bieten, ihre Kräftereserven zu einem vernichtenden Schlag zu sammeln und mit aller Wucht den Schlag gegen meine Existenz zu führen, mit dem Ziele, in bestimmten Organen Verwüstungen und Totalschäden anzurichten. Denn diese erkrankten Organe benehmen sich beim Angriff störrisch, mit unerwarteter Nachgiebigkeit, und verfehlen es nicht, den Feind völlig aus der Fassung und aus dem Konzept zu bringen und seine Pläne zu durchkreuzen. Ich kann mir sehr wohl die benommene Ratlosigkeit und Betroffenheit eines Tumors vorstellen, der mit allerbester Progredienz und schönen Hoffnungen, wohlgemut und von Seinsfreude erfüllt, wächst, blumenkohlartig, nur aufs eigene Wachstum bedacht, das aber mit allergrößter Umsicht, um sich plötzlich von einem andersgearteten, aggressiven, wie ein Spinnennetz sich ausbreitenden, in seine Umgebung Fäden versenkenden Tumor erst leise berührt und dann angegriffen zu fühlen, von einem hungrigen, nimmersatten Hai, einem Schmarotzer, der alle freischwebenden Moleküle gierig verschlingt, unbedenklich und ohne Federlesens. Wie ein Hecht im Karpfenteich schnappt er nach allem Verzehrbaren und läßt den bedachtsamen Blumenkohl verwelken, er umzingelt ihn und dämmt ihn ein, schnürt seine Fäden um dessen vorsorglich angelegte Blutbahnen ... und indem der Blumenkohlartige zerfällt, den Geist aufgibt, seine Säfte ohnmächtig aufsaugen läßt, rächt er sich unabsichtlich und unbewußt am reißenden Wolf, denn seine Kohlehydrate oder spezifischen Fermente erweisen sich als giftigstes Gift für den Spinnennetzweber. Die gierigen freien Valenzen des Fädenziehers, der in seiner Expansionslust keine Zeit hatte, ein eigenes Versorgungsnetz auszubauen, verbinden sich in blinder Lüsternheit mit bestimmten, meinetwegen Methylgruppen des Eingegangenen, ohne zu ahnen, daß sie dadurch ihr eigenes Fortgedeihen blockieren. Denn in den Methylgruppen gibt es noch irgendeinen Zusatz, der für ihn tödlich ist. Aus dem Zusammenprall resultiert schließlich ein friedhöflicher Stillstand, ein Klumpen von Abfällen, die der Chirurg, anläßlich einer Operation wegen eines dritten Leidens, kopfschüttelnd, ein bißchen erstaunt, aber ohne besondere Mühe aus der Umgebung herausschält und in den Abfalleimer wirft - ein klägliches Ende nach dem vielen Drum und Dran.

Betrachtet man so einen sich selbst versorgenden, im Einvernehmen mit dem nicht eben gescheiten menschlichen Organismus Blutbahnen und Versorgungswege eröffnenden, gegen unfreundliche Stoffe Barrieren errichtenden Tumor, ein ergiebigeres Rohstofflager für einen Spinnennetzweber als jedwedes andere normale, auf bestimmte Funktionen und Stoffwechselvorgänge beschränkte menschliche Organ, so müßte man hinter all dieser perfekt angelegten Arbeit, hinter diesem Generalstabsplan des Selbstaufbaus, der Stofflieferungen und -verarbeitungen einen Willen voraussetzen, ein lenkendes Bewußtsein, wie etwa hinter einem kunstvoll komponierten Roman einen mit klaren Absichten arbeitenden Autor, man müßte ein koordinierendes Etwas, ein organisatorisches Zentrum des Blumenkohls voraussetzen; aber dieses Etwas gibt es genausowenig, wie es hinter oder vor der Vielfalt der Verläufe des organischen Geschehens, hinter oder vor dem Erwachen des Bewußtseins des Menschen, hinter der ganzen wohlfunktionierenden, scheinbar von unzersprengbaren Kausalketten zusammengehaltenen Geschichte der Menschheit oder des Universums - einen Gott gibt.

Was es gibt, ist nur ein ursprüngliches Anliegen, das, um sich zu verwirklichen, keinerlei Winkelzüge und weitausholende Umwege scheut.